古典文獻研究輯刊

十　編

曾永義　主編

第16冊

蘇軾佛教文學研究（中）

吳明興　著

國家圖書館出版品預行編目資料

蘇軾佛教文學研究（中）／吳明興 著 — 初版 — 新北市：花
木蘭文化出版社，2014〔民 103〕
目 2+266 面；19×26 公分
（古典文學研究輯刊 十編：第 16 冊）
ISBN 978-986-322-917-9（精裝）
1.（宋）蘇軾 2.佛教文學 3.文學評論
820.8   103014151

ISBN-978-986-322-917-9

9 789863 229179

古典文學研究輯刊
十 編 第十六冊   ISBN：978-986-322-917-9

蘇軾佛教文學研究（中）

作 者　吳明興
主 編　曾永義
總 編 輯　杜潔祥
副總編輯　楊嘉樂
編 輯　許郁翎
出 版　花木蘭文化出版社
社 長　高小娟
聯絡地址　235 新北市中和區中安街七二號十三樓
　　　　　電話：02-2923-1455／傳眞：02-2923-1452
網 址　http://www.huamulan.tw 信箱 hml 810518@gmail.com
印 刷　普羅文化出版廣告事業
初 版　2014 年 9 月
定 價　十編 18 冊（精裝）新台幣 32,000 元

蘇軾佛教文學研究（中）

吳明興　著

第四章　蘇軾對文學與佛學的
　　　　會通實踐

第一節　中印文化互文性的思維轉移

　　印度文化對中國文化的影響遠比佛教還早，季羨林在〈中印文化交流簡論〉第一節「濫觴──先秦」中說：

> 中國和印度自古以來都有月中有兔的傳說。屈原〈天問〉中有
> 「而顧菟在腹」這樣的句子。自來解釋者都說，「顧菟」就是兔子。……
> 《列子‧湯問》有巨鰲負山的說法，……《淮南子》、《連山易》都
> 有不死藥的傳說，《呂氏春秋》有刻舟求劍的故事，……《莊子》中
> 有大鵬鳥，……所有這一切，中西許多學者都認為，同印度有千絲
> 萬縷的關係。〔註1〕

　　這說明了中印之間人民彼此的往來，在先秦時代，雖未引起官方的注意，但民間文化的實質交流，已經行之有年，並開始朝文化的進路會通與銷釋。至於佛教文化與中國文學的關係，已在第二章第一節「佛法東漸與中國佛教文學問題的提出」中，以足徵的文獻，進行發生學的說明，在此擬於論蘇軾文學與佛學的會通之前，再祇就文學總括大要。錢鍾書在《管錐篇》第三冊第五十二篇〈全後漢文卷四四〉，指出佛教對中國文學的具體影響，可能始於張衡的〈西京賦〉，錢鍾書說：

〔註1〕季羨林著，《佛教與中印文化交流》，江西，江西人民出版社，1993，頁 150
　　～151。

《全後漢文》卷五二張衡〈西京賦〉:「妖蠱艷夫夏姬,……增
嬋娟以此豸。……眳藐流眄,一顧傾城;展季、桑門,誰能不營?」……
《文選》李善註:「桑門,沙門也。」……張則以佛子連類。……倘
《四十二章經》洵譯於東漢初,則張衡意中或有之。〔註2〕

錢鍾書把崔駰〈七依〉、司馬相如〈美人賦〉筆下的美人,把崔駰〈七依〉、
張衡〈西京賦〉、邊讓〈章華臺賦〉筆下的妖姬、柳下惠聯繫起來,與《雜阿
含經·一〇九二經》、《方廣大莊嚴經》卷第九〈降魔品第二十一〉、《佛本行
集經》卷第二十七〈魔怖菩薩品第三十一上〉,以及《四十二章經》「天神獻
玉女試佛」等佛經所記載,佛在證得阿耨多羅三藐三菩提時,受到魔王波旬
率愛欲等三女嬈亂的故事,會通起來理解。可見錢鍾書對佛教與中國文藝學
的互文性關係,在創作實踐初始化伊始,至少已經注意到兩個問題:

一是詞彙學的問題。如以佛教名相自于闐語譯漢的「桑門」這個單一詞
素,做為觀解中國文學與佛教的關係。從詞彙學來看,這種關係是最明顯的
現象,也是影響與比較研究,最容易以文化過濾濾出的影響因素。

二是文化學的問題。就像季羨林的敘述那樣,把存在於文本敘述中的用
事,找出互涉的根源,進而證明其意義的來源,以及可能被賦予的新義。祇
是錢鍾書更進一步的從一般敘述,把認知的方向,指向了思想的領域,這就
使中印文化互文性的論題,涉入了思維轉移的途徑,而這又比一般單單從語
言學轉向的層面來看問題,還要來得深刻。亦即以語言工具為表,以思想資
源為裏的語境轉移,在思想互涉上如何可能的命題的提出。

語言是文藝學文本,之所以能夠成立與存在的工具,文藝學書寫家,從
學習語言開始,便走上了認知語言所承載的意義究竟為何的探索之路,並在
能夠掌握詞義之後,用語言來做具體的思維。然而,這並不是說,語言是先
於思維而存在,恰恰相反的是,思維往往是先於語言而存在的識知機制。就
文藝學創作而論,有類於神思、命意或普通的想像,每每先於文本書寫的實
際行動而存在,也祇有在書寫開始付諸行動之後,纔會發生因文生文的硬造
現象,而這往往是流亞作家的黔驢末技,不值一論,是以在第二章中,論者
指出了印歐語系的曲折語言,對漢藏語系在表述方法上的置入,它發展到盛
宋時期,自然就會出現蘇軾「博辯無礙,浩然不見其涯」的文藝學書寫手法。

〔註2〕 錢鍾書著,《管錐篇》,《錢鍾書作品集》,最新訂正版第六之三冊,臺北,書
林出版有限公司,民79,頁1005。

但問題並沒有這麼片面，因為蘇軾在佛教文學的創作實踐過程中，是不可能
畧過對佛教思維方法的接受，而佛教思維之於梵漢譯佛典的漢文文本，正是
一套在語言結構上，完全不同於漢人使用漢語思維的思維方法。〔註3〕

　　也就是說，蘇軾的佛學思維，並不是採取語言先於思維的思維方式，而
是依據佛典譯文用語言來做具體思維的工具，且在文學創作的實踐過程之
前，進行銷釋與轉化，再以轉化後的理解，做為思維先於語言而存在的憑藉。
然而，用漢語的思維方式去思維佛學的意義，值得注意的是，仍在銷釋與轉
化過程中的思維，為了確證兩個異質系統下的概念，可以更加貼切的對應起
來，無疑是要通過邏輯性的推論，去做比量知的識知，這雖然是學術得以成
立的必要手段，但卻不是文藝學的手藝，因為文藝學係以形象思維的方式，
用藝術的形式去逐行審美的創造，這是通途原理。然而，對於一個秀異的文
學家如蘇軾者，是不會以在此駐足為已足，而是以其高妙的悟性，將書寫對
象的形象，以及蘊涵在形象中的思想，以等觀的慧眼，出諸於現量，這就使
其文學與佛學會通之後的藝境，達到了一個空前的高度，從而在中國佛教文
學中，創造了全新的法喜典範。常言道：「實踐是檢驗真理的唯一標準。」因
此，唯有以蘇軾的文藝學創作實踐，來論述其對佛學的銷釋成果，方能見出
其會通何以可能的思想運動形態。然而，蘇軾筆下所書寫的涉佛文本，幾乎
含蓋現存的所有文類，唯有全面的考索，纔能揭顯出完整的圖式，是以本章

〔註 3〕　參見：

1. 臺灣開明書店著，《文心雕龍注》，臺北，臺灣開明書店，民 62

2. 〔日〕中村元著，徐復觀譯，《中國人之思維方法》，臺北，臺灣學生書局，
民 80。

3. 〔德〕黑格爾著，朱光潛譯，《美學》，第一卷，《朱光潛全集》，第十三卷，
合肥，安徽教育出版社，1996。

4. 〔法〕列維──布留爾著，丁由譯，《原始思維》，北京，商務印書館，1997。

5. 〔俄〕列夫‧謝苗諾維奇‧維果茨基著，李維譯，《思維與語言》（*Though and Language*），杭州，浙江教育出版社，1998。

6. 趙光武主編，《思維科學研究》，北京，中國人民大學出版社，1999。

7. 〔法〕弗朗索瓦‧于連（Francois Jullien）著，杜小真譯，《迂迴與進入》
（*Le Détour et l'Accès. Stratégies du sens en Chine, en Grèce*），北京，三聯書
店，2003。

8. 李健著，《比興思維研究──對中國古代一種藝術思維方式的美學考察》，
合肥，安徽教育出版社，2005。

9. 王樹人、李明珠著，《感悟莊子──「象思維」視野下的莊子》，江蘇人民
出版社，2006。

將以思想爲綱，將遍在蘇軾各體文本中與佛學特具互文性的書寫，盡其可能的拔萃出來，並依各自特定的論題，予以進行必要的論證。

第二節　無情說法所奠立的法喜典範

「無情說法」，做爲元豐七（1084）年，四十九歲的蘇軾，之所以當相解脫的開悟思想，係一組領有佛教華嚴學法界緣起觀、天臺學眞如緣起觀等義學，與禪學「定慧等」觀觀照，所最終體現的法性境界，從而使蘇軾得以名列臨濟宗黃龍派東林常總法嗣，並非無因之果，而是蘇軾終其一生，以六波羅蜜多的精進波羅蜜多，不停的去聞、思、修所開展出來的般若波羅蜜多。

元祐四（1059）年十月四日，三蘇父子離開故鄉眉州赴京，根據蘇軾在《南行前集・敘》中說：

> 而山川之秀美，風俗之樸陋，賢人君子之遺蹟，與凡耳目之所
> 接者，雜然有觸於中，而發於詠歎。〔註4〕

此時，年方二十四歲的青年蘇軾，在通過長江三峽的水路上，寓目所及而沿途詠吟的古今體詩，凡四十二首。蘇軾在當時，已留意到做爲詩料所歌詠的對象，客觀看來，大抵都是山川與遺蹟之類的無情物，而無情物的審美價值，祇有來自創作主體有意識的賦予，纔有可能以各種具有意義的藝術形式給開顯出來，並被欣賞者予以具體把握到。因此，賦予對象意義的創作主體，所採取給出意義的觀照方式，便成爲決定形構對象，保有相應思想底蘊的前提。而以佛學的視域來審視無情物，其所保有的義理，自然祇能從佛學的思想進路去索引，如唐代般剌若所譯的《大乘理趣六波羅蜜多經》卷第十〈般若波羅蜜多品第十之餘〉說：

> 大地虛空，水、火、風界，當知亦爾，豈無情物生有情耶？一
> 切諸法，假有實無，非自在天，亦非神我，非和合因緣五大能生，
> 是故當知，一切諸法，本性不生，從緣幻有，無來無去，非斷非常，
> 清淨湛然，是眞平等。〔註5〕

這是又稱薄伽梵的佛陀，告訴外道微末底甚深般若波羅蜜多的法義的結論，指出無情物與有情眾生的理解，是究竟了義上的解悟，抑或不了義的

〔註4〕　《蘇軾文集》，第一冊，頁323。
〔註5〕　《大正藏》，第八冊，頁911b。

方便識知。如屬究竟了義，那麼，做為有情眾生的藝術創作者，一旦被客體的無情物，在根、塵感應道交當際，喚起與之相對應的主體情識，而以文藝學文本，對無情物做客觀的描摹，則往往是多此一舉的餘事，因為那是以幻緣說幻有，更偏執的現象，就是大自在天（Maheśvara）外道所以為的萬物皆來自於摩醯首羅神（Maheśvara-deva）的創造，或神我（puruṣa）外道所認為的人、天各自為常住獨存者，而且既可受用諸法，並為主宰萬有之實我，所以就甚深般若波羅蜜多而論，無情物與有情的關係，不是造者與被造者的人神關係，也不是由常住獨存的實我所派生，祇能是緣生，這就顯明了無情說法，祇能是本性不生，一如龍樹在《中論》卷第一〈觀因緣品第一〉所說：

> 不生亦不滅，不常亦不斷，
>
> 不一亦不異，不來亦不出。〔註6〕

是以一旦把這樣的了義思想，落實到佛學與文學的關係來對待，務必會產生中國文學之於印度佛學在會通上，是否有存在的必要性的問題。單就印度佛學端來看語言文字與法義的關係，語言文字不僅無法在表意上，了達究竟的真理，尤有甚者，以語言文字做為基本載具的任何文藝形式，往往被認為是業習習染的障道因，所以實在沒有這個必要。

單就中國文學端來看中印文化交流的產物中國佛教文學，就成為不可規避的既存問題，而顯得具有相對的必要性。因為文藝學對佛學思想在中國的開展，往往以藝術的形式，引起社會上層建築官僚士大夫的審美興趣，並進而成為接引這批知識菁英的入道初機。因此，無情物之於中國佛教文學義項之下的創作實踐，就祇有從「從緣幻有」的思想進路來掌握，並考索其是否如同梁代菩提達磨，在《少室六門‧第六門血脈論》所說的「被他無情物攝」，〔註7〕而自我覆蔽不覺，還是以相應的覺照，去攝他無情物，而了達物我既對應而又同時不沾不礙的現量境，纔不至於陷入繽紛的詩料中，而最終被以藝術手法所攫獲的對象，以其可見的實有性給堵塞住，且最終失去其透過審美還原的方便性體達真性，以致溺於與情識相遇的表象而不覺。也就是說，理上的究竟了義，之於文藝學的體現，是通過對萬象的不了義的方便識知，而被以藝術的形式給體會到的。所以蘇軾在〈初發嘉州〉詩云：

〔註6〕　《大正藏》，第三十冊，頁 1ᶜ。

〔註7〕　《大正藏》，第四十八冊，頁 373ᶜ。

錦水細不見，蠻江清可憐；

奔騰過佛腳，曠蕩造平川。〔註8〕

　　沒有離鄉背井的反顧與張皇，沒有年少敘官去的得意與輕狂，即使相期送別的禪客「鄉僧宗一」爽約了，從蘇軾所乘坐的船底，奔流過凌雲大佛腳下的江水，仍然在剎那、剎那、剎那圓轉的時空中，望前週流而去，而這等藉景勃發的妙悟氣韻，做為詩學藝術所掌握的審美要素，祇能是一片清澈的詩心，與透明的詩象，在冥然交會的當際，以湛然的意象生起，復以湛然之姿漸滅。而被蘇軾以詩文本，在剎那凝定下來的藝境所開顯的心物對位，可以是錦水與蠻水的泯然如一，可以是彼水與此水的離合無礙，既是此波復為彼浪，又是彼浪復為此波，而其之於濕性，則始終如一。

　　凌雲大佛做為法性證悟者的象徵，就「一切諸法，本性不生」以觀，恰是真如的宣說者，正以其如如不動，示現理的本際當如此，也祇能在緣起的當體，如此緣滅。所以當清人王士禎，在《帶經堂詩話》卷十三「遺蹟類上」第十一則，引晉詩人左思〈詠史八首〉其五，揄揚蘇詩說：「東坡詩『奔騰過佛腳』，……『振衣千仞岡，濯足萬里流』，差足當之。」〔註9〕顯然是瞎比附之言，因為左思既是意不如此，更是有為而作，且在心物之間，沾黏得絲毫沒有靈轉的空間，致使在詩的結穴處，雖一筆宕開「王侯」，但卻僅止於滿心的不滿，而對隱逸之士，產生不得不然的蘄嚮。〔註10〕因此，從蘇詩的超越之思來看，有一則唐人的公案，足堪比論，《祖堂集》卷第四〈藥山和尚〉說：

　　　　李翱相公來見和尚。和尚看經次，殊不睬顧。相公不肯禮拜，
　　乃發輕言：「見面不如千里聞名！」
　　　　師召相公，相公應：「諾！」
　　　　師曰：「何得貴耳而賤目乎？」
　　　　相公便禮拜。起來，申問：「如何是道？」
　　　　師指天，又指地，曰：「雲在青天水在瓶。」
　　　　相公禮拜。後以偈答曰：

〔註8〕　《蘇軾詩集合注》，上冊，頁3～4。
〔註9〕　清・王士禎著，張宗柟纂集，戴鴻森校點，《帶經堂詩話》，上冊，北京，人民文學出版社，2006，頁326。
〔註10〕　參見逯欽立輯校，《先秦漢魏晉南北朝詩》，上冊，北京，中華書局，1998，頁733。

　　練得身形似鶴形，千株松下兩函經。

　　我來問道無餘說，雲在青天水在瓶。〔註11〕

「道無餘說」，在六根圓通齊用之際，假有實空的諸法，在本質上，任何一種由本性顯現的而非由自生、他生、無因生、共生的相，在當機交感的方便形態中，都是雲水關係，這種關係在詩學的藝術創造過程中，是從本性顯現的審美意象，去顯現本性的空相，而得以在緣起的同時，以諸有證立空，並以空證滅諸有，而諸有恰恰是藝術審美的具足形式，且其具足佛教文藝學藝術審美價值的根源，也恰恰是以無執的心所證得的空性。因此，無情物並不生出有情的諸識，反而是詩人做為有情的主體，在對應上詩料的客體當際，以其慧眼洞徹其本性與諸識同一真際的憑藉。

　　易言之，客體與主體在藝術的實踐過程中，既是對應的關係，也是與主體的生命意識，在心理機制啟動詩語言，去遂行直觀創造行為的共構關係，而其物我的相對性，並非來自於現象的對立性，而是做為確立主體的心，對現象的超越，並以其超越之思，透過詩學文本的方便性，去體達現象所顯示的理體，與主體所分明覺照的理體，在究竟法上的一致性。是以當蘇軾從嘉州過宜賓，穿越牛口、戎州，直下安樂山，詠〈過安樂山聞山上木葉有文如道士篆符云此山乃張道陵所寓〉其一，衝口破題便以「天師化去知何在」？反質道教的長生，與羽化飛昇係誕妄結果，是「故國子孫今尚死」的茫然。〔註12〕

　　所以當李生龍用道家與黃老，乃至於道教的視域，舉〈超然臺記〉為例，敘說蘇軾「強調要從物外觀物，使自己高踞於物之上，以免受物的壓抑，纔能使自己『超然』起來，以藝術之心觀照物，使自己進入『無往而不樂』的境界」，〔註13〕祇看到了物我的對立面。因此，主體與客體的對應關係，並非和諧的大全，而是主體對客體的片面凌駕，致使藝術家的肉眼所見，祇能是物的表象。但論者以為，從對立面來「物外觀物」，與以有所造作的「藝術之心觀照物」，將把心物的關係，從自在自為的整體性，裂解為拼貼牽合的隨意性，可見用這種藝術方式所達到的「超然」，頂多是凌駕性的凌駕與睥睨，不可能使能觀者達致對所觀境「不一亦不異，不來亦不出」的境界，所以「高

〔註11〕張華點校，《祖堂集》，頁156。
〔註12〕《蘇軾詩集合注》，上冊，頁13。
〔註13〕李生龍著，《道家及其對文學的影響‧修訂本》，長沙，岳麓書社，2005，頁352。

踞於物之上」的「超然」，是「超然」的假相，而非「心物等」的實相，故蘇軾在〈神女廟〉詩云：

> 茫茫夜潭靜，皎皎秋月彎。〔註14〕

以隨意性來看，任何詩句的成立，將因失去自身在心物共在的當機性，之所以祇能如此存在的必然性，而面臨被自己否證的危險。如此一來，一件藝術品之所以被認識到，並被確證為祇能以這樣的形態，存在自身具足的藝術體系之內的藝術品的基礎，勢將跟著面臨從內在自我解構的困擾，同時失去與外在的有機聯繫，就像任何一個語句中的任何一個詞，祇要詞性相同，就可以被任意代換，而不會損害其既有的結構那樣，但這不是詩學。所以當蘇軾夜遊神女廟，並通過對傳說中的雲華夫人的藝術想像之後，一旦回神現實與想像過場的地帶，便自然而然的把想像的虛境，與當下目擊的境象，用王維「雪中芭蕉」複疊時空的透視法合會起來，而以「雲興靈怪聚，雲散鬼神還」的虛實美學，做為給出「茫茫夜潭靜，皎皎秋月彎」的藝境的必要前提，並以此為類聚動靜與空有一如的外延平臺，而讓人讀出茫茫與皎皎、夜潭與秋月、寓動於靜與寓靜於動、即實而虛、即虛而實的一體迥絕的重旨。

從這裏便可與看到，與蘇軾晚年同時代的曹洞宗僧宏智正覺禪師，為何要以華嚴宗第四祖清涼澄觀，疏注初祖杜順在《華嚴法界玄鏡》卷上所說的「性融於事，一一事法，不壞其相」的「眞空觀法」四句十門的第十門「泯絕無寄觀」，〔註15〕而在《大方廣佛華嚴經隨疏演義鈔》卷第十，顯明色空相即的關係，即做為心象的境象的相即即不相即義說：「謂此眞空，不可言即色不即色、即空不即空。一切法皆不可，不可亦不可，此語亦不受，迥絕無寄。」〔註16〕並以寒山子的〈吾心似秋月〉詩，〔註17〕來傳釋與青年蘇軾同時代的僧人承遷，在《華嚴經金師子章註》中所開顯的華嚴宗第三祖賢首法藏所論證的大乘頓教說為「空有雙泯，名言路絕，棲心無寄」的理境，〔註18〕而在《宏智禪師廣錄》卷第五〈明州天童山覺和尚小參〉中說：

〔註14〕《蘇軾詩集合注》，上冊，頁40。
〔註15〕《大正藏》，第四十五冊，頁673ᵃ。
〔註16〕《大正藏》，第三十六冊，頁71ᶜ～72ᵃ。
〔註17〕唐・寒山子等著，項楚注，《寒山詩注・附拾得詩注》，北京，中華書局，2006，頁137。
〔註18〕《大正藏》，第四十五冊，頁669ᵃ。

> 本無如許多事，做來做去，便有如許多事。如今却從許多事中，
> 減來減去，要到無許多事處。祇爾尋常起滅者是生死，起滅若盡，
> 即是本來清淨底，無可指註，無可比擬，寒山子道：「吾心似秋月，
> 碧潭澄〔清〕皎潔。」直得皎皎地如秋月，尚恐不是，又道：「無物
> 堪比倫，教我如何說？」既是無物，又作麼生說？所以道：「不可亦
> 不可，此語亦不受。」謂之「逈絕無寄」。一切處寄不得，箇是遍底
> 心，安向甚麼處？淨裸裸、赤灑灑，絲毫立不得。〔註19〕

誠如第四章所及，〈巫山〉詩體現宏智正覺「淨裸裸、赤灑灑，絲毫立不得」的「人心隨物變」，不會是心無真宰的去隨波逐流、去放任情識妄意征逐無端，而讓自己掉入虛生浪死的深淵中，仍渾然不自覺知，乃至在五濁惡浪中，以其沈浮無方、避讓皆有礙的鬪爭，而自得其樂。若果如此，係執持無情物以為實有有情的依待所致。因為在人生的旅程中，濁浪雖所在都有，但事相不是生命的本真，生命的本真往往蘊涵在事相紛亂的表象深處，祇有具備明覺的慧眼，纔能以其洞若觀火的創造才具，以特有的藝術形式，在理上如實的把握到其一體兩面的本質。因此，蘇軾接著說：「遠覺含深意。」可見「隨物變」是做為即使是「神仙固有之，難在忘勢利。……嗟爾若無還，絕粒應不死」的反證，〔註20〕也是對連神仙都不能免，且世人爭先恐後去強為搶食的勢利與貪生怕死的反撥。因此，在心物與詩文本創作融熔無間的當體，心物與藝術相應開展的法流所含有的深意，可從荊溪湛然在《止觀大意》中所指出的心物與染淨的關係來簡別，荊溪湛然說：

> 一一心中一切心，一一塵中一切塵。
> 一一心中一切塵，一一塵中一切心。
> 一一塵中一切剎，一切剎塵亦復然。
> 諸法諸塵諸剎身，其體宛然無自性。
> 無性本來隨物變，所以相入事恒分。
> 故我身心剎塵遍，諸佛眾生亦復然。
> 一一身土體恒同，何妨心佛眾生異。
> 異故分於染淨緣，異故分於染淨緣。〔註21〕

〔註19〕《大正藏》，第四十八冊，頁59^c。
〔註20〕《蘇軾詩集合注》，上冊，頁38。
〔註21〕《大正藏》，第四十六冊，頁460^{a–b}。

　　「無性本來隨物變」，是以「絲毫立不得」的「人心隨物變」，在「染淨緣」上，自有其變與不變的嚴格義界。自其變者觀之，是謂「和光」，自其不變者觀之，是謂「不同塵」。然而，就方便法而論，在實際上，能觀的心相對於所觀的「諸法諸塵諸剎身」之於緣起論而言，是不可能無所覺照的。既有所覺照，那麼，在詩人當機的觀照中，就自然而然的會有詩興介爾相與的一念心在同時生起。問題是這樣的詩心，是迷離惝恍的庸妄之心，抑或體達所照者是「其體宛然無自性」的明覺之心？如果是庸妄之心，必屬執象以為實有的染心。如果是明覺之心，必屬「我身心剎塵遍」而不為「諸法諸塵」所染的淨心。

　　詩人一旦以淨心觀物，則心象與物象的變化關係，就不會因所觀的境與能觀的心，因心被有所造作的情偽所遮蔽，而陷入「難在忘勢利」的困境之中。是以蘇軾在〈巫山〉詩中，所深心體會的「遠覺含深意」，一旦通過〈神女廟〉詩的再度廓清，必然要在隨後寫出的〈出峽〉詩中，開顯出「吾心淡無累」的不為法與法塵所覆蔽的「和光」境。際此，在隨物變的生滅相，與「淨裸裸、赤灑灑」的心，所呈展開來的本來如此的詩心上，所體現的無情物之於詩學藝術，在詩人的生命意識與創作實踐的同一性，如晉譯《大方廣佛華嚴經》卷第十〈夜摩天宮菩薩說偈品第十六〉，如來林菩薩有極其精到的論證，如來林菩薩說：

　　　　　譬如工畫師，分布諸彩色，
　　　　　虛妄取異色，四大無差別。
　　　　　四大非彩色，彩色非四大，
　　　　　不離四大體，而別有彩色。
　　　　　心非彩畫色，彩畫色非心，
　　　　　離心無畫色，離畫色無心。
　　　　　彼心不常住，無量難思議，
　　　　　顯現一切色，各各不相知。
　　　　　猶如工畫師，不能知畫心，
　　　　　當知一切法，其性亦如是。
　　　　　心如工畫師，畫種種五陰，
　　　　　一切世界中，無法而不造。
　　　　　如心佛亦爾，如佛眾生然，

　　　　心佛及眾生，是三無差別。〔註22〕

　　如同詩心之於萬象所呈展出來的客觀意象，在創作主體主觀的色、受、想、行、識的內在運動中，連綴成「無法而不造」的詩料，進而類聚成相應的書寫主題。從差別相上來看，不論詩人是自覺或不自覺的詠吟，都屬於有為法的範疇，而詩人一旦以識而不以智的耽溺其中，便會執相求心而造成心為相所蔽，這樣的心即為生滅心，生滅心以其染污而有差別，有差別則無法隨物變，從而以其不變超越於變。這在為文藝而文藝的書寫者身上，經常看到的現象便是為了書寫而書寫。尤有甚者，即成為以書寫做為生命曾經真實存在的憑藉。反過來說，就是以心求相。等而下之者，即成為以找靈感的外求方式，去搜討書寫材料，然後執定材料，並用以文生文的方式，做為派生藝術內容的根據，同時給出片面的意義。祇是這樣的意義，以其本質的虛妄性所喚起的審美，在理上也祇能是虛妄的美。因此，從繪畫的進路探討文藝學文本書寫問題的近代法國哲學家薩特（沙特，Jean-Paul Sartre），雖然也看到了這一點，而在〈甚麼是寫作〉一文中指出：

　　　　對於詩人來說，……在語言運用中說話者處於特定的環境之
　　　中，受到語詞的包圍；這是他的感覺、四肢、觸角和眼睛的延伸；
　　　他從裏面操縱它們，像感受到自己的身體一樣感受到它們，語言的
　　　肉體環境圍繞著他並對世界發生影響，而他祇是勉強意識到它。
〔註23〕

　　同樣的眼、耳、鼻、舌、身、意，同樣的色、聲、香、味、觸、法，同樣的五陰世間，薩特把「他從裏面操縱它們」的語言場，從既內在於創作者的思維，而又外在於環境的現實中，放逐到外在於主體的「外部世界」，所以語言做為文藝學文本書寫的唯一載具所承載的意義，即使不會因此而失去，卻也不會因此而確立，最多祇能在客體上以有等差的方式，與主體保持著若即若離的關係，以至「讀者在放下書本時可以心安理得的叫道：『這一切僅僅是文學而已。』」〔註24〕但這在蘇軾的〈觀妙堂記〉中，則有全然不同的觀解，因為以智不以識之所知見於心物之妙，正是「了達無礙」的「三無差別」，是以歡喜子告訴不憂道人說：

〔註22〕　《大正藏》，第九冊，頁465ᶜ。
〔註23〕　《二十世紀西方文論選》，下卷，頁459。
〔註24〕　《二十世紀西方文論選》，下卷，頁469。

妙事了無可觀，既無可觀，亦無可說。欲求少分可以觀者，如
石女兒，世終無有。欲求多分可以說者，如虛空花，究竟非實。不
說不觀，了達無礙，超出三界，入智慧門。雖然如是置之，不可執
偏，強生分別，以一味語，斷之無別。……今此居室，孰為妙矣！
蕭然是非，行住坐臥，飲食語默，具足眾妙，無不現前。覽之不有，
卻之不無，後知覺知，要妙如此。〔註25〕

「不說不觀」，並非不入筌蹄，而是既能自由的入其環中，又能自在的出
乎其外的究竟義，本是空劫以前的本來面目，不用再迷頭認影般的說現象與
本質即現象即本質，或諸法即實相即諸法實相，更毋庸妄論無情與有情，祇
要直下薦取便是，誠如《大佛頂首楞嚴經》卷第四所說：「性覺妙明，本覺明
妙。」〔註26〕是以明僧交光真鑑在《楞嚴經正脈疏》卷第四說：

妙寂，明照也。妙明則即寂而照，明妙則即照而寂，二覺互影
顯融也。明雖似用，亦體上照用，非涉事用。……惟有寂照互融。……
一、顯無明萬法離此無依，二、顯寂照具足不假妄明。〔註27〕

在虛實互映互照之間，善於理悟「了達無礙」義的蘇軾，最終以「一味
語」說妙。「一味語」即《優婆夷淨行法門經》卷第二〈修學品第二之餘〉所
說的「不瞋亦不恚，不鬪亂麤語」的善語，〔註28〕就文藝學文本的書寫而論，
可以直接表示為妙語，而妙語必出諸於妙悟。

第三節　雙照真俗的妙悟詩學

關於妙悟論，在中國文論史上，首度做為文學批評的概念，是晚於蘇軾
百年的嚴羽，在《滄浪詩話·詩辨》第四則所提出的，嚴羽把參禪的行法，
以細讀法的閱讀方式，以類比的方法，移置到學詩者的學習對象上，而賦予
參詩的新意，目的在意圖指導南宋時代，初學寫詩的人，如何把詩寫成「漢、
魏、晉與盛唐之詩」。姑不論其是否昧於文學勢必在歷史流變的進程中，與時
代互為遞嬗的通則，祇就其「大抵禪道惟在妙悟，詩道亦在妙悟」，與「惟悟
乃為當行，乃為本色」一說來看，〔註29〕算是從佛學思想與文學寫作學，在

〔註25〕　《蘇軾文集》，第二冊，頁 404。
〔註26〕　《大正藏》，第十九冊，頁 120ª。
〔註27〕　《卍續藏》，第十二冊，頁 279ª。
〔註28〕　《大正藏》，第十四冊，頁 959ᵇ。
〔註29〕　《宋詩話全編》，第九冊，頁 8719。

方法論上會通的一個側面，認眞思考盛宋文學與佛教思想互文性的問題，而這就給論者提供了對蘇軾佛教文學，之於無情說法的文藝學創作與表現，在妙悟上如何可能的再思考的基礎。因此，蘇軾「覽之不有，卻之不無」的「要妙」之道，自當從其嫻於教下義學與宗門參學的自性海，通過其筆端所流出來的文本，來做如實的確證。蘇軾在寫於熙寧七（1074）年的〈錢塘勤上人詩集敘〉說：

> 故太子少師歐陽公好士，爲天下第一。……公不喜佛老，其徒有治《詩》、《書》學仁義之說者，必引而進之。佛者惠勤，從公遊三十餘年，公常稱之爲聰明才智有學問者。尤長於詩。公薨於汝陰，余哭之於其室。其後見之，語及於公，未嘗不涕泣也。勤固無求於世，而公又非有德於勤者，其所以涕泣不忘，豈爲利也哉？〔註30〕

出現在這一段文本中，至少有三個要點值得注意：

一、在盛宋來臨的歷史前沿，主張革新時文的文壇領袖，雖然不喜佛老，但不礙其與僧侶長期的往來。

二、盛宋詩僧之所以被排佛者所接受，是以其入世化的聰明才智與學問做爲僧侶士大夫化的前提。

三、僧侶與士大夫以文藝學交遊的態度，體現在彼此無求的無利害關係上，而且在當時代具有普遍性。

前兩項與本論題無關，姑置不論。第三項則從蘇軾的眼光中折射出，文藝學與佛學之於佛教文學在實踐上的銷釋關係與超越性，因爲祇有無求，纔能達致無執的境界，而人與人之間的無求，正是在精神上心與物亦無求的反映，如以藝術創作主體的審美觀照而論，做爲審美客體的無情物，祇有在主體無求的直覺知之中，纔能使通過被創造出來的藝術形式，在出諸於現量的當體，領有說法的法性具足本來如此的意蘊，誠如詩佛王維在〈春日與裴迪過新昌里訪呂逸人不遇〉詩所云：「看竹何須問主人。」〔註31〕而這種心物之間在法性，乃至於審美與審美創造，可以用十九世紀俄國美學家車爾尼雪夫斯基的「不自私」說，來做簡單的理解，在《美學論文選》論「美感和利害

〔註30〕 《蘇軾文集》，第一冊，頁321。
〔註31〕 唐‧王維著，趙殿成箋注，《王右丞集箋注》，臺北，河洛圖書出版社，民64，頁189。

感的關係」中，車爾尼雪夫斯基說：

> 美的欣賞祇有在下面這個意義上總是不自私的：譬如，我欣賞
> 別人的田疇，而絕不想到它不是屬於我的，賣去田中穀物所得的錢
> 也不會落到我的口袋裏，但我卻不能不這樣想：「謝天謝地，穀子長
> 得好極了，這一回，鄉下人可以鬆口氣了！我的天，這田裏給人們
> 長了多少人間幸福，多少歡樂呀！」應該指出，這種思想可能是模
> 糊地作用於我們的心裏，甚至我們不覺得它是作用於我們的心裏，
> 但是它最能引起我們對田疇的美的欣賞。我們知道得很清楚：美的
> 欣賞與所有主的愉快感是兩種完全不同的感覺，但並不是常常彼此
> 妨礙的。〔註32〕

彼此不妨礙，就是所觀境在能觀者心上淨而不染的示現，是所有主的愉
快感，與欣賞者的純粹審美，在差別心上所顯現的無差別相，是善語所展現
的沒有衝突與執著的妙悟，因為妙悟是無諍的圓通之道，是在眼前分明有的
境象，在以虛心覺照得之的心象的相有體空的第一義諦，是闢佛的歐陽少師
與佛者惠勤之間的無求與無得的當下即是，以其無有恩威之德用，與無所得
之無利害故，正是圜悟克勤在《碧巖錄》卷第一〈師住澧州夾山靈泉禪院評
唱雪竇顯和尚頌古語要〉所說的「廓然無聖，且喜沒交涉」的無從交涉、無
所交涉、毋須交涉的心物一如的當體。〔註33〕就車爾尼雪夫斯基的「不自私」
說，進階而論，就是蘇軾在〈送錢塘僧思聰歸孤山敘〉所指明的「水鏡」說，
蘇軾說思聰：

> 讀《華嚴》諸經，入法界海。……秦少游取《楞嚴》文殊語，字
> 之曰聞復。使聰日進不止，自聞、思、修以至於道勤，則華嚴法界
> 慧海，盡為蓬廬，而況書、詩與琴乎？……聰若得道，琴與書皆與
> 有力，詩其尤也。總能如水鏡以一含萬，則書與詩當益奇。〔註34〕

依慣例是僧家向在俗者說解脫法，但在蘇〈敘〉中，則成為士大夫向僧
家說「抽象之道如何以藝術形式來展現」的要妙之道。值得注意的是，這與
莊子的「技進於道」說，是完全相異的超越之思。易言之，「技進於道」是熟
能生巧的可預期的結果，但在當事者的表述上，以其被無法言說的神祕性所

〔註32〕 朱光潛編譯，《論美與美感》，臺北，藝軒圖書出版社，民72，頁339。
〔註33〕 《大正藏》，第四十八冊，頁140^b。
〔註34〕 《蘇軾文集》，第一冊，頁326。

限定，頂多衹能傳事而不能傳信，更不能傳妙，可見在莊子那裏，事法和心法是分屬兩個對立的敵體，往往是衹可意會而不可言傳，衹是不能言傳的事，在理上根本不可能達致意會的境界，而每每造成表述者自說自話，且聽聞者莫知所指的茫然結果，從而導致說者與聞者，都不得不陷入言意之辨的弔詭的思想泥潭之中。

在蘇軾的佛學思想中，技與道的關係則不然，因為在佛家那裏，凡事都講究入道的門徑，必須以「如是我聞」做為「自聞、思、修以至於道」的根據，而聞、思、修做為入道的初始梯級，在切近於世法上連類譬比的事相上，務必是可以分析、可以論證與言說的，衹有在事相上，把一切的基礎原理，都如其所是的以推論知給具體掌握到了，並以其為工具而非目的的無執態度，做為從解悟向理悟超越而上的根源，纔能在也是可以分析、可以論證與言說的，但在悟境中已毋須分析、毋須論證與言說的勝義上，進入法界慧海而得大自在，這在唐代華嚴學者李通玄所撰的《新華嚴經論》卷第六中，有很精要的論述，李通玄說：

> 如來施設分量限齊者，皆引眾生之化儀，漸令心廣，未為究竟之實相也，如此華嚴法界之妙門者，約分十佛剎微塵數蓮華藏剎海參映重重，為明無盡佛國互相徹入，一一佛剎皆滿十方，十佛剎微塵數國土，皆無限礙，身土相稱，都無此彼往來之相。〔註35〕

在華嚴法界中，重重參映的微塵數蓮華藏剎海、微塵數國土，亦即微塵數無情物，就文藝學而論，便是涉入佛學思想的藝術家，假藉任何形態的藝術形式，所意欲馳騁其創造技藝的對象，但這些都不是終極目的。如果錢塘僧思聰的琴藝、書法與詩作所追求的，衹是在藝術表現對象的現象上，賣弄爐火純青的技巧，其結果頂多衹是技巧的演示，而不會是做為藝術現象的諸元素所蘊涵的自身具足的理體，如此一來，在心物關係上，就會陷入兩個對立的範疇，就會以其有限礙的對立性，造成藝術心靈的內在衝突，而無法在心物互相徹入的當下，獲得無限礙的生命自由。

一個沒有真自由的生命，儘管在以藝術技法與所執持的對象上，是個寫實主義的能工巧匠，這在蘇軾的慧眼看來，其極致頂多衹能達到創作主體對某一客體，在殊相上看起來是完美的把握，但對主體與客體共在的共相，在理上的「身土相稱」，卻因其懵懂而失去自在的普遍圓通性，而無法體達無情

〔註35〕　《大正藏》，第三十六冊，頁 757^{b}。

說法所說的正是「都無此彼往來之相」的本自如如不動的究竟實相。因此，蘇〈敘〉所論，水是體，譬諸於心，鏡所攝之境是相，是藝術所操弄的客觀對象。而體與相，正是至大無外、至小無內的法界慧海「不一亦不異」的體相之於能觀者的事用。此之於馮友蘭的渾然大全說庶幾近之，但無如清涼澄觀在《大方廣佛華嚴經疏》卷第十二〈如來名號品第七〉所說的「染淨緣故稱妙悟」，〔註36〕以及卷第五十〈如來出現品第三十七〉所指出的互根互用說來得究竟，清涼澄觀說：

> 妙悟在於即眞，即眞則生滅齊觀，齊觀則彼此莫二，所以眞如
> 與我同根，法性與我一體。〔註37〕

齊觀迥非齊物，而是在法性上等觀生滅即眞如，可見在有智慧者的視域中，眞俗並不是二元對立的非眞即俗，也不是折衷論者，無視於緣起的有爲法皆爲無自性的無爲法即是法性的含糊其辭的無分別，而是在相上義界分明的有分別，在理上同歸法性的無分別，所以在《大般若波羅蜜多經》卷五百六十九〈法性品第六〉中，世尊要對最勝天說：

> 世間智慧若入菩薩智慧海中，一相一味所謂無相，趣一切智無
> 分別味。菩薩智慧觀一切法不見增減。何以故？通達平等深法性
> 故。菩薩所有大慈悲力不違本願，一切聖者之所依處，爲諸有情永
> 劫說法無有窮盡。天王！菩薩行深般若波羅蜜多，通達如是甚深法
> 性。〔註38〕

相對於世智辯聰，原是無有相對性的般若波羅蜜多，即蘇軾筆下「入法界海」的菩薩智慧。值得注意的是，這種根源於般若波羅蜜多的妙悟論，與龔鵬程以唯識學遍計所執性、依他起性、圓成實性三性所建立起來的妙悟論的解釋系統，是完全不相同的。〔註39〕因此，嘉祐六（1061）年，剛剛獲得朝廷授予鳳翔府簽判的青年官僚蘇軾，不僅沒有一般征名逐利之徒，以春風得意之色躊躇自滿，或以睥睨之情驕人，反而以明利的慧眼，在與其弟蘇轍演出人生最不堪的「愛別離苦」的戲碼之後，以無情物的緣起緣滅，直指人生的無常亦緣起緣滅，而賦〈和子由澠池懷舊〉詩云：

〔註36〕 《大正藏》，第三十五冊，頁 588°。
〔註37〕 《大正藏》，第三十五冊，頁 884°。
〔註38〕 《大正藏》，第七冊，頁 938°。
〔註39〕 參見龔鵬程著，《詩史本色與妙悟》，臺北，臺灣學生書局，民 82，頁 137～
256。

人生到處知何似？應似飛鴻踏雪泥；

泥上偶然留指爪，鴻飛那復計東西？

老僧已死成新塔，壞壁無由見舊題；

往日崎嶇還記否？路長人困蹇驢嘶。〔註40〕

元人劉壎在《隱居通議》卷十〈詩歌五〉說：

然「鴻泥」之諭，真是造理，前人所未到也。且悠然感慨，令人動情，世不可率爾讀之，要須具眼。〔註41〕

木齋說：

從一次具體的人生經歷中，生發出到對人生離合的哲理性的體驗。……將具體的場景與抽象的概括融為一體，遂為千古絕唱。〔註42〕

胡遂則以鳩摩羅什譯的《金剛般若波羅蜜經》的結論〈六如偈〉，論證蘇軾這首詩對「世事無常」所表現的「深沈的感慨」，〔註43〕並說：

在蘇軾而言，它顯然也是受到佛學「如是觀」思維方式的啟發。與佛學「如是觀」不同的是，這是一種精神愉悅法，與積極精神勝利法一樣，……也是一種純憑「我」之意願所作的主觀的任意設想。〔註44〕

劉壎首先指出，這首詩可能蘊涵的佛學質素，但沒有指出其與感慨的聯繫，持有如何可能的關係，因此，要隻眼獨具的讀者自行去解會。木齋則指出了蘇軾的感慨，來自於人生離合的哲理性的體驗，但同樣沒有證明哲理的內涵是甚麼。至於胡遂則以夢、幻、泡、影、露、電在實質上的悉無所有，而在生滅法上，論證蘇軾深沈的感慨，是一種純主觀的任意設想，以證立蘇軾積極精神勝利法的阿 Q 心態，按照這種思路所通往的斷論，難保不片面的將蘇軾劃入唯心主義者的藩籬中去，致使般若思想亦無從幸免於難，而形成另一種在理論上，從反面出現的實有其事的精神勝利法，亦且不免也是阿 Q 式的勝利。然而論者以為，蘇軾在這首早期的詩作所體現的藝境中，較諸於劉、木、胡所見，遠要有更加邃徹的思想底蘊，做為使其總體「意境恣逸」，

〔註40〕 《蘇軾詩集合注》，上冊，頁 90。
〔註41〕 文淵閣《四庫全書》鈔本，葉 1^b。
〔註42〕 木齋著，《蘇東坡研究》，桂林，廣西師範大學出版社，1998，頁 26。
〔註43〕 胡遂著，《中國佛學與文學》，長沙，岳麓書社，1998，頁 256～258。
〔註44〕 《中國佛學與文學》，頁 266～267。

〔註45〕與起手便「超雋」不凡的根據。〔註46〕

「牆壁瓦礫」，既然是法性在現象界展現的一種方式，更是以晉譯《大方廣佛華嚴經》卷第三十三〈普賢菩薩行品第三十一〉的經教「剎說眾生說，三世一切說」，〔註47〕所說的「無情話」，以為「無情有佛性」的「齊諸佛」的前提，是以無情說法的聞法對象，在南陽慧忠國師「齊諸佛」的限定下，如以淺人的執象求心之見，不但菩薩界以下的地獄界、餓鬼界、畜生界、修羅界、人間界、天上界、聲聞界、緣覺界等九界，勢將一無所聞，縱令有所聞，亦惘然不知其所說者，是為顯明法性即以如來智稱名的如如境，甚至要以為無情與有情所說者，皆為惑亂眾生心的噪音。以做為含靈的眾生之一的人道眾生而言，豈不常聞有好靜之徒，刻意避離其所認為憒鬧的人寰，並野逸山林求靜而去？

在蘇軾的文藝學文本中，雖常有歸去來的反義之作，但何以終其一生，並沒有像絕大部分傳統隱士那樣，或吏隱在朝如以詩佛鳴世的王維、或大隱在市如以陋巷之樂樂其克己復禮之樂的顏回、或小隱在野如以梅為妻以鶴為子的林和靖、或如回到園田去與草木為伍而絕不為五斗米折腰向鄉里小人的陶淵明。

從蘇軾青年時期所留下的洋溢著精進波羅蜜多的詩學文本，可以證明做為儒生的青年蘇軾，不但聽分明了人寰紛至沓來的眾聲的意義，更以與生具足的「齊諸佛」的佛性，即清涼澄觀在《大方廣佛華嚴經疏》卷第三〈世主妙嚴品第一〉所說的「一切眾生悉在如來智內」的如來藏的「齊諸佛」觀，〔註48〕聽清楚了無情與有情所說者皆為法音，所以蘇軾以相即的筆法，說人生「應似」踏在雪泥上的飛鴻，而不以類推的比擬筆法說「恰是」或「好似」、「彷似」、「猶似」。

前者係創作主體對所觀照的客體的當體直指，所以主客之間，在物象與心象的映合上，不用通過擬議的轉折，是主體在境界中，並與境界本身為一體的水鏡，是即現象即理的當際耦合。

〔註45〕清‧紀昀點評本，《蘇文忠公詩集》，卷三，轉引自《蘇軾資料彙編》，下編，頁 1860。
〔註46〕高步瀛選注，《唐宋詩舉要》，卷六引吳汝綸語，臺北，漢京文化事業有限公司，1992，頁 657。
〔註47〕《大正藏》，第九冊，頁 611ᵃ。
〔註48〕《大正藏》，第三十五冊，頁 520ᵃ。

後者係創作主體對所觀照的客體的外部摹擬，是能觀者站在所觀境之外，對變動中的不特定的森羅萬象，以隨意性的方式指東道西，並經過習慣意識的過濾，而以類推的方式，執取創作的零件，然後再在既定的藝術形式上，以既有的概念，重新組裝或改造意象，以致自作聰明的把本是一如的能所與真俗，破析為兩個不相容的事相來對待。因此，心象自是心象，境象自是境象。其關係是可能的關係、牽合的關係、拼嵌的關係，是未必如此而可以如彼、也可以如彼而不必如此的隨主觀意願的命題而改變的辯證關係。

前者係禪家以「無所住」、「無住本」的經教為本，以心行處滅的行法所證顯的「休歇處」，而非「不立文字」處，亦非僅止於以表象之所是為是的簡單直觀。後者係前及的比量境，猶有情偽計執。可見一字之殊的宗旨，正是蘇軾在〈送錢塘僧思聰歸孤山敘〉一文的結穴處，所明白指述的「以為聰得道淺深之候」的「得道」說。〔註49〕得道淺者，在文藝創造上，祇能落到方便法所允許的第二義上去，但沒有辦法從第二義上去顯明第一義。而得道深者，自然是究竟法第一義在藝術上的體現者，所體現於遊戲三昧的「不離文字」對「不執文字」的超克，與「不執文字」對「不立文字」的超克所展現的天才繞有的能事。有一些切近之論，可以做輔助說明，先看克羅齊《美學原理》第一章〈直覺與表現〉譯注一，朱光潛說：

> 直覺底知識（intuitive knowledge）：見到一個事物，心中祇領會那事物的形相或意象，不假思索，不生分別，不審意義，不立名言，這是知的最初階段底活動，叫做直覺。直覺是一切知的基礎。見到了形相，進一步確定它的意義，尋求它與其他事物的關係和分別，在它上面作推理底活動，所得底就是概念（concept）或邏輯底知識（Logical knowledge）。這個分別相當於印度因明學的現量和比量的分別。窺基法師《因明大疏》說：「行離動搖，明證眾境，親冥自體，故名現量。……用已極成，證非先許，共相智決，故名比量。」〔註50〕

〔註49〕 《蘇軾文集》，第一冊，頁 326。

〔註50〕 〔義〕克羅齊（Benedetto Croce）著，朱光潛原譯，正中書局編審委員會重譯，《美學原理》（*Aesthetic as Science of Expression and General Liguistic*），臺北，正中書局，民 71，頁 157。朱光潛在 1956 年 7 月出版「修正版」，已無「窺基法師」云云，參見《朱光潛全集》，第十一卷，合肥，安徽教育出版

　　克羅齊的直覺美學，在藝術的創作與鑑賞兩個面向上，都為晚近美學家留下了巨大的商榷空間，如仍然有待在學理上解決的審美判斷如何可能的問題。因此，姚一葦根據傑勒特（James L. Jarrett）的傳達理論，從鑑賞如何可能的進路予以否證，並以欣賞者於欣賞之際，在心理上所產生的情感與思維等心理活動，論證接受者對藝術品的直觀，與藝術家對境象的直觀，是永遠不可能一致的。〔註 51〕可見姚一葦是從「邏輯底知識」來看心物問題，而且不相信審美上有所謂的「直覺底知識」，所以必然要導出對比量知做為鑑賞的思維進路的途徑，而在審美效果上，作者與欣賞者，不但不同，且不同的欣賞者之所見，也是見仁見智的結論。

　　易言之，以「邏輯底知識」來識知主客關係的審美藝境，較諸於以「直覺底知識」來識知主客關係在審美表現上的當體即是，是兩個完全不同的境界。前者必須是可以分析的，並以分析的論式，論證創作者所見的客體即境象，與欣賞者所見的客體即藝術品，與主體在心象的聯繫上，美感是如何產生與被認知其美何以為美，是以客體的美是心象的美的派生物，而其本身並不具足美之所以為美的充分條件。可見以這種方式識知的美感的成立，是基於被賦予其美之所以為美，是在特定的前提之下給定的，而特定的審美前提的給定，之於任一創作者與欣賞者自身的審美意識的發生，又不可能被標準化，所以具有極大的隨意性。唯其既然是「邏輯底」，就必然在審美上於客體與主體之間，同時帶有任何可能形式的沾黏特質，一旦取消這一可擬議的二元特質，就無法以推論知證立客體的美，與主體所識知的美，在審美的心理活動上，具有可轉移的必然性。但在後者則不然，即主體在審美的心理活動上，與客體自身所呈現的美感本身，在心物交會的當際具有同一性，因為主客關係，不是兩個世界同質或異質與否的辯證關係，而是同為一個本真世界的此在。〔註 52〕

　　　　社，1996，頁 131。

〔註 51〕　參見姚一葦著，《藝術的奧祕》，臺北，臺灣開明書店，民 68，頁 1～17。

〔註 52〕　參見：

　　1.〔德〕馬丁・海德格（Martin Heidegger）著，王慶節、陳嘉映譯，《存在與時間》（Sein und Zeit），臺北，桂冠圖書股份有限公司，1990。

　　2.〔德〕馬丁・海德格著，孫周興譯，《林中路》（Holzwege），臺北，時報文化出版事業有限公司，1994。

　　3.〔德〕馬丁・海德格爾著，孫周興譯，《在通向語言的途中》（Unterwegs zur Sprache），北京，商務印書館，2004。

　　關於美感的呈現，雖然與以「邏輯底知識」來進行審美的心理活動那樣，不可能被標準化，但審美的心理活動之於藝術創作與欣賞，卻往往不是經由分析而發生，也不是經由論證而被證立。以華嚴法界觀來看，就是蘇軾在〈送錢塘僧思聰歸孤山敘〉一文中所說的「水鏡以一含萬」的水鏡喻，也是賢首法藏在《華嚴經探玄記》卷第二〈盡世間淨眼品〉中所說的「總持諸法，曜同水鏡」喻，〔註53〕更是李通玄在《新華嚴經論》卷第六中，根據《大方廣佛華嚴經》卷第八〈華藏世界品第五之一〉所說的帝釋天重重交絡、相互映發的珠網，所總結出來的「參映重重」與「互相徹入」喻。

　　值得注意的是，在認知上，這同樣是可以分析與論證的一元多重世界論，而非折衷者的遁辭，唯其在藝術審美上，以創作者與欣賞者的修為而論，卻是站在此基礎上，對析法的超越，而直下與理體的同一共在，亦即賢首法藏所說的「總持」。因此，克羅齊繼叔本華在《意志與表象的世界》中、尼采在《悲劇的誕生》中、柏格森在《笑之研究》中所提出的直覺主義藝術觀，在西方學壇進一步的開展，〔註54〕在整個十九世紀到二十世紀中葉，都是值得研

4. 〔德〕馬丁‧海德格爾著，孫周興譯，《演講與論文集》（*Vorträge und Aufsätze*），北京，三聯書店，2005。
5. 〔德〕馬丁‧海德格爾著，王作虹譯，《存在與在》（*Existence and Being*），北京，民族出版社，2005。
6. 〔法〕馬克‧弗羅芒－默里斯（Marc Froment-Meurice）著，馮尚譯，《海德格爾詩學》（*That is to Say: Heidegger's Poetics*），上海譯文出版社，2005。
7. 〔德〕馬丁‧海德格爾（Martin Heidegger）著，孫周興譯，《林中路‧修訂本》（*Holzwege*），上海譯文出版社，2006。
8. 賴賢宗著，《海德格爾與禪道的跨文化溝通》，北京，宗教文化出版社，2007。

〔註53〕《大正藏》，第三十五冊，頁141^a。
〔註54〕參見：
1. 〔德〕叔本華（Arthur Schopenhauer）著，劉大悲譯，《意志與表象的世界》（*Die Welt als Wille und Vorstellung*）臺北，志文出版社，民64。
2. 〔德〕弗里德里希‧威廉‧尼采（Friedrich Whilhelm Nietzsche）著，周國平譯，《悲劇的誕生》（*Die Geburt der Tragödie*），臺北，貓頭鷹出版社，2000。
3. 朱立元、李鈞主編，《二十世紀西方文論選》，上卷，北京，高等教育出版社，2003。
4. 伍蠡甫、胡經之主編，《西方文藝理論名著選編》，中卷，北京大學出版社，2003。
5. 馬新國主編，《西方文論史‧第二版》，北京，高等教育出版社，2004。

究佛教文藝學的學者所應該看到的思潮，而直覺主義的直覺美學，在西方雖然祇停留在蘇軾的堂師兄弟，即臨濟宗黃龍派黃龍慧南下一世東林常總的師兄弟晦堂祖心的弟子青原惟信所倡「見山見水」三階段論的第一階段的「見山是山，見水是水」，但已足以說明「直覺底知識」是不容輕忽的審美的方式之一，《續傳燈錄》卷第二十二〈大鑑下第十四世・黃龍心禪師法嗣〉說：

> 吉州青原惟信禪師上堂：「老僧三十年前未參禪時，見山是山，見水是水。及至後來，親見知識，有箇入處，見山不是山，見水不是水。而今得箇休歇處，依然見山祇是山，見水祇是水。」〔註55〕

阿部正雄在《禪與西方思想・序》中提出，以「『人格主義的宇宙論』（它與『宇宙——人格主義』密不可分）或『自我覺悟的宇宙論』」，〔註56〕做為論證青原惟信「大眾！這三般見解，是同是別」的進路，〔註57〕意圖以「超越了客觀的宇宙論和人類中心主義。……根據對**空**或**如**的證悟，……建立一種佛教的目的論」。〔註58〕

然而，論者對阿部氏前後矛盾，亦與帝網互為中心而無特定中心矛盾的「人類中心主義」，雖沒有興趣。但阿部氏對「見山見水」三階段論的「超越了客觀的宇宙論」，之於客觀存在物即現象、即萬法自身具足的論證，在論述蘇軾佛教文學無情說法的心物關係上，卻有可參照之處。因為「見山見水」三階段論，自北宋中期被青原惟信提出以來，在中國禪宗內部，一直未曾被討論過。因此，阿部氏的論證，便顯得特別醒目。阿部氏在第一章〈禪不是哲學，而是……〉中說：

> 「見山祇是山，見水祇是水。」山水在其總體性和個體性上揭示了自身，而不再是從我們主觀性立場上看到的客體。〔註59〕

又說：

> 第三階段並不是從低到高漸次達到的一種靜態的終極，而是一種動態的整體。〔註60〕

〔註55〕 《大正藏》，第五十一冊，頁 614^{b-c}。

〔註56〕 〔日〕阿部正雄著，王雷泉、張儒倫譯，《禪與西方思想》，臺北，桂冠圖書股份有限公司，1992，頁 ii。

〔註57〕 《大正藏》，第五十一冊，頁 614^{c}。

〔註58〕 《禪與西方思想》，頁 ii。粗體部分係原文所標出的重點，以下同。

〔註59〕 《禪與西方思想》，頁 10。

〔註60〕 《禪與西方思想》，頁 16。

又說：

> 「見山祇是山，見水祇是水」，是以完全非概念化的方式，在**絕對現在**中被認識的，它超越了過去、現在、未來。正是在這絕對現在中，包括所有三個階段的動態整體被認識到。……絕對現在也是萬事萬物賴以認識它們本來面目的根源或基礎，在這基礎上，萬事萬物既沒有失去它們的個性，也沒有相互對抗和妨礙。〔註61〕

　　阿部氏用於研究「不是哲學」的禪的哲學方法，除了他自己說出的「黑格爾通過否定之否定而辯證地把握一切事物」。〔註62〕這樣的辯證法，除了將矛盾的觀念，從邏輯的觀念轉變為形上學的觀念之外。至於沒有說出的部分，顯然是康德在《純粹理性批判》第二編〈先驗辯證論〉所提出的「超越（先驗）的辯證法」，〔註63〕致使在前兩個階段的論證中，仍無可避免的出現與佛教無我論相違的諸種矛盾，而這種方法，一旦套上青原惟信的「見山見水」三階段論，第一階段恰好是正題，第二階段正是正題反對的反題，最後便是合成前兩個階段的合題。因此，在其論著中不免充滿了方枘與圓鑿仍有待鉏磨的洋格義氣味，所幸它們不僅不妨礙讀者在最終的結論上，可以用原來「是哲學」推論的方式，來認識向來很難被論證清楚，甚至帶有神祕意謂的禪與悟，如對主客體界限的消弭，對法界緣起做為「動態的整體」的識知，對心物交會的當體做「絕對現在」的如實觀照，而其結果便是連當代美國的「隱士」詩人蓋瑞・史耐德，也能理解的當體涅槃說。史耐德在〈野在中國・牛頭山〉一文中說：

> 釋迦牟尼悟道的經驗教導我們：所有的事物都共同存在，互為因果，「澄空」而「無我」。
>
> 　　……八世紀時，天臺宗的高僧湛然，……他的結論是沒有知覺的存在物也有佛性。他認為一粒微塵裏也有佛與眾生的心性。而且知至善者知眞相無二，心外無物。那麼何者為生，何者非生？蓮花朵朵，眾生皆在，無分彼此。
>
> 　　中國的佛教徒可以說：這些美麗的山川是涅槃在此時此地的體

〔註61〕《禪與西方思想》，頁 17～18。

〔註62〕《禪與西方思想》，頁 19。

〔註63〕參見〔德〕康德（Immanuel Kant）著，藍公武譯，《純粹理性批判》（*Kritik der Reinen Vernunft＝Critique of Pure Reason*），北京，商務印書館，1997，頁 244～414。

現。〔註64〕

「所有的事物都共同存在」，是華嚴法界思想的題中應有之義，亦是蘇軾佛教文學，之所以得能享有佛教之名的思想主軸，已具如前述。至於「一粒微塵裏也有佛與眾生的心性」，則是從教下的「無情有性」說，到蘇軾在宗門悟道的「無情物」，與蘇軾自身共為萬法的文藝學上，以共存的互文性所表述的妙悟，即對「無情說法」如法的肯認，其中並不存在仿作與戲擬的超文性問題。因此，人生「應似」踏上雪泥的飛鴻，是無情與有情在同一法界中，心物交會的當體所呈顯出來的本來面目的詩學，是以在轉眼的當際，便逸失在茫茫雪野的飛鴻，與物化而去的老僧，如同往日逝滅的人生征途，與乎此時此刻仍在萬緣中，應緣而行的宦途行旅，就境象與心象的冥一而論，在蘇軾的宗門之學中，一如元僧永盛在《竺原禪師註證道歌》中，頌荷澤神會《證道歌》所詠的「宗亦通，說亦通，定慧圓明不滯空。非但我今獨達了，恒沙諸佛體皆同」，〔註65〕而為：

> 宗亦通，說亦通，團團杲日麗晴空。
>
> 百千三昧無量義，祇在尋常日用中。〔註66〕

尋常日用的體現方式，祇是尋常存心，而尋常存心的體現方式，則為日用而不自知的無心，是對作、止、任、滅諸禪病的等觀、等覺與超越，是以蘇軾說：「問汝平生功業，黃州惠州儋州。」自神宗元豐二（1079）年，蘇軾四十四歲時，爆發烏臺詩案，到徽宗建中靖國元（1101）年，六十六歲卒於北歸旅次常州之前，蘇軾都沒有任何妄自菲薄的說話，即使在結束這一期生命的前夕，仍以其以無情物悟道而呈偈東林常總的慧見，在〈次舊韻贈清涼長老〉詩中，以世出世法體寂的「尋常日用」，平懷自適，並將之體現在詩文本上，誠如唐僧大珠慧海在《頓悟入道要門論》卷上所說的「體寂湛然，無有去來，不離世流，世流不能流，坦然自在」，〔註67〕而任運的歌詠著，無情說法所說出來的有情話。是以蘇軾的超越之思，並非得之於對所超越的對象的片面的主觀超克，亦非對正題所要反證的反題的反對，而是對所超越的對象，

〔註64〕 〔美〕蓋瑞·史耐德（Gary Snyder）著，〈「野」在中國〉（Wild in China），林耀福、梁秉鈞編選，陳次雲等譯，《山即是心：史耐德詩文選》，臺北，聯合文學出版社，民79，頁300～301。

〔註65〕 《月溪法師文集》，第五冊，頁41。

〔註66〕 《卍續藏》，第六十五冊，頁459b。

〔註67〕 《卍續藏》，第六十三冊，頁18b。

與能超越的心象，在同一法界共爲其所是的無方所與無分別的肯定，因爲無情說法，如不宣說有情話，即屬斷論，是以烟塵不染雲山，千江不迷一月，俱爲自性之在其自己與他者同時在場的法界意象，因而蘇詩云：

> 過淮入洛地多塵，舉扇西風欲污人；
> 但怪雲山不改色，豈知江月解分身？
> 安心有道年顏好，遇物無情句法新；
> 送我長蘆一葉舟，笑看雪浪滿衣巾。〔註68〕

第四節　體現在尋常日用中步步道場的圓覺境

熙寧二（1068）年二月，右諫議大夫、參知政事王安石，在神宗的授意下，「創制置三司條例司，講求新法」，〔註69〕開始主持全面影響盛宋政局的熙寧變法。五月，時任判官告院的蘇軾，上〈議學校貢舉法〉，以「陛下視祖宗之世貢舉之法，與今孰爲精？言語文章，與今孰爲優？所得文武長才，與今孰爲多？天下之事，與今孰爲辦」等四事，〔註70〕認爲不應輕易變更仍具有相當實效性的舊制，蘇軾時年三十四歲，值得注意的是，根據釋惠洪在《冷齋夜話》卷之七「夢迎五祖戒禪師」條的記載說：

> 坡曰：「軾年八九歲時，嘗夢其身是僧，往來陝右。又，先妣方
> 孕時，夢一僧來托宿，記其頎然而眇一目。」
> 雲庵曰：「戒，陝右人，而失一目，暮年棄五祖來游高安，終於
> 大愚。」逆數蓋五十年，而東坡時年四十九歲矣。〔註71〕

不論釋惠洪的記載，傳信性如何，至少從蘇軾少年時期，以迄於身爲中樞大臣的此時，不但與僧侶多所交游，如孔凡禮根據蘇洵撰的《嘉祐集》、蘇轍撰的《欒城集》、與蘇軾同時的釋惠洪撰的《禪林僧寶傳》、南宋僧普濟撰的《五燈會元》、清人王文誥撰的《蘇文忠公詩編注集成總案》等基本文獻的整理所得，指出慶曆七（1047）年，時年十二歲的蘇軾，隨父自嵩洛往廬山，便與修習華嚴教學出身的雲門宗僧圓通居訥，以及宣僧、景福順長老等人，

〔註68〕　《蘇軾詩集合注》，下冊，頁2300。
〔註69〕　清・顧棟高編，《王荊國文公年譜》，裴汝誠點校，《王安石年譜三種》，北京，
　　　　　中華書局，2006，頁74。
〔註70〕　《蘇軾文集》，第二冊，頁724。
〔註71〕　《稀見本宋人詩話四種》，頁66。

開始了僧俗之間的交遊。〔註72〕而且遊觀佛教寺院，早已成爲蘇軾喜好尋幽訪勝，與參訪諸山長老的主要休閒生活方式，並已著有爲數相當多的涉佛文藝學文本。除了大量的詩作之外，以記而論，亦有諸多騰播眾口的名篇，如作於英宗治平四（1067）年的〈中和勝相院記〉、作於神宗熙寧元（1068）年的〈四菩薩閣記〉等。因此，當蘇軾在面臨國政重大因革之際，爲維護國家機器依儒術取士的祖宗之法，得以持續有效運作起見，而在比較儒、釋、道三家，何者爲宜於治世的「實學」時，指出以出世法爲行持根據的佛教，與以無待爲逍遙訴求的老莊思想，並不適合用來「經畧世務」，而在〈議學校貢舉法〉的結論處，申論說：

> 昔王衍好老莊，天下皆師之，風俗凌夷，以至南渡。王縉好佛，
> 捨人事而修異教，大曆之政，至今爲笑。故孔子罕言命，以爲知者
> 少。〔註73〕

蘇軾的意思，是說三家思想，各有不同的社會功能，允宜仔細分判，纔能用得其所，否則不但無補於政教，反而會因誤用而壞事。就今天的學門分科而論，以經世致用爲目的的儒家學術，在以科舉取士晉用文官的體制中，屬於政治學、倫理學、社會學、經濟學的內涵，至於釋、道兩家，則屬於哲學、宗教學、生命科學的範疇，兩者之間，有著根本不同的教學目標與思想模式，不能毫無簡別的混爲一談，是以不能據此片面指稱蘇軾也是闢佛中人，更不能因此就證明蘇軾的佛教信仰是黨爭的副產品。

至於烏臺詩案以後，蘇軾對佛學的深入，也不是甚麼仕途不得意的派生物，從而把蘇軾特具自覺性質的生命意識中，所保有的超絕的生命之學，化約爲失敗主義者，經不起現實挫折磨礪的厭世的避風港。如此一來，不免要與影響蘇軾的生命精神終其一生的六度中的精進波羅蜜多相違。因此，熙寧二年冬，時權知開封府推官的蘇軾〈上神宗皇帝書〉，以「結人心、厚風俗、存綱紀」三事，〔註74〕詳論新法不便。熙寧三（1070）年二月〈再上皇帝書〉，以「立條例司，遣青苗使，斂助役錢，行均輸法，四海騷動，行路怨嗟」等事由，請求「去一人」，即罷免宰相王安石以安天下。

然而，神宗不但沒有採行蘇軾的建言，反而在同年十月陞任王安石爲「同

〔註72〕《蘇軾年譜》，上冊，頁20。
〔註73〕《蘇軾文集》，第二冊，頁725。
〔註74〕《蘇軾文集》，第二冊，頁729。

中書門下平章事、史館大學士」，〔註75〕就在新法推行得如火如荼之際的熙寧四（1071）年六月，時年三十六歲的蘇軾，雖得神宗重用，但因與王安石政見相左的裂隙，已無從弭平，故而絲毫不戀棧京官大位，毅然自乞外放潁州通判，雖然沒有得到神宗的批准，而不准的理由，如蘇軾在〈與堂兄〉第三簡所說：「不欲弟作郡，恐不奉行新法耳！」〔註76〕但獲致改除杭州通判，從而因緣際會的拉開了蘇門佛教文學集團的序幕。關於入宋前的杭州佛教，牧田諦亮在《中國佛教史》下冊第一章〈唐宋交替之際的佛教〉說：

> 建都於杭州的錢氏吳越國之佛教。錢氏領有兩浙之地十三州，從後梁開平元（907）年的錢鏐封吳越王算起，一直到宋的太平興國三（978）年錢弘俶舉國歸宋為止，共五世七十二年。而在這七十多年中，善能保持其國之平靜，幾乎從未遭遇過戰禍，因此，其佛教文化以杭州為中心而興盛一時。……
>
> 杭州之地因為呈現〔獻〕版圖給宋太宗，因此，免於兵火之難，建立了幾百座寺院，成為淨土、天臺、律、禪、華嚴等各宗競先興起的佛教王國。〔註77〕

牧田諦亮之說，有兩個主題特具涉宋佛學研究價值：其一是吳越佛教的繁興，是體現在各宗共榮的基礎之上的，是以不能單取南禪血脈，而選擇性的規避他宗在後周武宗滅佛之後，仍被後世學人紹承與復興的事實。其二是涉宋佛教文學研究，特別是蘇門佛教文學研究，與蘇軾在杭州的參訪活動是分不開的。黃敏枝在《宋代佛教社會經濟史論集》第五章〈宋代兩浙路的佛教寺院與社會經濟的關係〉說：

> 宋代佛事以東南最盛，東南中浙右尤盛。浙右杭州之佛事，正如《兩浙金石志》所云：「臨安又其（錢氏）故里，崇建梵宇，比它邑為尤多。凡一山之勝，一水之麗，必建立浮屠宮。故百里之境而佛剎幾百數，其間最盛者南宗徑山是也。」
>
> 又云：「……而佛寺相望，其徒之多，無慮千數。」……
>
> 杭州一地領九縣，元祐三（1088）年寺院凡五三二所。〔註78〕

〔註75〕宋‧詹大和編，《王荊文公年譜》，《王安石年譜三種》，頁 7。
〔註76〕《蘇軾文集》，第六冊，頁 2526。
〔註77〕〔日〕牧田諦亮著，余萬居譯，《中國佛教史》，下冊，《世界佛學名著譯叢》，第四十五冊，臺北，華宇出版社，佛 2530，頁 12～14。
〔註78〕《宋代佛教社會經濟史論集》，頁 169。

　　黃敏枝在第八章〈宋代佛教寺院的體制並兼論政府的管理政策〉注第十九，轉引竺沙雅章在《宋代佛教社會史研究》第二章〈寺觀の賜額について〉依《咸淳臨安志》卷第七十六至八十五所做的「宋代寺院賜（改）額統計表（別表）」，可知終北宋之世，杭州寺院總共有七百六十二所，而受到歷任皇帝賜額的寺院，高達六百零六所，單單在蘇軾初次任官的英宗朝（1064～1067），短短的三年之間（1064～1066），就高達二百五十八所。〔註79〕當然，還應看到元祐三（1088）年到終北宋之世的徽宗宣和七（1125）年，短短的年三十八年之間，就增建了二百三十所寺院，必然是社會總體力量集中反應的結果。

　　而這一切，無疑都說明了盛宋佛教之所以爲盛，除首都汴京之外，便以杭州爲最盛，而蘇軾又在熙寧四年至七年（1071～1074）任杭州通判前後四年，這種以皇家信仰做爲佛學再復興的沛然莫之能禦的思潮，與社會上望風承旨的風習，一旦與蘇軾以佛學思想做爲生命自覺的底蘊，在杭州躬逢其盛的匯流，勢必在其尋常生活中，成爲唾手皆可取資的文藝學創作資材。反過來說，蘇軾自從倅杭以來，佛學思想已成爲其在日常生活中，觀照起心動念的聞、思、修的終極根據。

　　在第三章論蘇軾的佛學思想中，論者指出蘇軾係在照覺常總禪師處參「無情話」疑情而開悟，並在本章第二節「無情說法所奠立的法喜典範」中，又以錢鍾書在《談藝錄補訂》「一百頁·第二則」所說的「『作者未必然，讀者何必不然。』（Complete liberty of interpretation）皆西漢《〔韓詩〕外傳》、南宗『活句』之支與流裔也」的詮釋方式，〔註80〕與安貝托·艾科在〈詮釋與歷史〉一文中所說的「文本是一個開放的宇宙，在文本中詮釋者可以發現無窮無盡的相互聯繫」的批評方法，〔註81〕與在〈過度詮釋文本〉一文中所說的「從理論上說，人們總是可以創造出某種體系使原本毫無聯繫的東西產生出合理的聯繫。但就具體文本而言，必須有證據纔能將某個語義從相關的『語義同位羣』中分離出來。格雷馬斯（A. J. Greimas）將『同位羣』定義爲『多

〔註79〕　《宋代佛教社會經濟史論集》，頁 366～368。

〔註80〕　《談藝錄》，《錢鍾書作品集》，增訂本第一冊，未標頁碼的臺灣版〈前言〉，以及頁 416。

〔註81〕　〔義〕安貝托·艾科（Umberto Eco）等著，〔英〕斯特凡·科里尼（Stefan Collini）編，王根宇譯，《詮釋與過度詮釋》（*Interpretation and Overinterpretation*），北京，三聯書店，2005，頁 41。

重語義範疇的綜合體，這個綜合體使我們有可能對一個故事進行規範性的解讀』」的語義同位羣規範性原則，〔註 82〕從教下義學，論證蘇軾的佛學思想與文藝學會通，在創作實踐上的互文性根據，無非是為了避免在以文學為本位的佛教文學研究中，常見的引喻失義與增文解釋之失，而其中最嚴重的失誤，便是對不同思想本質的斷章取義，與類似辭彙的妄為牽合，這在莊禪論者筆下，早已被認為顯學，且已達到不疑有他的程度。因此，與一般研究最大的不同，在於率先從典據明確的義學進路，解析蘇軾體現在文藝學文本中的佛學思想的深廣度，而鮮少涉入在當時代已在思維現象與行法上完全中國化，而在思想底蘊上，卻仍然必須以義學做為思想根源的宗門之學。因為如果祇片面的以莊解禪、以玄解禪，或僅止於以一千七百則公案中，被片面斷為無意義語的法語，去做捉對廝殺，終至糾纏不清的奇特解會的話，禪宗就不會成為漢傳佛教的主要宗派之一，而應以當時代的新興宗，重新立目，纔不致自陷於附佛外道之地，如智顗在《摩訶止觀》卷第十上所顯明者：

> 邪人執法不同。邪人不同又為三：一、佛法外外道，二、附佛法外道，三、學佛法成外道。〔註 83〕

際此，誠如《兩浙金石志》所述，在杭州七百六十二所寺院中，「最盛者南宗徑山是也」，徑山雖然是臨濟宗的道場，但做為南禪在杭州分弘的指標，正足以說明蘇軾的宗門參學，自當與宗門各家都有必然的聯繫，並在文藝學創作上，轉化為各種藝術形式，而被表述出來，如孫昌武在《禪思與詩情》第十四章〈蘇軾與禪〉中所指山的那樣，在《嘉泰普燈錄》裏：

> 蘇軾被列為〔臨濟宗〕黃龍派黃龍慧南弟子東林常總法嗣，實際上相對於黃龍派，他與雲門派〔宗〕的關係更為密切。〔註 84〕

當然，本論的目的，對蘇軾與僧侶的交遊，沒有太大的興趣，〔註 85〕不過在下述蘇軾涉禪的文藝學文本的論述中，如遇各宗禪法或作幂所體達的佛學思想，與蘇文的互文性一旦與法義相違，勢必會從種種相關的文獻與傳法譜系中，去為相應的思想，進行必要的考古與清理。〔註 86〕熙寧四年六月，

〔註 82〕 《詮釋與過度詮釋》，頁 65～66。

〔註 83〕 《大正藏》，第四十六冊，頁 132^b。

〔註 84〕 《禪思與詩情》，頁 412。

〔註 85〕 參見陳中浙著，〈蘇軾與佛僧的交往〉，《蘇軾書畫藝術與佛教》，北京，商務印書館，2004，頁 44～81。

〔註 86〕 參見〔法〕米歇爾·福科（Michel Foucauit）著，謝強、馬月譯，《知識考古

蘇軾離京赴杭之前，〈與寶月大師〉第一簡說：

> 《圓覺經》云：「法界慧海，照了諸相。」〔註87〕

《圓覺經》具云《大方廣圓覺修多羅了義經》，題唐代佛陀多羅譯，唐僧智昇編於開元十八（730）年的《開元釋教錄》卷第九〈總括羣經錄上之九·大唐傳譯之餘〉說：

> 沙門佛陀多羅，唐云覺救，北印度罽賓人也，於東都白馬寺，譯《圓覺了義經》一部。此經近出，不委何年，且弘道爲懷，務甄詐妄，但眞詮不謬，豈假具知年月耶？〔註88〕

近代學者根據此說，以及其與《大佛頂首楞嚴經》、《大乘起信論》多處內容相同，而疑爲初唐時代我國佛教學者所撰述，但論者以爲，這種近當代纔有的疑古觀點，並不妨礙其在近古時代的宋朝，做爲宗門「務甄詐妄」與「眞詮不謬」的常用典據的事實，唐人裴休在〈序〉華嚴宗第五祖圭峯宗密所撰的《大方廣圓覺修多羅了義經畧疏》時說：

> 統眾德而大備，爍羣昏而獨照，故曰圓覺。其實皆一心也，背之則凡，順之則聖，迷之則生死始，悟之則輪迴息。親而求之，則止觀定慧，推而廣之，則六度萬行，引而爲智，然後爲正智，依而爲因，然後爲正因，其實皆一法也。
>
> 終日圓覺而未嘗圓覺者凡夫也，欲證圓覺而未極圓覺者菩薩也，具足圓覺而住持圓覺者如來也。離圓覺無六道，捨圓覺無三乘，非圓覺無如來，泯圓覺無眞法，其實皆一道也。〔註89〕

圭峯宗密在《華嚴原人論》第三章〈直顯眞源第三·佛了義實教〉中，進一步申論「圓覺」的要義說：

> 五、一乘顯性教者：說一切有情，皆有本覺眞心，無始以來，常住清淨，昭昭不昧，了了常知，亦名佛性，亦名如來藏。〔註90〕

可見《圓覺經》卷第一，清淨慧菩薩請世尊宣說的「圓滿覺性」，〔註91〕具備了心體、如來藏因、圓覺果的特性，而與大乘教說，人法二無我的眞如、

學》（*L'archéologie du Savoir*），北京，三聯書店，2003。
〔註87〕《蘇軾文集》，第五冊，頁1887。
〔註88〕《大正藏》，第五十五冊，頁565[a]。
〔註89〕《大正藏》，第三十九冊，頁523[b]。
〔註90〕《大正藏》，第四十五冊，頁710[a]。
〔註91〕《大正藏》，第十七冊，頁917[a]。

一切眾生悉有的佛性、一眞無礙法界、本來自性清淨的涅槃、大乘行者所修的菩提等概念畢竟同一。

關於圓覺的日用境，蘇軾的師公，黃龍派宗祖黃龍慧南，在南宋惠泉編輯的《黃龍慧南禪師語錄·黃龍山語錄》中，有極其生動的演示：

> 上堂，云：「昨日喫粥又太晏，今日喫粥又太早，爲復是住持人
> 戒令不嚴？爲復執事人身心懶慢？大眾！試斷看！規矩既亂，諸事
> 參差，一人失事，眾人不安，當院內外，一二百人，曲座既在其位，
> 大事小事，一一須自近前照顧，不得輕於事、慢於眾，若能如是，
> 頭頭圓覺，步步道場，何假向外穿鑿，肉上剜瘡？」以拂子擊禪床，
> 下座。〔註92〕

論者在此必須首先指出的是，全面性結構在教下義學中的經教思想，在中國禪學思想的內在有機聯繫中，是如何在蘇軾文藝學文本中，被創作實踐給體現出來的，而非論究各種西來中土的禪法與宗門禪法、及宗門禪法彼此之間在行法上多重形式的異同。論者以爲，就佛教學而論，在佛學的總體思想中，祇要以佛學之名立項，包括中國禪宗做爲佛教的一宗，而以漢傳佛教的一個宗派之名，在佛教學的範疇中具足的存在，在思想根源上，一旦揚棄經教所揭載的不共法思想，而祇在枝末上強調某一宗的形式特色，就不再是嚴格義項下的佛學，也不可能以非佛學思想做爲簡別佛教學範疇的工具，因爲任何比較性的論證，祇能在最終的思想根源上，指出彼此在現象面上的異同，而無法做爲排除不同形式的他者的判準，是以就圓覺思想論宗門禪，不能以各宗禪法的不同，片面否證其之所以能夠被證立的經教根據。

從黃龍慧南的法語中，可以看出圓滿的覺性，是如何在尋常生活中，以其本覺眞心在起著覺照的作用。以《黃龍山語錄》的演示爲例，中國禪宗從慧能在七八世紀之交立宗，到慧南在十一世紀中葉別立黃龍派，中國禪宗經過三百多年與時俱進的衍化，僧侶的持修生活，雖在近古時代的歷史轉折期中，因應大宋皇家隱在家法的日漸開顯，而加速入世化的進程。但僧團做爲宗教的正式組織，不論在山林或都會地區，並沒有因此而被社會的變遷裂解，或因行法的不同而自行離析，仍在理事諸方面，依戒過著和合眾的生活，一如文士一旦廁身官僚的行列，就必須依據國家的行政規範，受到科層組織的節制。

〔註92〕　《大正藏》，第四十七冊，頁634ᵇ。

易言之，在圓覺義下具規範性的一切世法形態，都屬於人道眾生活動的法界，領有法界義的一個環節，而這樣的環節，不論是被自覺的清楚認知到，或不被認知到，就法自身而論，都是在事相上，與事相之外，以各別的方式存在的同時，以共構的方式共在。因此，祇能認識各別方式的人，不一定有能力認識共在。但具備「照了諸相」的圓融智慧的人，自能任運生命於世出世法兩端，而往來無礙，一如世尊在《大般若波羅蜜多經》卷三二六〈不退轉品第四十九之二〉，告訴具壽善現說：

> 善現！若不退轉位菩薩摩訶薩，覺慧堅固能深悟入，聽聞正法恭敬信受，隨所聽聞世出世法，皆能方便會入般若波羅蜜多甚深理趣，諸所造作世間事業，亦以般若波羅蜜多會入法性，不見一事出法性者。設有不與法性相應，亦能方便會入般若波羅蜜多甚深理趣，由此不見出法性者。
>
> 善現！若成就如是諸行、狀、相，當知是為不退轉菩薩摩訶薩。〔註93〕

根據經教，黃龍慧南明示火頭應依律準時備妥齋食，纔不會在「諸行、狀、相」上，因自失六度，而引起「眾人不安」，致與精進波羅蜜多義相違。但更重要的是，在外顯事相上，不要「向外穿鑿」，因為眾生悉有的佛性，來自於以昭昭不昧的智慧所自我證悟的本覺真心，祇要一旦「頭頭圓覺」，何患不能「步步道場」的所行皆是？

不要「向外穿鑿」就是在尋常日用的舉止云為中，向內看、向自己的起心動念處，「了了常知」的如實照察，在佛教舉其一端來說，就是曇無讖譯《大般涅槃經》卷第三十〈師子吼菩薩品第十一之四〉所說的正觀觀法：

> 毘婆舍那，名為正見，亦名了見，名為能見，名曰遍見，名次第見，名別相見，是名為慧。〔註94〕

這在中國固有的庶幾近之之論，在儒家來說，就是內省的工夫，如《禮記‧中庸》所提出的「是故君子戒慎乎其所不睹，恐懼乎其所不聞。莫見乎隱，莫顯乎微，故君子慎其獨也」的慎獨說〔註95〕，也是〈大學〉篇所說的「所謂修身正在其心者，身有所忿懥則不得其正，有所恐懼則不得其正，有

〔註93〕《大正藏》，第六冊，頁 666°。
〔註94〕《大正藏》，第十二冊，頁 547ª。
〔註95〕《十三經》，上冊，頁 899。

所好樂則不得其正，有所憂患則不得其正，心不在焉，視而不見，聽而不聞，食而不知其味，此謂修身在正其心」的修養論，[註96] 而在實踐上，就是孔子在《論語・公冶長第五》中所提出的「內自訟」法，[註97] 也是《孟子・告子上》所說的「求其放心而已矣」。[註98] 在道家來說，就是《莊子・內篇・人間世第四》所說的心齋之論：「若一志，无聽之以耳而聽之以心，无聽之以心而聽之以氣，聽止於耳，心止於符。氣也者，虛而待物者也。唯道集虛。虛者，心齋也。」[註99]

　　從這些看心的學說就博賅三家思想根源的蘇軾而論，[註100] 自青年時代起，都已是其所窮通之理。這可從分疏其終其一生所留下的大量文藝學文本中，見出其思想系統的形塑過程，而得知其發用狀態。但值得注意的是，三家的心性學說與修養論，不論是在本質上，或終極目的上，都有著迥然不同的義界，如果無法從蘇軾在文藝學創作實踐的表述上，予以嚴格簡別，往往會令人不知不覺的迷失在含糊其辭的折衷之論的泥潭裏。

　　就佛學思想而論，心的不「向外穿鑿」所欲體達的是般若學究竟空義的實相，也就是從對世俗有的觀照當際，以超越之思同步超越出來的第一義諦，而在終極目的上，則是當體頓悟法界緣起的解脫論。所以當蘇軾倅杭前夕寫〈次韻子由初到陳州二首〉詩，其一即以世學為務，以儒道二家思想為說，然後予以超克，而在超越之思上昇華出來，故詩云：

> 道喪雖云久，吾猶及老成；
> 如今各衰晚，那更治刑名？
> 懶惰便樗散，疏狂託聖明；
> 阿奴須碌碌，門戶要全生。[註101]

　　三十六歲的蘇軾並不老，而其之所以老成者，亦非不再以當時用儒術治國的刑名之道致君堯舜，而是以成熟的大智慧，即以般若波羅蜜多，分明照

[註96]　《十三經》，上冊，頁 941〜942。
[註97]　《十三經》，下冊，頁 2015。
[註98]　《十三經》，下冊，頁 2245。
[註99]　《莊子集釋》，頁 147。
[註100]　至於《南宗頓教最上大乘摩訶般若波羅蜜經六祖惠能大師於韶州大梵寺施法壇經》所說的「看心看淨，却是障道因緣」，在文藝學上係離言說之論，除非在蘇門佛教文學文本中有必要論證者之外，一般不予評述，庶免流於詭論或神祕主義之說。參見《大正藏》，第四十八冊，頁 337ª〜345ᵇ。
[註101]　《蘇軾詩集合注》，上冊，頁 223〜224。

了自己在黨爭的險惡政局中，當下處身的機宜，以爲從容任運的主宰，庶免爲妄情所蔽，而失之於昏亂，從而被變幻無常的現象所惑。因此，從蘇軾自請外放，離開中央政府一事的表面看來，雖不無莊學〈養生主〉「可以全生」的論調，〔註102〕但其前提卻是對〈逍遙遊〉「吾有大樹，人謂之樗。其大本擁腫而不中繩墨，其小枝卷曲而不中規矩，立之塗，匠者不顧」，〔註103〕與〈人間世〉「匠石之齊，至於曲轅，見櫟社樹。其大蔽數千牛，絜之百圍，其高臨山十仞而後有枝，其可以爲舟者旁十數，觀者如市，匠伯不顧，遂行不輟。弟子厭觀之，走及匠石，曰：『自吾執斧斤以隨夫子，未嘗見材如此其美也。先生不肯視，行不輟，何也？』曰：『已矣，勿言之矣！散木也。以爲舟則沈，以爲棺槨則速腐，以爲器則速毀，以爲門戶則液樠，以爲柱則蠹。是不材之木也，無所可用，故能若是之壽』」的否棄。〔註104〕因爲樗是既不中看也不中用的「大而無用」的東西，〔註105〕櫟則是中看卻不中用的散木，就像鄉愿型的政客，或慣於以虛與委蛇爲手段的投機份子，在作派上看起來往往冠冕堂皇，在言事上也每每口舌捷疾，甚至義正辭嚴，但在骨子裏終日碌碌鑽營的卻都是如何自我保全之私。

在此蘇軾用莊而以莊棄莊之義則反是，而恰恰是《文心雕龍》卷六〈神思第二十六〉所說的士大夫「形在江海之上，心存魏闕之下」的用世「實學」，〔註106〕如何可能再被聖主明君所用而有利於世務的經畧。關於這一點，蘇軾在熙寧四年十一月二十八日，抵達杭州通判任所之後第三天，即寫〈臘日遊孤山訪惠勤惠思二僧〉，其後文同寫〈依韻和子瞻遊孤山〉第二首〈再和〉時，也已明白看出，是以文同詩云：

> 問子瞻，何江湖，乃心魏闕君豈無？〔註107〕

就蘇軾的精進波羅蜜多行以觀，並沒有因仕途的轉折，而產生自暴自棄的退行，反而在日用境中，將之潛行到在表象上不容易被看出的沈潛之地，去時時自我照察，如世尊告訴具壽善現所說的「諸所造作世間事業，亦以般若波羅蜜多會入法性，不見一事出法性者」，如實來看，這正是「頭頭圓覺，

〔註102〕《莊子集釋》，頁115。
〔註103〕《莊子集釋》，頁39。
〔註104〕《莊子集釋》，頁170～171。
〔註105〕《莊子集釋》，頁39。
〔註106〕《文心雕龍注》，卷六，葉1ᵃ。
〔註107〕《全宋詩》，第八冊，頁5461。

步步道場」的最佳寫照，否則如何以外放之身，對同為外放之人寫〈送劉道原歸覲南康〉詩時，以一片光風霽月的平懷，輕輕吟出超然於得失的詩句「青衫白髮不自歎」？〔註108〕

　　蘇軾在抵達杭州任所之前的二十五天，即熙寧四年十一月三日，舟次江蘇鎮江郊外前臨長江的金山，從而捨舟造訪古剎金山寺，金山寺係始創於東晉元帝時的江南古剎，入宋後受到皇家的鼎力護持，而使法席隆盛一時，如真宗在咸平年間，派遣內侍藍繼宗敕賜《大藏經》，因此，多有聞名遐邇的高僧駐錫。在金山寺與蘇軾同時代而與之交遊的有臨濟宗的達觀曇穎、雲門宗的佛印了元，當蘇軾來到金山時，以其對佛教的關懷，自然要到此參訪，因而寫下了名篇〈遊金山寺〉。

　　歷來評家論〈遊金山寺〉者甚夥，但大抵都把詩旨楷定在詩句字面一眼可見的望鄉與歸田上，而以近人陳衍在《宋詩精華錄》卷二說的「通篇遂全就望鄉歸山落想」為代表。〔註109〕也就是說，把蘇詩的視境，一方面向後拉回早已一去不復返的過去，一方面望前擲向邈不可憑的未來，而使虛實本恰到好處的詩境，僅朝虛的方向轉移，致令飽滿的意興，跟著空泛化、神祕化，也因此得到了看似合理的論據，如宋人陳善在《捫蝨新話》上集卷四〈東坡南遷之讖〉說：「東坡〈遊金山寺〉詩曰：『我家江水初發源，宦遊直送江入海。』〈松醪賦〉亦云：『遂從此入海，渺翻天之雲濤。』人以坡此語為晚年南遷之讖。」〔註110〕

　　祇是論者不免要問，蘇軾自請離京外放，並非因為預卜仕途坎坷，而是既不想拂逆神宗授權予王安石變法的聖意，也不想在黨爭的醬缸裏跟著窮攪和，因而沿途不但在〈出潁口初見淮山是日至壽州〉詩中，寫下了即景、即情、即真，而與征人相順的「青山久與船低昂」的自適之思，〔註111〕更在俟後追記從「淮陰夜發」的〈十月十六日記所見〉詩中，痛斥儒家學術之所以破碎與不振的根由不外兩端，即「愚儒無知守章句，論說黑白推何祥」，〔註112〕都在在處處展現著奮迅不已的進取精神，而其奮迅精神的日用境，在〈遊金

〔註108〕　《蘇軾詩集合注》，上冊，頁 235。
〔註109〕　《陳衍詩論合集》，上冊，頁 759。
〔註110〕　宋·俞鼎孫、俞經輯刊，清·陶湘校刻，《儒學警悟》，北京，中華書局影印
　　　　　民國十一年木刻板，2000，頁 727。
〔註111〕　《蘇軾詩集合注》，上冊，頁 257。
〔註112〕　《蘇軾詩集合注》，上冊，頁 267。

山寺〉詩中，卻反而無人細審與佛教互文性的真義所在，蘇詩云：

　　　山僧苦留看落日。〔註113〕

　　蘇軾此番參訪金山寺，相與接遊的僧家為誰，不論內學史傳，或世學文獻，皆無所及，但在題為蘇軾撰的《東坡志林》卷二「道釋」類的「付僧惠誠遊吳中代書十二」條中說的「吳越多名僧，與予善者常十九」來看，〔註114〕必屬修為功深的方家，是以蘇軾的參訪，除了尋幽探勝，並臨景代入望鄉與歸田的顯在意緒之外，還有一層文下重旨，一直在登臨遠眺與擬想人生去路的心靈深處，在與山僧比肩偕行的言談之間，或默然會神相望之際，或無言以進的忘情之餘，瀰散在碧水青山之上，而其深意必是知與知者纔能心領神會於萬一，叵耐兼程趕路的官員，在皇命難違之下，仍一時無法全然任運放懷而受到世事的拘牽，所以自覺的吟出「江神見怪警我頑」的儆醒之句，〔註115〕以適時收束「山僧苦留看落日」的苦，是自己尚不能迥出人寰的宦遊之苦。而苦做為佛教的根本教說，在遊觀山寺看落日的尋常景致中，本是再尋常不過的風光。然而，蘇軾的苦，卻也因此而在暮靄中像落日那樣，展現得特別鮮明，以致令人不忍細看，也不耐久看，何況落日的意象，猶如劉宋西來僧求那跋陀羅譯《過去現在因果經》卷第三所說的「天無烟霧，風不搖條，落日停光，倍更明盛」般，〔註116〕在眼前了了分明的示現著法救尊者在《法句經》卷上〈無常品第一二十有一章〉的昭昭命意，法救說：

　　　是日已過，命則隨減；

　　　如少水魚，斯有何樂？〔註117〕

　　不論是否持有佛教信仰，一個人祇要對生命意識保有自省的明覺，在世出世法上，都會對這一首偈有所思。就共世間法而論，傳統的啟蒙教本《三字經》，即明確的指出「勤有功，戲無益」的勤益說，讓一個人在初初發蒙之際，便在意識中植下愛惜光陰的概念，庶免在成長的人生道上，因荒於嬉戲，而拋忽了大好時光，乃至於把生命給白白的浪費掉了。這在孔子《論語》的教說中，惜時概念的養成，更是立己的基礎，如〈學而第一〉開宗明義便說

〔註113〕《蘇軾詩集合注》，上冊，頁275。

〔註114〕蘇軾撰，孔凡禮整理，《東坡志林》，《全宋筆記》，第一編，第九冊，鄭州，大象出版社，2003，頁50。

〔註115〕《蘇軾詩集合注》，上冊，頁276。

〔註116〕《大正藏》，第三冊，頁641^a。

〔註117〕《大正藏》，第四冊，頁559^a。

「學而時習之」。〔註 118〕

　　立己的用世目的便是立人，而不論立已或立人，爲了有效的彰顯生命的價值與意義，在二十世紀下半葉，更發展爲一個人如何時時面對自己的顯學——時間管理。至於一神教雖然以創世說立教，且在時間觀上有開始有終止，但在末世的大毀滅之前，仍然教導信徒要在任何時候都保持警醒，如《新約·馬可福音》第十三章第三十五至三十七節就說：「35 所以，你們要警醒；因爲你們不知道家主甚麼時候來，或晚上，或半夜，或雞叫，或早晨；36 恐怕他忽然來到，看見你們睡著了。37 我對你們所說的話，也是對眾人說：要警醒！」〔註 119〕就出世法而論，便是《圓悟佛果禪師語錄》卷第七〈上堂七〉所說的當體超絕，克勤說：

　　　　二六時中，淨裸裸、赤灑灑。終日著衣，不曾掛一縷絲。終日
　　喫飯，不曾咬一粒米。所謂「動若行雲，止猶谷神」。豈有心於彼此？
　　那有像於去來？觸處逢渠，全機獨脫。正恁麼時如何？
　　　　白雲本是無心物，等閒出沒太虛空。〔註 120〕

　　這在《緇門警訓》卷第六〈慈受禪師示眾箴規〉中，則表達爲「二六時中，頭頭可見」的圓覺之悟。〔註 121〕而其體現之道，在蘇軾遊金山寺的黃昏，以不看而看落日而論，便是以無執的、淨裸裸的、赤灑灑的洞見，做爲自我消解世務遷流變滅於無常的苦受，並從苦受中以淨裸裸、赤灑灑之姿，穎然超越而出，而顯明了斯時處身的黨爭變局，不過是無常之常，沒有甚麼好感到遺憾的，是以就其無常之常的尋常日用境來看，蘇軾以無執之心，乃至於無心之心，所看到的步步道場，正是頭頭可見的圓覺境，是以較之於李商隱的〈樂遊原〉詩所云之「夕陽無限好，祇是近黃昏」的「不過情與境合，渾淪書感而已」，〔註 122〕要來得託境遙深，亦且意趣高妙。

　　蘇軾的兼程赴任，一旦來到了牧田諦亮筆下的「佛教王國」，就如同歷經九磨十難的遊子，終於回到了日日緬懷的心靈故鄉。因爲蘇軾在倅杭時所創

〔註 118〕《十三經》，下冊，頁 1995。
〔註 119〕《新約全書》，臺中，國際基甸會，2007，頁 72。
〔註 120〕《大正藏》，第四十七冊，頁 745^{b-c}。
〔註 121〕《大正藏》，第四十八冊，頁 1070^{c}。
〔註 122〕唐·李商隱著，劉學鍇、余恕誠集解，《李商隱詩歌集解》，下冊，「不編年詩」，臺北，洪葉文化事業有限公司，1992，頁 1943、1945～1946。又，參見陳伯海主編，《唐詩彙評》，下冊，杭州，浙江教育出版社，1995，頁 2417。

作的一系列「觸處逢渠，全機獨脫」的佛教文藝學文本，迥非對佛學僅止於遊談無根的騷人，或僅止於佞佛，乃至於以法為執的墨客，所能以文字的藝術形式，以體即的創造能力，任運開顯於萬一的，這從蘇軾對日用境在僧俗的尋常活動中，「那有像〔相〕於去來」的圓通之道的明覺觀照，以及以文藝學審美的創造性把握上，可以一覽無遺。因此，蘇軾在遊金山寺的翌日，隨即獨自買棹，沿長江東下，參訪焦山曹洞宗道場普濟院而去。值得注意的是，蘇軾參訪洞下道場，並非為了向何人參學問道而來，衹是乘興信行而往，而不期然的與山僧相遇。因此，〈自金山放船至焦山〉詩云：

> 老僧下山驚客至，迎笑喜作巴人談。
>
> 自言久客忘鄉井，只有彌勒為同龕。
>
> 困眠得就紙帳暖，飽食未厭山蔬甘。〔註123〕

蘇軾自注：「焦山長老，中江人也。」中江屬四川梓州治，根據老僧驚客至的詩意與自注，可見焦山長老與蘇軾本是鄉里故交，唯宗門史傳失載，依前述蘇軾在慶曆七（1047）年十二歲時，便隨其父蘇洵在廬山與雲門宗僧圓通居訥遊，據《續傳燈錄》卷第六〈大鑑下第十一世・大陽玄禪師法嗣・洞山子榮禪師法嗣〉載：「江州圓通祖印居訥禪師，梓州中江蹇氏之子。」〔註124〕可以推知焦山長老與此時已圓寂的圓通居訥的關係，可能是同門師兄弟，或是居訥的弟子，如其不是，至少是同鄉。

根據雲門宗在北宋一枝獨秀的弘盛來看，焦山長老也可能是雲門中人，因為普濟院雖然一度是曹洞宗的道場，但曹洞宗在入宋之後的法脈幾已斷絕，而時有雲門宗僧來駐錫，如「蘇軾後半生與之交誼甚篤」的佛印了元，〔註125〕就曾駐錫普濟院。若焦山長老與蘇軾同為廬山舊識，那麼，到此時已長達二十五年，所以一見面便用鄉音親切的交談，而言談所及，無非是日常持修，與平淡自適的生活方式。值得注意的是，鄉音原義方言，但在宗門中別有引申義，即有著相同悟境的人所說的話，衹有彼此纔能全然解會，因而領有了《妙法蓮華經》卷第一〈方便品第二〉所說的「唯有諸佛，乃能知之」的衍生義。〔註126〕是以詩云「只有彌勒為同龕」，又云「困眠得就紙帳暖」，都是從日用境中，等觀萬有法爾如如，所行亦如如的見道之說與體道

〔註123〕　《蘇軾詩集合注》，上冊，頁 277。

〔註124〕　《大正藏》，第五十一冊，頁 504°。

〔註125〕　《禪思與詩情》，頁 415。

〔註126〕　《大正藏》，第九冊，頁 7ᵃ。

之行。

　　宋人馬防在《續古尊宿語要》第四集「月」集〈別峯珍禪師語·嗣佛心〉說：「生涯何所有？彌勒是同龕。」〔註127〕與彌勒同龕，是說與彌勒等慈，如果誤以為是等佛，則有貢高的過失，是以唐僧窺基在《觀彌勒上生兜率天經贊》卷第一中說，彌勒以發願「願我世世不起殺想，恆不噉肉。……名為慈氏」，〔註128〕故蘇詩又云「飽食未厭山蔬甘」，可見焦山長老是了無蔬筍氣、酸餡氣並以慈悲為行持法門的方家，而在行止與日用上更是淨裸裸、赤灑灑的體現者。如以「困眠」及「紙帳」而論，這兩個宗門借自方俗的成詞，在盛宋時開始成為禪師上堂示法的語境，用以表顯機境即理境，學人祇要觸機會理，即能證成諸法即實相的悟境，如稍晚於蘇軾，而主要是同時代的臨濟宗楊岐派禪師圜悟克勤，即在《圜悟佛果禪師語錄》卷第五〈上堂五〉說：

　　　　不是心不是物，一口吞盡三世佛，浮幢王香水海，拈起擲向他
　　方外，淨裸裸、赤灑灑，萬象森羅無縫罅，平懷的實鎮巍然，饑來
　　喫飯困來眠。〔註129〕

　　在卷第六〈上堂六〉說：

　　　　了取平常心是道，饑來喫飯困來眠。

　　　　復頌云：

　　　　即心即佛開心印，非佛非心蹈大方；

　　　　當處分身千百億，普光明殿放毫光。〔註130〕

　　在卷第十七〈拈古中〉說：

　　　　忽有問蔣山：「萬法歸一，一歸何處？」

　　　　祇對他道：「饑來喫飯困來眠。」〔註131〕

　　也就是說，在蘇軾心眼中，偶或無心重逢的故里老僧，雖然棲止色身在「人跡絕」的山林，但在以鄉音說無生話的當下，即領會其在理境的徹悟上，是基於對饑餐渴飲依然日日行之、時時對之，以為發用道機的根源，一如本來不暖人的紙帳，即使在仲冬的酷寒中，也能保任著活活脫脫的道意，那意境正是使蘇軾也跟著將生命意識在流逐的途程中，置入解脫道的暖流，而蘇

〔註127〕　《卍續藏》，第六十八冊，頁435ᵇ。
〔註128〕　《大正藏》，第三十八冊，頁275ᶜ～276ᵃ。
〔註129〕　《大正藏》，第四十七冊，頁736ᶜ。
〔註130〕　《大正藏》，第四十七冊，頁741ᵃ。
〔註131〕　《大正藏》，第四十七冊，頁793ᵇ。

軾此時的心境，恰如圜悟克勤的法嗣，大慧宗杲後來在《禪宗雜毒海》卷第六〈紙帳〉詩所云：

> 從來不怕惡風吹，一片寒雲四面垂；
>
> 辛自明明還白白，休來裏許撒珍珠！〔註132〕

「不怕惡風吹」就是禪那波羅蜜多，「明明還白白」就是諸法即實相，「休來裏許撒珍珠」用法華七喻衣珠喻，就是自家能夠覺悟的本自具足的如來藏，不論人生處境如何，都不曾失去與實相相契的機宜，也不用悽悽惶惶的去向外尋覓，祇要在紛至沓來的森羅機境中，在具足般若波羅蜜多的尋常存心中，以一片平懷體達《六祖壇經》所開顯的「於相而離相」、「於念而不念」、「以無住為本」，〔註133〕即能體達波與水的法義，而在宦海的浮沈中不離宦海，而於眞如不染上得大自在，是以紙帳之為僧家法物，看在蘇軾的眼中，必然要莫此親切。然而，蘇軾的可貴之處，就在於既能不離宦海而不浮沈於宦海，就世出世法等觀而論，其在詩學上的表述，自不能無所對舉，以彰顯其識見之深湛，故蘇軾〈紙帳〉詩云：

> 亂文龜殼細相連，慣臥青綾恐未便！
>
> 潔似僧巾白氎布，暖於蠻帳紫茸氈。
>
> 錦衾速卷持還客，破屋那愁仰見天？
>
> 但恐嬌兒還惡睡，夜深踏裂不成眠！〔註134〕

這首詩是以兩組迥然有別的意象，表顯蘇軾心中離念離相的境象，蘇軾首先指出，世人無不以文鏽組纂精美的青綾為好，以產於異域稀珍的銀狐紫貂為尚，並執而成習，習而成染，染而成癖，癖而成貪，貪而成惡，最終成為惛沈掉舉的人。而這一切無非都是溺於無明、我慢的纏結所致，因為惛沈是以惡睡為因，惡睡則以惛沈為果，掉舉與惡作亦然，一個人如果在日用上，以此結習深陷其中，以致心靈被物慾所挾持，那麼，不把自己不知不覺的引入苦與苦苦的無窮輪迴中去虛生浪死，恐怕是不應道理之說。

蘇詩的命意，如果僅止於此，蘇軾的知見也不過是淺人所見，不值識者一論，因為與生俱有具足佛性的嬌兒，儘管向來慣臥青綾，但與繩城尋師訪道前的悉達多太子，受到其父淨飯王唯恐其出家而安排的聲色誘惑相比，其

〔註132〕 《卍續藏》，第六十五冊，頁87°。
〔註133〕 《精校燉煌本壇經》，《華雨集》，第一冊，頁427～428。
〔註134〕 《蘇軾詩集合注》，上冊，頁287。

荒唐猶恐怕袛是小巫見大巫。〔註135〕問題是與生具足的佛性，在被諸種現象覆蔽之際，做爲自我生命主體的覺識，是否能在諦觀心性之際，使其昭然不昧的顯露出來，然後像悉達多太子那樣毅然從《佛所行讚》卷第一〈處宮品第二〉所說的「賢妃美容貌，窈窕淑妙姿，瓌艷若天后，同處日夜歡。爲立清淨宮，宏麗極壯嚴，高峙在虛空，迢遞若秋雲，溫涼四時適，隨時擇善居，妓女眾圍遶，奏合天樂音」的溫柔鄉，以「親賢遠惡友，心不染恩愛，於欲起毒想，攝情撿諸根，滅除輕躁意，和顏善聽訟」的實際行動超離而出。〔註136〕而一旦離棄五慾爲生死因的大惡聚，誠如〈出城品第五〉所說的「不務於財色，所安唯山林，空寂無所營」，〔註137〕那麼，「錦衾速卷持還客」，做爲對華美形器之好尙與貪執的自覺否除，正是眞心本覺的自然顯露，是以「破屋那愁仰見天」？絕非官場失意政客自慰的唯心毒藥，因此，〈臘日遊孤山訪惠勤惠思二僧〉詩云：

> 臘日不歸對妻孥，名尋道人實自娛；
>
> 道人之居在何許？寶雲山前路盤紆。
>
> 孤山孤絕誰肯廬？道人有道山不孤；
>
> 紙窗竹屋深自暖，擁褐坐睡依團蒲。〔註138〕

前及蘇軾〈錢塘勤上人詩集敘〉說，文壇領袖歐陽修，經常稱許惠勤是一個既有聰明才智而又有學問的法師，而與在經畧世務上闢佛的宰官重臣歐陽公往來長達三十餘年，不但在虛名上無所附麗，在世俗利益上亦無所依存，所以蘇軾進一步推崇惠勤說：「余然後知其賢。」〔註139〕然而，惠勤之所以爲賢，不僅表現在與歐陽公的「君子之交上淡如水」上，更體現出一個修爲到家的方外之人，在與世務及緣務應對之際，善於以法觀機，然後依因緣成熟與否，再決定遂不遂行逗教，如其成熟，則適時契機契理的開法予以提撕，如其時節未至，則在無言的默化中，在其阿賴耶識深處，予以植下無漏的種子，庶免因片面的一廂情願，而得到適得其反的壞斷結果，如奘譯《大乘大

〔註135〕參見：
　　1. 馬鳴菩薩造，北涼・曇無讖譯，《佛所行讚》，《大正藏》，第四冊。
　　2. 宋・釋寶雲譯，《佛本行經》，《大正藏》，第四冊。
〔註136〕《大正藏》，第四冊，頁 4^{b-c}。
〔註137〕《大正藏》，第四冊，頁 9^{a}。
〔註138〕《蘇軾詩集合注》，上冊，頁 288～289。
〔註139〕《蘇軾文集》，第一冊，頁 321。

集地藏十輪經》卷第六〈有依行品第四之二〉所說:

> 故應觀機說,勿爲非器者,憍傲無慈悲,暴惡志下劣,智者應
> 當知,是壞斷見者。〔註140〕

以詩鳴天下,聲動公卿的詩僧惠勤,不衹是宗門大法器,也是吟壇名家。
〔註141〕而這正是盛宋時期來臨之前,僧侶士大夫化的社會縮影,也是雖不信
佛,乃至於闢佛的士大夫,以其開放的襟懷,平等對待非我族類者的寬容器
識的最佳寫照。何況宗門善友,在世學的詩文上,與出世學的解脫道上,彼
此切磋之融浹,更是當時社會各階層普遍的精神生活方式,如《佛祖統紀》
卷第二十一〈錢唐可久法師〉,就述及蘇軾對可久與惠勤二禪德的詩學與修持
人格的景仰與稱歎,志磐說:

> 蘇軾監郡日,嘗與師及惠勤、清順爲詩友,所居西湖祥符,蕭
> 然一室,清介守貧,未嘗有憂色。軾來守錢唐,當元夕九曲觀燈,
> 去從者,獨行入師室,了無燈火,但聞瞻蔔餘香,歎仰留詩,有「不
> 把流離閑照佛,世知無盡本非燈」之句。〔註142〕

宋僧仲溫曉瑩《雲臥紀譚》卷上亦說:

> 熙寧間,西湖有僧清順,字怡然,居湖山勝處,往來靈隱、天
> 竺,以偈句陶寫閒中趣味曰:
> 浪宕閑吟下翠微,更無一法可思惟;

〔註140〕《大正藏》,第十三冊,頁753[b]。
〔註141〕《勤上人詩集》,又見載於《咸淳臨安志》卷七十、《徑山志》卷三等,據考
　　　　已佚。參見《宋僧著述考》,頁242。又,惠勤上人的詩偈作品除《雲臥紀譚》
　　　　的兩首偈之外,現存逸詩尚有五首,分別見載於:
　　　　1. 宋·法宏、道謙編,清·性音重編,《禪宗雜毒海》卷第六的〈十竹〉,《卍
　　　　　 續藏》,第六十五冊,頁87[b]。
　　　　2. 宋·釋惠洪著,《冷齋夜話》卷之六的〈十竹〉、〈林下〉,《稀見本宋人詩
　　　　　 話四種》,頁58。
　　　　3. 宋·何汶著,《竹莊詩話》卷第二十一的〈西湖僧舍〉,文淵閣《四庫全書》
　　　　　 鈔本,葉10[b]。
　　　　4. 宋·希晝等撰,陳起編,《聖宋高僧詩選後集》卷下的〈宿天竺〉、〈林下〉,
　　　　　 明復法師主編並解題,《禪門逸書》,續編,第一冊,臺北,漢聲出版社影
　　　　　 印宋嘉定至景定(1208~1264)年間臨安府陳解元宅書籍鋪刻本,民76,
　　　　　 頁34[a]。
　　　　5. 元·方回選評,李慶甲集評校點,《瀛奎律髓彙評》卷四十七「釋梵類」
　　　　　 的〈書景舒菴壁〉,上海古籍出版社,2005,頁1729。
〔註142〕《大正藏》,第四十九冊,頁241[a]。

有人問我出山意？藜杖頭挑破衲衣。

又曰：

事事無能一不前，喜歸天竺過殘年；

飢餐困臥無餘事，休說壺中別有天。

　　石林葉丞相少蘊謂：「順爲人清約介靜，不妄與人交，無大故不至城市，士大夫多往就見。時有饋之米者，所取不過數斗，以餅貯置几上，日三、二合食之。雖蔬茹，亦不常有。」

　　東坡在嶺南時，因人往西湖，有筆語曰：「垂雲順闍梨，乃余監郡日往還詩友也。清介貧甚，食僅足而已，幾於不足也，然未嘗有憂色。老矣！不知尚健不？噫！今吾黨以清貧爲恥，以厚蓄爲榮，及溘然，則不致其徒於縲絏者幾希？若使其少慕順之風，豈至遺臭耶？」〔註143〕

　　這種在筆墨上，既能與文士相與擊節稱快；在持行上，又能不霑不礙於圓修，而做爲世人行誼典範的賢者風華，正是蘇軾所深心蘄嚮的不離日用境而超絕於日用境的圓通境。要之，在原始佛教的根本經典《長阿含經》卷第二〈第一分‧遊行經第二‧初〉，即稱被譽爲多聞第一的阿難爲「賢者」，〔註144〕此後「賢者」一語便成爲漢傳佛教高德的代詞，並在宗門中，普遍用於稱呼精進於參學的學人。因此，蘇軾的孤山遊，本意不在見不見得著惠勤、惠思二師，而是意在以法自娛、以詩樂其樂，一如《晉書》列傳第五十〈徽之〉傳所說的「本乘興而行」，〔註145〕而無求、無執於人。更重要的是，無所求於法，在微細惑上，往往照樣會被妄人執以爲實有的法，致令在自覺自照能力不足的情況下，有違無我、無法的法義，反而在不自覺之中，成爲以法爲執的邪人。

　　在此詩中，蘇軾雖以不對妻孥做爲假藉離塵的象徵，在彤雲欲雪的侵晨，駕著一葉扁舟，以野逸之姿出西湖、入錢塘，穿越人烟所不到的深林，與僕夫輕裝簡從的乘興參訪棲止在孤山深處的高僧而去。然而，孤山在詩中做爲迥絕出塵的又一象徵，在詩中並不意謂著詩人要把自己從世間解離出來，因

〔註143〕中華佛教文化館編，《禪學大成》，第二冊，臺北，中華佛教文化館，民70，頁16～17。
〔註144〕《大正藏》，第一冊，頁15c。
〔註145〕《晉書》，第三冊，頁2103。

為祇有心存離塵的假道學之徒，纔會有如此偏執於一法的心態。而蘇軾既無事前致書予惠勤、惠思二師約訪，亦未派人傳訊何時到訪，祇因不論身處廟堂之高，或鄉野之卑，向來都喜歡隨緣任運尋訪獨好風光的蘇軾，曾聽不信佛但卻不排斥親手將信佛的蘇軾「放出一頭地」的歐陽文忠公，在蘇軾離京南下路過汝陰時鼎力揄揚過，西湖有一個文學修養極高明的詩僧，而要蘇軾不妨趁倅杭之便，於公暇前往參訪，必不讓人失望。這話顯然明晰的烙印在蘇軾的心版上，因此，在〈六一泉銘並敘〉中，纔會一再回味「予到官三日，訪勤於孤山之下，抵掌而論人物」的往事。〔註146〕就像《雲臥紀譚》所說的，即使在流宦嶺南時，蘇軾仍以惠勤的清介高風為念為仰，並視其為對世人發出的因厚蓄而陷身縲絏的醒世鐘。

蘇軾自倅杭以後，關於佛教文學的創作，因日日從公於靈山勝境，加上詩藝漸入佳境，在覺照中時有超越之思，從清景中源源昇華而出。因此，在〈與林子中〉第四簡說：「某在京師，已斷作詩，近日又却時復為之。」〔註147〕孔凡禮在其所點校的《蘇軾文集》中，將〈與林子中〉五首，全繫在「楊州」下，即元祐七（1092）年，又在《蘇軾年譜》上冊中說，第四簡「約作於至杭後」，〔註148〕而將之繫於熙寧四（1071）年十二月，如以至杭纔三日所作的〈臘日遊孤山訪惠勤惠思二僧〉詩尾聯「作詩火急追亡逋，清景一失難再摹」的審美感動，〔註149〕與旺盛的創作動機來看，當以後者為是，是以蘇軾自外放出京以來的涉佛文藝學文本，在佛學範疇的諸種主題中多有所開拓，並最終形成其文藝學文本書寫的主要定勢之一。

凡事沒有無因之果，值得注意的是，因與果自始以來都是在互根互用的動勢中緣起，然後歷經成、住、壞而歸諸於空，當蘇軾在神宗朝外放杭州通判時，下轄錢塘、仁和、餘杭、臨安、富陽、於潛、新城、鹽官、昌化九縣的杭州，〔註150〕終神宗朝佛教寺院已多達六百六十四座，〔註151〕而在號稱佛國的江南，當郡守沈立的助手──通判，協助掌理兵、民、錢、穀、獄訟審判等政務。用二十一世紀的概念來說，蘇軾在與當地住民接觸的第一線的工

〔註146〕 《蘇軾文集》，第二冊，頁 565。
〔註147〕 《蘇軾文集》，第四冊，頁 1657。
〔註148〕 《蘇軾年譜》，上冊，頁 219。
〔註149〕 《蘇軾詩集合注》，上冊，頁 289。
〔註150〕 《蘇軾年譜》，上冊，頁 215。
〔註151〕 《宋代佛教社會經濟史論集》，頁 366～368。

作範圍，包括現代意義下的軍政、民政、財政、農政與司法等等。又時值王安石推行變法之秋，在政務的解構與建構之間，新舊制度的齟齬之處，必然要讓在地官員從觀念到行動上，每日都忙得坐臥俱不安寢席，何況蘇軾雖不反對適度的變法，但卻立場鮮明的積極反對用激烈方式進行變法的要角。因此，如何在新政務的推行與自己的治世安民思想衝突的情況之下，既能沒有任何陽奉陰違的下作心態，又要不違朝命而體現儒臣忠君的基本使命，以免授人以孔子在《論語‧季氏第十六》所說的「危而不持，顛而不扶」的口實，〔註152〕而造成更大的黨爭，致使官民都陷入對立面，而惶惶不可終日，又要在心理上，降低因思想障礙所造成的困擾，而從內在的心靈上，自行消弭不斷生起的煩惱境，以便在日常作務的操持上，保持衡準兩端的平衡。剋實而論，要非以佛教的忍辱波羅蜜多做為不使進退失據的修為，以精進波羅蜜多做為奉公勤政的憑藉，以禪定波羅蜜多做為定靜的根基，以般若波羅蜜多做為照境的心鏡，一個處境如此的外放官僚，何以能在安民安己的心性淘煉中長養菩提心，並穩當的立於貞定之地，而且在文藝創作上進入豐收期，誠如蘇轍在〈亡兄子瞻端明墓誌銘〉中所說：

> 是時方行青苗、免役、市易，浙西兼行水利、鹽法，公於其間，常因法便民，民賴以少安。〔註153〕

然而，在變動無端的思想逆境中，能做到安人安己的田地，做為一個地方官，要非具足慈悲與善於權巧的大智慧者莫辦，誠如玄奘譯《般若波羅蜜多心經》所說：「故知般若波羅蜜多，……能除一切苦，真實不虛。」〔註154〕或至少在世法上要具備凡夫的慈悲，依親光菩薩等在《佛地經論》卷第五所說，即為「有情緣慈」，〔註155〕也是《大乘理趣六波羅蜜多經》卷第八〈靜慮波羅蜜多品第九之一〉所說的「眾生緣慈」。〔註156〕亦即在對待與觀察一切眾生所面臨的任何苦境上，都有將眾生視如赤子的親愛之心，進而在行政的實際舉措上，與樂拔苦的幫助人民，平靜的度過因政改所造成的種種制度上的痛苦，而不可否認的，這也正是共儒學中仁學的發用之法，誠如孔子在《論語‧憲問第十四》所說：

〔註152〕《十三經》，下冊，頁2080。
〔註153〕《蘇轍集》，《欒城後集》，卷第二十二，頁218。
〔註154〕《大正藏》，第八冊，頁848ᶜ。
〔註155〕《大正藏》，第二十六冊，頁314ᵇ。
〔註156〕《大正藏》，第八冊，頁904ᵇ。

> 子路問君子。子曰：「修己以敬。」
> 曰：「如斯而已乎？」
> 曰：「修己以安人。」
> 曰：「如斯而已乎？」
> 曰：「修己以安百姓。修己以安百姓，堯、舜其猶病諸。」〔註157〕

就治世的世法如何平準而論，蘇軾在隨後寫的〈戲子由〉一詩，有極其深刻的心理建設之論，蘇詩云：

> 讀書萬卷不讀律，致君堯舜知無術。〔註158〕

也就是說，一旦晉身為輔佐王政的官僚，在運轉國家機器的科層組織中，對於如何有效的啓動行政系統，並在法的規範中，使其良性的順利運行，就要在操作上，具備專業的管理能力，否則徒然坐而論道，難免因尸位素餐而誤國誤民，而這一切都是一個正常國家在執行治權時所不允許出現的怠忽現象。可見蘇軾不但在現實面上，並沒有因其對佛教的虔誠信仰，與對佛學的深湛法義，在尋常日用中，不斷甚深思惟，而向通途所謂的遁世面轉移，反因佛學在出世法不離世法的精進思想中，從心的根本認知上，型塑積極與正向的敢於任事的勇毅精神，並在充滿重重障礙的世務上，以《論語・子罕第九》所說的「子絕四：毋意、毋必、毋固、毋我」的四毋為典型，〔註159〕而給自己在心靈上，創造出得以從容優游的廣大空間，並確立起「不粘不脫，是粘是脫」的道性人格，如清世宗雍正在《御選語錄》卷十九〈大學士伯鄂爾泰坦然居士・問答偶錄〉中所提問的那樣，雍正皇帝問坦然居士說：

> 粘住則執縛，脫却無歸著。不粘不脫，是粘是脫，又早成合頭
> 活套，須直指一下落，以便學人腳踏實地，驀直前去。〔註160〕

坦然居士直指心源的回答說：

> 本來却祇如是，眼原是眼，耳原是耳，人原是人，物原是物，
> 眾生原是眾生，佛原是佛，一切有情無情，有相無相，各歸本性，
> 同入般若涅槃，共證圓覺，各認圓覺。〔註161〕

以「腳踏實地，驀直前去」的精進精神，體現在尋常日用中步步道場的

〔註157〕 《十三經》，下冊，頁2071。
〔註158〕 《蘇軾詩集合注》，上冊，頁296～297。
〔註159〕 《十三經》，下冊，頁2033。
〔註160〕 《卍續藏》，第六十八冊，頁732a。
〔註161〕 《卍續藏》，第六十八冊，頁732b。

圓覺境,正是前述青原惟信所倡言的「見山見水」三階段論,第三段「見山秖是山,見水秖是水」的法界「動態的整體」,而其在蘇軾佛教文藝學的創作實踐上,便是要能在以儒術致君堯舜的同時,翻出一番向上的超越之路,並在氣格上做到:

> 門前萬事不挂眼,頭雖長低氣不屈。〔註162〕

顯然,蘇軾在以「戲」字賦題〈戲子由〉詩時,已同時為同為世眼中也在稍早外放的弟弟,開啟一條在困境中通往《六祖壇經‧頓漸第八》所說坦途:

> 見性之人,立亦得、不立亦得,去來自由,無滯無礙,應用隨
> 作,應語隨答,普見化身,不離自性,即得自在神通游戲三昧,是
> 名見性。〔註163〕

孫汝聽說,神宗熙寧三(1070)年庚戌:「二月戊午,觀文殿學士、新知河南府張方平知陳州,方平奏改辟轍為陳州教授。」〔註164〕因此,兩兄弟便藉詩歌唱和來相互加油打氣,並以詼諧的語言暗寓幽默的理趣,而這首〈戲子由〉便是蘇軾此類風格誕生的代表作。

這在深受蘇軾賞識的趙令時筆下,留下了許多其所親見親聞的相關文記,可以做為理解蘇軾此一文藝學創作特質,在當時代即為時人關注的旁證,如〈孫公素巧對東坡〉、〈坡公戲孫公素〉、〈東坡戲韓宗儒〉、〈東坡戲老舉人生子〉、〈東坡戲答王晉卿治耳疾方〉、……〈東坡戲獻張從惠壽詩〉等等,〔註165〕然而,從表面深入蘇軾這種風格之所以發生的心靈底層,來看遊戲三昧的佛教修為,自是別有勝處。

第五節 以真實相出遊戲法的遊戲三昧

「遊戲」與「三昧」,本來是兩組各具獨立概念的共外道法名相,而在大乘經論與中國禪典中則往往合用,並在漢傳佛教中逐漸形成一個詞組,並自元僧宗寶糅寫慧能的教說為《六祖大師法寶壇經》之後,便成為「漢製」佛

〔註162〕《蘇軾詩集合注》,上冊,頁297。

〔註163〕《大正藏》,第四十八冊,頁358°。

〔註164〕《蘇潁濱年表》,《宋人年譜叢刊》,第五冊,頁2938。

〔註165〕傅成校點,《侯鯖錄》,《宋元筆記小說大觀》,第二冊,頁49、49～50、51、
87、89、197。

學名相的典範性代表，是以在分析蘇軾佛教文學的相應關係時，不能僅僅以藝術心理學的遊戲說，做爲審美判斷的根據。

關於藝術與遊戲的關係，在西方學界，具有極其深遠的哲學傳統，值得在此提出來，做爲探討相關思想時所應當看到的參照系，如柏拉圖在《法篇》第二卷說：

> 雅典人　那麼以快樂爲我們判斷的唯一標準祇有在下列情況下纔是正確的，一種表演既不能給我們提供有用性，又不是眞理，又不具有相同的性質，當然，它也不一定能給我們帶來甚麼壞處，而僅僅是一種完全著眼於其伴隨性的魅力而實施的活動。所以，把不伴隨剛纔具體指出過的各種結果的表演稱做快樂是非常恰當的，是嗎？
>
> 克利尼亞　祇涉及無害的快樂嗎？
>
> 雅典人　是的，當它既無害又無益，不值得加以嚴肅考慮的時候，我對它也使用「遊戲」這個名字。〔註166〕

柏拉圖認爲，遊戲對藝術欣賞所喚起的快樂情感，建立在主客體之間的無利害關係之上，所以沒有必要加以嚴肅對待，這是西方美學無利害說的思想根源。而亞里士多德在《政治學》第八卷第三章，則從另一思考維度來論述：〔註167〕

> 於是需要思考，閑暇時人們應該做些甚麼。自然不應該是嬉戲，那樣的話嬉戲就會成爲我們生活的目的。如果不是這樣，那麼嬉戲

〔註166〕王曉朝譯，《法篇》，《柏拉圖全集》，第三卷，頁418。

〔註167〕亞里士多德在《尼各馬科倫理學》第十卷第六章的主要說法是：「由遊戲而來的快樂，也不是爲他物而被選擇的，那些事情卻是弊大於利。它們使人們不注意身體並忽視財產。然而有許多人卻把它們看作是幸福，在遊樂中過生活。這就是爲甚麼精於此道的人受到暴君的寵愛，他們投其所好，也正是所需要的人。由於有權勢的人在這裏消磨時間，所以遊戲也就被當作一件幸福的事。」又說：「所以，幸福決不在遊戲中。一生勤勤懇懇，含辛茹苦，說甚麼是爲了遊戲，豈不荒唐。正如所說，我們爲了他物而選擇一切，祇有幸福卻不是，它本身就是目的。把嚴肅的工作說成是爲了遊戲是愚蠢的，未免太幼稚了。阿那哈爾西說得好，遊戲是爲了嚴肅地工作。遊戲似乎是一種休息，由於人們不能持續不斷地工作，所以休息。休息並不是目的，它爲了實現活動而出現。從而，幸福生活可以說就是合乎德性的生活。幸福生活離不開勤勞，但卻不在遊戲之中。」〔古希臘〕亞里士多德（Aristotle）著，苗力田譯，《尼各馬科倫理學》（*Ethika Nikomakheia*），《亞里士多德全集》，第八卷，北京，中國人民大學出版社，1992，頁225～226。

就更多地是在辛勤勞作時所需要（因爲辛勤之人更需要鬆弛，嬉戲
就是爲了放鬆，而勞作總是伴隨著辛苦和緊張），那麼我們祗能在適
當的時候引入嬉戲，做爲一劑解除疲勞的良藥。它在靈魂中引起的
運動是放鬆，在這種愜意的運動中我們獲得了鬆弛。然而閑暇自身
能帶來享受、幸福和極度的快活。忙碌之人與此無緣，祗有閑暇者
纔能領受這份怡樂。忙碌者總是以某一未竟之事爲目標而終日奔
波。〔註168〕

　　亞里士多德認爲，遊戲是有閑者既荒唐而又愚蠢的把戲，不僅無補於資
生事業，且對在現實生活，或政治生活、或倫理生活上，都是有弊無利的。
因此，與德性的生活既相違，與幸福生活也不相屬，如其有任何價值的話，
不外讓人在辛勤的工作之後，可藉適當的嬉戲來恢復疲勞，以便爲了繼續辛
苦的工作儲備足夠的能量。而工作則是嚴肅的，相對而論，嬉戲則非是，這
種觀點顯然與柏拉圖一致。至於康德在，《判斷力批判》第一部分〈審美判斷
力批判〉第九節「研究這問題：在鑑賞判斷中愉快感先於對象之評判還是後
者先於前者」則說：

　　　　某種客觀的關係雖然祗能被設想，但祗要它在它的諸條件上是
主觀的，它就畢竟可以在對內心的效果上被感覺到；而在一個沒有
概念做基礎的關係（如諸表象力對一般認知能力的關係）上，也不
可能對它有別的意識，而祗有通過效果的感覺而來的意識，這效果
就在於兩個爲相互協調所激活的內心能力（想像力和知性）的輕鬆
遊戲。〔註169〕

　　康德的遊戲哲學，其實祗是心物對應論的相應與否的問題，是以在審美
判斷上，審美主體之所以知其意識是爲審美的，係建立在審美對象必須與審
美者在主觀上既有的概念相適應，且必須以被審美者有效的感覺到爲前提，
康德認爲這種以審美主體的認知活動爲內心遊戲，這就在審美活動中取消了
審美對象的必然性，致使審美對象的存在與存在方式，完全成爲審美主體所
能掌握的概念所給定的。如此一來，在審美判斷中，審美對象便在本質上，
具有極大的不確定性。也就是說，這樣的客體之是否爲美，是主體選擇性

〔註168〕〔古希臘〕亞里士多德（Aristotle）著，顏一、秦典華譯，《政治學》（Politika），
　　　　《亞里士多德全集》，第九卷，頁273。
〔註169〕〔德〕康德（Immanuel Kant）著，鄧曉芒譯，《判斷力批判》（Kritik der
　　　　Plaktischen），北京，人民出版社，2004，頁54。

認知的結果，在客體本身沒有美的要素存在，而其美之所以為美，是主體給定的。

繼康德而起的席勒，在《美育書簡・第二十六封信》中，發揮康德「遊戲」一詞而為「遊戲衝動」說，〔註170〕誠如鮑桑葵在《美學史》第十一章〈具體綜合的頭幾步——席勒和歌德〉中所指出的：

> 隨著遊戲衝動逐漸用表現的內容充實它的空虛的自由感，藝術和美感也有所發展。……尤其是在一個同純粹的遊戲說似乎最不相干的方面——把日用的或必需〔須〕的對象加以美化的那種本能的性質方面。「他（剛剛從感官性遊戲過渡到審美『遊戲』的人）所擁有的東西，他所製造的東西，決不能再僅僅帶有實用的痕跡了，決不能再僅僅帶有精雕細刻的用途的印記了。除了它所具有的用途外，它還必須反映發明它的機敏的理解力，製造它的巧手，選擇它並把它擺起來加以觀看的自由而欣愉的心靈……就連他的武器也不再僅僅是可怕的物件了，它們也可以給人以快感、巧妙繡成的劍帶和殺人的劍刃同樣受到人們的關注。」〔註171〕

從鮑桑葵的敘述，可知席勒也是柏拉圖無利害說的信徒，如果與亞里士多德有甚麼不同的話，就是沒有把存在於遊戲活動的審美活動，置入倫理學中，而予以泛道德化。也就是說，席勒對待遊戲的態度，比起他的前輩們來，無疑是嚴肅的。

然而，這諸種遊戲概念，在西方學界除黑暗時期之外，歷兩千三百年的不斷深廣化的研究，仍為二十世紀的哲學家、美學家、心理學家、人類學家所廣為青睞，可見遊戲所具有的諸種價值，當然包括其在佛教文藝學的體現上，依然具有很大的開展空間，因為直到二十一世紀的今日，西方傳統學術，仍沒有全面性的與同為印歐語系的印度佛學傳統，密切接軌，更遑論把視野拓展到漢藏語系漢語族的中國傳統上來，是以在論析蘇軾的佛教文藝學，對佛教遊戲三昧思想，在創作實踐的體現之前，論者以為，應當先看看漢斯——格奧爾格・加達默爾，在《真理與方法——哲學詮釋學的基本特徵》第一部分「藝術經驗裏真理問題的展現」之二「藝術作品的本體論及其詮釋

〔註170〕〔德〕席勒（J. F. C. Schiller）著，徐恆醇譯，《美育書簡》，臺北，丹青圖書有限公司，民76，頁180～188。

〔註171〕〔英〕鮑桑葵（Bernard Bosanquet）著，張今譯，《美學史》（*A History of Æsthetic*），北京，商務印書館，1997，頁381～382。

學的意義」之一「作爲本體論闡釋入門的遊戲」，在破題時所提出的說法，加
達默爾說：

> 遊戲對於遊戲者來說並不是某種嚴肅的事情，而且正由於此，
> 人們纔進行遊戲。……但遊戲活動與嚴肅東西有一種特有的本質關
> 聯。……遊戲活動本身就具有一種獨特的、甚而是神聖的嚴肅。……
> 遊戲者自己知道，遊戲祇是遊戲，而且存在於某個由目的的嚴肅所
> 規定的世界之中。但是在這種方式中他並不知道，他作爲遊戲者，
> 同時還意味著這種與嚴肅本身的關聯。祇有當遊戲者全神灌注於遊
> 戲時，遊戲活動纔會實現它所具有的目的。……誰不嚴肅地對待遊
> 戲，誰就是遊戲的破壞者。〔註 172〕

　　加達默爾所要說的是：「遊戲的主體不是遊戲者，而遊戲祇是通過遊戲者
纔得以表現。」〔註 173〕因爲「對於語言來說，遊戲的眞正主體顯然不是那個
除其他活動外也進行遊戲的東西的主體性，而是遊戲本身」。〔註 174〕從上舉的
簡例中，加達默爾對待遊戲的「嚴肅」態度，已走上了比他的前輩更寬、更
廣、更遠的思想道路上。反過來說，遊戲本身所具足的主體性，就在遊戲者
與遊戲本身相即的關係上，同時被體現的本體。易言之，兩者具有相互的規
定性。因此，既不能以遊戲本身做爲主體來規定遊戲者是爲遊戲者，並給予
分享主體性的權利，也不能以遊戲者做爲主體來規定遊戲本身是爲遊戲本
身，並給予分享主體性的權利，亦即遊戲者與遊戲本身的主體性，並不是來
自於分享，而是來自於兩者的當體自在，且互爲主體性的共在。爲方便理解，
可從《大般涅槃經》卷第十四〈聖行品第七之四〉所舉的譬喻，去進行在行
相上與事法相應的比量之論，如釋提桓因說：

> 猶如車有二輪，則能載用；鳥有二翼，堪任飛行。〔註 175〕

　　這種通過「相」，傳達「體用一如」的譬喻，除了萌發於原始佛教與印度
大乘佛學之外，並在後來爲中國佛教的天臺學、華嚴學、禪學，用以論證各
家行法。然而，在蘇軾的佛教文藝學思想中，遊戲的概念又是如何的呢？在

〔註 172〕　〔德〕漢斯─格奧爾格・加達默爾（Hans-Georg Gadamer）著，洪師漢鼎譯，
　　　　　《眞理與方法──哲學詮釋學的基本特徵》（*Wahrheit und Methode*），上卷，
　　　　　上海譯文出版社，2005，頁 131～132。
〔註 173〕　《眞理與方法》，頁 133。
〔註 174〕　《眞理與方法》，頁 135。
〔註 175〕　《大正藏》，第十二冊，頁 450[a]。

藝術創作實踐上，又是如何體現的？而其之於相關的佛學思想，在蘇軾的對
應思維中，是否具有根源性？凡此，都是接下來所要論述的範疇。蘇軾在〈跋
黃魯直爲王晉卿書爾雅〉中說：

> 魯直以平等觀作攲側字，以眞實相出遊戲法，以磊落人書細碎
> 事，可謂三反。〔註176〕

在這一篇短短三十字的跋文中，蘇軾用了「平等觀」、「眞實相」、「遊戲
法」等三組佛學名相，做爲論述黃山谷的書法藝術，之所以值得讓人反覆稱
譽的前提，是建立在一個書藝家的書寫心理、書寫觀照、書寫實踐等，從內
而外的心靈活動，有機聯繫的堅實基礎上的。就書寫心理而論，蘇軾做爲一
個藝術品純粹客觀的欣賞者，以自己亦爲當時四大書法家的深湛書學藝術修
爲，來鑑賞黃山谷的書法創作，其眼之所見、意之所及、境之所現，自是別
有超然之妙。

在佛學中，「平等觀」是佛教不共法，也是佛教在佛世時與外道簡別的思
想基準，亦即釋迦牟尼佛否證六師外道諸教說的根本原理，在這種原理上運
作的思想本身，從具體可見的行動綱領來看，在當時代具有鮮明的宗教革
命、社會革命，乃至於文化革命的特性，目的在破除牢牢結構在婆羅門教
《摩奴法典》中政教合一的神權思想，與其所堅決主張的人與生俱來而在當
生不可改變的宿命觀，以及因此觀念而在社會上得到合理化，在思想上、學
術上、政治上得到合法化論述的婆羅門、刹帝利、吠舍、首陀羅等四等種姓
的階級制度。

在吳西來僧竺律炎共支謙譯《摩登伽經》卷上〈明往緣品第二〉中，世
尊清楚的指出，「世有四姓，皆從梵生。婆羅門者從梵口生，刹利肩生、毘舍
臍生、首陀足生」，〔註177〕都是既不合理，也不如法的梵天思想的產物。因
此，釋迦牟尼以「姓皆平等」的慈悲觀，〔註178〕超越階級偏見，強調四姓造
業無貴賤，有生死皆平等，從而以等觀的究竟智慧，予以一一破斥，而這種
建基在十二緣起論上，以三法印、四聖諦、六波羅蜜多、八正道、三十七菩
提分等基本法門做爲修行進路，從而改變宿業，並達致解脫如何可能的「姓
皆平等」思想，在大乘佛教傳入我國的南北朝時代，便隨著北涼曇無讖在沮

〔註176〕　《蘇軾文集》，第五冊，頁 2195。
〔註177〕　《大正藏》，第二十一冊，頁 402^b。
〔註178〕　《大正藏》，第二十一冊，頁 402^b。

渠蒙遜玄始十（421，劉宋武帝永初二）年譯的《大般涅槃經》，經竺道生在八年後的劉宋文帝元嘉五（428）年，與早在東晉安帝義熙十四（418）年，由法顯先行譯出的節譯本《佛說大般泥洹經》對顯之後，以孤明先發之見，揭示涅槃思想的究竟要義，理應包括一闡提在內，確證闡提成佛說，而引起漢地佛學思想家，在佛性問題上的論諍，導致竺道生在被放逐到建康虎丘山之後，祇好將所見說給石頭聽，據《佛祖統紀》卷第二十六〈十八賢傳・法師道生〉載：

> 師被擯南還，入虎丘山，聚石爲徒，講《涅槃經》，至闡提
> 處，則說有佛性，且曰：「如我所說，契佛心否？」羣石皆爲點頭。
> 〔註179〕

這段文記，除了表明《大般涅槃經》卷第六〈如來性品第四之三〉的結論，「智者了知一切眾生悉有佛性，了義者了達一切大乘經典」之說的「一切眾生」，〔註180〕理應包括同經卷第二十二〈光明遍照高貴德王菩薩品第十之二〉所說的「斷善根名一闡提者」的一闡提在內。〔註181〕因此，竺道生認爲，做爲眾生之一的一闡提，本具佛性，如同一切含靈蠢動的眾生那樣，都具足了成佛的因，如其不然，則有違法義，而從理上陷落到佛陀所一再辯破的宿命論中，如此一來，便會以其斷見，造成緣起論、實相論與解脫論在理論上的重大破綻。

根據緣起論，宇宙萬有皆無出其運行法則之外者，是以「羣石皆爲點頭」，也就不是甚麼神祕的靈異事件了，因爲石頭的生成與變滅亦不出生、住、異、滅的法則。因此，其之所以成者生也，其所以住者成也，其所以異者壞也，其所以滅者空也，而其所以空者，以有因緣故，故生也。就在這裏，竺道生除了對佛性論給出如法的正解之外，同時給出了「無情有性」的命題。

準天臺學以觀，前述從荊溪湛然的「無情有性」說，與南陽慧忠的「無情說法」，來觀解蘇軾〈贈東林總長老〉一詩所云的「無情話」，便不難理解蘇軾建立在佛學思想磐石之上的「平等觀」，是有本有源的藝術轉化，而這種轉化的書學書寫實踐，在藝術理論上的建構，與自隋唐以來印刷術發明之前，僧俗二眾盛行寫經的風氣，有著正相關的聯繫，這從十九二十世之交，在敦

〔註179〕《大正藏》，第四十九冊，頁 266^a。
〔註180〕《大正藏》，第十二冊，頁 402^c。
〔註181〕《大正藏》，第十二冊，頁 493^b。

煌出土的大量寫經本的遺存，可得到證明。根據林聰明的研究，敦煌文書的
抄寫者，有治理文書的書吏、信佛的官吏、專責抄寫佛經的經生、官學與私
學的學子、負責宗教活動的僧侶，還有道士及一般民眾。〔註182〕從其普遍性
來看，不妨名之爲全民書寫運動。

　　雖說僧家寫經，是爲保存法本不致佚失，算是本分事，至於俗眾寫經，
則有蘄福、求平安，乃至於做功德等多重願望與迴向心在內，並廣爲公卿、
文士等供養人所採行，誠如《金剛般若波羅蜜經》說：

　　　　若復有人，聞此經典，信心不逆，其福勝彼，何況書寫、受持、
　　讀誦、爲人解說。〔註183〕

　　然而，這種以「何況書寫」以求勝福的寫經風氣，到了印刷術大興的宋
朝，並沒有因此而衰歇，仍然在文士與庶民之間廣行不已，並且流傳到二十
一世紀的臺灣、日本、韓國，乃至於美、加及歐西，仍爲佛教信徒所奉行。
以宋代來看，蘇軾與黃山谷的許多題跋，都是針對寫經的書法作品而作的，
而其書藝學理論也是因此而與佛學思想會通起來的，如蘇軾便在〈書若逵所
書經後〉，以法師說法的口脗，顯明了印度佛學的平等思想，朝中國天臺宗平
等觀觀法的轉移進路，蘇軾說：

　　　　懷楚比丘，示我若逵，所書二經。經爲幾品，品爲幾偈，偈爲
　　幾句，句爲幾字，字爲幾畫，其數無量。而此字畫，平等若一，無
　　有高下，輕重大小。云何能一？以忘我故。若不忘我，一畫之中，
　　已現二相，而況多畫？如海上沙，是誰礁磨，自然勻平，無有粗細？
　　如空中雨，是誰揮灑，自然蕭散，無有疎密？咨爾楚、逵，若能一
　　念，了是法門，於剎那頃，轉八十藏，無有忘失，一偈一句。東坡
　　居士，說是法已，復還其經。〔註184〕

　　懷楚是蘇軾方外至交辯才元淨的弟子，元淨則是宋朝天臺宗山家派的核
心人物之一慈雲遵式的弟子。〔註185〕這說明了一個事實，蘇軾與臺家的關係

〔註182〕林聰明著，《敦煌文書學》，臺北，新文豐出版公司，民80，頁133～210。
〔註183〕《大正藏》，第八冊，頁750°。
〔註184〕《蘇軾文集》，第五冊，頁2207。
〔註185〕吳偉忠從「行懺修密爲主」的角度，認爲「必須從獨立發展的天臺宗派角度，
　　　　而不僅僅作爲山家附庸去把握慈雲的譜系」，就山家論山家，雖可以在行法上
　　　　從內部簡別存在於不同傳法譜系之間的異同，但論者認爲，就山家與山外的
　　　　思想抉擇而論，如此細分是沒有意義的，因爲懺法本是臺家自智顗立宗以來
　　　　的主要行門之法，其後繼者在智顗立宗思想的止觀修持上，自可隨個人根器

之密切，並不下於宗門的雲門與臨濟兩家，是以天臺宗主要佛學思想家的教說，蘇軾自當有所與聞。以「平等觀」而論，「平等觀」係天臺立宗者三祖智顗所提出的重要觀行法門「三止三觀」中的三觀之一，智顗在隋文帝開皇十四（594）年夏四月，講於湖北當陽縣玉泉寺的《摩訶止觀》卷第三上「第三釋止觀體相者」說：

> 觀有三：從假入空，名二諦觀。從空入假，名平等觀。二觀爲方便道，得入中道，雙照二諦，心心寂滅，自然流入薩婆若海，名中道第一義諦觀。〔註186〕

陳志平在《黃庭堅書學研究》中篇第一章〈黃庭堅把握筆墨的特殊方式〉中，把「平等觀」析爲二義：

> 一是「空觀」之異名，一切法本性空，無差別，故名平等，二是「假觀」之異名，又稱「從空入假觀」，又稱「從空出假觀」。〔註187〕

陳志平的析義，在法義上有著嚴格義界的根本過失，如「平等觀」並不等於「空觀」，也不稱名「從空出假觀」，祇能是「從空入假觀」，因爲在智顗的不可思議三觀中，與其「一念三千」的宇宙觀一致，是以空、假、中三諦雖在行法上都源於一心之發用，但它有一個判教的前提，是不容忽視的，即三觀在藏、通、別、圓化法四教上，都有不同的觀法，即使在圓教本身來說，圓教之所以爲圓，也不是籠統三觀於一心的無差別觀，而是以一心覺照三觀在諸法上有差別在諸實相上無差別的圓融觀，唯有正確義解智顗的止觀思想，纔不至於把藏教的析空觀、通教的體空觀、別教的偏空觀、圓教的圓空觀通統統混淆爲義界不明的空觀，並將之與「平等觀」對舉，用智顗的話來說，就是《摩訶止觀》卷第五「觀心具十法門」中所詳論的觀法：

> 若法性無明合，有一切法陰、界、入等，即是俗諦；一切界、入是一法界，即是眞諦；非一非一切，即是中道第一義諦。如是遍歷一切法，無非不思議三諦（云云）。若一法一切法，即是因緣所生法，是爲假名，假觀也；若一切法即一法，我說即是空，空觀也；若非一非一切者，即是中道觀。一空一切空，無假、中而不空，總

的不同而有所專持，祇要不悖離臺家的根本原則即可。參見潘桂明、吳忠偉著，《中國天臺宗通史》，南京，江蘇古籍出版社，2001，頁410以下。
〔註186〕《大正藏》，第四十六冊，頁24^b。
〔註187〕陳志平著，《黃庭堅書學研究》，北京，中華書局，2006，頁107。

空觀也；一假一切假，無空、中而不假，總假觀也；一中一切中，
無空、假而不中，總中觀也；即《中論》所說不可思議一心三觀。
〔註188〕

值得注意的是，智顗很清楚的交代，不可思議一心三觀的思想根源，來
自於龍樹菩薩的《中論》卷第四〈觀四諦品第二十四〉，第十四偈：

眾因緣生法，我說即是無〔空〕；
亦為是假名，亦是中道義。〔註189〕

在格義佛學時期，鳩摩羅什將 śūnya 譯爲「無」，但在對佛學原義要求確
解的中國佛學黃金時期的隋唐時代，鳩摩羅什的再傳弟子，於開皇十七（597）
年八月，致書智顗，請其宣講法華經教的隋僧吉藏，在《中觀論疏》卷第一
〈因緣品第一〉中，〔註190〕以及唐西來僧波羅頗蜜多羅在翻譯印度中觀自立
派清辨著的《般若燈論釋》卷第十四〈觀聖諦品第二十四〉時，都將 śūnya 譯
爲「空」。〔註191〕可見智顗對「金口祖承」的天臺祖師譜系中第十四祖龍樹的
中觀思想對空義的理解是沒有過失的。要之，「從空入假，名平等觀」，是以
因緣所生的諸法假有爲所觀境，以所觀境勢必因因緣變滅而顯現諸法的本質
是空爲能觀心。因此，所觀境在能觀者的一心上，是以等觀諸法在現象上分
明有的態度，來當體識知本體空的實相，所以就總空觀而論，不但無假、無
中，亦無空，是謂「一空一切空」。

如果誤認爲「平等觀」就是此一義項下的「空觀」，其究竟理地自當顯明
爲《大般若波羅蜜多經》卷三〈初分學觀品第二之一〉所說的：

若菩薩摩訶薩欲通達內空、外空、內外空、空空、大空、勝義
空、有爲空、無爲空、畢竟空、無際空、散空、無變異空、本性空、
自相空、共相空、一切法空、不可得空、無性空、自性空、無性自
性空，應學般若波羅蜜多。若菩薩摩訶薩欲通達一切法眞如、法界、
法性、不虛妄性、不變異性、平等性、離生性、法定、法住、實際、
虛空界、不思議界，應學般若波羅蜜多。若菩薩摩訶薩，欲通達一
切法盡所有性、如所有性，應學般若波羅蜜多。若菩薩摩訶薩欲通
達一切法因緣、等無間緣、所緣緣、增上緣性，應學般若波羅蜜多。

〔註188〕《大正藏》，第四十六冊，頁55[b]。
〔註189〕《大正藏》，第三十冊，頁33[b]。
〔註190〕《大正藏》，第四十二冊，頁5[c]。
〔註191〕《大正藏》，第三十冊，頁126[a]。

若菩薩摩訶薩欲通達一切法如幻、如夢、如響、如像、如光影、如
陽焰、如空花、如尋香城、如變化事，唯心所現性相俱空，應學般
若波羅蜜多。〔註192〕

如果是這樣的話，那麼做為諸法之一的文學藝術，便成為沒有必要成立
的幻妄之學，而其所展現出來的具體作品，也跟著成為幻妄之物，而以幻妄
之物做為所觀境，豈非菩提留支所譯的《入楞伽經》卷第二〈集一切佛法品
第三之一〉所要否證的對象：

譬如幻師，幻作一切，種種形像，諸愚癡人，取以為實，而彼
諸像，實不可得。〔註193〕

當然，蘇軾的終極追求，無疑是要落實到總空觀上來的，但以「平等觀」
的佛學思想，做為文藝理論的思想根源，蘇軾是不可能站在這個位置來自我
否證的。因此，在蘇軾文藝理論的美學思想中，「平等觀」祇能表述為動態思
維的流動過程，而且也祇能處在離開萬象實有的假觀，與實相本空的總空觀
的路途中，並把在路途中所看到的藝術活動，以文藝學理論的話語，也在路
途中給予表述出來。因為這一切看似實有的所觀境，在能觀者一心向上轉移
過程中，確實是在過程中，以其當體亦為本真的性質，而本真的存在於此在，
祇是在轉移出來之後的所見，是「見山祇是山，見水祇是水」的明見，而其
目的則是體現在明確的覺照其終極理境為中觀境的悟境中，纔能在藝術精神
與佛學思想會通後，給出自身具足的創作精神予昇華的意義。亦唯其此如，
纔能在有的層次上，說文藝所書寫的對象在現象上，不但是分明有，且能在
創造的實踐上，被具體的把握到，並以也分明為有的藝術形式，轉化為具有
獨立審美價值的客體，而此一客體，一旦脫離創作母體，且以其自身特具的
獨立性自在自為的具足存在。

母體，也就是說，像蘇軾這樣在思想上，具備第一義諦觀的創作者，即
使在做為純粹的欣賞者之際，都會在創作的同時，與鑑賞的當際，從美的所
觀境中，繼續在能觀的一心上，朝向總空觀的向上一路，持續穎脫而去，否
則便會自陷於實境，而自違平等義。以平等義是為緣起義的衍生義之故，是
以，蘇軾在以「海沙」這個明喻，為「若遠所書經」的境界設譬，以明其
表象上的無差別之後，隨即以《妙法蓮華經》卷第三〈藥草喻品第五〉中雨

〔註192〕《大正藏》，第五冊，頁22^c。
〔註193〕《大正藏》，第十六冊，頁525^b。

的譬喻做爲暗喻，以反證若逵的「字畫，平等若一，無有高下，輕重大小」，在不同的欣賞者的審美視域中，在本質上是實有等差的，如世尊告訴摩訶迦葉說：

> 譬如三千大千世界，山川、谿谷、土地所生卉木、叢林及諸藥草，種類若干，名色各異。密雲彌布，遍覆三千大千世界，一時等澍，其澤普洽。卉木、叢林及諸藥草，小根、小莖，小枝、小葉，中根、中莖，中枝、中葉，大根、大莖，大枝、大葉，諸樹大小，隨上、中、下，各有所受。一雲所雨，稱其種性而得生長華菓敷實。
>
> 雖一地所生，一雨所潤，而諸草木，各有差別。〔註194〕

蘇軾說「若逵所書經」，在表面上看起來，筆畫麤細、疎密、高下、輕重、大小，都「平等若一」。任誰都知道，把字寫成這樣的體貌，就像二十一世紀電腦軟體裏的中文字型檔中的黑體字，不僅不是書法中的一體，更是無法顯現出漢字本身的個性與建築之美，凡對中國書法美學罣識之無的人，都會反對蘇軾對若逵的恭維，是在贊譽其書法作品，因爲蘇軾的評論，恰恰與中國書學藝術所標舉的美學觀完全顚倒，以單獨一個字本身的結構來看是如此，以整幅或整卷的字，務須在布置上，全體管領照應來看，更是如此。

從漢人蔡邕的《九勢》、題晉衛夫人的《筆陣圖》、隋僧智永的《永字八法》、智永弟子僧智果的《心成頌》、唐人張懷瓘的《書斷》與歐陽詢的《三十六法》，以及清人馮武輯錄蘇軾自己的書法言論爲《書法正傳》中的名篇〈翰林粹言〉、〈東坡書說〉等書法美學理論的著作中，都可以清楚的看出，中國書法之美，恰恰體現在麤細、疎密、高下、輕重、大小絕對都是不平、不等亦不若一的隨勢偃仰，與氣韵在筆斷意連的生動流逸上，誠如書聖王羲之在〈書論〉一文中說：

> 爲一字，數體俱入。若作一紙之書，須字字意別，勿使相同。
> 〔註195〕

又在《筆勢論十二章並序‧啓心章第二》說：

> 若平直相似，狀如算子，上下方整，前後齊平，此不是書，但得其點畫耳。〔註196〕

〔註194〕《大正藏》，第九冊，頁19^{a-b}。
〔註195〕上海書畫出版社編，《歷代書法論文選》，上海，上海書畫出版社，2007，頁28。
〔註196〕《歷代書法論文選》，頁31。

　　王羲之所運用的這些詞組，都具有敵體相翻的特性，而在結構形式上，一如清人劉熙載在《書概》中所提出的偏中、動靜、提按、疾澀、振攝、完破那樣，〔註197〕都必須在辯證上符合對立統一的原理。如此一來此，蘇軾筆下的黃山谷所作的「欹側字」，所行的人各有體的「游戲法」，纔符合上述書法之美所以爲美的審美要求。這可從下述材料證明，蘇軾的書法美學理論的要旨，的確是以此爲指摭，如〈和子由論書〉、〈評草書〉、〈跋君謨飛白〉等等。然而，值得注意的是，蘇軾對藝術精神性的強調，正是其高逸穎脫之思的體現，如在〈書唐氏六家書後〉說：

永禪師書，骨氣深穩，體兼眾妙，精能之至，反造疏淡。……
其言心正則筆正者，非獨諷諫，理固然也。世之小人，書字雖工，
而其神情終有睢盱側媚之態，不知人情隨想而見，如韓子所謂竊斧
者乎，抑眞爾也？〔註198〕

　　蘇軾寫於熙寧五（1072）年的〈孫莘老求墨妙亭詩〉的結穴命意，所體現的要妙之道，最具夐絕的超越之思，也最能開顯佛學緣起義下所照覺的實相，在本質上是無從執著的「一雨」與「忘我」的無我特性，詩云：

蘭亭繭紙入昭陵，世間遺蹟猶龍騰；
顏公變法出新意，細筋入骨如秋鷹。
徐家父子亦秀傑，字外出力中藏稜；
嶧山傳刻典刑在，千載筆法留陽冰。
杜陵評書貴瘦硬，此論未公吾不憑；
短長肥瘦各有態，玉環飛燕誰敢憎？
吳興太守眞好古，購買斷缺揮縑繒；
……。
後來視今猶視昔，過眼百世如風燈；
……。〔註199〕

　　然而，蘇軾爲甚麼要用與通識完全對反的審美觀來稱譽若達，又使其與自己的書藝美學觀不至於造成理論的內在衝突而導致讓人困惑的窘態？誠如前述，「從空入假，名平等觀」的要義，祇有體現在達致總空觀的路途中，

〔註197〕《歷代書法論文選》，頁 681～716。
〔註198〕《蘇軾文集》，第五冊，頁 2206～2207。
〔註199〕《蘇軾詩集合注》，上冊，頁 347～349。

纔能獨立的被確證爲平等觀所達致的無二的悟境那樣，蘇軾在將藝術創作理論與佛學思想會通之後，所要給出的美學思想，是透過審美對象在被審美的當際，審美者能否透過審美客體的表象，見到創作主體的精神性，而若遷做爲創作主體，其精神便在以有分別的相開顯無分別的意，而其開顯的根據便是佛學的共法，即「云何能一？以忘我故」的無我思想。此一共法，在原始佛教中，可以《雜阿含經》卷第十《二六二經》所說的三法印爲代表：

> 一切諸行無常，一切法無我，涅槃寂滅。〔註200〕

在大乘般若學中，可以《金剛般若波羅蜜經》所說的離四相說爲代表：

> 此人無我相、人相、眾生相、壽者相。所以者何？我相即是非相，人相、眾生相、壽者相即是非相。何以故？離一切諸相。〔註201〕

在大乘法華學中，可以西晉西來僧法護譯《正法華經》卷第六〈藥王如來品第十〉所說的離諸法見爲代表：

> 覺了演暢十二因緣，無我、無人、非壽、非命、志空、無願、無想之法，不由眾行。〔註202〕

在大乘華嚴學中，可以晉譯《大方廣佛華嚴經》卷第五〈菩薩明難品第六〉所說的業性說爲代表：

> 身命相隨順，展轉更相因，
> 猶如旋火輪，前後不可知。
> 智者能觀察，一切有無常，
> 諸法空無我，則離一切相。
> 因緣所起業，無我猶如夢。〔註203〕

在大乘涅槃學中，可以曇無讖譯《大般涅槃經》卷第一〈壽命品第一〉所說的對苦等的深樂觀察法爲代表：

> 苦樂、常無常、淨不淨、我無我、實不實。〔註204〕

在大乘中觀學中，可以《中論》卷第三〈觀法品第十八〉所說的諸法盡畢竟空之說爲代表：

〔註200〕 《大正藏》，第二冊，頁66^c。
〔註201〕 《大正藏》，第八冊，頁750^b。
〔註202〕 《大正藏》，第九冊，頁99^c。
〔註203〕 《大正藏》，第九冊，頁427^b。
〔註204〕 《大正藏》，第十二冊，頁366^b。

又眼見麤法尚不可得，何況虛妄憶想等而有神？是故知無我。

因有我故有我所，若無我則無我所。修習八聖道分，滅我、我所因

緣故，得無我、無我所決定智慧。〔註205〕

在中國禪宗中，則以慧能在《壇經》所說的自證自悟說爲代表：

頓漸皆立無念爲宗，無相爲體，無住爲本。〔註206〕

如其蘇軾並不通達此中眞義，那麼，「後來視今猶視昔」，便會是信口雌黃的大妄語，而其以反義正贊若逵的「一」的平等義，也就跟著變成沒有著落的空言。易言之，就是違背眞理的無意義的戲論，誠如彌勒在《瑜伽師地論》卷第九十一〈攝事分中契經事處擇攝第二之三〉所說：

是故由彼戲論，俱行四種行相，思惟觀察不應道理。當知此中

能引無義思惟分別所發語言，名爲戲論。何以故？於如是事，勤加

行時，不能少分增益善法，損不善法，是故說彼名爲戲論。〔註207〕

戲論迴非遊戲三昧，此是後話。以書寫心理從敬側字論平等觀，蘇軾佛學思想的根源，與藝術理論轉化的要義，從創作實踐的心理活動，與鑑賞的審美覺照所體達的無我思想，祇能是在路途中的「從空入假觀」，並以假觀爲「用」的根據，「以眞實相出遊戲法」，在「相」上做爲被文藝家創造出來的藝術品，在「後來視今猶視昔」的任何一個時間階段中，做爲鑑賞者的所觀境，並據以在向上一路上，在「體」上達致「見山祇是山，見水祇是水」的解脫境，是以就書寫觀照而論，便有必要把所觀的對象，在蘇軾以佛學「眞實相」限定其意義的義項下，如實的釐辨分明，並指出其與文藝學思想，所具有的內在聯繫的合理性爲何，從而在這個基礎上，證立蘇軾以「眞實相」做爲會通佛學與文藝學的話語，在兩端都具有合法性。

眞實相即實相，原義包含多重意思，常見的用法有本體、實體、本性、眞相等等，假使停留在原義的本體義與實體義上來使用實相一詞，那麼，在佛學的論述上，係偏於共外學的用法，如恰特吉等在《印度哲學概論》第一篇〈緒論〉三「相信世界中有一種永恆的道德秩序」中就說：

對於「一種永恆道德秩序」的堅定信仰，主宰了整個印度哲學

史，除了妙言派唯物論者之外。不管是吠陀系統或非吠陀系統、有

〔註205〕《大正藏》，第三十冊，頁24^b。

〔註206〕《精校燉煌本壇經》，《華雨集》，第一冊，頁427。

〔註207〕《大正藏》，第三十冊，頁815$^{a~b}$。

神論或無神論，所有的印度學派都沐浴在此一共同的信仰氣氛中。〔註 208〕

就古代印度人的宇宙論來看，宇宙的本體稱爲「梵」，個人的本體則稱爲「我」，而梵與我在本性上都是相同且有實性的，如高楠順次郎等在《印度哲學宗教史》第三篇第二章〈本體論〉，即開宗明義的說：

> 《奧義書》雖乘新氣運而生，但其材料，實採自《梨俱吠陀》以來哲學的見解之全部者，故内容極其複雜。但通全體有一不可動搖之基礎觀念，即《梵書》終期所萌芽之梵我同一論，亦即吠檀多派之所謂 Brahma-atma-aikyam 是也。即謂從來認爲宇宙之大原、世界之原理之梵，與吾人生活體本質之自我，在本性上實爲同一。〔註 209〕

巫白慧在《印度哲學》第二部分「《奧義書》解析」第一節「吠檀多主義」中也說：

> 「梵」是《奧義書》哲學家設想的和力圖建立的一個絕對的精神實在。這個精神實在在奧義書中有三個名稱——原人、梵、我。……三者是名異體一的「一梵」。〔註 210〕

這種「梵我同一論」與本體實有論的思想根源，可以說是印度宗教哲學百世不殆的堅實傳統，而且一直流傳到當代的印度仍沒有改變，改變的祇是七世紀時，印度佛教的印度教化，與十二世紀時，因伊斯蘭教軍隊的屢次入侵而消聲匿跡的佛教，是以不論是吠陀系統或非吠陀系統，本體或實體概念，都有自己言之成理且傳統深遠的典據，如數論派的主要經典，曾傳爲迦毘羅撰著的《數論經》第六卷第一節說：「我是存在的。因爲沒有甚麼證明它不存在。」十五世紀的吠若那比柯注說：「由於存在著『我想』這種形式的意識的表現，因此，神我的存在確實可以確立。」〔註 211〕

至於吠檀多派最早的經典，跋達羅衍那約作於一世紀的《梵經》第一卷

〔註 208〕恰特吉（S. C. Chatterjee）、達塔（D. M. Aatta）著，伍先林、李登貴、黃彬譯，《印度哲學概論》，臺北，黎明文化事業股份有限公司，民 82，頁 15。

〔註 209〕〔日〕高楠順次郎、木村泰賢著，高觀廬譯述，《印度哲學宗教史》，臺北，臺灣商務印書館股份有限公司，民 80，頁 247。

〔註 210〕巫白慧著，《印度哲學——吠陀經探義和奧義書解析》，北京，東方出版社，2000，頁 172。

〔註 211〕〔印〕作者不詳，《數論經》，姚衛羣編譯，《古印度六派哲學經典》，北京，商務印書館，2003，頁 186。

第一章第十二節說：「由於歡喜所成的反覆。」在吠檀多派哲學家、婆羅門教改革家，直接承襲吠陀的冥思方式，與《奧義書》的「萬物一體」理論，以及吸收大乘佛教思想及耆那教部分教義，而將婆羅門教改革爲印度教的商羯羅阿闍梨，在其所建立絕對一元論體系中，認爲唯有個人的精神——我和宇宙的最高原則——梵，纔是同一不二的眞實存在的思想之下，把這一句經文的文脈補足語氣而爲：「由於歡喜所成我的反覆使用。」並將之詮釋爲：「由於歡喜所成我的反覆用於梵，因此可以（這樣）理解：歡喜所成就的我就是梵。」〔註 212〕於是在第一卷第四章第十九節中，便把兩者等同起來而直接給出的「阿特曼就是梵」的命題。〔註 213〕

　　至於釋迦牟尼佛立「無我」說與緣起論以對破梵我同一論，以便保證解脫與輪迴的可能與可信之後，是否就不再在實相的問題上，繼續論證本體的體性爲何了呢？考察整部佛教史可知，這個命題雖被佛陀給對破了，但問題卻始終存在，不論是在部派佛教大眾部，或說一切有部那裏，還是在大乘佛教《大般若波羅蜜多經》、《涅槃經》、龍樹的《大智度論》、題龍樹的《金剛頂瑜伽中發阿耨多羅三藐三菩提心論》、題龍樹詮釋天親造《中邊分別論》的〈相品〉及部分〈眞實品〉和《十八空論》、東晉淨土宗初祖慧遠法師問鳩摩羅什答的《大乘義章》、隋僧淨影慧遠的《維摩經義記》、唐代華嚴宗初祖杜順的《華嚴法界觀門》、唐代嘉祥吉藏解釋青目註釋《中論》的《中觀論疏》等中印經論那裏，抑或在融入中國本體論思想的中國佛教南北朝諸學派與隋唐諸宗派之間，都始終在義學的論域被論諍著。釋迦牟尼佛的說法，在《雜阿含經》卷第二十一《五六三經》，透過多聞第一的阿難告訴離車說：

　　　　如來、應、等正覺所知所見，說三種離熾然清淨超出道，以一乘道，淨眾生，離憂悲、越苦惱，得眞如法。何等爲三？如是：聖弟子住於淨戒，受波羅提木叉，威儀具足，信於諸罪過，生怖畏想，受持如是，具足淨戒，宿業漸吐，得現法，離熾然，不待時節，能得正法，通達現見觀察，智慧自覺。離車長者！是名如來、應、等正覺說所知所見，說離熾然，清淨超出，以一乘道，淨眾生，滅苦

〔註 212〕〔印〕跋達羅衍那著，《梵經》，《古印度六派哲學經典》，頁 251。
〔註 213〕《古印度六派哲學經典》，頁 278。又，詳見吳學國著，《存在・自我・神性——印度哲學與宗教思想研究》第一章〈存在與自然：吠陀和奧義書的存在概念〉、第二章〈存在與實有：耆那教、勝論、正理派的實在論〉，北京，中國社會科學出版社，2006，頁 12～133。

惱，越憂悲，得眞如法。〔註214〕

這是以眞如論證實相，說眞如是不共外道法，即不共梵我的體性的實在性的一乘道，行者唯有持行一乘道正觀諸法，纔能脫離宿業的牽引，以自覺的智慧，做爲證立清淨解脫的保證。又如《雜阿含經》卷第三十《八五四經》，佛陀告訴諸比丘說：

> 夫生者有死，何足爲奇？如來出世，及不出世，法性常住。彼如來自知成等正覺，顯現演說，分別開示。所謂是事有故是事有，是事起故是事起，緣無明有行，乃至緣生有老、病、死、憂、悲、惱、苦，如是苦陰、集、無明滅則行滅，乃至生滅則老、病、死、憂、悲、惱、苦滅，如是苦陰滅。〔註215〕

這是以法性論證實相，以十二支的緣起與還滅，證立佛教的基本教義四聖諦，係解脫生死的唯一方法。然而，在原始佛教那裏，不論把實相說爲眞如或法性，都表明了諸法的虛妄性與實相不可得的平等性。值得注意的是，釋迦牟佛尼對實相的問題，在以無我說等理論對破其實有性之後，便把與外學在學理上抉擇的任務給結束掉了，並朝眾生如何實踐解脫道的總體方向開展，所以沒有給出更多相關的教說，以至爲其後學在本體論上，留下了極爲廣大的思辨空間，是以在佛陀入滅一百年後的根本分裂所分出來的大眾部，與三百年後由上座部分裂出來的說一切有部等，都曾以客體世界並非因人的認識而存有的原本存有的實在論進行法義上的鏖辨，如大眾部就主張「現在實有」，這在眾賢以有部宗義的立場論破世親《阿毘達磨俱舍論》的著作中，尚可見到其論要，如世親在《阿毘達磨俱舍論》卷第二十〈分別隨眠品第五之二〉頌曰：

> 三世有由說，二有境果故，
> 說三世有故，許說一切有。〔註216〕

眾賢在《阿毘達磨順正理論》卷第五十一〈辯隨眠品第五之七〉，則以過去、未來、現在色實有，但體性無常，而法性是有實在性的，做爲厭捨、欣求與離滅的修行根據，而辯破說：

> 我引教理，成立己宗，過去、未來、現在實有，有義既顯，別

〔註214〕《大正藏》，第二冊，頁 147^c。
〔註215〕《大正藏》，第二冊，頁 217^c。
〔註216〕《大正藏》，第二十九冊，頁 104^b。

易思擇。既爾現在實有極成，何教理證去、來實有？且由經中世尊說，故謂世尊說過去、未來，色尚無常，何況現在？若能如是觀色無常，則諸多聞聖弟子眾，於過去色勤修厭捨，於未來色勤斷欣求，現在色中勤厭離滅。若過去色非有，不應多聞聖弟子眾，於過去色勤修厭捨，以過去色是有故，應多聞聖弟子眾，於過去色勤修厭捨。若未來色非有，不應多聞聖弟子眾，於未來色勤斷欣求，以未來色是有故，應多聞聖弟子眾，於未來色勤斷欣求。〔註217〕

至於說一切有部發揮小乘阿毘曇，而在構成一切萬物的法上是否具有實在性，則主張「三世實有」、「法體恆有」，並提出「我空法有」說，其論述集中表現在五百阿羅漢結集並解釋迦多衍尼子所著的《阿毘達磨發智論》的《阿毘達磨大毘婆沙論》卷第七十七〈結蘊第二中十門納息第四之七〉中，五百阿羅漢說：

　　　　說一切有部有四大論師，各別建立三世有異，謂尊者法救說類有異，尊者妙音說相有異，尊者世友說位有異，尊者覺天說待有異。

　　　　說類異者，彼謂諸法，於世轉時，由類有異，非體有異，如破金器等作餘物時，形雖有異，而顯色無異。又如乳等變成酪等時，捨味、勢等，非捨顯色。如是諸法，從未來世至現在世時，雖捨未來類得現在類，而彼法體無得無捨。復從現在世至過去世時，雖捨現在類得過去類，而彼法體亦無得無捨。

　　　　說相異者，彼謂諸法，於世轉時，由相有異，非體有異。一一世法，有三世相，一相正合，二相非離，如人正染一女色時，於餘女色，不名離染。如是諸法，住過去世時，正與過去相合，於餘二世相，不名為離，住未來世時，正與未來相合，於餘二世相，不名為離，住現在世時，正與現在相合，於餘二世相。不名為離。

　　　　說位異者，彼謂諸法，於世轉時，由位有異，非體有異，如運一籌，置一位名一，置十位名十，置百位名百，雖歷位有異，而籌體無異。如是諸法，經三世位，雖得三名，而體無別。此師所立，世無雜亂，以依作用，立三世別，謂有為法，未有作用，名未來世，正有作用，名現在世，作用已滅，名過去世。

〔註217〕《大正藏》，第二十九冊，頁625^b。

　　　　說待異者，彼謂諸法，於世轉時，前後相待，立名有異，如一

　　　女人，待母名女，待女名母，體雖無別，由待有異，得女母名。如

　　　是諸法，待後名過去，待前名未來，俱待名現在。〔註218〕

　　當然，法救等說一切有部有四大論師所論證的類異諸說，係將法分解成現象與本體來看三世，所以導出由和合而生的諸法都有實在性，而做爲生起諸法的根據的法體，則具有恆常性。祇是在大乘佛學中，這種理論自然要遭到主張「人法二空」的中觀學派的否定。誠如在第三章〈蘇軾的文學與佛學思想〉中，論及蘇軾「空故納萬境」的空時，所述及的印度大乘佛教中觀學派的創始人龍樹在《中論》卷第四〈觀四諦品第二十四〉爲空所下的定義爲：「眾因緣生法，我說即是無〔空〕，亦爲是假名，亦是中道義。未曾有一法，不從因緣生，是故一切法，無不是空者。」〔註219〕而《佛光大辭典》「中觀派」條說，龍樹

　　　　認爲由世俗之名言概念所獲得之認識，皆屬於戲論範圍，稱爲

　　　俗諦；唯有依照佛理而直覺現觀，方能證得之諸法實相，則稱爲眞

　　　諦。從俗諦而言，因緣所生法，一切皆有；由眞諦而言，一切皆無

　　　自性，皆畢竟空。然世俗有即是畢竟空，畢竟空即存在於世俗有中，

　　　若不依俗諦，則不得第一義，不得第一義，則不得涅槃。即在理論

　　　上，統一性空與方便；在認識上和方法上，統一名言與實相、俗諦

　　　與眞諦；在宗教實踐上，統一世間與出世間、煩惱與涅槃，即所謂

　　　假有性空，不著有、無二邊之觀點，即稱中觀。〔註220〕

　　在這裏，論者認爲有必要先釐清「戲論」的意義是甚麼，萬金川在《龍樹的語言概念》附錄一〈關於「戲論」的語義〉中，分析「龍樹論書的用例」、梵漢譯佛教典籍，與「當代學界的譯解」後，認爲 prapañca 含有三種主要的意義，值得參照，即一、「它直指一種『語言使用上的泛〔氾〕濫』，或者更切確地說，一種『語言的膨脹』情形。」二、「它指立基於前項之上的種種思惟或概念（vikalpa，分別）。」三、「它指由（1）、（2）所形成的諸般世界觀（drsti，見）。」〔註221〕這麼說來，出現在這一義項下的共外學本體論，與大眾部「現在實有」說，及說一切有部「我空法有」等說，便會在理論上遭遇到語言、

〔註218〕《大正藏》，第二十七冊，頁396$^{a~b}$。

〔註219〕《大正藏》，第三十冊，頁33^b。

〔註220〕《佛光大辭典》，頁1037。

〔註221〕萬金川著，《龍樹的語言概念》，南投，正觀出版社，民84，頁129〜130。

概念與見上的困難，因為以緣起論做為根本學說的佛學，在中觀派這裏，全部被以「眾因緣生法」，做為唯一的衡準，而給徹底的否決掉了。

也就是說，諸法——亦即文藝學所據以遂行審美創造的客觀對象，以及審美者所據以進行鑑賞的客體，既然都是因緣和合而生起與造作的，那麼，在本質上就理當無自性，也就是自性空，而自性空並不是派生萬物的本原，所以在龍樹為「眾因緣生法」下空的定義之前，便先說了「以有空義故，一切法得成，若無空義者，一切則不成」的緣起前提，就是無實體的空性。亦唯其如此，以和合為緣起因的諸法，纔有在生、住、異、滅等四本相的生滅變遷中開展的可能，而其開展所成的諸法與空性的關係，正是共構的相即存在。

就文藝學與佛學思想的會通來看，它的發生契機就體現在此一過程之中，唯文藝學與佛學的目的一在審美的、一在究竟解脫的，是以在嚴格的義界上，務須予以清楚的判分，而不能毫無簡擇把兩者等同起來，否則在佛學上，便會陷於執相而求的困境中，並以其有過失之故而不得解脫，這在《大般若波羅蜜多經》卷四〈初分相應品第三之一〉中，佛陀對具壽舍利子有精詳的論述，世尊說：

> 舍利子！修行般若波羅蜜多菩薩摩訶薩，與如是等空相應時，不見色若相應、若不相應，不見受、想、行、識若相應、若不相應。何以故？舍利子！是菩薩摩訶薩不見色若是生法、若是滅法，不見受、想、行、識若是生法、若是滅法；不見色若是染法、若是淨法，不見受、想、行、識若是染法、若是淨法。舍利子！是菩薩摩訶薩不見色與受合，不見受與想合，不見想與行合，不見行與識合。何以故？舍利子！無有少法與少法合，本性空故。所以者何？舍利子！諸色空，彼非色；諸受、想、行、識空，彼非受、想、行、識。何以故？舍利子！諸色空，彼非變礙相；諸受空，彼非領納相；諸想空，彼非取像相；諸行空，彼非造作相；諸識空，彼非了別相。何以故？舍利子！色不異空，空不異色，色即是空，空即是色；受、想、行、識不異空，空不異受、想、行、識，受、想、行、識即是空，空即是受、想、行、識。何以故？舍利子！是諸法空相，不生不滅，不染不淨，不增不減，非過去、非未來、非現在。〔註222〕

〔註222〕《大正藏》，第五冊，頁22^{a–b}。

經云：「非過去、非未來、非現在。」雖然不是外學與佛教有宗諸家所能領悟的實有論——即常見，但也不是誤以佛學為虛無主義論者所能領悟的斷滅論——即斷見，而是在現象與本質上，或說為物質與精神上，空有相即的即真不異之論，「即」指時間遷流的任何一個因緣和合的剎那的共在，「真」指現象與本質的當體共在，「不異」指現象即本質，這在佛教來說，就是諸法即實相，即——諸法實相。這種大乘思想在西方，遲到千年後的十九世紀，德國哲學家叔本華在解決康德哲學的形上學問題時，纔被觸及到，並認真的對待，如劉大悲在〈譯者的話〉中說：

> 他的《意志與表象的世界》一書，就是在討論這個問題。所謂「表象世界」相當於康德的「現象世界」，所謂「意志世界」相當於康德的「本體世界」或「物自體」。〔註223〕

劉大悲用於印證叔本華對此一論題的佛學互文性典據，恰恰是玄奘譯的《般若波羅蜜多心經》的第一句經文：

> 觀自在菩薩行深般若波羅蜜多時，照見五蘊皆空，度一切苦厄。〔註224〕

值得注意的是，西方的本體學說，雖然萌芽於古希臘時代的米利都學派，如文德爾班在《哲學史教程》第一章〈宇宙論時期〉所率先指出的：

> 「超越時間變化的萬物始基是甚麼？萬物始基如何變成特殊事物，特殊事物又如何變成萬物始基？」對這個問題，首先試圖解答的是紀元前第六世紀的米利都自然哲學學派。〔註225〕

本體在柏拉圖那裏，則以「本質」（essence）來進行描述，如《克拉底魯篇》就說：

> 每一事物不都有一個本質，就好像有顏色和聲音一樣，對嗎？顏色、聲音以及其他任何事物不是都有一個本質嗎？〔註226〕

再如在亞里士多德那裏，則以「本原」（arkhee）為名，如《後分析篇》

〔註223〕 《意志與表象的世界》，頁 4。別譯本參見石冲白譯，《作為意志和表象的世界》，北京，商務印書館，1997。

〔註224〕 《大正藏》，第八冊，頁 848ᶜ。又，《意志與表象的世界》，頁 1、9。

〔註225〕 〔德〕文德爾班（Wilhelm Windelband）著，羅達仁譯，《哲學史教程》（*Lehrbuch der Geschichte der Philosophie*），上冊，北京，商務印書館，1997，頁 42。

〔註226〕 〔古希臘〕柏拉圖著，王曉朝譯，《克拉底魯篇》，《柏拉圖全集》，第二卷，北京，人民出版社，2003，頁 112。

第一卷第二章即說：

> 從最初前提出發即是從適當的本原出發。「最初前提」和「本原」
> 我指的是同一個東西。證明的本原是一個直接的前提。所謂直接的
> 前提即是指在它之先沒有其他前提。〔註227〕

亞里士多德還有一個實體、本質（ousia，Substance）的說法，這在其邏輯學著作，其實也是本體論著作的《範疇篇》第五節以及《形而上學》一書中，都有極為廣泛的論證，有興趣者可以參見汪子嵩所著的《亞里士多德關於本體的學說》。〔註228〕

這裏所要指出的是「本體論」（ontology）一詞，雖遲到十六、七世紀之交，纔由德國經院學者郭克蘭紐第一次使用，並把它解釋成「形而上學」的同義語。然而，關於現象與本質關係的研究，也就是說關於存在的學說的研究，在印度與西方都有著深遠的傳統，並在現代西方成為顯學，如胡塞爾著有《純粹現象學通論》、海德格著有《形而上學導論》與《存在與時間》、沙特著有《存在與虛無》等名著，並對文學──特別是詩學、藝術、美學理論，在一時之間，產生極為廣泛的影響，而以現象學及存在主義做為持有此類思想與研究方法的文論流派之名，祇是與出現在二十世紀初貌似鮮妍的諸多文論流派一樣，都具有共同的短命特質，且對中國佛教文學在與實相相關論題的研究上，除了胡塞爾的現象與本質（Eidos，艾多斯）的研究，與海德格的本眞說，具有足資參照之思之外，以其全以創造（世）說為總的思想背景之故，不但與以緣起論為根本學說的佛學，在始源的論述上，就註定要背道而馳，即使與中國的本體學說，及其與佛學的會通後的變種來對顯，也往往以枘鑿之失，而顯得障礙重重。然而，論者以為，如果沒有看到西方，並以西方的視域來審視自己，也往往會被一偏之見所覆蔽，而像夜郎那樣不自知。

佛教傳入中國以後所遭遇的最大難題，便是如何以異質之理，說服文化體系龐大與思想早熟，且穩穩居於社會上層建築的學術菁英，而在中國中古時期的學術團隊，自漢倡黃老治術與獨尊儒術至初唐以來，在社會上具有充分活動力的學術菁英，又約畧相等於世族官僚團隊。至於隱者之所以仍以隱

〔註227〕〔古希臘〕亞里士多德著，余紀元譯，《後分析篇》（*Analutika hustera*），《亞里士多德全集》，第一卷，北京，中國人民大學出版社，1990，頁249。
〔註228〕汪子嵩著，《亞里士多德關於本體的學說》，北京，人民出版社，1997。

士之名而被學界認識到並被稱揚不已，不論是隱於市的大隱者，或隱於朝的中隱——吏隱、宦隱者，或隱於野的小隱者，又幾幾乎都是與學界聲氣相通的嚶鳴之友，至少也是可以談玄論理與夫掄翰舞墨的文藝家。

也就是說，在佛學東來之際，中國的文化人，不論身居廟堂之高，或逸蹤山野，都不出儒士、道家或以道學會通儒術的玄學家。因此，在他們的思維進路與認知定勢上，自然建構有一套具有深遠傳統的中國本體論思想，而這些思想在儒家那裏，最早被記載在《周易》、《尚書》、《詩經》、《左傳》、《論語》、《孟子》、《荀子》與後來董仲舒的《春秋繁露》等典籍中。至於在道家那裏，則主要被記載在《老子》和《莊子》兩部書中，而以天、道、太極、理、氣、等做為本體論的基本範疇。茲以天與道兩個範疇簡述如下，以見儒、釋、道思想在實相論與做為實相論之一的本體論，在中國文化與印度文化會通上的不得不然與困難。

以天這個複雜的概念而論，諸家見解在義界上雖不一且多有限定，但大體來說，不外自然、神、造物主、德化與命論等等，如《詩經‧大雅‧蕩》第一章云：

> 天生蒸民，其命匪諶。〔註229〕

〈蕩〉認為天是能生萬民的創造者，這是中國素樸的創造說，是以在承認天生萬民的同時，具備了懷疑的心態，即懷疑天命的不可信。又如《詩經‧周頌‧維天之命》云：

> 維天之命，於穆不已。〔註230〕

〈維天之命〉則把天規定為宇宙運行得以無窮無盡的道德原則，而此一原則正是人類所應遵循的道德軌範。至於孔、孟則把天做為人類命運的主宰者，如《論語‧顏淵第十二》說：

> 司馬牛憂曰：「人皆有兄弟，我獨亡。」子夏曰：「商聞之矣：『死生有命，富貴在天。』君子敬而無失，與人恭而有禮。四海之內，皆兄弟也。君子何患乎無兄弟也。」〔註231〕

《孟子‧梁惠王下》孟子在與滕文公對話時，亦回答說：

> 苟為善，後世子孫必有王者矣。君子創業垂統，為可繼也。若

〔註229〕《十三經》，上冊，頁351。
〔註230〕《十三經》，上冊，頁362。
〔註231〕《十三經》，下冊，頁2052。

夫成功，則天也。〔註232〕

　　然而，如果凡事都以天的意志爲意志，那麼，這種思想與印度婆羅門教《摩奴法典》所強加於社會各種姓既定的生活形態的宿命觀，豈不若合符節？當然，中國人在《周易‧說卦》參贊天地的思想啓發下，並不使自己陷於宿命的絕境，再不濟也凡事都要先找個盡人事的前提，再在不得不然之際，找個聽天由命的遁辭，來做理性的規避，這就使人人都有在絕處自行創造逢生新機的際會，從中國大量的貶謫文學作品中，可以找到無數的根據來證明，而在蘇軾及蘇門學士那裏，自然也不能例外，如其有可稱之爲例外者，即將在以下論述裏所舉隅的作品中，見出加入佛學思想要素的遊戲三昧之作，是以〈說卦〉說：

　　　　昔者聖人之作《易》也，幽贊於神明而生蓍，參天兩地而倚數，觀變於陰陽而立卦，發揮於剛柔而生爻，和順於道德而理於義，窮理盡性以至於命。〔註233〕

　　〈說卦〉表明了人在天地之間，溝通三才的樞紐地位，已足以彰顯人特殊的獨立性，而人做爲自我生命的主體，在佛學那裏則是證悟解脫道的法身器，即在五濁世間達致解脫的最佳法器，如在後漢就傳譯而來的《大方便佛報恩經》卷第六〈優波離品第八〉說：

　　　　色身是法身器故，法身所依故，若害色身，則得逆罪。不以色身是佛，故得逆罪。〔註234〕

　　在晉譯的《大方廣佛華嚴經》卷第二十五〈入不思議解脫境界普賢行願品〉中也說：

　　　　身器清淨，堪受聖法。〔註235〕

　　至於在道家那裏，人則是體道的道器，如《老子‧第二十五章》說：

　　　　有物混成，先天地生。寂兮寥兮，獨立而不改，周行而不殆，可以爲天下母。吾不知其名，字之曰道，強爲之名曰大。……人法地，地法天，天法道，道法自然。〔註236〕

　　這就使道成爲中國哲學的重要範疇，不但具有本體論的意義，更寬泛的

〔註232〕　《十三經》，下冊，頁2168。
〔註233〕　《十三經》，上冊，頁87。
〔註234〕　《大正藏》，第三冊，頁157ª。
〔註235〕　《大正藏》，第十冊，頁774ᶜ。
〔註236〕　《帛書老子校注》，頁348～353。

來認定，還具有宇宙論、認識論，乃至於社會政治論等多方面的內涵，於是領有宇宙萬物的本原的特質，如其後繼者莊子在〈大宗師〉篇說：

> 夫道，有情有信，无爲无形；可傳而不可受，可得而不可見；自本自根，未有天地，自古以固存；神鬼神帝，生天生地；在太極之先，而不爲高；在六極之下，而不爲深；先天地生，而不爲久；長於上古，而不爲老。〔註237〕

〈漁父〉篇亦說：

> 且道者，萬物之所由也。庶物失之則死，得之者生，爲事逆之則敗，順之則成。故道之所在，聖人尊之。〔註238〕

把道當做萬物存在與生死及人事成敗的本原。然而，道存在的本原在老、莊那裏，卻被規定爲來自於「自本自根」，而這種論點，顯然與古印度論師龍樹成立於西元二、三世紀左右的中觀學說大相逕庭，龍樹在《中論》卷第一〈觀因緣品第一〉說：

> 諸法不自生，亦不從他生，
> 不共不無因，是故知無生。〔註239〕

雖然智顗在《摩訶止觀》卷第五「觀心具十法門」說：

> 龍樹云，不自、不他、不共、不無因生。《大經》生生不可說，乃至不生不生不可說，有因緣故，亦可得說，謂四悉檀因緣也。雖四句冥寂，慈悲憐愍，於無名相中，假名相說。〔註240〕

亦即以十法門的第二門「起慈悲心」來方便假說，是以不論是以世界悉檀隨順世法而說，或以各各爲人悉檀應眾生各別根機而說，或以對治悉檀針對眾生的三毒而應病予法藥，或以第一義悉檀破除戲論而直接以第一義顯明諸法實相，都與老、莊做爲萬物存在的本體之道的存在根據即自生義，乃至於無因生義，有著全然不同的屬性，而這種思想上的根本差異，是值得相關論述在嚴格意義上予以分明簡校的。際此，關於老、莊所說的道，做爲確證存在的根源是如何存在的終極問題來看，究竟是有還是無，嚴靈峯的研究走得比鄔昆如更遠一些。

首先，鄔昆如在《莊子與古希臘哲學中的道》第一章〈道〉中，指出莊

〔註237〕 《莊子集釋》，頁246～247。
〔註238〕 《莊子集釋》，頁1035。
〔註239〕 《大正藏》，第三十冊，頁2^b。
〔註240〕 《大正藏》，第四十六冊，頁54^c。

子在〈齊物論〉所提出的「天地與我並生，萬物與我為一」的命題，〔註241〕
是一種原則，鄔昆如說：

　　　　在這種原則中，「道」就是使一切存在的原始太初，與道齊一
　　的，就延續著自己的存在；走進道的運動中的，就回歸到道本身。
〔註242〕

　　這種論述沒有進一步開顯莊子的表述，因為在莊子的思想中，道本身就
是能生者，而由道的所生者，即為他生或共生，也是以道為因的因生，而其
作用便是在動態中開展出來的所生的相。

　　其次，嚴靈峯在〈老子的「道」之新解釋〉一文中，批判胡適的老子哲
學思想的研究之後，從康德哲學、拉普拉斯的星雲說為考索進路，以古希臘
自然哲學家泰利斯等人以地、水、火、風、氣等構成宇宙元素說，做為終極
之有的根據，意圖深入探究道本身的來源問題，嚴靈峯說：

　　　　如果我們祇是就「道」為「萬物之母」的本身來說，我們很可
　　以把「道」當做宇宙之本體；由這個本體化生萬物，所謂：「自化」
　　（Self-development）。……可是，我們如果再進一步追問「道」的本
　　身來源，那麼，我們在道的上面就必須增加一個「未知數」。〔註243〕

　　在加上「不可致詰」的「未知數」，並以數學公式予以歸納之後，嚴靈峯
雖沒有回答自己所提出的問題──即「道」本身的來源，但卻直接導出一個
值得注意的沒有結論的結論，嚴靈峯說：

　　　　我們更可以確定地說：「道」就是「有」，「有」就是「道」；「道」
　　是先天地生的混成之物，是萬物之母。它是宇宙的本體或近代哲學
　　上的術語所稱為：「實在」（Realty）。它是永久存在的，絕不因外來
　　的影響而改變其本性或消滅。〔註244〕

　　嚴靈峯並沒有有效的解決問題。如就佛學的中觀派思想來看，這種本體
實有的實在論不但是常見，而化生則更是無因生，就像海德格在〈語言的
本質〉一文中，將老子的 Tao（道）理解為 Weg（道路）那樣，頂多也祇觸
及到道能生的派生義，並以此為能思的基礎，「去思理性、精神、意義、邏

〔註241〕《莊子集釋》，頁79。
〔註242〕鄔昆如譯著，《莊子與古希臘哲學中的道》，臺北，國立編譯館出版，臺灣中
　　　　華書局股份有限公司印行，民61，頁71。
〔註243〕嚴靈峯著，《老莊研究》，臺北，臺灣中華書局股份有限公司，民55。
〔註244〕同上。

各斯」的所思，〔註245〕而無法證明道之所以為道的道體何以就是「宇宙的本體」。

嚴靈峯之論所以是常見，是因為其以「永久存在的」，與絕不會被「改變其本性或消滅」的性狀，來規定道就是本體。而鄔昆如之論也是常見，以其亦認為，「與道齊一的，就延續著自己的存在」，亦即相對於能生的道的所生，祇要在開展中保持「與道齊一」運動狀態，便可以前際有在運動過程中做為後際有而且在本質上不變的保證。然而，不論是老、莊的道，或是儒家的天，是能生萬物的本體為有，以自生或無因生，或由道或天所生的萬象，是來自於所生之道或天的他生或因生的有，都祇能在老、莊的道論與儒家的天論上，去體現本體論或認識論上的價值，並在與佛學的相關論述中予以嚴格的區辨。

這種現代意義的研究方法，雖然並不曾存在於傳統學者的思維中，但在研究儒、釋、道三家思想的會通，及中國文藝學對其會通而派生出來的新思想形態的接受、內化，轉而成為生命意識的構成要素，並以此做為在藝術實踐上賦形式予意義的思想根源，不能祇停留在思想史上的某一階段的思想形態中為已足，不然研究蘇軾佛教文學，祇要用歸納若干主題或詞彙的方法，去做統計和正相關項的彙編，照樣能得出如其本然的結果。

也就是說，宋人的文藝學文本所蘊涵的佛學思想，既是文藝創作者對審美客體所進行的藝術表現所給出的審美客體，那麼，祇要後人把知見固滯在文藝家給出審美客體的當時，再在文獻上做簡單的分類與編輯的工作，便大抵不差了，所以自宋代當時人的議論出發，再把往後各種意見分成若干區塊而予以歷史定格，也就沒有甚或事好做了。

然而，這不是學術的目的，因為學術的價值體現在被思想史本身長期遮蔽的論題，總在無聲的召喚著後人去為它進行解蔽，並給出新的意義，否則文藝學文本一旦誕生了，豈不與作者之死一齊死去？如此一來，創作便會成為最沒有價值的事，祇是事實表明，不論從哪一個論域來論究文藝學文本本身，都是人類確證自我做為天地間的主體可能如此或如彼存在的精神探險。

〔註245〕〔德〕馬丁‧海德格爾（Martin Heidegger）著，孫周興譯，《在通向語言的途中》（*Unterwegs zur Sprache*），北京，商務印書館，2004，頁191。別譯參見張祥龍著，《海德格爾思想與中國天道——終極視域的開啟與交融》第十七章〈海德格爾思想與天道觀的區別和對話可能（二）〉，北京，三聯書店，1997，頁427～428。

問題是探險者對所欲踏查的險境，在不同的對象上究竟能否像《景德傳燈錄》卷第二十五〈青原行思禪師第九世上‧金陵清涼文益禪師法嗣‧天臺山德韶國師〉所說的「如識得盡十方世界是金剛眼睛」那樣，〔註246〕以其金剛眼目去發現各自不同的體性，誠如嚴羽在〈詩體〉第八則中所說：

> 以人而論，則有蘇李體、曹劉體、陶體、謝體、……東坡體、山谷體、後山體、……〔註247〕

嚴羽的以人論體，說明了人即使在同一種普遍的形式中，以同類型的思維方法所導出的意向性行為，在規範中進行創作主體體現其精神的創造，仍會因主體不同的生命特質，而在同一種藝術形式中，以其無形的精神性，在既定的藝術類型上呈現出來，並被具有相應藝術修為的審美者，予以清楚的識別出來，從而以特定的審美效果，對其進行風格分類，同時賦予特定的名稱，做為識別標誌，如同歷史上成就斐然的書法家，其做為名家的被識別方式，往往是人各有體那樣，同一個漢字雖有著約定成俗的既定結構，但不論把它單獨獨立出來放在何處，都會被行家以其直覺知一眼就看出來，以王羲之的〈蘭亭集序〉帖為例，通幅中共有十八個寫法不同的「之」字，而這個「之」字雖然祇有極少的三畫，然而，不論把這十八個「之」字分散來置放在任何地方，其骨、其肉、其神，都會以其清逸的風華，綻放出獨屬王羲之這個不可被置換的創造主體的精神，即使它被臨摹了，臨摹者也祇是工具或分身，是以設使臨摹者在技巧上，能做到九成以上的神似，而其似之所以為似，也不過是遮蔽原創精神的翳眼金屑罷了，毋怪乎唐太宗李世民在〈王羲之傳論〉中，要以左抑諸家之短，來彰顯王字的盡善盡美之長，李世民說：

> 所以詳察古今，研精篆、素，盡善盡美，其惟王逸少乎！觀其點曳之工，裁成之妙，烟霏露結，狀若斷而還連；鳳翥龍蟠，勢如斜而反直。玩之不覺為倦，覽之莫識其端。心慕手追，此人而已。〔註248〕

然而，「以真實相出遊戲法」的蘇軾，在佛學平等觀的思想基礎上，又是如何通過對真實相的諦觀，然後以藝術實踐來體現獨屬的主體特質，並以這

〔註246〕《大正藏》，第五十一冊，頁 409ᵃ。
〔註247〕《宋詩話全編》，第九冊，頁 8721。
〔註248〕《歷代書法論文選》，頁 122。

種獨屬的特質，與十方世界的共相，在任運的遊戲三昧中，以等流的和諧丰姿，給出藝術形象的殊相？在論述蘇軾文藝學的佛學思想根源時，從佛學觀解的進路，去清理其互文性，乃是題中應有之義，而在進行最終清理的舉隅之前，仍有必要繼平等觀與實相的討論之後，把前述從西哲進路鉤稽出來的遊戲概念，繳還到佛學的論域中來探討。

遊戲一詞，在原始佛教那裏，祇是被當做一個平常的動詞，而如其本義的被單獨使用著，如《長阿含經》卷第三《遊行經‧第二‧中》說：

> 遊戲清涼，隨意所欲。〔註249〕

又如《中阿含經》卷第十四〈王相應品‧大天奈林經第三〉說：

> 大王！當知天帝釋遣此千象車來迎於大王，可乘此車娛樂遊戲昇於天上。〔註250〕

再如《增壹阿含經》卷第十三〈地主品第二十三〉說：

> 時，王爲此王子，立三講堂，秋、冬、夏節，隨適所宜，宮人、婇女，充滿宮裏，使吾太子，於此遊戲。〔註251〕

佛教阿含部經中的遊戲，與《呂氏春秋‧六論‧貴直論第三》所說的「殷之鼎陳於周之廷，其社蓋於周之屏，其干戚之音，在人之遊」一樣，〔註252〕都是單純遊樂的意思，而沒有任何倫理上的或道德上的價值判斷。易言之，在看待原始佛教所說的遊戲時，大可不必介入任何衍生義的擴大詮釋，但有一點值得注意的，那就是此中的遊戲，都是在沒有任何利害關係的情況下進行的，如隋西來僧闍那崛多等譯的《起世經》卷第一〈閻浮洲品第一〉說：

> 在中遊戲，受天五欲，快樂自在。〔註253〕

再如隋西來僧達摩笈多譯的《起世因本經》卷第一〈閻浮洲品第一〉亦說：

> 爾時，善住大龍象王，於彼曼陀吉尼池中，恣意隨心，洗浴遊戲，歡娛自在。〔註254〕

〔註249〕 《大正藏》，第一冊，頁23ª。
〔註250〕 《大正藏》，第一冊，頁514ᶜ。
〔註251〕 《大正藏》，第二冊，頁609ᶜ。
〔註252〕 秦‧呂不韋編纂，《呂氏春秋》，卷第二十三，〈貴直論第三〉，臺北，臺灣中華書局股份有限公司，民71，葉1ᵇ。
〔註253〕 《大正藏》，第一冊，頁313ª。
〔註254〕 《大正藏》，第一冊，頁368ᶜ。

　　至於伴隨著在這樣的情境中遊戲所喚起的覺受與情感，卻往往都是喜樂的，乃至於審美的，如說「隨意所欲」、「快樂自在」、「歡娛自在」等等，全都表明了一種對可樂的事物，隨順其可樂之情，而引發的歡愉是美好的妙事，大可不必因此而帶有後來行者每每企欲否除，但又總是否除不掉的罪惡感，而像宋代律僧大智律師元照那樣，以戒慎恐懼的態度，在其所著的《觀無量壽佛經義疏》卷上，期期以為不可的告誡說，「耽荒聲色，奔逐利名」，是「無始愛纏，佛勸遠離」的惡事，〔註255〕或者把遊戲引申為游蕩，就像明代曹洞宗僧雲棲袾宏的得戒法子散水道人在《湛然圓澄禪師語錄》卷第七〈答推府王橋海〉第三簡說：「譬如有人，流浪他鄉，知識教其回家，必曰：『路中不可游蕩。』莫管是非，一直到家。」〔註256〕或像《毛詩・陳風・宛丘序》說：「〈宛丘〉，刺幽公也。荒淫昏亂，游蕩無度焉！」〔註257〕於是讓遊戲領有了荒廢正業與逸出法度的貶義，從而把歡娛與自在，片面的推入權衡利與害的判斷關係之中，致使失去了遊戲做為世山世法而任運行法的本然面目，以致在重重利弊得失的設定與判斷的遮蔽之下，變成了孳生罪惡的淵藪，甚至衍生出放逸義的遊惰之說。若然，就不免要與釋迦牟尼佛以平等觀等觀眾生，與眾生所觀的森羅萬象，都不出十法界的法義相違，而有過失。然而，要如何免除過與不過失，那就要從原始佛教望大乘佛教在義理上的開展，跟著去展開全新的觀照視野了。

　　在大乘佛教中，論者認為遊戲一詞，已非單純的動詞，而是往往與不同的詞「連聲」後成為「複合詞」，〔註258〕因百分之九十九以上漢譯佛教典籍的原文元典都已亡佚，即使現存的極少數在十九世紀晚期纔陸續出土的梵文抄本，恐亦非佛典大量漢譯的南北朝時期譯者所採用的原始胡本，所以不能當做學術論據與漢譯本進行有效的對讀。因此，論者祇能在此暫時做這樣的假設。茲以《妙法蓮華經》為例，說明在元典幾乎全部亡佚的情況之下，漢傳佛教的譯典已成為完全意義上的大乘佛學元典，而不能像某些日本學者那樣，以

〔註255〕《大正藏》，第三十七冊，頁284^c。
〔註256〕《卍續藏》，第七十二冊，頁820^b。
〔註257〕《十三經》，上冊，頁282。
〔註258〕參見：

　　1. 羅世方編，《梵語課本》，「連聲」部分見第二十七至三十課，「複合詞」部分見第四十一至四十二課，北京，商務印書館，1996。

　　2. Madhav M. Deshpande. *Sankrit Primer*, Centers for South and Southeast Asian Studies University of Michigan. Michigan, 1997; 3rd ed., 2003.

胡本的亡佚及南傳巴利佛典的俱存，便以也是在佛滅後纔陸續結集起來，並在一九三○年纔由倫敦巴利聖典協會出齊現行版的五部尼柯耶，做爲佛說的原始根據，以致片面的判定大乘非佛說，這是業師語言學家竺家寧教授、天臺學家尤惠貞教授、梵文學者釋如念博士，與論者所共同持有的看法。

　　《妙法蓮華經》最早在晉武帝泰始元（265）年，由月支僧人竺法護攜帶胡本來華，並在武帝太康七（286）年譯出，是爲《正法華經》，而歷來在華夏文化圈中廣爲通行的別譯本，則爲鳩摩羅什於後秦文桓帝姚興弘始九（406）年，在長安逍遙園譯出的《妙法蓮華經》，至於新出土的各種寫本，據望月良晃在〈法華經的成立史〉中說，笈多文（Gupta）娑夷水殘本「約有一五○片，……其中大約有四分之三的數量，可視爲五、六世紀左右的」。〔註259〕又說，一九○三年佩特羅夫斯基在喀什米爾發現，現藏於列寧博物館的寫本，「據說是七、八世紀的書寫本」。〔註260〕而南條文雄校訂的尼泊爾本，則係十一或十二世紀的寫本。〔註261〕另有其他尼泊爾本系的版本，如那里那克薩・圖特（Nalinaksha Dutt）刊行於一九五三年的梵本，或中亞本系的版本，如史坦因（Stein, Sir Mark Aurel）等所陸續發現的諸多殘卷寫本，其書寫及流傳年代，至遲不會晚於十二世紀。

　　問題是目前所出土的梵文等寫本，都晚於漢譯本至少兩百年以上，且所使用的文字並沒有悉曇（siddham）體，如第四至第五世紀以後發展於印度北方的笈多文字，但在我國於南北朝下半葉，即六世紀之後，傳譯而來的經論，則主要是屬於北方系，並盛行於六世紀之前的悉曇文字，或西域各國的胡文，如于闐文等，至於當時及其後的譯經僧，有沒有使用到起用於七世紀中印度的蘭札（Nagari）文字、八世紀的莎拉達（Warada）文字，或完成於第十一世紀的天城（Devanagari）體，乃至於南方系的諸種文字，如卡那拉（Kanara）、帖如固（Telugu）、各蘭特（Grantha）、嗒米泉（Tamil）、瓦帖泉土（Vatteluttu）等文字，〔註262〕都有必要找出相對的證據來證明，否則片面

〔註259〕〔日〕望月良晃著，林久稚譯，《法華思想》，臺北，文殊出版社，1987，頁71。

〔註260〕《法華思想》，頁71。又，佩特羅夫斯基（N Th. Petnowski）是帝俄時期末代沙皇尼古拉二世（Nikolai II）在位時（1894～1917）駐喀什米爾的總領事。

〔註261〕南條文雄尼泊爾本，係荷蘭印度學學者及佛教學者 Kern, Johan Hendrik Caspar，與日本淨土真宗大谷派學僧南條文雄合作校訂的十一或十二世紀的寫本，新刊於 1908～1912 年間，其後則有日本淨土宗僧人荻原雲來與土田勝彌合作於 1934 年的羅馬拼音梵文校訂本二十七卷，並於該年刊行於京都。

〔註262〕參見：

之論，誠難服人。

　　更何況直到當代印度，還在使用的語言，仍多達一千六百五十種之譜。
〔註263〕值得注意的是印度現在的版圖並不包括釋迦牟尼佛的出生地，即位於
當今尼泊爾境內的藍毘尼園，以及佛法興盛時的中亞在內，而這些語言及文
字，彼此之間，還有著自身的遞嬗與彼此交互影響、模仿、損益的變衍，因
此，造成了即使是同一部經典，也會有諸多因地制宜而出現的不同轉寫版本，
及對不同思想面向之強調的現象，乃至於可能出現竄奪與改寫的現象。

　　誠如所知，即使是同一語系的不同文字的轉寫，也會出現原始寫本與新
轉寫本因語序的不同，而在義解上不能平行理解的事實，這從漢文的文言文
譯寫成語體文所產生的現象，便可以清楚看出包涵思想在內的流變情形，是
以在論述原始佛教的遊戲一詞，在漢傳大乘佛教漢文元典的變衍規律時，不
能不看到其在梵文中所可能出現的使用方式，即以連聲的方式將兩個詞連接
成複合詞，從而拓展與豐富乃至於創新了原有的意義。

　　首先，在佛陀入滅後五百至六百年左右，印度北方盛行包括小品與大品
在內的般若經系，在佛滅後七百年左右，成為龍樹、提婆等中觀派用以創造
諸多釋論的典據，而這些大乘經論在印度出現不久，便陸續被傳譯到中國來，
如鳩摩羅什在晉安帝義熙四（408）年，即將大乘佛教初期論述般若空觀的基
礎經典《小品般若經》譯出，直到唐高宗龍朔三（633）年，玄奘在首都長安
玉華宮完譯部帙多達六百卷的《大般若波羅蜜多經》而達到巔峯。值得特別
留神的是，該經系中自北魏至唐凡五譯的《金剛般若波羅蜜經》，自鳩摩羅什
仕晉安帝隆安五（401）年譯出新譯本，以及從鳩摩羅什至玄奘，前後多達六
譯，而以奘譯最為通行的《般若波羅蜜多心經》，自唐以降即騰播於僧俗四眾
之口，並成為歷來寫經的大宗，時至二十一世紀的今日，仍為臺灣、越南、

1. 〔日〕德山暉純著《梵字手帖》，東京，木耳社，1991。
2. 〔日〕德山暉純著，李琳華編譯，《梵字圖說》，臺北，常春樹出版社，
   1995。
3. 〔日〕松本俊彰著，王明覺編修，《梵字入門》，臺北，常春樹出版社，
   1995。
4. 林光明著，《簡易學梵字・基礎篇》，臺北，全佛出版社，2000。
5. 林光明著，《蘭札梵字入門》，臺北，嘉豐出版社，2004。
6. 林光明著，《梵字悉曇入門》，臺北，嘉豐出版社，2007。
7. 曲立昂編譯，《英印語及漢語綜合大辭典》（*The Dictionary of Anglo-Indian
   and Chinese*），臺北，大千，2003。
〔註263〕《英印語及漢語綜合大辭典》，頁 iii。

南韓、日本，以及歐美大乘佛教信徒，早晚都要持誦的主要經典之一，是以其對中國傳統文士，特別是盛宋涉佛文士的思想影響，且內化爲其生命意識，同時以藝術形式，做爲輾轉體現經文法義的方式，不但無比的深遠與深刻，並因此而具備了最大的普遍性，是以蘇軾在《金剛經‧跋尾》說：

> 乃知此法，有一念在，即爲塵勞。而況可以聲求色見？今此長者，……取黃金屑，書《金剛經》，以四句偈，悟入本心。灌流諸根，六塵清淨。方此之時，不見有經，而況其字？字不可見，何者爲金？我觀譚君，孝慈忠信，内行純備，以是眾善，莊嚴此經，色相之外，炳然煥發。諸世間眼，不具正見，使此經法，缺陷不全。是故我說，應如是見。〔註264〕

「色相之外，炳然煥發」，色相不僅是針對相的存在本身而言，更是相對於「於相離相」而言，華嚴宗第二祖唐僧雲華尊者智儼，即針對相之有無，約凡聖二位，以「是一合相，即非一合相」進行透闢的辯證，至其究竟理地，乃依聖意說，是以在《金剛般若波羅蜜經畧疏》卷下說：

> 聖人所見，一合相者，是離分別，順其正理，故有此二言，趣入方便。其義云何？有二種方便：一由似作故，離無分別，以見似有，不得是無，若見是無，即是分別；由似不作故，離有分別，以見似無，不得是有，若見是有，即是分別。二由似作故，離無分別，以見似有，不得是無，若見是無，即是分別；由似作故，離有分別，今見似有，非是實有，若見實有，即是分別；由似不作故，離有分別，以見似無，不是實有，若見實有，即是分別；由似不作故，離無分別，以見似無，不是實無，若見實無，即是分別。〔註265〕

「不具正見」者之所爲，往往執相而求於我相與法相，乃至於四相諸端，而自陷於「有一念在，即爲塵勞」的顛倒相中，以致乖失我法等相本來清淨不染，以因緣而有以第一義空故，而這種不同於「世間眼」的以「不見有經，而況其字」的慧眼，分明覺照以「悟入本心」的諸相既「是一合相」，又是「即非一合相」的當體相即之義，便是見實相之有之於勝用的覺者的慧見，就這種觀照諸法「相有體空」的方式，以論文藝學家對審美客體「由似作故，離無分別，以見似有，不得是無」的見相創作，以及「由似作故，離有分別，

〔註264〕《蘇軾文集》，第五冊，頁2087。
〔註265〕《大正藏》，第三十三冊，頁250ᶜ。

今見似有，非是實有」的超越之思來諦察，便會發現有一會通世出世法的無窮時空，展現在涉佛文藝家的藝術形式中，並以其形式體達實相分明有的豐富的遊戲進路。

　　淺白的說，祇有在學理上了徹智儼所辯證的有無之理，纔能以無執的、無利害的、純粹的遊戲態度玩得起，且在遊戲中自得其藝術創造之樂，同時樂人之所樂，從而使審美者，亦得以有所根據的分霑其法樂。因此，在般若經系中，開使出現了「遊戲神通」、「遊戲三昧」、「遊戲如理」、「遊戲自在」、「遊戲奮迅」、「遊戲娛樂」等等蘊涵著解脫義的複合詞，用以指涉自在無礙、任運自如的當相解脫境，用蘇軾自己的觀點來看，即其〈跋李康年篆《心經》後〉所說的：

> 余聞此經，雖不離語言文字，而欲以文字見、欲以言語求，則不可得！〔註266〕

　　在般若經系中，「遊戲三昧」的意義甚為豐富與深湛，其具體的內涵可以晉無羅叉譯的《放光般若經》為代表，在卷第一〈放光品第一〉佛在羅閱祇耆闍崛山中告訴弟子說：

> 復有五百比丘尼，諸優婆塞、優婆夷，諸菩薩摩訶薩，一一已得陀隣尼空行三昧無相無願藏，已得等忍、得無罣礙陀隣尼門，悉是五通。所言柔軟，無復懈息，已捨利養，無所希望，逮深法忍，得精進力，已過魔行，度於死地；所教次第，於阿僧祇劫，順本所行，所作不忘，顏色和悅，常先謙敬，所語不麤；於大眾中，所念具足，於無數劫，堪任教化，所說如幻、如夢、如響、如光、如影、如化、如水中泡、如鏡中像、如熱時炎、如水中月，常以此法，用悟一切；悉知眾生，意所趣向，能以微妙慧，隨其本行，而度脫之；意無罣礙，具足持忍，所入審諦，願攝無數無量佛國；無量諸佛所行三昧皆現在前，能請諸佛，為一切說法，種種諸見，離於所著，已遊戲於百千三昧而自娛樂。〔註267〕

　　從這一段經文中，可以明顯的看出，遊戲是與神境智證通、天眼智證通、天耳智證通、他心智證通等世俗智所攝的四通，加上宿住隨念智證通的五通，聯繫在一齊而形成的共外道色界定，而其生起則來自於四根本靜慮，

〔註266〕《蘇軾文集》，第五冊，頁2190。
〔註267〕《大正藏》，第八冊，頁1ᵃ。

即色界定中的初禪、第二禪、第三禪、第四禪。

然而，誠如通途所知，佛陀曾經禁止弟子以執持各種神通爲念，亦即神通的獲得，係隨修行證境所開顯以通往究竟解脫的進路，並非終極目的，如《大般若波羅蜜多經》卷第四百二十五〈帝釋品第二十五之一〉說：

> 不應住作是念：「我當圓滿菩薩五通。」不應住作是念：「我住菩薩圓滿五通，常遊無量無數佛土，禮敬、瞻仰、供養、承事諸佛世尊，聽聞正法、如理思惟、廣爲他說。」何以故？憍尸迦！如是住者有所得故。〔註268〕

值得注意的是，佛陀祇反對以住心運用五通，而非反對五通，也沒有否定通過修證五通所獲得的超越世法從而證入解脫道的正向功能，如《摩訶般若波羅蜜經》卷第一〈序品第一〉，佛陀一開法便立定宗義說：

> 悉是五通，言必信受，無復懈怠，已捨利養名聞，說法無所怖望，度深法忍，得無畏力，過諸魔事，一切業障，悉得解脫。〔註269〕

這一段經文如同《放光般若經》的破題所及，都是對五通足以成就晉譯《大方廣佛華嚴經》卷第二十八〈十忍品第二十四〉，普賢菩薩摩訶薩所說的「隨順音聲忍、順忍、無生法忍、如幻忍、如焰忍、如夢忍、如響忍、如電忍、如化忍、如虛空忍」等十忍，〔註270〕與清涼澄觀綜合晉譯《大方廣佛華嚴經》卷第三十九〈離世間品第三十三之四〉的最後一段經文，而在《大方廣佛華嚴經疏》卷第五十二〈離世間品第三十八〉所說的「一、聞持無畏，二、辯才無畏，……三、二空無畏，……四、威儀無缺無畏，五、三業無過無畏，……六、外護無畏，……七、正念無畏……，八、方便無畏，……九、一切智心無畏，……十、具行無畏」等十無畏的肯認。〔註271〕

由此可見，遊戲三昧係行者修爲有成之後，所稱性流露出來的自在無礙的生命法流，在佛法中屬於百單八種三昧之一，而在般若經系的經論中，經常與曹魏西來僧康僧鎧譯的《佛說無量壽經》卷上所說，釋迦牟尼佛的異名「人雄師子」的「師子」連稱，〔註272〕而成爲義理更豐實的複合詞，是爲鳩摩羅什譯的《摩訶般若波羅蜜經》卷第一〈序品第一〉所說的「師子遊戲三

〔註268〕《大正藏》，第七冊，頁137ᵇ。
〔註269〕《大正藏》，第八冊，頁217ᵃ。
〔註270〕《大正藏》，第九冊，頁580ᶜ。
〔註271〕《大正藏》，第三十五冊，頁898ᵃ。
〔註272〕《大正藏》，第十二冊，頁267ᵃ。

昧」，〔註273〕這就給「遊戲三昧」做了阿耨多羅三藐三菩提（anuttara-samyak-sajbodhi）與阿耨多羅三藐三佛陀（anuttara-samyak-sajbuddha）義的終極規定了。然而，並不因此而成為釋迦牟尼佛所專屬的名相，因為十法界眾生都有佛性，乃至於無情亦有性之故。

　　問題是做為六道眾生最頂端的人道眾生，既然是南閻浮提人間世界最為上善的法器，又如同明僧一笠道人嘿壺謝子在《般若心經釋疑》所說：「人人皆可成佛。」〔註274〕就有足夠的理由說，人人都具有「遊戲三昧」的潛能，也同時具足了在遊戲中證成「人雄師子」的可能，而這也正是人類眾生，以無我思想，在當生得能以自力自我解脫的佛教，與靈魂唯有信靠被他力救贖的神教，在緣起論與創造論在地球上以人的一期生命形態，做為超越主體的宗教教理，完全不同的根本差異，也與儒家的遊藝思想及目的迥別之處，如《論語・述而第七》就說：

　　　　志於道，據於德，依於仁，遊於藝。〔註275〕

　　「遊於藝」，根據諸多注疏家的詮釋，全都指向《周禮》所說的「養國子以道」，因此，〈保氏〉說：「乃教之六藝，一曰五禮，二曰六樂，三曰五射，四曰五馭，五曰六書，六曰九數；乃教之六儀，一曰祭祀之容，二曰賓客之容，三曰朝廷之容，四曰喪紀之容，五曰軍旅之容，六曰車馬之容。」〔註276〕而這一切遊的內涵，都是以綱紀嚴明的禮法為基本前提纔得以成立的，也就是孔子在講出這一番話來的前一句話「久矣吾不復夢見周公」，〔註277〕與《論語・八佾第三》所說的「周監於二代，郁郁乎文哉！吾從周」，〔註278〕所念茲在茲的周法體制。而其思維體系，全都體現在宗法這一概念下所建立起來的政教功能，及其是否能夠在小至於個人大至於國家的倫理思想上被人們所實踐，並以其可實踐性，做為檢證其有效性與合理（禮）性的判準，而沒有更高的超越性根據，如「志於道」的「道」，邢昺疏曰：「注：志，慕也，道不可體，故志之而已。」〔註279〕如「據於德」的「德」，邢昺疏曰：「正義

〔註273〕《大正藏》，第八冊，頁217[c]。
〔註274〕《卍續藏》，第二十六冊，頁826[a]。
〔註275〕《十三經》，下冊，頁2023。
〔註276〕《十三經》，上冊，頁418。
〔註277〕《十三經》，下冊，頁2022。
〔註278〕《十三經》，下冊，頁2024。
〔註279〕清・阮元，《重栞宋本論語注疏附校勘記》，〈論語注疏解經卷第七〉，葉2[a]。

曰：『德者，得也。物得其所，謂之德。』」〔註280〕「依於仁」的「仁」，邢昺疏曰：「正義曰：『博施於民，而能濟眾，乃謂之仁。恩被於物，物亦應之，故可倚賴。』」〔註281〕

也就是說，儒家的遊是被其倫理思想嚴格限定在由上而下的、嚴密的政教秩序之中的實學產物，而且主要表現爲外爍的而非內發的特性。因此，這樣的「遊」，從一開始祇與智能、生活上的技能，及應對進退綱常有關，而與心性的交涉則祇有極其微弱的弱聯繫，如隱含在其中有類於佛教慈悲的仁學思想，但這種思想也不是十界一如的等慈觀，或墨學的兼愛學說，因其僅及於人類自身，且有階序等差之故，如《論語·八佾第三》說：「子貢欲去告朔之餼羊。子曰：『賜也！爾愛其羊，我愛其禮。』」〔註282〕所以不可能與「戲」的諸種概念聯結起來，成立一個具有正向義的有機的詞組，因爲「戲」在傳統儒家思想那裏，往往被當做不登大雅之堂的貶義詞來使用，如《尙書·商書·盤庚下第十一》說：

　　　　盤庚既遷，奠厥攸居，乃正厥位，綏爰有眾，曰：「無戲怠，懋建大命！」〔註283〕

孔穎達疏曰：

　　　　汝等自今以後，得無遊戲怠惰，勉力立行教命。〔註284〕

又如《詩經·大雅·板》說：

　　　　敬天之怒，無敢戲豫。敬天之渝，無敢驅馳。〔註285〕

再如班固在《漢書·司馬遷傳第三十二》說：

　　　　文史星曆近乎卜祝之間，固主上所戲弄，倡優畜之，流俗之所輕也。〔註286〕

不論是戲怠、遊戲、戲弄，亦或戲狎等「流俗」所輕蔑之說，其實都是構成官僚體系的知識菁英所共同迴避的辭彙，在儒家以階序綱常爲治世規範的認知裏，都不可能具有方便義，同時缺乏使其朝正向轉化的機轉學理，致

〔註280〕　《重栞宋本論語注疏附挍勘記》，〈論語注疏解經卷第七〉，葉 2^a。
〔註281〕　《重栞宋本論語注疏附挍勘記》，〈論語注疏解經卷第七〉，葉 2^b。
〔註282〕　《十三經》，下冊，頁 2024。
〔註283〕　清·阮元，《重栞宋本尚書注疏附挍勘記》，〈附釋音尚書注疏卷第九〉，葉 16^a。
〔註284〕　《重栞宋本尚書注疏附挍勘記》，〈附釋音尚書注疏卷第九〉，葉 16^a。
〔註285〕　《十三經》，上冊，頁 351。
〔註286〕　《漢書》，第四冊，頁 2732。

使最終自陷於從明朝到民紀初元，幾乎長達六百年的「吃人的禮教」的理論泥坑而無力自拔。然而，是事於佛學則不然，這從《維摩詰所說經》卷中〈佛道品第八〉，可以看出儒、釋在對待具有本原意義的人性的態度上，有著敢於或不敢於面對以無我爲前提的自我，是否有勇猛的自覺能力，去如實的朝向內在生命正視自己的心性，是以維摩詰以偈說：

> 在欲而行禪，希有亦如是，
>
> 或現作婬女，引諸好色者，
>
> 先以欲鉤牽，後令入佛道。〔註287〕

維摩詰長者所敢於以慧眼，乃至於佛眼，對「以欲鉤牽」的方便法正視之、審視之，然後以無執的從容態度穎脫之的做爲，在中國文藝學家那裏，自始就不缺乏以「欲」遊之戲之的典範，如欲入而未入淨土宗初祖東晉慧遠廬山白蓮社，而以酒名聞天下的隱逸詩人之宗陶淵明即如此，不著撰人的《東林十八高賢傳·不入社諸賢傳·陶潛》說：

> 嘗往來廬山，使一門生、二兒，舁籃輿以行。時，遠法師與諸賢結蓮社，以書招淵明。淵明曰：「若許飲，則往。」許之。遂造焉，忽攢眉而去。〔註288〕

與張旭並稱「顚張狂素」的草聖懷素，在進行創作時亦然，是以《佛光大辭典》「懷素」第二條說：

> 師情性疏放，不拘細行，最嗜飲酒，每醉，則於寺壁、里牆、器皿等處執筆狂揮。善於草書，尤以狂草出名，自稱深得草聖三昧。〔註289〕

至於蘇軾則以口欲爲所觀的諸法，而賦予「令入佛道」的能所一如的實相的作品，就更令人不勝枚舉了，並以最典雅莊重的頌體來書寫，如宋王應麟在《玉海·辭學指南》卷四〈贊·頌附說〉，引道貌岸然的理學家眞德秀語說：「贊、頌皆韵語，體式相類似。贊者，贊美之辭；頌者，形容功德。然頌比於贊，尤貴瞻麗宏肆。」王應麟注曰：「須鋪張揚厲，以典雅豐縟爲貴。」〔註290〕而王應麟更進一步認爲，後學者如要把贊、頌體寫得雅正得體，使不

〔註287〕《大正藏》，第十四冊，頁550b。

〔註288〕《卍續藏》，第七十八冊，頁120a。

〔註289〕《佛光大辭典》，頁6663。

〔註290〕《歷代文話》，第一冊，頁1014。

蔽於「華言綺語，一向堆疊，而無風味韵致」之失，〔註291〕還得向蘇軾所立下的新典範看齊，如說：

> 更將《選》、《粹》及本朝歐、蘇諸公所作，凡四言韵語之文，誦味吟哦，便句中有意，於鋪張揚厲之中，而有雍容俯仰、頓挫起伏之態，乃爲佳作。〔註292〕

以比贊體還要「贍麗宏肆」的頌體來遊之戲之，並以突破「四言韵語」的既定形式來表達，在蘇軾那裏，不僅不是過失，還是當朝人眼中，最具「雍容俯仰」文類特色的嘉構，且看〈禪戲頌〉，蘇軾說：

> 已熟之肉，無復活理，投在東坡無礙羹釜中，有何不可？問天下禪和子，且道是肉是素？喫得是喫不得？大奇！大奇！一盌羹，勘破天下禪和子。〔註293〕

「東坡無礙羹釜」，就是蘇軾自家能容天下難容之事的大肚皮，在這裏全部都要被消化淨盡無遺的酸、甜、苦、辣，又怎會有是葷是素鬱囤食積不磨的殘滓，繼續在奔逐不已的世途上作怪的餘地呢？雖說釋迦牟尼佛制戒有「不食肉戒」以爲長養慈悲心的根據，但在三輪體空的思想下，要準此來坐實白衣蘇軾因此就犯了「輕垢罪」，其雖爲柔性規範，如以二十一世紀法制的剛性規範概念來看，還有一個適法性的問題，這是戒律學比較研究的問題，姑不分論，祇論蘇軾喫肉的遊戲何以是不喫肉的稱法之行，在〈豬肉頌〉中，且看蘇軾又說

> 淨洗鍋，少著水，柴頭罨烟焰不起。待他自熟莫催他，火候足時他自美。黃州好豬肉，價賤如泥土。貴人不肯喫，貧人不解煮。早晨起來打兩椀，飽得自家君莫管。〔註294〕

先不論蘇軾的命意如何？論者在此先要代蘇軾再勘驗一次天下禪和子，如宋僧密菴咸傑在《密菴和尚住衢州西烏巨山乾明禪院語錄》說：

> 昔日有婆子，供養一菴主，經二十年，常令一女子，送飯給侍，一日令女子抱定云：「正與麼時如何？」
>
> 主云：「枯木倚寒巖，三冬無暖氣。」
>
> 女子歸，舉似婆，婆云：「我二十年，祇供養得個俗漢。」遂發

〔註291〕《歷代文話》，第一冊，頁1015。
〔註292〕《歷代文話》，第一冊，頁1015。
〔註293〕《蘇軾文集》，第二冊，頁595。
〔註294〕《蘇軾文集》，第二冊，頁597。

起，燒却菴。

師云：「遮箇公案，叢林中少有拈提者，傑上座裂破面皮，不免納敗一上，也要諸方檢點。」

乃召大眾云：「遮婆子，洞房深穩，水泄不通，偏向枯木上糝花，寒巖中發焰。個僧孤身逈逈，慣入洪波，等閑坐斷潑天潮，到底身無涓滴水。子細檢點將來，敲枷打鎖，則不無二人。若是佛法，未夢見在，烏巨與麼提持，畢竟意歸何處？」良久云：「一把綠絲收不得，和煙搭在玉欄干。」〔註295〕

在此，婆子為甚麼要說被供養長達二十年的菴主祇是個俗漢？說出家參禪如此長久的禪僧是俗漢，猶如明人瞿汝稷在《指月錄》卷之十一〈六祖下第四世・趙州觀音院真際從諗禪師〉說：

尼問：「如何是密密意？」師以手掐之。

尼曰：「和尚猶有這個在。」

師曰：「却是你有這個在。」〔註296〕

也就是說，尚未得法悟入無上正真道意的人，不論你參學多久，更不論你是否能像多聞第一的阿難那樣，具有把釋迦牟尼佛所宣說而曾經聽聞的教法全部記住的本事，沒有開悟就是沒有開悟，就是密菴咸傑所說的「細檢點將來，敲枷打鎖，則不無二人」的「二人」，也就是還有妄意分別的最後一關沒有勘破。因此，等到接受摩訶迦葉指導而發憤用功開悟後，僧團纔允許阿難參與佛經的第一次結集，誠如後漢西來僧安世高譯的《迦葉結經》所說：

尊者迦葉謂阿難曰：「……阿難，佛之侍者，博聞總持，積要之藏，次佛第三，而結經要乎？」

尊者大迦葉曰：「吾等不與阿難方學之類，俱共結集經義法要，阿難！且起自退而去，吾與成就阿羅漢等，乃俱結經。」

於是阿難起坐悲哀，顧視眾比丘，憂色而出。應時其夜，彼祇支子，為示聞解，斷一切結，得羅漢道，逮三達智果大神通，諸羅漢眾，異日共會，無數百千，如阿須倫，捨月之光，其明照耀，普現世間。阿難心悅，脫諸瑕穢，所作已辦。

〔註295〕《大正藏》，第四十七冊，頁 959ᵃ。
〔註296〕《卍續藏》，第八十三冊，頁 526ᵇ。

尊者迦葉曰：「善哉！善哉！阿難！卿逮平等，吾心欣踊，世尊
所謂累教者，今已度卿耳！如是順次，得斷諸漏。又，汝阿難！其
佛世尊，講說法眼，蒙仁博聞，持法之恩，當今永立。」〔註297〕

可見單單懂得佛學而悟不得佛教則見地不正，是連依樣畫葫蘆般代佛誦
出教法的資格都沒有的，更別說以法爲戲了。因此，參得枯木寒巖，透得阿
難剛強識性的人，就可以看出蘇軾已經是個從「猶有這個在」的對立情執
中透脫出來的大行者，是以「無礙釜中羹」與「黃州好豬肉」，纔能夠從反題
的戲法中，見出乃弟蘇轍在〈亡兄子瞻端明墓誌銘〉所說的「既而謫居於
黃，杜門深居，……後讀釋氏書，深悟實相」之說，纔在思想上有合理的著
落，至於此中的「謫居於黃」與「黃州好豬肉」的世出世法的內在聯繫，蘇
軾在作於元豐七（1084）年的〈黃州安國寺記〉，自己就說得夠清楚的了，蘇
軾說：

余自吳興守得罪，上不忍誅，以爲黃州團練副使，使思過而自
新焉。其明年二月，至黃。舍館粗定，衣食稍給，閉門却掃，收招
魂魄，退伏思念，求所以自新之方，反觀從來舉動意作，皆不中道，
非獨今之所以得罪也。欲新其一，恐失其二。觸類而求之，有不可
勝悔者。於是，喟然歎曰：「道不足以御氣，性不足以勝習。不鋤其
本，而耘其末，今雖改之，後必復作。盍歸誠佛僧，求一洗之？」
得城南精舍安國寺，有茂林修竹，陂池亭榭。間一二日輒往，焚香
默坐，深自省察，則物我相忘，身心皆空，求罪垢所從生而不可得。
一念清淨，染汙自落，表裏翛然，無所附麗。私竊樂之，旦往而暮
還者，五年於此矣。〔註298〕

從最後兩句，可以看出蘇軾在黃州以長達五年的歲月，幾乎每隔個一兩
天，都要前往安國寺參學，用現代的概念來說，就是到安國寺附設的佛教研
修學院求學，而在研修學院讀書，要學的除了深入經藏的信、解之學外，還
特重如法實踐的行、證修爲，因爲如果沒有思想體系宏博、內涵精湛、理論
通達、說法可信的典籍，做爲相應的知識背景，不但沒有辦法說服早已在腦
中建構起儒學思想體系的知識菁英，去遂行知識冒險，甚至玩起文字遊戲，
來滿足身爲文藝學家習染已久的文字業習的餘緒——此一餘緒正是「歸誠佛

〔註297〕　《大正藏》，第四十九冊，頁 6^b。
〔註298〕　《蘇軾文集》，第二冊，頁 391～392。

「僧」的騷人墨客筆下，源源不絕的誕生佛教文學的溫牀，也是以筆墨作佛事的基礎，反而會因此而走到對立面，而有類於學佛法學成外道的學者，無法以圓融的般若波羅蜜多有效的簡別、驗證，乃至於會通兩種異質思想體系的可銷釋性，以致成爲以片面之見選擇性的批評佛學的闢佛者。如此一來，又如何能使學問家在心服口服之後，心甘情願的去實踐教說，並以其在理悟上有所得的將之內化爲生命意識，進而從意識的識性迷障中，以無礙的知見，在否除內學知識的法執與世學知識妄執之後，朝向上一路以超越之思，穎然脫出諸法之上，從而以正覺的智慧，在了了分明的照察諸法即實相的當際，悟入究竟的解脫道？而這一系列去黏解縛的參學過程及其結果，即通途所說的悟後風光，便是師子遊戲三昧的十方法界，是以自青年時代起便博通儒、釋、道三學的蘇軾，此際所深參實究的，已不是意在羽化「御氣」與辟穀飛仙的道學，也不是儒典《禮記・中庸》所說的「天命之謂性，率性之謂道」的性理之學，〔註299〕與夫《禮記・大學》所說的「心不在焉，視而不見，聽而不聞，食而不知其味」的非覺觀的所謂正心之學，〔註300〕而是縱橫無礙的萬斛法水，得以在現象界滔滔汩汩流出的思想根源——內學三昧。

　　從前舉儒家所認知的「遊」與「戲」來看，在本質上是兩個概念的敵體，而且沒有相翻的餘地。因此，祇要在其倫理思想的限定義之下一談到戲，都是屬於下行道，就像韓愈在〈進學解〉中說：「業精於勤，荒於嬉；行成於思，毀於隨。」〔註301〕因此，不可能像佛學思想那樣，認爲遊戲是從世法走上出世法的向上一路，是寓出世法的究竟之理於世法中的方便法，是以須菩提在《摩訶般若波羅蜜經》卷第三〈勸學品第八〉說：

　　　　欲得師子遊戲三昧，當學般若波羅蜜。欲得師子奮迅三昧，欲
　　得一切陀羅尼門，當學般若波羅蜜。菩薩摩訶薩欲得首楞嚴三昧、
　　寶印三昧、妙月三昧、月幢相三昧、一切法印三昧、觀印三昧、畢
　　法性三昧、畢住相三昧、如金剛三昧、入一切法門三昧、三昧王
　　三昧、王印三昧、淨力三昧、高出三昧、必入一切辯才三昧、入諸
　　法名三昧、觀十方三昧、諸陀羅尼門印三昧、一切法不忘三昧、攝
　　一切法聚印三昧、虛空住三昧、三分清淨三昧、不退神通三昧、出

〔註299〕《十三經》，上冊，頁899。
〔註300〕《十三經》，上冊，頁941～942。
〔註301〕《韓昌黎文集校注》，頁25。

鉢三昧、諸三昧幢相三昧，欲得如是等諸三昧門，當學般若波羅
蜜。復次，世尊！菩薩摩訶薩欲滿一切眾生願，當學般若波羅蜜。
〔註302〕

　　儒家的學與佛學的學，可見從一開始，就走上了分道揚鑣之路，致其終
極結果，必然完全不同，而這正是印度佛教文化與中國儒學文化，在會通
上所難以折衷的不可會通之處，而這在論述自佛教東流中國以來，累代涉
佛文藝家的文藝學文本及其藝術實踐時，是不能任意懸擱不論的重要論題
之一。

　　從「當學般若波羅蜜」出發，直到修得「師子遊戲三昧」，是從有學到無
學、從有為法到無為法的一系列向上提升的進程，這就印證了第三章論證蘇
軾〈自題金山畫像〉與〈再遊徑山〉詩的境界時所說的，是一個涉佛文士在
文藝學文本中流露出六波羅蜜多的忍辱波羅蜜多與精進波羅蜜多，與禪那
波羅蜜多與精進波羅蜜多，乃至於十波羅蜜多，在一個行者的身上，是一
完整的共在，也就是馮友蘭所指出的「不可思議底渾然大全」，而這大全在佛
家講來，就是無方所、無終始的圓，尋常的話說為有機的統一體，並非過
度詮釋與增文解釋的糊塗話，可見達到遊戲的境界是《放光般若經》所說的
「離於所著」，也是《大般若波羅蜜多經》所說的不「如是住者有所得故」的
三昧。

　　簡單的說，三昧就是一種使明覺的心，定於一處或一境的安定狀態，既
不因世緣的變化而隨波逐流，也不因世象的混沌而隨心所欲的和稀泥，更不
會以「心不在焉」的自陷於無明狀態來自我標榜，而是能觀的心以不昏亂掉
舉來正確的覺照所觀的諸法，並藉此體達遷流不已的森羅萬象正是緣起的法
流，同時洞達萬象的體性是空。因此，並不以斷滅論的無，來否證現象的有，
也不以「視而不見，聽而不聞」的頑空，來片面迴避無時無不與造作者共在
的諸法，因為這都是心性頑鈍者所採行的妄計，何況否證者與迴避者，在心
定而境從來就不定的現象中，本身也是現象，因為現象的俱在，及其生滅方
式，並不會以其意志之轉移而轉移，反倒其之所以要對現象進行心理上而不
是心性上的否證與迴避，卻恰恰從反面證明了否證者與迴避者的存在本身，
是隨著現象的轉移而轉移的現象，所以主體不見了，本體也不見了，遊戲的
舞臺也不見了，或者從來就沒有過這樣的舞臺。

〔註302〕《大正藏》，第八冊，頁 233ᵃ。

　　易言之，不論持無持有，都沒有人能從現象中逃逸出去，唯有心定而不執心的無心者，纔能以無住之念的智慧覺照，勘透無念的本眞就是無相的法性，而這從蘇軾不斷遭遇變故與左遷的運會，但卻能在二六時中保任本眞之心的一生行誼得到證明，所以在萬法之本的法性中，稱性任運無礙的運作著生命，便是從「一切法中得無礙智見」的最佳體現者，是以在《摩訶般若波羅蜜經》卷第二十七〈常啼品第八十八〉，薩陀波崙是以這樣的正語遂行正思惟的：

> 所謂諸法性觀三昧、諸法性不可得三昧、破諸法無明三昧、諸法不異三昧、諸法不壞自在三昧、諸法能照明三昧、諸法離暗三昧、諸法無異相續三昧、諸法不可得三昧、散華三昧、諸法無我三昧、如幻威勢三昧、得如鏡像三昧、得一切眾生語言三昧、一切眾生歡喜三昧、入分別音聲三昧、得種種語言字句莊嚴三昧、無畏三昧、性常默然三昧、得無礙解脫三昧、離塵垢三昧、名字語句莊嚴三昧、見諸法三昧、諸法無礙頂三昧、如虛空三昧、如金剛三昧、不畏著色三昧、得勝三昧、轉眼三昧、畢法性三昧、能與安隱三昧、師子吼三昧、勝一切眾生三昧、華莊嚴三昧、斷疑三昧、隨一切堅固三昧、出諸法得神通力無畏三昧、能達諸法三昧、諸法財印三昧、諸法無分別見三昧、離諸見三昧、離一切闇三昧、離一切相三昧、解脫一切著三昧、除一切懈怠三昧、得深法明三昧、不可奪三昧、破魔三昧、不著三界三昧、起光明三昧、見諸佛三昧。〔註303〕

　　在諸三昧中，之所以能在文藝學上見其應用之妙，便要深刻的細讀文本，並體究其所表現的互文性蘊奧是否如實了，如其不然，蘇軾的遊戲三昧就與後現代主義的書寫者，沒有甚麼本質上的差別了。蘇軾的遊戲，當然絕非後現代主義的遊戲，因爲執持後現代主義美學，以藝術爲標新立異的遊戲，其結果就如同王岳川在〈後現代主義〉一文的總結，王岳川說：

> 就後現代主義文化邏輯而言，體現在哲學上，是「元話語」的失效和中心性、同一性的消失；體現在宗教上，是對焦慮、絕望、自殺一類課題的關心，以走向「新宗教」來挽救合法性危機的根源——信仰危機；體現在美學上，是傳統美學趣味和深度的消失，走向沒有深度、沒有歷史感的平面，從而導致「表徵紊亂」；體現在文

〔註303〕《大正藏》，第八冊，頁 417ᶜ。

藝上，則表現爲精神維度的消逝，本能成爲一切，人的消亡使冷漠的純客觀的寫作成爲後現代的標誌。……

　　反對者將其視爲人類的自戕行爲，一種宣洩以後的匱乏，一種「耗盡」以後的迷茫。〔註304〕

王岳川的結論，很難讓人不想到佛學上的戲論說，如天親菩薩在《遺教經論》說：

　　汝等比丘！若種種戲論，其心則亂，雖復出家，猶未得脫，是故比丘，當急捨離，亂心戲論。若汝欲得，寂滅樂者，唯當速滅，戲論之患，是名不戲論。〔註305〕

又如彌勒菩薩在《瑜伽師地論》卷第九十一〈攝事分中契經事處擇攝第二之三〉亦說：

　　是故，由彼戲論，俱行四種行相，思惟觀察，不應道理。當知此中能引無義思惟分別所發語言，名爲戲論。何以故？於如是事，勤加行時，不能少分增益善法損不善法，是故說彼名爲戲論。〔註306〕

凡此都說明了戲論不僅是違背眞如理之論，也是我慢之論，更是計執之論，如說「冷漠的純客觀」，即是對與所觀境共在的能觀者的主體性的片面取消，如說「走向『新宗教』來挽救合法性危機」，即是以自疑疑他的心態來對應宗教致生信仰危機，凡此等等，都可以簡要的看出，以這種無所謂的遊戲方式爲譁變心、意、意識的藝術創作目的，可以說是一種後工業社會世紀病病灶腦轉移的現象，本不足深論，但卻可因此彰顯出這種「不應道理」的理，在蘇軾那裏可以說爲是事則不然，是以從藝術創作的實踐上，來審視蘇軾的文藝學文本，勢將看到完全不同的體現方式，如儒、釋、道以及具經典性的文學作品的元典的「元話語」，不但沒有失效，反而成爲從蘇軾筆下以各種互文性與超文性的方式，如互根互用的共存形式，戲擬或仿作的派生形式再生的思想根源，並在創新意境的書寫體系中，成爲蘇軾特有風格誕生的綱骨。

以詩而論，蘇軾除了寫有前及的〈戲子由〉之外，更有許多以「戲」字賦題的戲作，如最早寫於嘉祐六（1061）年冬二十六歲時的酬和詩〈病中大

〔註304〕　《當代西方文藝理論》，頁391。
〔註305〕　《大正藏》，第二十六冊，頁289[b]。
〔註306〕　《大正藏》，第三十冊，頁815[a]。

雪數日未嘗起觀虢令趙薦以詩相屬戲用其韵答之〉，並從此開啓其遊戲筆墨的端倪，往後諸作雖各具特色，且愈來愈嫻熟清雅，並時見超脫之思，但都不離練達的應世情懷，如以史事之無理致不可曉而寫的詠史詩〈戲作賈梁道詩〉，以科舉試官主試期間住在闈場適逢中秋佳節而寫的試選詩〈催試官考較戲作〉，以鹽官犒勞在寒冬裏奉公曬鹽勞役而寫的戲贈詩〈鹽官部役戲呈同事兼寄述古〉，以遊春目擊意象清和之美而寫的嘲謔詩〈戲贈〉，以欲遠行拜會鷗盟而想見其「鬢絲只可對禪榻」而寫的戲贈詩〈將之湖州戲贈莘老〉，以舉子耽讀致「白晝關門守夜叉」而寫的嘲謔詩〈和邵同年戲贈賈收秀才三首〉，以「無肉令人瘦，無竹令人俗」託興而寫的題詠詩〈於潛僧綠筠軒〉，以人名開軒拆寫「推倒牆垣也不難，一軒復作兩軒看」而寫的仙釋詩〈遊靈隱寺戲贈李開軒居士〉。至於熙寧六（1073）年，在杭州通判任內，以「且盡盧同七椀茶」，而寫的閒適之作〈遊諸佛舍一日飲釅茶七盞戲書勤師壁〉，詩云：

　　　示病維摩元不病，在家靈運已忘家。〔註307〕

　　此時蘇軾已把開門七件事與佛學思想，以最尋常的生活日用境給有機的聯繫了起來，並以最平白的明喻，把「兩篇文本的共存」關係，〔註308〕以互文性的手法表現在重構的全新文本之中。首先是詩題的賦予，體現在國飲的茶與佛教中國化的關係上，如元順帝至元二（1336）年，大智壽聖禪寺住持德煇奉勑重編的《敕修百丈清規》卷第四〈兩序章第六〉的「寮元」條說：

　　　掌眾寮之經文什物，茶湯柴炭，請給供需，灑掃浣濯，淨髮梳
　　　巾之類。每日粥罷，令茶頭行者，門外候眾至，鳴板三下，大眾歸
　　　寮，寮長分手，寮主、副寮對面左右位，副寮出燒香歸位，茶頭喝
　　　云（不審），大眾和南，遇旦望點湯，鳴板集眾，燒香行湯如常禮。

〔註309〕

　　從這一段寺僧對前來參訪者接待方式的描述性禮文，可以明白看出，主人對行茶奉客的重視，而從其做為佛門生活方式的正式規範，至少說明了從百丈懷海自唐德宗朝（780～805），奉敕制訂禪宗形成初期，禪林生活制度與儀式的古本《百丈清規》以來，茶湯禮奉茶的時節與對應關係，不但是展現佛門中重要制度運行的禮儀，如請新住持發專使時要講茶湯禮，受請人辭眾

〔註307〕　《蘇軾詩集合注》，上冊，頁483。
〔註308〕　《互文性研究》，頁20。
〔註309〕　《大正藏》，第四十八冊，頁1132^c～1133^a。

陞座時也要講茶湯禮，而且主客之間的行茶之禮，更成為佛門的待客之道，並以儀式化的傾向表現出彼此深心的敬重感，且在往後形成僧與僧，及僧與俗溝通的主要橋樑，如宋僧長蘆宗賾完成於崇寧二（1103）年重雕補註的《禪苑清規》卷第一「赴茶湯」條說：

> 院門特為茶湯，禮數慇重，受請之人，不宜慢易，既受請已，須知先赴某處，次赴某處，後赴某處，聞鼓版聲，及時先到，明記坐位照牌，免致倉遑錯亂，如赴堂頭茶湯，大眾集，侍者問訊請入，隨首座依位而立，住持人揖，乃收袈裟，安詳就座……常宜恭謹待之，安詳取盞橐，兩手當胸執之，不得放手近下，亦不得太高，若上下相看，一樣齊等，則為大鈔，當須特為之人專看，主人顧揖，然後揖上下間。喫茶不得吹茶，不得掉盞，不得呼呻作聲；取放盞橐，不得敲磕；如先放盞者，盤後安之，以次挨排，不得錯亂；右手請茶藥擎之，候行遍相揖罷方喫；不得張口擲入，亦不得咬令作聲；茶罷離位，安詳下足；問訊訖，隨大眾出；特為之人，須當暑進前一兩步，問訊主人，以表謝茶之禮；行須威儀庠序，不得急行大步，及拖鞋踏地作聲；主人若送迴，有問訊，致恭而退，然後次第赴庫下，及諸寮茶湯；如堂頭特為茶湯，受而不赴（如卒然病患，及大小便所逼，即託同赴人說與侍者），禮當退位；如令出院，盡法無民，住持人亦不宜對眾作色瞋怒（寮中客位，并諸處特為茶湯，竝不得語笑）。〔註310〕

　　這種講茶湯禮，在日本則形成影響深遠的茶禪一味的思想，同時綿續至二十一世紀的臺灣佛教界，尚有以定期舉行禪園茶話的活動，讓參學者共同研究經論，而形成持續向社會深化的法施方式。反過來說，也是佛門從來就沒有在中國社會上停止過全面入世化、社會化的證明。問題是僧俗在相接之間所談的話，自然不會離開對佛教教義的探討，乃至於對佛學做為一種常識、或知識、或學術的論究。因此，當蘇軾來到惠勤駐錫的道場，其於品茗之間，言說所及，自然不外乎宗門教下所體現的法義，而其結果在蘇軾筆之下，便以互文性的方式，轉化為詩學的藝術形式，同時以維摩詰長者示疾的可見行迹，體達「以一切眾生病，是故我病」的究竟本義，即以《維摩詰所說經》卷中〈文殊師利問疾品第五〉為思想根源，文殊師利說：

〔註310〕《卍續藏》，第六十三冊，頁 526ᵃ。

「如是！居士！若來已，更不來；若去已，更不去。所以者何？
來者無所從來，去者無所至，所可見者，更不可見。且置是事，居
士！是疾寧可忍不？療治有損，不至增乎？」世尊慇懃，致問無量：
「居士是疾，何所因起？其生久如？當云何滅？」

維摩詰言：「從癡有愛，則我病生；以一切眾生病，是故我病；
若一切眾生病滅，則我病滅。所以者何？菩薩爲眾生故入生死，有
生死則有病；若眾生得離病者，則菩薩無復病。譬如長者，唯有一
子，其子得病，父母亦病。若子病愈，父母亦愈。菩薩如是，於諸
眾生，愛之若子；眾生病則菩薩病，眾生病愈，菩薩亦愈。又言是
疾，何所因起？菩薩病者，以大悲起。」〔註311〕

　　誠如前及，蘇軾是在熙寧四年十二月一日，即抵達杭州通判任所之後的
第三天，便前往孤山拜訪過惠勤、惠思兩位高僧，從此而有了密切的往來，
且在一年十個月之後的熙寧六（1073）年九月九日重陽節，蘇軾依俗禮再度
參訪惠勤，根據宋人孟元老所撰的《東京夢華錄》卷之八〈重陽〉的記載：「都
人多出郊登高……諸禪寺各有齋會。」〔註312〕可見在這一天，僧俗雖各有不
同的過節方式，但卻有著甚多彼此往來的活動，因值得都市中人登高的山林
去處，恰是佛教寺院林立之處，是以寺院除廣開齋會施食予參訪者之外，還
有作法事上祈國泰民安，下求二眾闔家康樂，也有講經說法以法施眾，並得
到社會人士普遍的參與，因此，孟元老又說：「諸僧皆坐獅子上，作法事講說，
遊人最盛。」〔註313〕「坐獅子上」即坐在獅子座上，獅子即師子，而師子即
「師子遊戲三昧」的師子，也就是《佛說無量壽經》所說的「人雄師子」釋
迦牟尼佛，並在佛陀說法四十九年入滅後，後世僧侶代佛宣說法要，即稱爲
「坐獅子上」。

　　就在重九這一天，蘇軾又來到了孤山拜訪惠勤禪師，除寫有〈九日尋臻
闍黎遂泛小舟至勤師院二首〉之外，還寫了三首遊戲之作，即〈遊諸佛舍一
日飲醲茶七盞戲書勤師壁〉，另還有寫不期而遇，且同爲杭州通判的同僚魯元
翰的〈九日舟中望見有美堂上魯少卿飲以詩戲之二首〉，可見蘇軾的筆墨之
戲，在世出世法之間的往來開闔，是何等的自在無礙，因此，詩云：「在家靈

〔註311〕　《大正藏》，第十四冊，頁544^b。
〔註312〕　《東京夢華錄箋注》，下冊，頁817。
〔註313〕　《東京夢華錄箋注》，下冊，頁817。

運已忘家。」如果說維摩詰長者是以出家示現在家居士生活形態，用以說明出世法不離世法的超越性典範，即《維摩詰所說經》卷上〈方便品第二〉所說的白衣長者以法爲戲的典範，經云：

> 雖爲白衣，奉持沙門清淨律行；雖處居家，不著三界；示有妻子，常修梵行；現有眷屬，常樂遠離；雖服寶飾，而以相好嚴身；雖復飲食，而以禪悅爲味；若至博弈戲處，輒以度人；受諸異道，不毀正信；雖明世典，常樂佛法；一切見敬，爲供養中最；執持正法，攝諸長幼；一切治生諧偶，雖獲俗利，不以喜悦；遊諸四衢，饒益眾生；入治政法，救護一切；入講論處，導以大乘；入諸學堂，誘開童蒙；入諸婬舍，示欲之過；入諸酒肆，能立其志；若在長者，長者中尊，爲説勝法；若在居士，居士中尊，斷其貪著；若在剎利，剎利中尊，教以忍辱；若在婆羅門，婆羅門中尊，除其我慢；若在大臣，大臣中尊，教以正法；若在王子，王子中尊，示以忠孝；若在内官，内官中尊，化政宮女；若在庶民，庶民中尊，令興福力；若在梵天，梵天中尊，誨以勝慧；若在帝釋，帝釋中尊，示現無常；若在護世，護世中尊，護諸眾生。長者維摩詰，以如是等無量方便饒益眾生。〔註314〕

經云：「入治政法，救護一切。」以白衣而爲宰官的蘇軾，自然會對把《詩經》、《楚辭》、漢賦文學對山水描寫從附庸地位解放出來，並把隱逸派詩人對山水從客觀的模範，帶往「緣景而生情、悟理」的名理方向發展，〔註315〕而使山水成爲中國文學特定創作形式的主體內容，且對後世對山水審美與藝術創造影響邃遠的「山水詩派的開創者，被後人奉爲山水詩的不祧之祖」的詩人謝靈運，〔註316〕以及慧皎在《高僧傳》卷第七〈義解四‧竺道生〉中所說的「《大涅槃經》初至宋土，文言致善，而品數疎簡，初學難以措懷，嚴迺共慧觀、謝靈運等，依《泥洹》本，加之品目；文有過質，頗亦治改，始有數本流行」的佛學家謝靈運，〔註317〕做爲文士與僧侶交遊的在家居士典範，而投以特別的青目，因爲蘇軾在謝靈運身上看到了自己何其相似乃爾的身影，

〔註314〕 《大正藏》，第十四冊，頁 539^{a-b}。
〔註315〕 王國瓔著，《中國山水詩研究》，臺北，聯經出版事業公司，民75，頁 154。
〔註316〕 陶文鵬、韋鳳娟主編，《靈境詩心——中國古代山水詩史》，南京，鳳凰出版社，2004，頁 93。
〔註317〕 《大正藏》，第五十冊，頁 367^{b}。

－322－

如蘇軾在〈汪覃秀才久留山中以詩見寄次其韵〉詩云：「投名入社有新詩。」「施注」引已佚不著撰人的《廬山蓮社雜錄》說：

> 謝靈運欲投名入社，遠公不許。靈運謂生法師曰：「白蓮道人將無謂我俗緣未盡，而不知我在家出家久矣。」〔註318〕

謝靈運等人所主張的世典與佛典可以相互爲用的思想，既然與趙宋皇家崇佛的隱在家法如出一轍，勢必對蘇軾有相當深刻的啓發。首先，與謝靈運同時的南朝劉宋文學家、畫家與山水畫理論家宗炳，在被梁釋僧祐編入《弘明集》卷第二的〈明佛論〉中宣稱：

> 何能獨明於所得？唯當明精闇向推夫善道居，然宜修以佛經爲指南耳！彼佛經也，包五典之德，深加遠大之實，含《老》、《莊》之虛，而重增皆空之盡，高言實理，肅焉感神，其映如日，其清如風，非聖誰說乎？謹推世之所見，而會佛之理爲明。〔註319〕

這是把釋置於儒、道之上之論，而謝靈運亦然，如慧皎在《高僧傳》卷第七〈義解四・釋慧嚴〉傳，引南朝劉宋文帝劉義隆（424～453，在位）的話說：

> 范泰、謝靈運常言：「六經典文，本在濟俗爲治，必求靈性眞奧，豈得不以佛經爲指南耶？」近見顏延之折〈達性論〉，宗炳〈難白黑論〉，〈明佛〉汪汪，尤爲名理，並足開獎人意，若使率土之濱，皆敦此化，則朕坐致太平。夫復何事。〔註320〕

劉宋文帝的意見，與《長篇》卷二十四「太平興國八（983）年冬十月甲申」第二條所載，趙宋太宗皇帝所說的「浮屠氏之教有裨政治，達者自悟淵微，愚者妄生誣謗，朕於此道，微究宗旨。凡爲君治人，即修行之地，行一好事，天下獲利，即釋氏所謂利他者也。……爲君者撫育萬類，皆如赤子，無偏無黨，各得其所，豈非修行之道乎？雖方外之說，亦有可觀者。」而宰相趙普回答說「陛下以堯、舜之道治世，以如來之心修行，聖智高遠，動悟眞理」之說那樣，〔註321〕都是同一關棙，是圓轉之後圓通世法與出世法這一道旋轉門的不蠹之樞，蘇軾在這樣的政教思想的薰陶之下，以「戲書」的藝術創造手法，寫出〈寄吳德仁兼簡陳季常〉詩所云的「平生寓物不留物，在

〔註318〕《蘇軾詩集合注》，上冊，頁474。
〔註319〕《大正藏》，第五十二冊，頁9b。
〔註320〕《大正藏》，第五十冊，頁367c。
〔註321〕《長編》，第一冊，頁554～555。

家學得忘家禪」的任運之法，〔註 322〕豈不正是其以遊戲三昧所體現的禪法的極詣之境？如慧能在《六祖壇經》第十九則說：

> 此法門中，何名坐禪？此法門中，一切無礙，外於一切境界上念不去（印順精校本、郭校本皆改為「起」，論者以為仍用原寫本之「去」字為確）為坐，見本性不亂為禪。何名為禪定？外離相曰禪，內不亂曰定。外若著相，內心即亂，外若離相，內性不亂。本性自淨自定，祇緣境觸，觸即亂，離相不亂即定。外離相即禪，內不亂即定，外禪內定，故名禪定。〔註 323〕

所以蘇軾詩云「在家靈運已忘家」的文本與佛學的互文性，在遊戲三昧中的藝術體現所彰顯的內涵，遠比稍後於蘇軾一到兩代人的施元之、施宿父子在《注東坡先生詩》所引的《景德傳燈錄》之說，〔註 324〕在義理上顯的更為深刻、在氣象上顯得更恢宏、在對禪的體悟上顯得更究竟得多，誠如慧能所說的「不去」諸法之境，又能離諸法之相是沒有執著的超然之境，而不是用否定分明顯現在根、塵相應上的所觀境，來表述能觀之心的不染，因為一切境包含內境和外境，且內外境因能觀與所觀在覺照的當下，始終是處於運動狀態的共在，如果片面否除內境並將之限定在不起的壓抑狀態之下，能觀的心是無法朝內觀照到自心所示現的本性的，乃至於與萬法相應的心象及萬法因因緣會遇的此在，都勢必要被選擇性的忽略。

一如通途所知，世界與萬法是不會因為生盲者的一無所見，就不再存在，乃至於被誤以為不曾存在，也不會因一個人的理性規避，而改變在某一時空座標上的存在狀態，如離開充滿權謀與鬥爭的官場的隱士，並不會因個人遠遁叢山、斂蹤澤藪，政壇的黑闇就會跟著廓清一樣。因此，常常在詩中詠歎「三徑就荒」，乃至於和遍陶詩的蘇軾，終其一生並沒有實際歸園田居而去，因為蘇軾明白實相即諸法，而做為能從諸法中解脫出來的解脫者，其主體性的體現方式，就是諸法即實相，在實相面來看，既無從遁逃，亦毋庸遁逃，是以佛教之所以為佛教，並不是教人採取視而不見，乃至於聽而不聞的心態，去應對內境與外境，在與本來清淨的本心對應的當下，所顯明的共在的共構關係，而是要學人明白這種共構關係，有染污與清淨兩種形態，即覺者能以

〔註 322〕 《蘇軾詩集合注》，中冊，頁 1270。
〔註 323〕 《壇經校釋》，頁 37。
〔註 324〕 施注引《景德傳燈錄》的注文，今本無載，故不予深論。參見《蘇軾詩集合注》，上冊，頁 483。

其在一切境界上生起的覺念，以般若智慧照察其在被照察當際的狀態，同時無所執著即可達至解脫。反之，不起念乃至於不起覺念，致使本來清淨的本心，處於迴避的狀態，即為迴避的抗拒心所染污，而成為不得解脫的法執，所於慧能在《六祖壇經》第十四則說：

> 一行三昧者，於一切時中，行、住、坐、臥，常行直心。……
>
> 但行直心，於一切法，無有執著，名一行三昧。〔註325〕

慧能所說的「一行三昧」，正是前述《摩訶般若波羅蜜經》卷第二十七〈常啼品第八十八〉中，薩陀波崙所起念思惟的主要法義之一，即「諸法無分別見三昧、離諸見三昧、離一切闇三昧、離一切相三昧、解脫一切著三昧」，而能於諸法中往來無礙的自由之心，是清淨無染的直心。因此，以此直心在法界中遊之戲之，自然無需無礙，亦無所亂，以同一現象，為俗眼所見，則為亂象，為慧眼所見，則為萬法森然有序的法相，而這樣的境界，就是三昧的本義，即等持、正定、正心行處等等。可見謝靈運與蘇軾的是否出家，其與以在家身所證得的道意是無分別的，所以蘇軾在寫〈遊諸佛舍一日飲釅茶七盞戲書勤師壁〉詩後，以「一紙清詩弔興廢」，寄意「塵埃零落梵王宮」而寫題詠詩〈金門寺中見李西臺與二錢唱和四絕戲用其韻跋之〉，以「門前惡語誰傳去」表達「相從痛飲無餘事，正是春容最好時」的超越之思，而寫酬答詩〈劉貢父見余歌詞數首以詩見戲聊次其韻〉。

蘇軾在熙寧六年多，前往無錫西郊惠山第一峯白石塢的惠山寺，參訪監衢州鹽稅詩人錢顗之弟錢道人，除攜帶錢顗在此前寄贈予蘇軾，出產於建寧軍建安縣，名聞天下的建安茶，供養道人之外，並在行講茶湯禮之後，創作因茶聖陸羽稱名「人間第二泉」而同樣名聞天下的陸泉，且在賦〈惠山謁錢道人烹小龍團登絕頂望太湖〉一詩之外，隨即與錢道人以筆墨遊戲一番，首先是錢道人應蘇軾請法而述作〈直須認取主人翁〉偈，跟著蘇軾也作了兩首戲贈類的禪悟詩〈錢道人有詩云直須認取主人翁作兩絕戲之〉，其一詩云：

> 首斷故應無斷者，冰消那復有冰知？
>
> 主人苦苦令儂認，認主人人竟是誰？

其二詩云：

> 有主還須更有賓，不如無鏡自無塵；

只從半夜安心後，失却當年覺痛人。〔註326〕

這兩首詩，一進入紀曉嵐文學的火眼金睛中，必然要落入「此是禪偈，不以詩論」的下場，〔註327〕至於看在另一清人趙翼的眼中，同樣是一場中國詩學的災難，是以《甌北詩話》卷五〈蘇東坡詩〉說：

> 東坡旁通佛、老。……至於摹彷佛經，掉弄禪語，以之入詩，殊覺可厭。不得以其出自東坡，遂曲爲之說也。如錢道人有「直須認取主人翁」之句，坡演之云：……此等本非詩體，而以之說禪理，亦如撮空，不過彷禪家語錄機鋒，以見其旁涉耳！〔註328〕

按照紀、趙兩人的看法，涉入佛學義理的詩創作，與涉入老莊思想的詩一樣，因爲不是以意象語做爲比興託意的媒介，而是以義理，乃至於深入本體之理，而賦予詩藝術形式者，即使能夠使詩在表現上，傳達出理趣的意味來，也不會是值得「再三展玩」的好詩，〔註329〕所以先把這類詩，當做向佛道經典學舌的副產品，然後譬諸於蒼蠅，並以最前面那一對對足撮空，而否證其之於詩學全無可取之處，如蘇軾寫這類詩，有何創作動機，亦無非爲了炫賣以儒學爲正而「旁通佛、老」的學問，最後從文體學的立場，把該這一類詩創作，給片面的徹底推翻掉，因爲蘇軾這兩首詩的特色，看在紀、趙兩人狹隘的詩學視域裏，實在殊無含蓄蘊藉之意味，而徒有詩之形式而已。這從趙翼用「以文爲詩」破題論蘇詩的特色，便可看出其一下手，便有意把蘇軾限定在「大概才思橫溢，觸處生春，胸中書卷繁富，又足以供其左抽右旋，無不如志」的批評衡準上。〔註330〕祇是趙翼的中國詩學批評術語，也難免往往是旁通宗門的，如說撮空，《續傳燈錄》卷第十七〈大鑑下第十四世・丹霞淳禪師法嗣・泗州普照曉欽明悟禪師〉說：

> 僧問：「師唱誰家曲，宗風嗣阿誰？」
> 師曰：「東邊更近東。」
> 曰：「溈山的子智海親孫也。」
> 師曰：「却笑傍人把釣竿。」

〔註326〕《蘇軾詩集合注》，上冊，頁 510。
〔註327〕《蘇詩彙評》，上冊，頁 419。
〔註328〕郭紹虞編選，富壽蓀校點，《清詩話續編》，上冊，上海古籍出版社，1999，頁 1202～1203。
〔註329〕清・趙翼著，〈甌北詩話小引〉，《清詩話續編》，上冊，頁 1137。
〔註330〕《清詩話續編》，上冊，頁 1195。

上堂：「引手撮空，展轉莫及，翻身擲影，徒自勞形，當面拈來，却成蹉過，畢竟如何？」

拍禪床曰：「咱合錯商量。」〔註331〕

一旦依趙翼的批評方法來論詩，那麼，《詩經》三體風、雅、頌中的「大雅」與「周頌」，也是要一竿子打翻的，如「大雅」第一至第七首〈文王〉，不僅全部在說理，並且涉入了「於昭于天」，乃至於「上天之載，無生無臭」的宇宙本體的形上之道，〔註332〕即「帝命不時」的上帝之命，如何在人王——文王死後的精神上繼續發用的問題，所以連理學的集大成者朱熹，也解得語焉不詳，如《朱子語類》卷第八十一〈詩二·大雅·文王〉，朱熹告訴林子蒙說：

問：「先生解：『文王陟降，在帝左右。』文王既沒，精神上與天合。看來聖人稟得清明純粹之氣，其生也既有以異於人，則其散也，其死與天爲一；則其聚也，其精神上與天合。一陟一降，在帝左右。此又別是一理，與眾人不同。」

曰：「理是如此，若道眞有箇文王上上下下，則不可。若道詩人祇胡亂恁地說，也不可。」〔註333〕

就儒學而論，這是以詩的藝術形式，傳達天理的形上之道，如何通過被稱爲精神的亡靈，繼續爲「萬邦作孚」，〔註334〕而無疑的，寫這等內容的作品的人，在朱熹眼中，仍是個不折不扣的詩人，且其所作自然是文學體式的詩體裁，也是毋庸置疑的。

就佛學而論，既是佛學的根本思想生死學的問題，也是解脫如何可能的終極問題，而這樣的問題，不論在儒家那裏，或佛家那裏，自魏晉玄言詩在中國詩學的天空隕歿之後，便被唐以來的詩人與詩論家們認爲，不適合繼續在詩中存在，如此一來，《詩經》直至今日仍不動不搖的經典地位，豈至遲應在宋詩興起以議論爲詩之際，就合該從詩學理論中，與涉佛入道之詩，給同時掃入文藝學的垃圾堆？祇是文學史與科舉史所表明的事實並不然，因此，涉佛文藝學的中國佛教文學，在詩學論域中，被蘇軾以詩的藝術形式所創造出來的成果，便沒有理由不以詩的藝術來論究其超文性的派生

〔註331〕《大正藏》，第五十一冊，頁583ª。
〔註332〕《十三經》，上冊，頁338～339。
〔註333〕《朱子語類》，第六冊，頁2126～2127。
〔註334〕《十三經》，上冊，頁339。

問題。

超文性的派生問題，即蒂費納・薩莫瓦約在《互文性研究》中，轉引吉拉爾・熱奈特在《隱迹稿本》一書中所指出的：「通過簡單轉換或間接轉換把一篇文本從已有的文本中派生出來。」〔註335〕從〈錢道人有詩云直須認取主人翁作兩絕戲之〉的詩題，可以確定蘇詩是從錢道人的詩派生出來的。然而，即使錢道人的詩或偈的原作已亡佚，〔註336〕以致無法明白蘇詩與錢詩的關係，是戲擬的關係，或彷作的關係，不過在這個問題上，紀曉嵐的「此是禪偈，不以詩論」的批評，倒提供了可貴的線索，即不是風格彷作就是體裁彷作，如此一來，就可以完全確立該詩與佛學的互文性研究，在蘇詩的遊戲三昧之作的開展與深化上，是以加速度的前傾姿態，在中國佛教文學的進路上挺進。且看與蘇軾同時代的詩評家百衲居士蔡絛，是怎麼來看待涉佛詩學的問題，首先也是與蘇軾同時代的文獻編輯家與評論家阮閱，在《詩話總龜・後集》卷之四十五〈釋氏門〉中，保留了一條蔡絛現行版的《西清詩話》的佚文說：

> 子由誦《楞嚴經》，悟「一解六亡」之義，自言於道更無礙，然作〈風痺詩〉，乃有「數盡吾則行，未應墮冥漠」之句，則于理尚有礙也。而東坡乃謂：「子由聞道先我。」何耶？東坡〈奉新別子由〉云：「何以解我憂？粗了一事大。」〈哭逈兒〉詩云：「中年忝聞道，夢幻講已詳。」〈贈錢道人〉云：「首斷故應無斷者，……。」又云：「有主還須更有賓，……。」〈贈東林總老〉云：「溪聲便是廣長舌，……。」如此等句，雖宿禪老衲，不能屈也。〔註337〕

其次是在《明鈔本西清詩話》卷上第二十八則中，蔡絛說：

> 杜少陵云：「作詩用事，要如釋氏語：水中著鹽，飲水乃知鹽味。」此說詩家密藏也。〔註338〕

密藏具云祕密藏，原意是指祕密法藏，因法義甚深祕奧，根器不具足與不成熟的人，因為缺乏相應領悟的智慧，所以一般說法者，深知其非但無法

〔註335〕《互文性研究》，頁 21。

〔註336〕《全宋詩》祇輯錄到錢道人之兄錢安道的詩一首，錢道人連殘句也沒有，至於佛教史傳亦然。

〔註337〕宋・阮閱編，周本淳校點，《詩話總龜・後集》，北京，人民文學出版社，2006，頁 248～249。

〔註338〕《稀見本宋人詩話四種》，頁 187。

悟入，亦且還要因其聞法後，仍不免茫然無知，而引起不必要的誤解，甚至因還未到那深處，且悟入無端，致成為謗法之徒，所以不對這等下根器的人說出，以免其因一知半解，乃至於無知，而在不知不覺中，說出違犯正法的議論，致徒然造下口業猶不自知，故稱祕密。而詩聖杜甫之所以能用如此精到的話，說出佛教思想與詩學的實質關係，是其創作實踐總結出來的涉佛文論的萌芽，如作於唐玄宗天寶十四（755）年的〈夜聽許十一誦詩愛而有作〉詩云：

> 余亦師粲可，心猶縛禪寂。〔註339〕

作於代宗大曆二（766）年的〈別李祕書始興寺所居〉詩，亦云：

> 重聞西方止觀經，老身古寺風泠泠；
> …………………，他日杖藜來細聽。〔註340〕

作於同年的〈秋日夔府詠懷奉寄鄭監李賓客一百韵〉詩，再云：

> 身許雙峯寺，門求七祖禪。〔註341〕

俟後又作〈大覺高僧蘭若〉詩，又云：

> 飛錫去年啼邑子，獻花何日許門徒。〔註342〕

從杜詩中，可見杜甫不但嫻於傳統的如來禪，而且對天臺宗的止觀學說，亦有所與聞，是以論者有理由認為，杜甫對佛學的認識，是宗通教通的行家。就宗通而論，即承祧初祖菩提達磨理入與行入並重禪法的南北朝高僧中國禪宗二祖慧可，以及隋代高僧禪宗三祖僧粲，並以「身許雙峯寺」，表明對在湖北黃梅雙峯山長期弘傳禪法的四祖道信與五祖弘忍的歸心，至於為何跳過南宗六祖慧能或北宗六祖神秀而說「門求七祖禪」，根據清人仇兆鰲輯註《杜詩詳註》引：

> 師氏曰：「六祖之道，至肅宗時方盛，肅宗嘗目〔自〕曹溪請其衣鉢供養。六祖與子美同時先後人也，故求禪言七祖，而不言六祖。」〔註343〕

仇兆鰲的意思是說，六祖是慧能且以敬重時賢之故而不稱名號，所以直

〔註339〕清·仇兆鰲輯註，《杜詩詳註》，第一冊，臺北，正大印書館股份有限公司影印木刻板，民63，頁422。
〔註340〕《杜詩詳註》，第三冊，頁2123。
〔註341〕《杜詩詳註》，第三冊，頁2163。
〔註342〕《杜詩詳註》，第三冊，頁2268。
〔註343〕《杜詩詳註》，第三冊，頁2164。

接向其弟子荷澤宗初祖神會參學，但論者同意蕭師麗華教授在〈論詩禪交涉〉一文中所說的看法，蕭師說：

> 七祖指的是北宋〔宗〕普寂。〔註344〕

從宗門發展史來看，南宗六祖慧能自從於五祖處得法之後，終其一生都在嶺南而不曾北上，是以六祖當爲北宗六祖神秀，七祖自然就是神會成爲南宗七祖之前的北宗七祖普寂。至於蘇軾在〈寶繪堂記〉說：

> 君子可以寓意於物，而不可以留意於物。寓意於物，雖微物足以爲樂。留意於物，雖微物足以爲病。〔註345〕

蘇軾這種寓而不留的美學觀，與杜甫以「水中著鹽」說，論詩佛交融的義理一致，而非僅止於「掉弄禪語」而已。再次是在《西清詩話》卷中第二十三則，蔡絛又說：

> 東坡嘗云：「僧詩要無蔬筍氣。」固詩人龜鑑，今時誤解，便作世網中語。殊不知本分風度，水邊林下氣象，蓋不可無。若淨洗去清拔之韵，使眞俗通科，又何足尚？〔註346〕

從蔡絛的觀點來看，盛宋文學與佛學交涉的議題，在文藝學諸多批評方法上，可以說是盛宋文論家談文論藝的主流思潮。而關於遊戲的看法，不論抱持肯定的態度，如惠洪在《冷齋夜話》卷之五「東坡滑稽又言無有無對」條說：「此老滑稽於文章如此。」〔註347〕或如李之儀在《姑溪居士前集》卷三十四〈與政書記平叔〉書所說：「游戲所得，姑用以排遣，豈足爲文，又何名詩？」〔註348〕都不能免於對此一論題的正視。在遊戲觀上，李之儀雖然持否定的態度，但並不否定詩與禪在創作與行法上，具有共同的心理運動機制，甚至走得比當時的人更遠，而在〈與李去言〉書說：

> 說禪作詩，本無差別。……某人超邁不倫，落筆即在人上。閒有底滯不排遣，則想像其人，吟哦其妙悟，以當良藥，端如人以手推下臂肩間，別是一般境界也。〔註349〕

〔註344〕 蕭師麗華著，《唐代詩歌與禪學》，臺北，東大圖書股份有限公司，民89，頁13。

〔註345〕 《蘇軾文集》，第二冊，頁356。

〔註346〕 《稀見本宋人詩話四種》，頁205。

〔註347〕 《稀見本宋人詩話四種》，頁53。

〔註348〕 文淵閣《四庫全書》鈔本，葉6ª。

〔註349〕 文淵閣《四庫全書》鈔本，葉6ª。

　　李之儀深知詩學與佛學，之於文藝創造的會通之道，並不斷以創作實踐的方家蘇軾，不會不知道，妙悟與創造的神思緣會，與行者參禪的機鋒的關係，也不會不知道，該如何把胸中卷帙浩瀚的千經萬論，以最無蔬筍氣或酸餡氣的遊戲三昧給體現出來的藝術手法，是以蘇詩首句云：「首斷故應無斷者。」一下手便領有了讓錢道人「雖宿禪老衲，不能屈也」的佛學經教思想背景，其互文性遊戲，即《圓覺經》所說的：

　　　　善男子！圓覺自性，非性性有，循諸性起，無取無證，於實相
　　中，實無菩薩及諸眾生。何以故？菩薩、眾生，皆是幻化，幻化滅
　　故，無取證者。……

　　　　善男子！一切眾生，從無始來，由妄想我，及愛我者，曾不自
　　知，念念生滅，故起憎愛，耽著五欲。……

　　　　善男子！一切菩薩，見解為礙，雖斷解礙，猶住見覺，覺礙為
　　礙，而不自在。……

　　　　善男子。有照有覺，俱名障礙，是故菩薩，常覺不住，照與照
　　者，同時寂滅，譬如有人，自斷其首，首已斷故，無能斷者，則以
　　礙心，自滅諸礙，礙已斷滅，無滅礙者。修多羅教，如標月指，若
　　復見月，了知所標，畢竟非月。〔註350〕

　　這段經文所說的「首已斷故，無能斷者」，不但是《維摩詰所說經》卷中〈觀眾生品第七〉所說的「從無住本，立一切法」的法義，〔註351〕還進一步申明了「修多羅（sūtra）教」是體達解脫道的機杼，在朝向上一路超越的進程中，雖然具有絕對性的關鍵功能，但那不是行者任運生命的終點，而是頓脫被情執與法執所拘執的全新生命的起點，也就是生命如何當體獲得大自在的初階。這一道門檻，如果沒有具足的精進度與般若度，是跨不過去的。所以蘇詩復以同經所說的「善男子！若心照見，一切覺者，皆為塵垢，覺所覺者，不離塵故，如湯銷冰，無別有冰，知冰銷者，存我覺我，亦復如是」為據，〔註352〕輕輕吟出第二句：「冰消那復有冰知？」集成於南宋理宗朝淳祐年間（1241～1252），不著編者的《大方廣圓覺脩多羅了義經夾頌集解講義》卷九〈淨諸業障菩薩章〉說：

〔註350〕《大正藏》，第十七冊，頁917[a]。
〔註351〕《大正藏》，第十四冊，頁547[c]。
〔註352〕《大正藏》，第十四冊，頁919[c]。

西蜀復庵暉禪師曰：「如湯銷氷無，〔無〕別有氷，知氷銷者。」
此舉喻，譬如世上之人，用百沸湯潑氷相似，湯至而氷即泮，同成
一水，雖然氷銷去了，尚有能知氷之人，只如言盡，便是不盡。水
喻眞性，冰喻四相，湯喻智慧，所以東坡云：「首斷更無能斷者，氷
銷那復更知氷。」存我覺我，亦復如是者。〔註353〕

這種超文性的戲擬關係，就如同蒂費納·薩莫瓦約在〈世界是一個書海〉
中所說的：

文學在洋洋書海中維持著一種重複的關係；反過來，書海又對
文本有一種規範的作用。〔註354〕

因爲吉拉爾·熱奈特在《隱迹稿本》一書中明白說：

但是人類在不斷地發掘新的意義，卻不能永遠發明新的形式，
所以有的時候，不得不賦予舊的形式以新的意義。〔註355〕

從吉拉爾·熱奈特的形式與內容的辯證觀點，來審視蘇軾在創作實踐上，
選擇範式的問題，本是沒有爭議的。蘇軾以既有的傳統詩的七絕體，如同玄
言詩與初唐白話詩的諸多前輩那樣，〔註356〕把佛教典籍用長行體論述的內
容，以詩學藝術的創造方法裝進詩的形式裏，而示現出一種與緣情不同的格
調，並取法佛教經典特有的十二分教中的應頌（geya）與諷頌（gāthā）的調
性，且保有議論（upadewa）項下的摩呾理迦（mātrkā，論母），研覈諸法性相
的特質，從而以遊戲法，擴充了中國傳統詩的既定容量，誠如賴信川在〈佛
典詩偈與造頌法初探〉一文所說：

詩偈在佛教弘傳史上扮演重要的角色，也可說就是佛教文學重
要的源頭。〔註357〕

反過來說，蘇軾這種明顯對佛教經文長行詩化的改造，本來就是印度文
學的傳統，也是在佛經中與長行並存的特殊書寫形式，如主法者在重新宣講
長行的義理時，即將相同的內容以詩偈體再原原本本的宣說一遍。唯就蘇軾
詩學而論，這也並不是甚麼石破天驚的創舉，頂多祇能算是主要集中在唐僧

〔註353〕 《卍續藏》，第十冊，頁 343^{a-b}。
〔註354〕 《互文性研究》，頁 113。
〔註355〕 《互文性研究》，頁 114。
〔註356〕 參見項楚、張子開、譚偉、何劍平著，《唐代白話詩派研究》，成都，巴蜀書
　　　　　社，2005。
〔註357〕 《唐代文學與宗教》，頁 453。

釋道宣所編撰的《廣弘明集》卷第三十，自東晉格義佛學大師支道林詠〈四月八日讚佛詩〉以來，〔註 358〕便被中國傳統文學家及其研究者，所長期選擇性忽略的，另一中印文化互涉傳統，在中國文藝學創作實踐上所體現的長遠書寫傳統之一的餘緒，而其在盛宋時代，因官修《景德傳燈錄》在文士手上廣爲風行之故，是以其第二十九卷即專卷著錄贊、頌、偈、詩等佛教文學作品，便再度爲涉佛文士，開啓一方幾乎被盛唐的興象風神給遮蔽掉的既成視野，所以蘇軾便從教下來到了宗門，並以其不再被遮蔽的「圓覺自性」吟道：「主人苦苦令儂認。」

　　「主人」一詞，在小乘佛教的用法上如其本義，但在大乘般若思想中，當龍樹在詮釋《大般若波羅蜜多經》時，已賦予照了諸法實相的大智慧到彼岸的解脫者，之所以具足解脫如何可能的能力的引申義，是以在《大智度論》卷第六十八〈魔事品第四十六〉，龍樹說：

> 復次，菩薩行般若波羅蜜故，能成就世間出世間法；是故菩薩若求佛，應當學般若波羅蜜。譬如狗爲主守備，應當從主索食，而反於奴、客求；菩薩亦如是。狗喻行者，般若波羅蜜喻主人；般若中有種種利益，而捨求餘經。佛欲令分明易見，故說譬喻。〔註 359〕

　　通過龍樹對主人一詞的譬喻用法，可以清楚看出，主人已從世法中物權的領有者，與起心動念的行爲者，轉化成對自我生命在出世法中證入超越世法之道的能證者，從而開彰出以般若智慧覺照世出世法做爲諸法當體共在的實相義，全都體現在能證者這一義項對解脫主體體性的顯明。而其徹底的轉化，則要等到佛教完成中國化之後的中國禪宗分燈以後，如始立於大唐宣宗朝（847～859）的曹洞宗初祖洞山良价，即在其法裔慧印校訂的《筠州洞山悟本禪師語錄》中說：

> 上堂曰：「坐斷主人公，不落第二見。」〔註 360〕

又說：

> 師問僧：「名什麼？」
> 僧云：「某甲。」
> 師曰：「阿那箇是闍黎主人公。」

〔註 358〕《大正藏》，第五十二冊，頁 349^b。
〔註 359〕《大正藏》，第二十五冊，頁 536^b。
〔註 360〕《大正藏》，第四十七冊，頁 509^c。

　　僧云：「見祇對次。」

　　師曰：「苦哉！苦哉！今時人，例皆如此，祇是認得驢前馬後底

將爲自己。」〔註361〕

　　「坐斷」一詞，本來是指依一定的修行學程，與明顯可見的外顯形式，根據規範化的定制，循序漸進且徹頭徹尾的如說實踐，也就是不要以參學之前知見不正的習染與世智辯聰，去妄意測度自己所不能解悟的甚深法義，以致諸法有作皆邪，而形成比我執更難破除的法執，且不正的知見所造成的法執，不僅與執正法而行的正法有霄壤之別，還會讓人在明覺度不夠與智慧尙未開決的朦昧狀態下，使自己與覺義相違，而不知不覺的走上旁門左道去，亦且執邪爲正致指正爲邪，如同智顗在《摩訶止觀》卷第十〈第七觀諸見境者〉所說的：「學佛法成外道。」〔註362〕因此，「坐斷」一詞，便在此一思想的改造下，被宗門引申爲學人應該具備以正法遮詮迷障的慧力，而使自己從差別相的擾流中，以超越之思、等觀之法，乃至表詮的方式，徹底穎脫出來，即如蘇軾同時代的臨濟宗楊岐派禪師圜悟克勤在《佛果圜悟禪師碧巖錄》卷第四所說：

　　十方坐斷，千眼頓開，一句截流，萬機寢削。〔註363〕

　　「萬機寢削」，便是從前述「猶有這箇在」中，以「直出直入，直往直來」，〔註364〕而稱名臨濟正宗的禪法，自生死中頓脫出來，而此亦是曹洞「坐斷主人公，不落第二見」的家法。因此，當蘇軾創造「主人苦苦令儂認」的詩句時，即同時給出了宗門「主人公」的命題，而主人公便是能觀所觀的能證者，即眾生無始以來本具的佛性，所以與蘇軾同時而稍晚於蘇軾的圜悟克勤的弟子，看話禪的倡行者大慧宗杲，在《大慧普覺禪師住育王廣利禪寺語錄》卷第五中，直指說：

　　一年三百六十日，今朝又是從頭起，人人有箇主人公。〔註365〕

　　當蘇軾以提問詩句「認主人人竟是誰」，對錢道人「直須認取主人翁」進行「戲之」的得之於遊戲三昧的禪悅，早就把「苦苦令儂認」的筆墨遺蹟，給勦絕淨盡了，哪裏還有冰與水的多此一問的問題在？因爲覺悟的人，沒有

〔註361〕《大正藏》，第四十七冊，頁511^c。
〔註362〕《大正藏》，第四十六冊，頁132^b。
〔註363〕《大正藏》，第四十八冊，頁171^b。
〔註364〕《大正藏》，第四十八冊，頁171^c。
〔註365〕《大正藏》，第四十七冊，頁830^c。

這番差別說，而差別說之所以一再在蘇軾的文藝學文本中，以藝術的審美形態出現，無非「師子遊戲三昧」之於人生境遇，不論順逆都能以勇猛奮迅的精進態度去直接面對的三昧。由此可見，蘇軾到了這個境界，自然能以自在無礙的遊戲法，或如僧肇選注的《注維摩詰經》卷第五〈文殊師利問疾品第五〉，引鳩摩羅什所說的遊戲神通，論證自在無礙說：

> 什曰：「神通變化，是為遊引物，於我非真，故名戲也。復次，神通雖大，能者易之，於我無難，猶如戲也。」亦云：「於神通中，善能入、住、出，自在無礙。」〔註366〕

蘇軾以「直須認取主人翁」之於「於我非真」的戲法，把錢道人主客對舉的說法給遮撥掉，以其有落入「令儂認」，亦即「賓看賓」的窘境之故，因為連「直須認取」的有為作略，都被超克了，是以與曹洞宗竝立於大唐宣宗朝的臨濟宗初祖臨濟義玄所提唱的臨濟根本禪法之一的四賓主，看在兩百年後臨濟黃龍派法嗣蘇軾的慧眼中，是絕不跟著東施效顰的。因此，以「有主還須更有賓」的詩句，把義玄提示禪機的四種料簡言句，繳還中國禪宗初祖慧能的頓悟根元，而以連鏡也無的上上機給全體勦滅，並自在的詠出：「不如無鏡自無塵。」而蘇詩所言有主有賓的臨濟禪學思想，根據宋僧晦巖智昭編著《人天眼目》卷之一〈四賓主〉的記載，本是一則在禪堂上活活脫脫上演的參學示法大戲，義玄一日示眾說：

> 參學人大須仔細，如賓主相見，便有言說往來，或應物現形，或全體作用，或把機權喜怒，或現半身，或乘師子，或乘象王；如有真正學人便喝，先拈出一箇膠盆子；善知識不辨是境，便上他境上，做模做樣；學人又喝，前人不肯放；此是膏肓之病，不堪醫治，喚作賓看主。或是善知識，不拈出物，隨學人問處即奪，學人被奪，抵死不放，此是主看賓。或有學人，應一箇清淨境界，出善知識前，善知識辨得是境，把得住拋向坑裏。學人言：「大好！」善知識即云：「咄哉！不識好惡！」學人便禮拜，此喚作主看主。或有學人，披枷帶鎖，出善知識前，善知識更與安一重枷鎖，學人歡喜，彼此不辨，喚作賓看賓。〔註367〕

此間的賓看主，指學人了達禪師示法的機宜與作略，但不能死死執持不

〔註366〕《大正藏》，第三十八冊，頁371ª。
〔註367〕《大正藏》，第四十八冊，頁303ª。

放，否則便是沒有法藥可對治的禪病；主看賓指禪師深知學人是何等法器，如果祇是會跟著禪師所因機曉示的禪法打轉，同時死命抓著一法不放，也是得了不可救藥的禪病所致；主看主指學人的根機與禪師示法的禪機，能夠徹頭徹尾相應的最佳狀況，而這種能所雙泯的機境，剋實而論，唯有北涼曇無讖譯《大方等大集經》卷第五〈寶女品第三之一〉所說的證與證者乃能知之，如經云：

> 不說我語、不說眾生語、不說壽命語、不說士夫語、不說斷語、不說常語、不說有見語、不說無見語、不說兩斷語、不著中語、不說聚語、不說滅語、不說諍語，不說偏語、不覺知語、不顛倒語、不增疑心語、不逆法語；觀法界語，破憍慢語；說法菩薩，如法而住，如法而說實語、法語、不斷語、不折語；說法菩薩，一切世間，不能共論，見者怖畏；法語菩薩，能演說空、無相、無願、不著三界，及以諸有，不從他乞，無心、意、識，無有塵垢、無明、無聞，不繫屬他，不繫屬自，無有高下，不雜一切境界因緣，清淨寂靜，無有導首，難知難覺，不可思惟，不思惟行，清淨智者，乃能知之。〔註368〕

至若其法義，則如《大般若波羅蜜多經》第五百七十一〈第六分無所得品第九〉，最勝所說：

> 性離文言，心行處滅，是名為法。一切法性，皆不可說，其不可說，亦不可說。若有所說，即是虛妄，虛妄法中，都無實法。
> 〔註369〕

也是杜甫所說的「水中著鹽，飲水乃知鹽味」的祕密法藏。就文藝學與佛學的會通而論，唯有彼此都是具眼者，纔能在知其妙的當際悟其所以妙，原來祇是「見山祇是山，見水祇是水」之道。如此一來，也就不會落入「有主還須更有賓」的「賓看賓」的白目中，連自己都認不得自己究竟是誰了。所以看戲看出究竟關棙，究竟是這樣或那樣開闔，都具見究竟義的蘇軾，自然要當著錢道人的面，把明鏡臺給一併拆除了，誠如慧能在《六祖壇經》第八則所說：

> 菩提本無樹，明鏡亦無臺，

〔註368〕《大正藏》，第十三冊，頁30[a~b]。
〔註369〕《大正藏》，第七冊，頁948[a]。

－336－

　　　佛性常清淨，何處有塵埃？〔註370〕

　　慧能在三十一則又說：

　　　　自性心地，以智惠觀照，內外明徹，識自本心，若識本心，即
　　　是解脫，既得解脫，即是般若三昧。悟般若三昧，即是無念。何名
　　　無念？無念法者，見一切法，不著一切法，遍一切處，不著一切處，
　　　常淨自性，使六賊從六門走出，於六塵中，不離不染，來去自由，
　　　即是般若三昧，自在解脫，名無念行。若莫百物不思，當令念絕，
　　　即是法縛，即名邊見。悟無念法者，萬法盡通；悟無念法者，見諸
　　　佛境界；悟無念頓法者，至佛位地。〔註371〕

　　而這便是蘇軾對破「賓看賓」的思想根源，也是佛教解脫論，此時已成
為蘇軾生命法爾歸性的主導法流的源頭活水，所以蘇詩際此嘎然而止，而給
出六祖慧能與二祖慧可透脫無我的「只從半夜安心後，失却當年覺痛人」的
等流之論。值得注意的是，在慧能禪法中，「於六塵中不離不染，來去自由」，
與「若莫百物不思，當令念絕，即是法縛」的思想，正是般若思想以漢語語
境重述的「秦人好簡」的簡明版，其在印度梵語語境中，往往出諸於論證語
句，這可以《大般若波羅蜜多經》卷第四〈初分學觀品第二之二〉的表述方
式為代表性範本，見出重重辯證的差異，如世尊說：

　　　　色自性空，不由空故。色空非色，色不離空，空不離色，色即
　　　是空，空即是色。受、想、行、識自性空，不由空故。受、想、行、
　　　識空，非受、想、行、識，受、想、行、識不離空，空不離受、想、
　　　行、識，受、想、行、識即是空，空即是受、想、行、識。〔註372〕

　　祇是《圓覺經》既已揭明「修多羅教，如標月指」，那麼，蘇軾在中國佛
教文學的筆墨遊戲所行法，就藝術審美之於所觀的萬象而論，與華嚴思想所
顯明的總、別、同、異、成、壞的六相圓融說，豈不同樣無礙？並以此做為
其生命在履遭橫逆時，得以在以般若三昧覺照的同時，於遊戲三昧當際開脫
的保證，所以蘇軾終其一生，雖然都被外力推著走在顛之倒之的世路上，但
其以超越之思，正見萬法本真的心，透悟眾生亦為緣起法的產物之一，祇是
不覺不悟，乃至於不得出苦，不僅沒有假藉文藝學上的書寫行為來消解滿腹

〔註370〕　《壇經校釋》，頁 16。
〔註371〕　《壇經校釋》，頁 60。
〔註372〕　《大正藏》，第五冊，頁 17^c。

的鬱積，反而鼓之戲之以夐絕之境，開顯不可思議之理以可思可議的藝境，就不能在論究蘇軾佛教文學時，將之選擇性的取消，否則，如何指證說蘇軾藝術生命的價值，是從法爾等流中展現出來的呢？所以在熙寧八（1075）年三月密州知州任所所寫下的〈和子由四首〉，其二〈送春〉詩云：

芍藥櫻桃俱掃地，鬢絲禪榻兩忘機；
憑君借取法界觀，一洗人間萬事非。〔註373〕

蘇軾自注說：「來書云：『近看此書。』余未嘗見也。」〔註374〕已經老於華嚴義海的蘇軾，在重重交映如繁星的佛教典籍中，此時尚未讀到華嚴宗初祖杜順撰寫的《修大方廣佛華嚴法界觀門》本不足怪，因爲不論自隋唐以降，中國佛學諸家的教相判釋學，如何爲自宗的立宗尋求典據，以爲在教下與宗門中，持存宗派立足的理論基點，如法相宗依《解深密經》等六經十一論、三論宗依《中論》等三論、天臺宗依《妙法蓮華經》等三經一論、華嚴宗依舊譯與新譯及後譯《大方廣佛華嚴經》等一經一論、禪宗依《楞伽經》等五經、眞言宗依《大日經》等七經二論、淨土宗依《佛說無量壽經》等三經一論立宗，然而，這些宗派從一開始，就都不想把自宗嚴格限定在據以判釋教相的經論典據上頭，而是往往以方便法，旁涉他宗所據的根本要典，做爲八宗並弘與顯密圓通的共同目標，因爲不精通經、律、論三藏的法義，在佛學思想上原是一整全之體系者，根本就無法進行判教的工作。

蘇軾雖非此道中人，但在這一大思想背景在中國已完全爛熟的學術前沿，當其從般若學來到禪學，並跨入華嚴學等總名之曰佛學思想的諸論域中，並以隨宜法寫下許多相應的文記，如〈跋王氏《華嚴經解》後〉、〈跋柳閎《楞嚴經》後〉、〈跋張益如《清淨經》後〉、〈題《僧語錄》後〉、〈改《觀音經》〉、〈論《六祖壇經》〉、〈書《楞伽經》後〉、〈書《金光明經》後〉、〈《金剛經》跋尾〉、〈跋錢君倚書《遺教經》〉、〈跋所書《摩利支經》後〉、〈跋李康年篆《心經》後〉、〈跋王晉卿所藏《蓮華經》〉等等，不但沒有造成思想上的衝突，反而因恐自己目力有所不及，以至一旦聞悉有哪一部重要的論著或疏本未嘗寓目，便會以歡喜心，生起往更加深湛通透的法海裏優游而去的蘄嚮之思，所以當蘇軾獲悉乃弟得有一部《修大方廣佛華嚴法界觀門》之際，寫詩雖賦題〈送春〉，但了無困於俗情的東風無力，乃至於百花殘的傷喟情懷，而是與前

〔註373〕《蘇軾詩集合注》，上冊，頁601～602。
〔註374〕《蘇軾詩集合注》，上冊，頁602。

述法救所頌的「是日已過，命則隨減，如少水魚，斯有何樂」偈，〔註375〕同一儆醒，而企欲向乃弟借書及時補課。

　　值得留神的是，蘇軾以這種方式任運生命，是以無求與無利害的遊戲態度聽之任之的，不然在多舛的世途上，何以能夠本乎大慈的悲心，爲充滿競諍鬭訟與戲論調謔的人間是非，一洗而後已，誠如華嚴宗第五祖圭峯宗密所撰的《注華嚴法界觀門》，以杜順的第三觀「周徧含容觀」，等齊華嚴四法界觀門的第四觀「事事無礙法界觀」那樣，〔註376〕在多緣互涉並存的現象界，稱性融通而得無礙自在。關於華嚴宗以「一眞法界」立四法界觀門以來，不僅被用於疏注天臺宗、眞言宗、淨土宗等諸宗派所據以立宗的經論，還被禪僧銷釋到宗門來，如圓悟克勤在《佛果圓悟禪師碧巖錄》卷第九第八十九則「雲巖大悲」中，評唱與蘇軾同時代而稍早於蘇軾的宋代雲門宗中興之祖雪竇重顯的「頌」時，即針對頌語：「君不見，網珠垂範影重重，棒頭手眼從何起？」〔註377〕而評唱道：

　　　　「君不見，網珠垂範影重重。」雪竇引帝網明珠，以用垂範，手眼且道落在什麼處？華嚴宗中，立四法界：一、理法界，明一味平等故。二、事法界，明全理成事故。三、理事無礙法界，明理事相融大小無礙故。四、事事無礙法界，明一事遍入一切事，一切事遍攝一切事，同時交參無礙故。所以道：「一塵纔舉，大地全收。」一一塵含無邊法界，一塵既爾，諸塵亦然。網珠者，乃天帝釋，善法堂前，以摩尼珠爲網，凡一珠中，映現百千珠，而百千珠，俱現一珠中，交映重重，主伴無盡，此用明事事無礙法界也。昔賢首國師，立爲鏡燈諭，圓列十鏡。中設一燈，若看東鏡，則九鏡鏡燈，歷然齊現，若看南鏡，則鏡鏡如然，所以世尊初成正覺，不離菩提道場，而遍昇忉利諸天，乃至於一切處，七處九會，說《華嚴經》。雪竇以帝網珠，垂示事事無礙法界，然六相義甚明白，即總、即別、即同、即異、即成、即壞，舉一相則六相俱該，但爲眾生日用而不知。雪竇拈帝網明珠，垂範況此大悲話，直是如此。〔註378〕

　　可見自宋以來，華嚴宗的道場，或稱華嚴禪寺、或稱華嚴禪苑、或稱華

〔註375〕　《大正藏》，第四冊，頁559ᵃ。
〔註376〕　《大正藏》，第四十五冊，頁689ᶜ。
〔註377〕　《大正藏》，第四十八冊，頁214ᵇ。
〔註378〕　《大正藏》，第四十八冊，頁214ᵇ⁻ᶜ。

嚴禪院等，其與中國禪宗的會通，不爲無因。而「事事無礙法界觀」在諸法而論，雖互爲主客，然主客的共在，莫非歷然齊現，無以致之，這是相；至於「同時交參無礙」，則爲諸法當體所示現的宇宙實相，這是體；至於用，可從蘇軾在〈書孫元忠所書《華嚴經》後〉的見地，體達於萬一，蘇軾說：

> 余聞世間，凡富貴人，及諸天、龍、鬼、神具大威力者，脩無上道難，造種種福業易。所發菩提心，旋發旋忘，如飽滿人，厭棄飲食。所作福業，舉意便成，如一滴水，流入世間，即爲江河。……人能攝心，一念專靜，便有無量感應。……予知諸佛，悉已見聞，若以此經，置此山中，則公與二士若龍，在在處處，皆當相見。〔註379〕

從這一段簡短的文記中，可以歸納出蘇軾文藝學與華嚴學會通的佛學思想，如何從用的進路去呈現體、相無礙的關係，並揭明了「眾生日用而不知」的茫昧現象。

首先，是包括師子遊戲三昧在內的「無上道」的提出。「無上道」是通大小乘的唯一正眞之道，具云菩提道，如晉譯《大方廣佛華嚴經》卷第十〈夜摩天宮菩薩說偈品第十六〉，無畏林菩薩偈說：

> 聞受大仙人，清淨深妙法，
>
> 一向求菩提，究竟無上道。〔註380〕

蘇軾認爲，眾生如不具備相應的勇猛精進心，那麼，「無上道」便成爲一紙中看不中用的空文。要之，做爲實踐無上道內涵之一的師子遊戲三昧，其在用的進程中，如同龍樹在《大智度論》卷第八〈初品中放光釋論第十四之餘〉中所說：

> 〔經〕
>
> 爾時，世尊故在師子座，入師子遊戲三昧，以神通力感動三千大千世界，六種震動。
>
> 〔論〕
>
> 問曰：「此三昧何以名師子遊戲？」
>
> 答曰：「……入此三昧，能種種迴轉此地，令六種震動。復次，師子遊戲，譬如師子戲日，諸獸安隱；佛亦如是，入是三昧時，震動三千大千世界，能令三惡眾生，一時得息，皆得安隱。復次，佛

〔註379〕《蘇軾文集》，第五冊，頁2208。
〔註380〕《大正藏》，第九冊，頁464^b。

名人師子，師子遊戲三昧，是佛戲三昧也。入此三昧時，令此大地，
六種震動，一切地獄、惡道眾生，皆蒙解脫，得生天上，是名為
戲。」〔註381〕

這就論明了以遊戲三昧為用，即是以能觀觀所觀的諸法為止觀的過程，以實相為終極依止的當下解脫之體，而其在相上的體現，誠如《摩訶般若波羅蜜經》卷第一〈序品第一〉所說：

眾生盲者得視、聾者得聽、瘂者得言、狂者得正、亂者得定、
裸者得衣、飢渴者得飽滿、病者得愈、形殘者得具足，一切眾生，
皆得等心，相視如父、如母、如兄、如弟、如姊、如妹，亦如親族
及善知識。〔註382〕

如無悲愍的「等心」等觀眾生，乃至於等觀必欲置其於不可善順之境的政敵，蘇詩以超越之思云「憑君借取法界觀，一洗人間萬事非」的詩句，勢將成為自欺欺人的空話，問題是蘇軾並不為政敵而賦詩，祇為自己學如有不及，而向乃弟傳達了層樓更上的精進之意。更何況這種來自於尋常日用境的明覺的菩提心，在事相上的自反而縮，正是為了事先把自己的道性人格，長養得圓通無礙，纔能以無霑、無求、無瞋、無恚、無礙的等心，去對包括政敵在內的眾生，普行自覺覺他的大悲精神。

其次，是對發心容易實踐難的透視。以中國人信仰宗教的通常心理來看，因以祈神託庇，乃至於消災解厄，或發家致富為主要訴求的民間信仰，並沒有因佛教的東來，而在根本形態上，受到深刻的衝擊，反而紛紛搖身一變，而成為附佛宗教，並在大部分的人心中，持續佔有一定的牢固位置，於是一面信佛，一面求世間福報的信仰現象，就像決堤的長江大河一樣，從執持此類信仰者的心中，滿溢出來之後，每每迅即一發不可收拾，甚至演變成以佛為神的佞佛心態。

這等根深柢固的積習，不但反過頭來侵噬正信的佛教，並且成為禮佛即拜神的有神論與救贖論者，從而與解脫論的義界產生嚴重的混淆，是以蘇軾指出，用這種認識方式去歸誠佛僧，以其有所求之故，焉能不在以無我無執為法要的佛教中，以有我有執進而有所求於本不賜福予眾生的佛賜福的慾望，而一旦任令求福報的貪念氾濫開來，是早晚要汩沒與生俱有的解脫根據，

〔註381〕《大正藏》，第二十五冊，頁116°。
〔註382〕《大正藏》，第八冊，頁217°。

即凡蠢動含靈皆本自具足的佛性，更何況蘇軾是深達無情有性的開悟者！

如進一步來諦觀這種現象，就不難發現因媚神與求神的利益交涉，及神對人領有或降福或降禍的主導權，致使做為自我生命的主人翁的能解脫的主體性，因其求索與給予所結構起來的利害關係，不僅把生命的自由遮蔽掉了，也把圓融任運的去路堵死了，而人一旦走上這種以利益交關及利害相繫的路上，怎麼能以能解脫的自性去逐行如理與如實的修行，甚至於以諸種三昧為根據的去世間及出世間的法流中，以等流的覺觀不靄不染的行師子遊戲，是事一若龜毛兔角，無有是理，是以蘇軾在元祐七（1092）年，賦〈聞潮陽吳子野出家〉詩云：

> 世間出世間，此道無兩得。〔註383〕

其三，是人祇要在自覺的前提之下，以一念相應的妙慧攝心專靜，便能獲致與無上道感應的開悟，即唐譯《大方廣佛華嚴經》卷第四十七〈佛不思議法品第三十三之二〉所說：

> 成就一念，相應妙慧，於一切法，悉能覺了，如先所念，一切
> 眾生，皆依自乘，而施其法；一切諸法、一切世界、一切眾生、一
> 切三世，於法界內，如是境界，其量無邊，以無礙智，悉能知見。
> 〔註384〕

這就允宜蘇軾說：「予知諸佛，悉已見聞。」可見蘇軾是深於華嚴義海的老宿，不能僅從宗門的葛藤一路，來片面的論證盛宋佛教文學在蘇軾文藝學上所體現的佛學思想為已足，何況蘇軾從孫元忠所鈔寫的《大方廣佛華嚴經》中，看到的是：

> 《華嚴經》八十卷，累萬字，無有一點一畫，見怠墮相。……
> 而元忠此心，盡八十卷，始終若一。……共度眾生，無有窮盡，而
> 元忠與予，亦當與焉。〔註385〕

由此可知，蘇軾對華嚴經教所領受的法要，早已從信、解一路，持續望上超越，而來到了行、證的梯級，這就有別於祇把佛教學當成佛學知識來操弄的學者的用心，而讓人看到了佛教法義，已與蘇軾生命中本具的真性，成為共現的法爾，於是遊戲者、三昧者，在其文藝學文本的審美境界中，即自

〔註383〕 《蘇軾詩集合注》，中冊，頁 1877。
〔註384〕 《大正藏》，第十冊，頁 250^b。
〔註385〕 《蘇軾文集》，第五冊，頁 2208。

然而然的領有了莊嚴的意義，並從此一路，以眞如隨緣不變義，朝愈來愈險惡的宦途，以不變隨緣之姿，穎越而去，是以蘇軾在元祐五（1090）年，賦〈再和並答楊次公〉詩云：

> 高懷卻有雲門興，好句眞傳雪竇風。〔註386〕

　　正如前及，蘇軾在晚年曾自述「問汝平生功業」，而自己給出的答案則是「黃州、惠州、儋州」。也就是說，蘇軾在寫〈送春〉之後，直至往生的二十六年間，不但迭經宦海浮沈，而且在神宗元豐二（1079）年，四十五歲時爆發「烏臺詩案」的重大打擊，並被畫爲「元祐黨人」之首，且不停遭到政敵的追勦，不但沒有向被政治扭曲的現實低頭，進而以失敗者的心態，不得已的歸隱而去，反而以親身所經歷的現象，做爲洞徹人生實相的參照系，繼續以遊戲三昧的夐絕修爲，以無執的態度隨緣自適，同時創作了大量以戲字入題的佛教文學文本，或雖未題戲字仍具見遊戲三昧之意者，其中與佛學思想深度互文的作品，姑舉其犖犖大者以見一斑，有作於元豐元（1078）年徐州知州任所的〈聞辯才法師復歸上天竺以詩戲問〉，有句云：

> 忽聞道人歸，鳥語山容開。
>
> 神光出寶髻，法雨洗浮埃。
>
> ⋯⋯
>
> 寄聲問道人，借禪以爲詼，
>
> ⋯⋯
>
> 昔年本不住，今者亦無來。〔註387〕

　　「借禪以爲詼」，就辯才禪師的方便行法而論，就是仕世間以「法雨洗浮埃」之法；就華嚴經教而論，就是晉譯《大方廣佛華嚴經》卷第六〈淨行品第七〉所說的「惠利一切，安樂天人」的禪悅；〔註388〕就蘇軾自身而論，就是《維摩詰所說經》卷上〈方便品第二〉所說的「雖復飲食，而以禪悅爲味」的長者修爲。〔註389〕而作於元豐二年的〈泗州僧伽塔〉，有句云：

> 耕田欲雨刈欲晴，去得順風來者怨。
>
> 若使人人禱者遂，造物應須日千變。
>
> 今我身世兩悠悠，去無所逐來無戀。

〔註386〕《蘇軾詩集合注》，中冊，頁 1607。

〔註387〕《蘇軾詩集合注》，上冊，頁 802。

〔註388〕《大正藏》，第九冊，頁 430^b。

〔註389〕《大正藏》，第十四冊，頁 539^a。

行得固願留不惡，每到有求神亦倦。〔註390〕

〈遊惠山〉其二，有句云：

吾生眠食耳，一飽萬想滅。〔註391〕

〈次韵秦太虛見戲耳聾〉，有句云：

人將蟻動作牛鬪，我覺風雷眞一噫。

聞塵掃盡根性空，不須更枕清流派。

……

眼花亂墜酒生風，口業不停詩有債。

君知五蘊皆是賊，人生一病今先差。

但恐此心終未了，不見不聞還是礙。〔註392〕

〈李公擇過高郵見孫大夫與孫莘老賞花詩憶與僕去歲會於彭門折花饋筍故事作詩二十四韵見戲依韵奉答亦以戲公擇云〉，有句云：

懸知色竟空，那復嗜烏吻？

蕭然一方丈，居士老龐蘊。

散花從滿衲，不答天女問。

……

疑我此心在，遮防費欄楯。

……

此生如幻耳，戲語君勿慍。

應同亡是公，一對子虛聽。〔註393〕

至於在元豐二年八月十八日繫御史臺獄，料想必因此而死，不意竟被赦放不死之後，便在出獄當天隨即賦詩〈十二月二十八日蒙恩責授檢教水部員外郎黃州團練副使復用前韵二首〉，其二有句云：

隱几維摩病有妻。〔註394〕

〔註390〕 《蘇軾詩集合注》，上冊，頁906。

〔註391〕 《蘇軾詩集合注》，上冊，頁914。參見《圓悟佛果禪師語錄》卷第五〈上堂五〉說：「平懷的實鎮巍然，饑來喫飯困來眠。」卷第六〈上堂六〉又說：「了取平常心是道，饑來喫飯困來眠。」卷第十七〈拈古中〉亦說：「萬法歸一，一歸何處？只對他道：『饑來喫飯困來眠。』」《大正藏》，第四十七冊，頁736^c、741^a、793^b。

〔註392〕 《蘇軾詩集合注》，上冊，頁919。

〔註393〕 《蘇軾詩集合注》，中冊，頁927～928。

〔註394〕 《蘇軾詩集合注》，中冊，頁978。

元豐五（1082）年在黃州貶所作〈武昌主簿吳亮君采攜其友人沈君十二琴之說與高齋先生空同子之文太平之頌以示予予不識沈君而讀其書如見其人如聞十二琴之聲予昔從高齋先生遊嘗見其寶一琴無銘無識不知其何代物也請以告二子使從先生求觀之此十二琴者待其琴而後和元豐五年潤六月〉，有句云：

> 若言琴上有琴聲，放在匣中何不鳴？
>
> 若言聲在指頭上，何不於君指上聽？〔註395〕

元豐六（1083）年又作〈子由作二頌頌石臺長老問公手寫蓮經字如黑蟻且誦萬遍脅不至席二十餘年予亦作二首〉，其一有句云：

> 要識吾師無礙處，試將燒却看瞋無？〔註396〕

元豐七（1084）年，在量移汝州團練副使安置途中寫〈次韵道潛留別〉，有句云：

> 已喜禪心無別語，尚嫌剃髮有詩斑。〔註397〕

又寫〈贈江州景德長老〉，有句云：

> 不須天女來相試，總把空花眼裏看。〔註398〕

是年八月行經金陵與前政敵業已退養蔣山的王安石一同參訪定林寺寫〈次韵答寶覺〉，有句云：

> 從來無脚不解滑，誰信石頭路難行。〔註399〕

是年冬，賦〈如夢令〉「元豐七年十二月十八日，浴泗州雍熙塔下，戲作〈如夢令〉兩闋。此曲本唐莊宗製，名〈憶仙姿〉，嫌其名不雅，故改爲〈如夢令〉。蓋莊宗作此詞，卒章云：『如夢。如夢。和淚出門相送。』因取以爲名」，詞云：

> 水垢何曾相受。細看兩俱無。寄語揩背人，盡日勞君揮肘。輕
>
> 手。輕手。居士本來無垢。〔註400〕

元豐八（1085）年，作〈贈常州報恩長老二首〉，其一有句云：

〔註395〕《蘇軾詩集合注》，中冊，頁1103。
〔註396〕《蘇軾詩集合注》，中冊，頁1127。
〔註397〕《蘇軾詩集合注》，中冊，頁1178。
〔註398〕《蘇軾詩集合注》，中冊，頁1179。
〔註399〕《蘇軾詩集合注》，中冊，頁1203。
〔註400〕宋・蘇軾撰，鄒同慶、王宗堂校注，《蘇軾詞編年校注》，中冊，北京，中華書局，2007，頁546～547。

也知法供無窮盡，試問禪師得飽無？〔註401〕

又賦〈滿庭芳〉詞，有句云：

問何事人間，久戲風波。〔註402〕

元祐二（1087）年，在京師官翰林學士時作十一句詩〈偶與客飲孔常父見訪方設席延請忽上馬馳去已而有詩戲用其韵答知之〉，有句云：

盡力去花君自癡，醍醐與酒同一厄，請君更問文殊師。〔註403〕

元祐五（1090）年，在杭州知州任上寫〈遊中峯杯泉〉，詩云：

石眼杯泉舉世無，要知杯渡是凡夫。

可憐狡獪維摩老，戲取江湖入缽盂。〔註404〕

又賦〈南歌子〉詞，上片云：

「師唱誰家曲，宗風嗣阿誰？」借君拍板與門槌。我也逢場作戲、莫相疑。〔註405〕

元祐六（1091）年，作〈戲書〉，有句云：

五言七言正兒戲，三行兩行亦偶爾。

……

古人不住亦不滅，我今不作亦不止。〔註406〕

又作〈六觀堂老人草書〉，有句云：

心如死灰實不枯，逢場作戲真三昧。〔註407〕

又作〈劉景文家藏樂天身心問答三首戲書一絕其後〉，詩云：

淵明形神自我，樂天身心相物。

而今月下三人，他日當成幾佛？〔註408〕

紹聖元（1094）年，在南遷途中寫於虔州的〈塵外亭〉，有句云：

戲留一轉語，千載起攘袂。〔註409〕

元符三（1100）年正月，哲宗皇帝駕崩，徽宗繼位後蘇軾得以自儋州放

〔註401〕《蘇軾詩集合注》，中冊，頁 1285。
〔註402〕《蘇軾詞編年校注》，中冊，頁 568。
〔註403〕《蘇軾詩集合注》，中冊，頁 1420。
〔註404〕《蘇軾詩集合注》，中冊，頁 1601。
〔註405〕《蘇軾詞編年校注》，中冊，頁 637。
〔註406〕《蘇軾詩集合注》，中冊，頁 1671。
〔註407〕《蘇軾詩集合注》，中冊，頁 1702。
〔註408〕《蘇軾詩集合注》，中冊，頁 1729。
〔註409〕《蘇軾詩集合注》，下冊，頁 1944。

歸，北渡大庾嶺前再度參訪南禪祖庭曹溪，而賦〈曹溪夜觀傳燈錄燈花落一僧字上口占〉云：

> 山堂夜岑寂，燈下看傳燈。
>
> 不覺燈花落，茶毘一箇僧。〔註410〕

徽宗建中靖國元（1101）年，蘇軾已經六十六歲了，仍在北上途中一面奉詔奔波，一面沿路遊之戲之，而在行經贛州時參訪明鑑長老，並賦〈戲贈虔州慈雲寺鑑老〉，有句云：

> 窗間但見蠅鑽紙，門外惟聞佛放光。
>
> 遍界難藏眞薄相，一絲不卦且逢場。〔註411〕

俟後在行經杭州時與劉安世參訪南塔寺寂照堂後，寫〈器之好談禪不喜游山山中筍出戲語器之可同參玉版長老作此詩〉云：

> 叢林眞百丈，法嗣有橫枝。
>
> 不怕石頭路，來參玉版師。
>
> 聊憑柏樹子，與問擇龍兒。
>
> 瓦礫猶能說，此君那不知？〔註412〕

關於蘇軾臨終前的最後一首遊戲三昧之作，惠洪在《冷齋夜話》卷之七「東坡作偈戲慈雲長老又與劉器之同參玉版禪」中，指出其本事說：

> 嘗要劉器之同參玉版和尚，器之每倦山行，聞見玉版，忻然從之。至廉泉寺，燒筍而食。
>
> 器之覺筍味勝，問：「此何名？」
>
> 東坡曰：「即玉版也。此老師〔僧〕善說法，要令人得禪悅之味。」
>
> 於是器之方悟其戲，爲大笑。〔註413〕

蔡正孫在《詩林廣記・後集》卷三〈蘇東坡〉說：

> 《詩注》云：「叢林，乃禪門之稱。百丈山，乃洪州懷海禪師所居。」《傳燈錄》云：「黃梅謂道信師曰：『和尚他後橫出一枝佛法。』」又，鄧隱峯參石頭和尚，馬祖止之曰：「石頭路滑。」既往，果爲石頭所困，無一語而還。又，《傳燈錄》云：「有僧問趙州：『如何是祖

〔註410〕　《蘇軾詩集合注》，下冊，頁 2255。
〔註411〕　《蘇軾詩集合注》，下冊，頁 2285～2286。
〔註412〕　《蘇軾詩集合注》，下冊，頁 2291～2292。
〔註413〕　《稀見本宋人詩話四種》，頁 64。

師西來意？』趙州云：『但看庭前柏子樹。』又問：『如何是道？』
文殊荅曰：『牆壁瓦礫而猶能說之。』」東坡此詩，盡用禪家語形容，
可謂善於遊戲者也。山谷有云：「此老於般若，橫說豎說，百無剩語，
非其筆端有舌，安能吐此不傳之妙乎？」〔註414〕

從上舉蘇軾與佛學互文性的戲筆之作，愈到晚年愈見蘇軾之於宗門教下
的功夫愈爐火純青，並在文學創作上與佛學的會通愈圓融無礙，允宜惠洪在
《石門文字禪》卷十九〈東坡畫應身彌勒贊並序〉，爲之總結說：

東坡居士遊戲翰墨，作大佛事，如春形容，藻飾萬像。〔註415〕

「作大佛事」的極詣之境，正是實相的顯明，而「藻飾萬像」的詩人本
色，正是諸法的藝術體現，至於「牆壁瓦礫而猶能說之」，則是蘇軾「與照覺常
總禪師論無情話」而悟入的前提；是以論者以爲，把蘇軾的佛教文學斷割爲文
藝美學與佛學義理兩截來分別對待，如同古老的言意之辨，在不立文字、不離
文字與不執文字上的抉擇一樣，都是有學的有爲法，正如癡人硬要在杜甫的
「水中著鹽」說的鹽水中，以析法的手段指稱鹽水既不是鹽也不是水那樣，對
「百無剩語」的蘇軾佛教文藝學來說，已屬另類範疇的學術「剩語」。

第六節　以文化自覺的集大成意識做爲識別盛宋文化的典範

陶東風在〈歷時文體學：對象與方法〉中說：「文體就是文學作品的話語
體式，是文體的結構方式。……文體是一個揭示作品形式特徵的概念。」
〔註416〕以文藝學而論，陶東風從形式面指出了文學創作的體式特質，而在中
國傳統書寫文本的文體分類上，繼魏曹丕的〈典論〉、晉陸機的《文賦》，以
及其後摯虞的《文章流別志論》，南朝梁太子蕭統以文選學的方法編纂《昭明
文選》時，已將文體大分爲賦等三十九類，並把內容與形式所共同呈現的審
美風格，在《文選‧序》中結合起來討論，試圖找出其中的變衍規律，如說：
「各體互興，分鑣並驅。頌者，所以游揚德業，褒讚成功；吉甫有穆若之談，
季子有至矣之歎，舒布爲詩，既言如彼，總成爲頌。」〔註417〕至於與《昭明

〔註414〕文淵閣《四庫全書》鈔本，葉 31^{a-b}。
〔註415〕文淵閣《四庫全書》鈔本，葉 4^{b}。
〔註416〕陶東風著，《文體演變及其文化意味》，昆明，雲南人民出版社，1999，頁 2。
〔註417〕梁‧蕭統編，唐‧李善註，《孫批胡刻昭明文選》，臺北，弘道文化事業有限

文選》幾乎同時出現的《文心雕龍》，慧地法師劉勰則將文體分爲詩等三十四類，而以〈風骨〉、〈通變〉兩篇爲綱領，以〈定勢〉篇爲運用語言的準則，以〈體性〉篇爲風格的表徵，如〈風骨〉篇說：

> 若夫鎔鑄經典之範，翔集子史之術，洞曉情變，曲昭文體，然後能孚甲新意，雕畫奇辭。昭體故，意新而不亂；曉變故，辭奇而不黷。〔註418〕

從慧地法師劉勰對文體做出規定的前提「鎔鑄經典之範，翔集子史之術」來看，論者在此前詳述蘇軾在〈答虔倅俞括書〉、〈與王庠書〉、〈答謝民師書〉等文章中，所反覆提論孔子「辭達而已矣」的創作命題，及其在〈自評文〉所說的「吾文如萬斛泉源，不擇地皆可出，在平地滔滔汩汩，雖一日千里無難。及其與山石曲折，隨物賦形，而不可知也」的思想根柢，〔註419〕審視明人曾鼎在《文式》卷下〈文章精義〉第十四則中以「蘇子瞻文學……《楞嚴經》（《魚魷冠頌》之類是也，子瞻文字到窮處，便濟以此一著，所以千萬人過他關不得）」的儒、釋、道會通之說，〔註420〕不難從其各種文體所開展出來的不同形式的文藝學文本的書寫中，發現佛學思想所領有的重要地位。

如果說，對蘇軾頗有微詞的朱熹，在《朱子語類》卷第一百三十九〈論文上〉，以哲學家看文學的視域批評蘇軾說：「今東坡之言：『吾所謂文，必與道俱。』則是文自文而道自道，待作文時，旋去討箇道來入放裏面，此是它大病處。只是它每常文字華妙，包籠將去，到此不覺漏逗。說出他本根病痛所以然處，緣他都是因作文，卻漸漸說上道理來；不是先理會得道理了，方作文，所以大本都差。」〔註421〕是對幾乎無所不在，並深深蘊藉在蘇軾文本中，且是自其生命底蘊中，以自然法爾的方式，從其筆端假藉文藝審美的進路流露出來的佛學思想的反撥，那麼，從朱熹對存在於《朱子語類》卷第一百二十六〈釋氏〉中，以理學家的鐵門限，嘗過檢證的論式，對佛學提出「勢須用退之盡焚去乃可絕」之議，〔註422〕以焚燬佛教經藏的激烈手段勦滅之，

公司影印上海錦章圖書局宋淳熙本重雕鄱陽胡氏藏版，民 63，葉 1ᵃ。

〔註418〕《文心雕龍注》，卷六，葉 14ᵃ。
〔註419〕《蘇軾文集》，第五冊，頁 2069。
〔註420〕《歷代文話》，第二冊，頁 1564。
〔註421〕《朱子語類》，第八冊，頁 3219。
〔註422〕《朱子語類》，第八冊，頁 3039。

這就必然要以片面的意識形態，排拒蘇軾的佛教文學。祇是到了明朝茅坤那裏，蘇軾不僅沒有被企欲一報洛蜀黨爭之仇的理學家的末裔所打倒，反而在《唐宋八大家文鈔評文》中，以〈大悲閣記〉、〈安國寺大悲閣記〉、〈四菩薩閣記〉、〈宸奎閣碑〉、〈廣州資福寺羅漢閣碑〉、〈磨衲贊並序〉、〈十八大阿羅漢頌〉等與佛學互文的文本，與亟欲從中國消滅佛教的韓愈比肩平坐，而茅坤所持的理由，恰恰是：

> 蘇長公於禪宗，本屬妙悟，而其爲記、銘、頌、偈，種種出入，予故錄而存之。〔註423〕

茅坤「蘇長公於禪宗，本屬妙悟」之論，可以說是對朱熹對蘇軾「不是先理會得道理了，方作文」的批評的反批評，就蘇軾佛教文藝學的創作實踐而論，設使不能「先理會得」佛學的「道理」，而祇是「緣他都是因作文，却漸漸說上道理來」的話，那麼，遍在於蘇軾各體文本中的佛學互文性書寫，就會像用韵書寫詩的村學究、用文獻剪貼報告的大一新生那樣，形成生搬硬套的現象，如此一來，也就沒有對之進行在論究的必要了，因爲用這種方式進行審美書寫的文藝創作，首先就不會是文學的，其次更不會是審美的，再次尤其不會是創作的，又次肯定不會是思想的。也就是說，這樣的作品是既沒有文藝學上的價值，也不具備被提到思想的論域來研究，以彰顯其之所以成爲盛宋文化識別的典範性。然而，弔詭的是，要不是既關佛而又旁涉佛典的理學集大成者朱熹，何以能看出蘇文與佛學的互文性關榫？如《朱子語類》卷第一百三十〈本朝四·自熙寧至靖康用人〉中說：

> 或問：「東坡言：『逝者如斯，而未嘗往也；盈虛者如代，而卒莫消長。』……既是『往者如斯，盈虛者如代』，便是道理流行不已也。東坡之說，便是肇法師『四不遷』之說也。」〔註424〕

又說：

> 須見得道理都透了，而後能靜。東坡云：「定之生慧，不如慧之生定較速。」此說得也好。〔註425〕

從朱熹對佛學思想欲拒還迎的弔詭思維，與茅坤對韓、蘇正反兩端的正視，來觀解蘇文的體道進路，並深入蘇軾詩文本之外的各體文本與佛學的互

〔註423〕《歷代文話》，第二冊，頁 1997。
〔註424〕《朱子語類》，第八冊，頁 3115。
〔註425〕《朱子語類》，第八冊，頁 3116。蘇軾具云：「慧之生定，速於定之生慧也。」見以下所述。

文性，諒必可以從詩學本義的視域超越出來，從而進入更廣闊的文化詩學領域，去體解盛宋佛教文學在蘇軾一代人的共同努力下，把印度佛學思想及其已然深刻中國化的銷釋，做為一種文化創新的高度體現，從而為往後中國文化形成儒、釋、道、醫四柱並立的既定歷史格局，找出思想之所以如此運動與型塑的根源，對中國文化消融與改造外來文化的形態，在二十一世紀全球化的歷史轉折點上，宋文化的典範性價值，便會在既保有民族文化的主體性上，為增益自己的文化資源與華彩，而得以用等觀異文化的健康態度，來為新文化的開創與發展，找出如何實踐的良好方法。因此，在析論蘇軾涉佛的主要詩文本的同時，也勢必要看到蘇軾筆下記、贊、頌、偈等涉佛書寫，是如何通過佛教思想，而被以中國文藝學的審美觀照給體現出來的。蘇軾在〈送錢塘僧思聰歸孤山敘〉說：

> 佛者曰：「戒生定，定生慧。」慧獨不生定乎？伶玄有言：「慧則通，通則流。」是烏知真慧哉？醉而狂，醒而止，慧之生定，通之不流也審矣。故夫有目而自行，則褰裳疾走，常得大道。無目而隨人，則車輪曳踵，常仆坑窞。慧之生定，速於定之生慧也。〔註426〕

　　戒、定、慧三無漏學，通常是佛教經、律、論三藏所詮顯的主要內涵。戒學最早係針對外道非行而設，後來纏在防非止惡的功用上，形成為四眾隨宜制定的戒規，而在佛入滅百餘年後，教團分裂為上座、大眾二部時，上座部傳《四分律》，提出比丘二百五十條、比丘尼三百四十八條戒律而嚴密化，並在姚秦時代由西來僧佛陀耶舍與竺佛念於長安譯出後，由在華胡僧與漢僧進行詮釋，而逐漸由小乘戒向大乘概念轉移，同時融入中國傳統的道德風習，最終在唐朝由道宣集其大成，而形成中國宗派佛教中的律宗，且確立起弘講與持律精勤者的律師地位，使其得以與經師、論師同為佛門中的人天師範，而受到社會人士普遍的崇仰及歸止，所以在與蘇軾同時代的釋元照所撰寫的《四分律行事鈔資持記》卷上，為了確定戒學的合法性根據，於是出現了將天臺宗立宗者智顗，與華嚴宗第五祖圭峯宗密的經與律的會通之論，提到佛說的詮釋上，釋元照說：

> 佛臨滅時，阿難請問四事，第二問云：「佛滅度後，以誰為師？」
> 佛言：「以戒為師。」〔註427〕

〔註426〕　《蘇軾文集》，第一冊，頁 325～326。
〔註427〕　《大正藏》，第四十冊，頁 181[b~c]。

　　首先是智顗在《四念處》卷第一，根據《大佛頂首楞嚴經》卷第六「佛告阿難：『汝常聞我毘奈耶中，宣說修行三決定義，所謂攝心為戒，因戒生定，因定發慧，是則名為三無漏學』」的經教說：「佛之遺囑，以戒為師，師訓七支，弟子奉行，莫令污染，仁讓貞信，和雅真正，戰戰兢兢，動靜和諧，故言以戒為師也。」〔註428〕其次是圭峯宗密在《金剛般若經疏論纂要》說：「『如是我聞：「一時，佛在舍衛國祇樹給孤獨園，與大比丘眾千二百五十人俱。」』釋此分三：一、明建立之因，則佛臨滅度，阿難請問四事，佛一一答：『我滅度後，一、依四念處住，二、以戒為師，三、默擯惡性比丘，四、一切經初皆云：「如是我聞：一時，佛在某處與某眾若干等。」』」〔註429〕這就奠定了三無漏學的合法次第，在中國以戒為首的強固基礎，並形成了自唐以來佛教疏鈔學家的共識，如〔疑唐佚名撰〕《攝大乘論章卷第一》說：

　　　戒學在初，是故先辨從戒生定，次明心學；從定發智故，次明慧學；由慧斷惑，次明滅果；依體起用，次明智差別。〔註430〕

又如宋僧寶臣在《注大乘入楞伽經》卷第七〈盧迦耶陀品第五〉說：

　　　謂：「攝心為戒，因戒生定，因定發慧，以是名為三無漏學。」學是道故，解脫增長，能證實相。然戒為定體，慧為定用。〔註431〕

再如明僧憨山德清在《法華經通義》卷第五〈安樂行品第十四〉中說：

　　　常好坐禪，則定依戒立也，是名初親近處，猶屬事行。〔註432〕

　　上述諸家皆以體、相、用的思維方法，把戒學當做定學之所以定得住的實踐根據，並從定體的成就與否，做為慧學是否能夠證立的前提。然而，深於楞嚴經教的蘇軾，並不是不知道成說如此，而是在印度以瑜伽做為定學共法，由中國禪宗初祖菩薩達摩在梁代傳入之後，即在《達磨大師破相論》中首先提出「戒定慧等」學，〔註433〕且在經過天臺宗第三祖南嶽慧思的提倡之下，成為南朝以來的重要禪觀，如道宣在《續高僧傳》卷第十七〈習禪篇之二・陳南嶽衡山釋慧思傳二〉說：

〔註428〕《大正藏》，第四十六冊，頁556^c。
〔註429〕《大正藏》，第三十三冊，頁155^c。
〔註430〕《大正藏》，第八十五冊，頁1011^c。
〔註431〕《大正藏》，第三十九冊，頁481^c。
〔註432〕《卍續藏》，第三十一冊，頁569^a。
〔註433〕《卍續藏》，第六十三冊，頁9^c。

以大小乘中，定慧等法，敷揚引喻，用攝自他。〔註434〕

　　其中最重要的便是「等法」觀念的提出，而這種「等學」思想，發展到中國禪宗真正的立宗者慧能時，即從般若思想的進路，回答了蘇軾「慧獨不生定乎」的提問，即《六祖壇經》所說的：

　　　　何名般若？……善知識！摩訶般若波羅蜜，最尊、最上、第一，
　　　無住、無去、無來，三世諸佛從中出，將大知惠到彼岸，打破五陰
　　　煩惱塵勞，最尊、最上、第一。讚最上最上乘法，修行定成佛。無
　　　去、無住、無來往，是定惠等，不染一切法。〔註435〕

　　慧能在給出此一禪法之前，已給定了「我此法門，以定惠為本」的命題，並把戒相、定體、慧用「等觀」起來說：

　　　　定惠體一不二，即定是惠體，即惠是定用。即惠之時定在惠，
　　　即定之時惠在定。善知識！此義即是惠等。學道之人作意，莫言先
　　　定發惠，先惠發定，定惠各別。作此見者，法有二相，口說善，心
　　　不善，惠定不等；心口俱善，內外一眾，定惠即等。〔註436〕

　　當蘇軾說「慧之生定，速於定之生慧」之際，乍看之下，不免要讓人誤以為先慧後定的二相之見，同時把戒以選擇性忽略的方式給否證掉了，祇是事實不然，因為蘇軾是以慧能的禪學思想為根據，並把「此法門中，何名坐禪？此法門中，一切無礙，外於一切境界上念不去為坐，見本性不亂為禪。何名為禪定？外離相曰禪，內不亂曰定。外若著相，內心即亂，外若離相，內性不亂。……外離相即禪，內不亂即定，外禪內定，故名禪定。《維摩經》云：『即時豁然，還得本心。』《菩薩戒經》云：『本元自性清淨。』」〔註437〕以及「以無住為本」，以「真如是念之體，念是真如之用。自性起念，雖即見、聞、覺、知，不染萬境，而常自在。《維摩經》云：『外能善分別諸法相，內於第一義而不動。』」〔註438〕做為戒相仍然存在的解脫根據。但對一個像思聰這樣從沙彌出身，自「七歲」至「今年二十有九」，〔註439〕而有二十三年參學資歷的老參與詩僧、畫僧、琴僧而論，如想在文藝學的藝境上有所造就，就

〔註434〕　《大正藏》，第五十冊，頁563[a]。

〔註435〕　《壇經校釋》，頁51。

〔註436〕　《壇經校釋》，頁26。

〔註437〕　《壇經校釋》，頁37～38。

〔註438〕　《壇經校釋》，頁32。

〔註439〕　《蘇軾文集》，第一冊，頁326。

不應該被既定的規範給限定住了，而應該在「內性不亂」的第一義的觀解之下，當如後來元僧宗寶所糅寫的《六祖大師法寶壇經‧定慧第四》所說的那樣去理解：

> 定慧一體，不是二。定是慧體，慧是定用。即慧之時定在慧，即定之時慧在定。若識此義，即是定慧等學。……自悟修行，不在於諍。若諍先後，即同迷人，不斷勝負，却增我法，不離四相。善知識！定慧猶如何等？猶如燈光。有燈即光，無燈即闇。燈是光之體，光是燈之用；名雖有二，體本同一。此定慧法，亦復如是。
> 〔註440〕

蘇軾把視界拓展到華嚴學的法界思想中去，並以此作爲檢證「聰得道淺深之候」的條件，何況思聰之名還是蘇軾所命，在〈思聰名說〉一文，蘇軾說：

> 法惠圓師小童彭九，年十一，善琴，應對明了如成人。自言未有法名，而同師皆聯思字，遂與名思聰。庶幾他日因生以得法，仍書以付之。〔註441〕

蘇軾與思聰禪師的德業、道業與世學藝業的對參，是在長達二十年的切磋之下所建立起來的深度融浹的結果，是以從佛學與文藝學的會通入手，再從文藝學與佛學的互相顯明中超越而上，便是法界森羅與文藝審美，在前述「水鏡以一含萬」的水鏡說與水鏡喻中所體現的當體共在的實相，也是「華嚴法界慧海」在摩尼珠網喻中所示現的莊嚴境，而這種境界在藝術實踐的體現上，在蘇軾的超越之思中，自然要以洞徹的慧眼，在照察美的形跡的當際，從其之有所以爲實有的妄執心態裏，給徹底的解放出來，是以蘇軾在〈寶繪堂記〉一破題，便直指說：

> 君子可以寓意於物，而不可以留意於物。寓意於物，雖微物足以爲樂。留意於物，雖微物足以爲病。〔註442〕

這可以從物質與精神兩可層面來分疏，把握藝術審美精神的方式，一旦以作品再現所觀境，勢必要從形器的運動形態，及其所生產的產物，做爲應緣增上的實踐進路，纔有被完成的可能性。易言之，華嚴法界做爲佛教華嚴學

〔註440〕《大正藏》，第四十八冊，頁352°。
〔註441〕《蘇軾文集》，第一冊，頁340～341。
〔註442〕《蘇軾文集》，第二冊，頁356。

的宇宙論，是建立在佛學的根本思想緣起論上的生、住原理所展現的某一暫留時空的可見、或不可見祇可感、或不可感卻能以理被推論知、或不由推論而由現量悟入，並不斷朝異、滅原理轉移的總體現象，這包括藝術家在特定時空與情境中所持有的審美工具，乃至於藝術家本身及其心智活動在內。

也就是說，能觀的審美主體，在法界中，從來就不曾自外於所觀的客體之外，是以由客體所包蘊的審美主體及其創造行動，統統以法流不斷流衍的運動狀態，存在於能觀者的意識中。如此一來，包括藝術作品在內的物，便不能不以現象有本質空的方式，暫存在四相的遷移進程中，所以蘇軾要進一步明白指出：

> 然至其留意而不釋，則其禍有不可勝言者。〔註443〕

「釋」是「執」的反義，也是宗杲在《大慧普覺禪師語錄》卷第二十三〈示陳機宜〉中所說的必要條件：

> 但願空諸所有，切勿實諸所無。〔註444〕

又是朝著克勤在《圓悟佛果禪師語錄》卷第十〈小參三〉所頌的生命自由之路啟程的起點：

> 一著當機截眾流，選官選佛兩俱優；
>
> 相逢相見呵呵笑，天上人間得自由。〔註445〕

因此，唯有以「寓意」的方式從「留意」中放手，纔有可能優游在亦為萬法的藝境中而不耽溺，是以晦巖智昭在《人天眼目》卷第四〈六相義頌〉說：

> 華嚴六相義，同中還有異；異若異於同，全非諸佛意。諸佛意
> 總別，何曾有同異？……不留意萬象，明明無理事。〔註446〕

後秦釋道朗在《大般涅槃經·序》亦說：

> 妙存有物之表，周流無窮之內；任運而動，見機而赴；任運而
> 動，則乘虛照以御物，寄言蹄以通化；見機而赴，則應萬形而為
> 像。〔註447〕

就文藝學與佛學的會通而論，「任運而動，見機而赴」，與文藝家創作的

〔註443〕《蘇軾文集》，第二冊，頁356。
〔註444〕《大正藏》，第四十七冊，頁908^b。
〔註445〕《大正藏》，第四十七冊，頁759^b。
〔註446〕《大正藏》，第四十八冊，頁324^a。
〔註447〕《大正藏》，第十二冊，頁365^a。

心理動因與環境，持有正相關的關係，並且都在動靜、虛實、表裏、空有、隱顯、久暫之間，以燈燈相應的互根互用模式，展示著藝象以及從藝象的表象顯明出來的眞如理體，所以當蘇軾以道家的虛靜思想爲思維入路寫〈靜常齋記〉時，便意在申明「常」之所以爲常，是執與無執都是癡狂所致，因爲無限後退的循環否定，最終祇能得到迷離惝恍的幻象，而無得於「妙存有物之表，周流無窮之內」的實相。因此，當蘇軾說「無古無今，無生無死，無終無始，無先無後，無我無人，無能無否，無離無著，無修無證」時，〔註448〕是以常論論證斷論，而不論執常執斷，都是「非愚則癡」與「非病則狂」的顛倒知見所致的戲論，以其於正見則不然之故。而文藝學在正見的義界中，雖然是屬於世俗的有漏正見，與出世間的無漏正見，有著爲意識所攝與盡無生智所不攝的意識的差別，但至少在世間法上，是可以被無癡無狂的有漏善慧所識取，從而在現象上被審美主體以能觀者的主體性，對之進行相應的論述，是以蘇軾在〈文與可畫篔簹谷偃竹記〉中說：

> 故畫竹必先得成竹於胸，執筆熟視，乃見其所欲畫者，急起從之，振筆直遂，以追其所見，如兔起鶻落，少縱則逝矣。與可之教予如此。予不能然也，而心識其所以然。……子由未嘗畫也，故得其意而已。若予者，豈獨得其意，並得其法。〔註449〕

論蘇軾書畫藝術的當代學者，有把這一篇文章與〈淨因院畫記〉所說的「至於山水竹木，水波烟雲，雖無常形，而有常理」之說，〔註450〕聯繫起來進行莊學式的詮釋，如徐復觀在〈宋代的文人畫論〉說：

> 由觀照的反省而轉入認知作用以後，則原有的觀照作用將後退，而由觀照所得的藝術的形相亦將漸趨於模糊，所以必須「急起從之，振筆直遂，以追其所見」。《莊子》中所說的「運斤成風」、「解衣般礴」，正是這種創造精神的描述。〔註451〕

又如王永亮在〈宋代繪畫對道家思想的借鑑與利用〉亦說：

> 蘇軾所說的「有常理」，乃是自然之理，即自然運行的規律，也就是莊子所說的「天道」。〔註452〕

〔註448〕 《蘇軾文集》，第二冊，頁 364。
〔註449〕 《蘇軾文集》，第二冊，頁 365～366。
〔註450〕 《蘇軾文集》，第二冊，頁 367。
〔註451〕 《中國藝術精神》，頁 278～279。
〔註452〕 王永亮著，《中國畫與道家思想》，北京，文化藝術出版社，2007，頁 170。

也有把它聯繫到理學上去進行儒學式的詮釋，如樊波在〈宋元書畫美學的進一步發展和演變〉說：

> 應該說，宋代理學中的「理」（「天理」）與蘇軾等人說的「理」（「常理」）的概念內涵是很接近的，甚至是一致的，就是指宇宙萬物的普遍規律和基本法則。而蘇軾的「常理」概念顯然是從宋代理學中引申而來的。〔註453〕

又如衣若芬在〈蘇軾題畫文學的分期研究（一）〉也說：

> 這也就是邵雍所說的：「夫所以謂之觀物者，非以目觀之也，非觀之以目而觀之以心也，非觀之以心而觀之以理也。」〔註454〕

至於朱良志在〈宋代畫學中的理趣（上）〉，則乾脆將蘇軾的「常理」概念徹底理學化。〔註455〕儘管莊學與理學的詮釋，對蘇軾的「常理」概念，從形而下的「人、禽、宮、室、器用」一路，〔註456〕不斷的把蘇軾的思想從形器界抽象出來，並將之上升到形而上的理的高度，以便證明形而上是對形而下的支配具有決定性，且這種論式，看起來似乎也具有一定的合法性。然而，論者以為，這種說法不僅不切蘇軾賦題「淨因院」的題旨，而乖違題旨之論，亦必不能顯明論主的命意，更會逸出文章破立的結穴處，以至隔靴搔癢，因蘇軾明白的說：

> 臻師方治四壁於法堂，而請於與可，與可既許之矣，故余並為之記。必有明於理而深觀之者，然後知余之言不妄。〔註457〕

淨因院是北宋國都汴京禪門首刹淨因寺，曾獲仁宗皇帝敕賜「十方淨因寺」額，北方禪風因此而大振。臻師即當時臨濟宗僧道臻禪師，曾駐錫淨因寺主法，並以「水流元在海，月落不離天」的麗天德行，獲神宗皇帝賜號「淨照禪師」。《續傳燈錄》卷第九〈大鑑下第十二世‧浮山遠禪師法嗣‧東京淨因淨照道臻禪師〉說：

> 嘗雪方丈之西壁，請文與可掃墨竹，謂人曰：「吾使游人見之，心自清涼，此君蓋替我說法也。」……

〔註453〕 樊波著，《中國書畫美學史綱》，長春，吉林美術出版社，1998，頁432。
〔註454〕 衣若芬著，《蘇軾題畫文學研究》，臺北，文津出版有限公司，1999，頁111。
〔註455〕 參見朱良志著，《扁舟一葉──理學與中國畫學研究》，合肥，安徽教育出版社，2006，頁70～72。
〔註456〕 《蘇軾文集》，第二冊，頁367。
〔註457〕 《蘇軾文集》，第二冊，頁367。

乃曰：「一問一答，無有盡時，古人喚作無盡藏海，亦呼爲方便門，於衲僧面前遠矣！何故？權柄在手，縱奪自由，坐斷毘盧，壁立千仞，善財樓閣，孰肯閑游，華藏琅函，豈能看取？丈夫猛利，本合如然，過後思量，成第二月，除茲投機徇器，止宿草菴，就下平高，曲成萬物，周流無滯，觸處皆通，苟不盡毫毛，自取其咎，如斯談說，笑殺衲僧。且道誰是解笑者？」〔註458〕

根據圓極居頂的記載，道臻禪師整治西廡白壁，虛位禮請以「成竹在胸」鳴世的寫竹大家文與可掃墨竹，是要「此君」以無言之言，代爲向來參訪的學人說法，如前述蘇軾以「溪聲便是廣長舌」所說的以「無情話」說法同一關棙，所以蘇軾又說「必有明於理而深觀之者」的所明之理，既不會是老、莊的自然之理，也不會是理學家的天理之理，而祇能是善財五十三參所參的「華藏琅函」，也就是〈送錢塘僧思聰歸孤山敘〉所指的「華嚴法界慧海」，而「華藏琅函」係指華嚴經教，是以道臻禪師除了是大鑑禪師慧能再傳的入室法嗣，而與中國化的禪學有著通透的體達悟性之外，更是教下華嚴義海事事無礙的等流大師，因此，臻師眼中的畫家文與可，之所以能通過藝術的技巧所會通出來的理，自非佛學無情有性的法理莫屬，更何況文與可本人就是個深悟佛道之人，而其所悟之道，正是出世間的解脫道，因此，明僧岱宗心泰在《佛法金湯編》卷第十二〈文同〉引《東都事畧》說：

同，字與可，東川梓潼人，少以文學知名，墨竹精玅，嘗守洋、湖二州。元豐三（1080）年八月，沐浴冠帶，正坐而化。同舘崔公度聞之，驚謂人曰：「昨別與可於州南，與可曰：『明日復來乎？』予再往，與可徐曰：『經言：「人不妄語者，舌覆面上。」』與可即吐舌，引至眉上，三疊之，公度大駭。今聞其亡，又異，信得道人也。」〔註459〕

文與可所說的「人不妄語者，舌覆面上」，出《大智度論》卷第八〈初品中放光釋論第十四之餘〉，龍樹說：

爾時，佛邊有一婆羅門立，說偈言：

汝是日種剎利姓，淨飯國王之太子，

而以食故大妄語，如此臭食報何重？

〔註458〕《大正藏》，第五十一冊，頁519^c。
〔註459〕《卍續藏》，第八十七冊，頁425^a。

是時，佛出廣長舌，覆面上至髮際，語婆羅門言：「汝見經書，頗有如此舌人而作妄語不？」

婆羅門言：「若人舌能覆鼻，言無虛妄，何況乃至髮際？我心信佛，必不妄語。」〔註460〕

至於蘇軾所據以悟入的「廣長舌」相，即《長阿含經》卷第一〈第一分初大本經第一〉所說的「太子三十二相」之一，經云：

是時，父王慇懃再三，重問相師：「汝等更觀太子三十二相，斯名何等？」

時，諸相師即披太子衣，說三十二相：「……二十七、廣長舌，左右舐耳。」〔註461〕

亦即《大般若波羅蜜多經卷》卷第一〈初分緣起品第一之一〉所說的世尊說法相，如經云：

爾時，世尊從其面門，出廣長舌相，遍覆三千大千世界，熙怡微笑。復從舌相，流出無量百千俱胝那庾多光，其光雜色，從此雜色一一光中，現寶蓮花，其花千葉，皆真金色，眾寶莊嚴，綺飾鮮榮，其可愛樂，香氣芬烈，周流普熏，細滑輕軟，觸生妙樂，諸花臺中，皆有化佛，結跏趺坐，演妙法音，一一法音皆說般若波羅蜜多相應之法，有情聞者，必得無上正等菩提。從此展轉流遍，十方殑伽沙等諸佛世界，說法利益，亦復如是。〔註462〕

可見文與可的解脫，是真解脫，蘇軾的悟入，也是徹悟。至於寫記的蘇軾，本來就是精於文藝學與佛會通無礙的老宿，儘管其為文，每每以汪洋恣肆見勝，但在極詣之境中，卻總以其分明曉了的覺智，「常止於所不可不止」，所以在命意上，大可不必以放失無端的方式，魅惑他人耳目。至若文與可，又以不妄語坐化，更見道行功深。而以筆墨作佛事，則是其具有深湛義學涵養的表徵。因此，在眾多學者的論述中，陳中浙的分析，與蘇軾及文與可的藝術生命的顯現，就其所體現的「常理」之理而論，可以說庶幾近之，在〈蘇軾書畫觀與佛教〉中，陳中浙說：

按照佛教「緣起論」的說法，萬物沒有自性，緣聚而成，緣散

〔註460〕《大正藏》，第二十五冊，頁115^b。
〔註461〕《大正藏》，第一冊，頁5$^{a\sim b}$。
〔註462〕《大正藏》，第五冊，頁2$^{a\sim b}$。

而化，因此，虛幻不實是萬物的「理」。在緣聚而成時，確實有一定
的「形象」，這種「形象」在一定的時間裏，也有一定的實在性（「固
定性」），大乘佛教認爲這是一種「假有」。他把人物、禽獸動物與房
子等說成是「常形」，也不是指這類事物就沒有「常理」。〔註463〕

又說：

> 我們知道蘇軾在〈送錢塘僧思聰歸孤山敘〉裏曾明確把華嚴思
> 想落實到書畫藝術之上，也就是說蘇軾在藝術上說的「理」與華嚴
> 之「理」存在著密切的聯繫。因此，華嚴突出「理」的重要性對蘇
> 軾注重「常理」的欣賞品評觀有一定的影響。〔註464〕

陳中浙可以說是少數願意以蘇軾的文本，做爲論證蘇軾佛學思想在其文
藝學中所折射的生命意識的根源的學者，這是陳中浙對〈蘇軾與佛僧交往繫
年〉，進行全面正視與清理的結果，〔註465〕因而不至於將之斷章取義的牽合到
老、莊的路數上，是值得研究蘇軾佛教文藝學書寫者，所應予以細思和讚譽
的，如蘇軾作「浮屠語」寫〈清風閣記〉，〔註466〕就是明白的自報家門，說自
己的創作思維，是以佛教的思維方式進行文藝學創作思維的思維，而蘇軾對
這種思維方式的深湛把握，除了是對佛教典籍口誦心惟所致之外，絕非浮泛
的游談之徒，所能意會於萬一的，因爲對佛典以「心而惟」的方式受持、讀
誦、書寫的結果，必然會使義學思想內化爲思維活動的主要運動形態，並成
爲自覺的生命意識，從而喚醒與生具足的能悟的自性，最終以遊戲三昧的任
運之道，通過筆墨，從可見的語言行「迹」，應緣流出，並在流出的當際，將
眞如理的「本」，以書寫活動體現能實踐此一活動者的主體性的同時，給圓運
無方的體現出來。

以〈清風閣記〉是應「文慧大師應符」之請而作，而同樣深於莊學的蘇
軾，卻不以莊子的〈德充符〉所說的「王駘，……虛而往，實而歸」與「死
生亦大矣，而不得與之變，雖天地覆墜，亦將不與之遺。審乎无假而不與物
遷，命物之化而守其宗也」破題，〔註467〕是因爲這不但不是切題的下手處，
也不是命意開展的閫域，更是在義界上，有著不容諉譌的思想明覺，所必然

〔註463〕《蘇軾書畫藝術與佛教》，頁151～152。
〔註464〕《蘇軾書畫藝術與佛教》，頁154。
〔註465〕《蘇軾書畫藝術與佛教》，頁366～397。
〔註466〕《蘇軾文集》，第二冊，頁383。
〔註467〕《莊子集釋》，頁187～189。

要對思維進路，做出與之相適應的內在規定性，所必然會被理境導引出來的外顯結果，是以蘇軾以般若思想，爲止觀發用處，將能觀與所觀的對應關係，假藉自然現象的運動規律，以反質的提問語法，從可見的變衍的動靜現象，以超越之思，直入現量空境，因此，蘇軾說：

> 木生於山，水流於淵，山與淵且不得有，而人以爲己有，不亦惑矣？天地相磨，虛空與有物相推，而風於是焉生。執之而不可得也，逐之而不可及也，汝爲居室而以名之，吾又爲汝記之，不亦大惑矣？……風起於蒼茫之間，彷徨乎山澤，激越乎城郭道路，虛徐演漾，以汎汝之軒窗、欄楯、帷幔而不去也。汝隱几而觀之，其亦有得乎？〔註468〕

〈清風閣記〉在乍看之下，髣髴完全意義上的中國山水文學，洋溢著莊學意義上的自然觀，如莊子在〈知北游〉中所提出的「天地有大美」的命題說：

> 天地有大美而不言，四時有明法而不議，萬物有成理而不說。聖人者，原天地之美而達萬物之理，是故至人无爲，大聖不作，觀於天地之謂也。〔註469〕

也充滿著東晉以來騷人的玄思意緒，如清人黃子雲在《野鴻詩的》第七十七則說：

> 康樂於漢、魏外別開蹊徑，舒情綴景，暢達理旨。〔註470〕

亦滉漾著盛唐墨客萍蹤無寄的幽懷，如孟浩然〈晚泊潯陽望廬山〉詩云：

> 挂席幾千里，名山都未逢；
> 泊舟潯陽郭，始見香爐峯。
> 嘗讀遠公傳，永懷塵外蹤；
> 東林精舍近，日暮但聞鐘。〔註471〕

甚至透發著盛宋理學家熳爛的佳興，如邵雍〈思程氏父子兄弟因以寄之〉詩云：

> 年年時節近中秋，佳山佳水熳爛遊；

〔註468〕《蘇軾文集》，第二冊，頁383。
〔註469〕《莊子集釋》，頁735。
〔註470〕丁仲祜編，《清詩話》，上海古籍出版社，1999，頁862。
〔註471〕清聖祖編，《全唐詩》，第三冊，臺南，明倫出版社，民63，頁1645。

此際歸期爲君促，伊川不得久遲留。

氣候如當日，山川似舊時；

獨來還獨往，此意有誰知？〔註472〕

就書寫形態學而論，在中國山水文學從先秦時代《詩經》的比興物色，到盛宋與歐陽修攜手，致力於變革時文的梅聖俞所提出的「狀難寫之景，如在目前，含不盡之意，見於言外」的情景交融的發展，〔註473〕上述的諸種認識，都不無是其所是的偏真之理。因此，被清人章太炎在《詩話》第二則譽爲「體大而慮周」的《文心雕龍》，〔註474〕早在〈明詩〉篇中，就論及「莊老告退，山水方滋」的現象，〔註475〕而率先指出了寓理於景的辯證與弔詭特質，祇是在山水的文藝學書寫文本中，自始以來，不論是儒家的儒理、道家的道理，抑或玄學家的名理，乃至於佛學家的佛理，就不曾被有效的從對自然純粹客觀的傳移模寫中否除，因而到了盛唐佛、道俱隆興的時代，反而成爲藝術家體達文藝三昧的高論，如張璪在〈文通論畫〉中，就把佛、道思想透過藝術實踐的審美機轉給具體的會通起來，張璪說：

外師造化，中得心源。〔註476〕

就莊學面而論，《莊子・內篇・大宗師第六》子來說：

以天地爲大鑪，以造化爲大冶。〔註477〕

莊子從運動變化的觀念，指明萬物的生成與存在形式，是時間和空間貫時與並時同時共在的運動結果。

就佛學面而論，唐譯《大方廣佛華嚴經》卷第十二〈入不思議解脫境界普賢行願品〉，婆羅門以偈告訴善財童子說：

心如淨明鏡，鑑物未嘗私，

明鏡唯照形，不鑑於心想，

我王心鏡淨，洞見於心源。〔註478〕

佛家教下的鏡喻，如同像喻，都是針對心物的對應關係而提出的方便

〔註472〕《全宋詩》，第七冊，頁4498。
〔註473〕《歐陽修全集》，下冊，卷五，《詩話》，頁107。
〔註474〕清・章學誠著，國史研究室彙編，《文史通義・彙印本》，臺北，史學出版社，民63，頁157。
〔註475〕《文心雕龍注》，卷二，葉2ª。
〔註476〕本社編審，《中國畫論類編》，上冊，臺北，河洛圖書出版社，民64，頁19。
〔註477〕《莊子集釋》，頁262。
〔註478〕《大正藏》，第十冊，頁717ª。

法，如智顗在《摩訶止觀》卷第五上〈第七正修止觀者‧二發眞正菩提心者〉說：

> 《佛話經》云：「比丘在聚，身口精勤，諸佛咸憂；比丘在山，息事安臥，諸佛皆喜。」況復結跏束手，緘脣結舌，思惟寂相？心源一止，法界同寂，豈非要道？唯此爲貴，餘不能及。善巧方便，種種因緣，種種譬喻，廣讚於止，發悅其心，是名隨樂欲，以止安心。〔註479〕

然而，值得注意的是，與唐西來僧般若同時代的張璪，幾乎在《後譯華嚴》譯漢的同時，就以莊學爲表以佛學華嚴學爲裏，把中國的自然化育觀，與印度佛學的觀照方法，並置到文藝學的思想平臺上，進行深度的銷釋，而這種以有類於世間法的自然觀銷釋出世間法的方式，就佛學來看，頂多祇是格義佛學的末流，但就文藝學來看，則具有極高的創新價值，以其最終成爲文化詩學義項下的佛教美學與文藝批評新方法論的提出，爲中國文藝學開啓了極大的創造與批評空間之故。而深於莊學與老於華嚴學的蘇軾，在創作〈清風閣記〉時，是不會不從莊學的自然觀去照察天地與山水的運動現象，也不會忘了以自性本淨的心鏡，在照察的同時，覺照到從現象逸出的覺觀境，這在蘇軾之前，成書於宋太祖建隆二（961）年，永明延壽以「『禪尊達摩，教尊賢首』爲其中心思想」的《宗鏡錄》中，〔註480〕即以唯識宗所立四種心法，進行相應的融通，《宗鏡錄》卷第六十說：

> 又諸師所明，總有四分義：一、相分，二、見分，三、自證分，四、證自證分。相分有四：
>
> 一、實相名相，體即眞如，是眞實相故。
>
> 二、境相名相，爲能與根心而爲境故。
>
> 三、相狀名相，此唯有爲法，有相狀故，通影及質，唯是識之所變。
>
> 四、義相名相，即能詮下所詮義。
>
> 相分是於上四種相中，唯取後三相而爲相分相。又，相分有二：
>
> 一、識所頓變，即是本質。

〔註479〕《大正藏》，第四十六冊，頁58ᵈ。又，《佛話經》已佚。
〔註480〕《佛光大辭典》，頁3169。

二、識等緣境，唯變影緣，不得本質。

二、見分者，《唯識論》云：「於自所緣，有了別用。」此見分有五類：

一、證見名見，即三根本智見分是。

二、照燭名見，此通根心，俱有照燭義故。

三、能緣名見，即通内三分，俱能緣故。

四、念解名見，以念解所詮義故。

五、推度名見，即比量心，推度一切境故。

於此五種見中，除五色根，及內二分，餘皆見分所攝。

三、自證分，爲能親證自見分緣相分不謬，能作證故。

四、證自證分，謂能親證第三自證分緣見分不謬故，從所證處得名。

此四分義，總以鏡喻。鏡，如自證分。鏡明，如見分。鏡像，如相分。鏡後弝，如證自證分。〔註481〕

從四分來看，蘇軾在文本中所摹狀客體的相狀——相分，在主體的識上——見分，率先通過能觀之見分的比量知，在所觀的相分上，以能詮的義相，去緣取識變的相狀，然後通過根、心交互作用的境相，之後以自證分親證見分所龠緣的相分，都來自於識的作用，而最終以證自證分，把自證分之所證的現量境，落實到相分四相的第一相眞如實相，所以說：「而人以爲己有，不亦惑矣？」又說：「吾又爲汝記之，不亦大惑矣？」然後導出「汝隱几而觀之，其亦有得乎」的可疑結論，因爲不論是文慧應符的「以爲己有」，抑或蘇軾的「爲汝記之」，在事法上都是「唯變影緣，不得本質」的惑者，溺於「有爲法」的造作之故。

也就是說，文慧大師在清風閣的所觀境上，就影及質的相狀，與根心所應的境相兩層來看，如其不能假藉所觀而在能觀的識上，體達相狀與境相即眞如實相的話，都是不得解脫的有爲法，如《金剛般若波羅蜜經》所最終給出的結論，即世尊〈六如偈〉說：

一切有爲法，如夢幻泡影，

如露亦如電，應作如是觀。〔註482〕

〔註481〕《大正藏》，第四十八册，頁759$^{b\sim c}$。

〔註482〕《大正藏》，第八册，頁752^{b}。

又如晉譯《大方廣佛華嚴經》卷第二十五〈十地品第二十二之三〉所說：

一切有爲法，虛僞誑詐，假住須臾，誑惑凡人。〔註483〕

蘇軾所說的「不亦惑矣」，乃至「不亦大惑矣」之所惑，都是不能如實識知「夢幻泡影」與「虛僞誑詐」等等「唯變影緣」，在覺悟者來說，都是眞如實相，是以在能觀的心識上，依識變現的所觀境，其特質即是「執之而不可得也，逐之而不可及也」，就像「心如淨明鏡，鑑物未嘗私，明鏡唯照形，不鑑於心想」那樣，祇可以心鏡相照，而不可以心想相執，所以就「識所頓變」來看，以識爲能觀的主體，在觀其所觀的變現境的變的本身，即是萬法的本質，如果能觀的主體被所觀境的境相，乃至於僅僅祇是相狀的影緣與緣境轉去，勢必無法洞達所觀境的遷流，即絕對眞理的實相本身。因而一旦自陷於被誑惑的假相之中，即不得解脫。因此，在東林常總座下開悟的蘇軾，以證自證分親證自證分的不謬，而明白說：「山與淵且不得有。」它們就如同風的「虛徐演漾」，在境相上具備了識變的要義，亦即識變如何可能的問題，是由不可執的相狀，通過境相從有的層面轉化，而在識上變現的實相所證立的空境，唯其如此纔能不惑，是以對能取的見分，便能從比量的推度中，越過「親證自見分緣相分不謬」的自證分，而證得能證的見分，在識上的不謬而爲證自證分，是以蘇軾最後說：

力生於所激，而不自爲力，故不勞。形生於所遇，而不自爲形，故不窮。〔註484〕

「形生於所遇」，相分的形緣見分的所遇而生，而形的相狀之所以爲相狀，在所觀的生滅境中，並非自身所給定的相狀，而是有遇於見分的能緣，纔能從純粹的客體對象，轉移爲能賦予相狀以能觀境的境相，所以形的相狀之所以爲境相之狀，並非自身自爲的結果，因爲在時空中以生、住、異、滅緣起緣滅的四相，在能觀的識上所開顯的境界，都務必通過主體的心識的作用，纔能被依其運動的不同狀態，給予或止觀之燭照，或比量之推度，或現量之超越與悟入。

蘇軾深切的明白，從見分到相分的過程，是由識所給定的過程，更明白能給定者，如果不能從所給定的境相中超越出來，那麼，便會因對諸相的執以爲己有，而被主體不正確的推度所惑，如此一來，便與宗門所一再強調的

〔註483〕《大正藏》，第九冊，頁556ª。
〔註484〕《蘇軾文集》，第二冊，頁383。

「無念爲宗，無相爲體，無住爲本」的法義相違，而無法從證自證分去證顯自證分所證的見分之於相分亦領有實相義的不謬。

也就是說，這一關設使透它不過，不論如何侈談究竟法義，都無法從物我的對應關係中，達致「放心遺形」的不惑理地。〔註485〕可見蘇軾之深於莊學，而用佛學義學與禪學，在慧地法師劉勰「莊老告退」理論中銷釋莊學，並出諸於山水審美藝境的文本書寫，要非任運其意於無礙之境者莫辦。反之，若是有人試圖從其中指出那就是第一義，便會把第一義從亦非第一義中，給無端的否除掉，進而以第一義爲執的執於法執，所以在宋代臨濟宗楊岐派僧白雲守端編的《楊岐方會和尚語錄・後住潭州雲蓋山海會寺語錄》，纔有必要愼重的記下方會和尚的話說：

> 淨行大師白槌云：「法筵龍象眾，當觀第一義。」
> 師云：「大眾！早是落二、落三了也。」〔註486〕

至於反其道而行者，雖現出家相，但在蘇軾看來也衹不過是「外道魔人」罷了，在佛典中所舉的外道種類甚多，如東晉・法顯譯《大般涅槃經》卷下說：「須跋陀羅即問佛言：『今者世間沙門婆羅門外道六師，富蘭那迦葉、末伽利拘賖梨子、刪闍夜毘羅眂子、阿耆多翅舍欽婆羅、迦羅鳩馱迦旃延、尼犍陀若提子等，各各自說，是一切智，以餘學者，名爲邪見，言其所行，是解脫道，說他行者，是生死因，互相是非。云何而得知其虛實？何師應得沙門之稱？何師定是解脫之因？』」〔註487〕唐・般若譯的《大乘本生心地觀經》卷第一〈序品第一〉亦說：「復有無數諸外道：眾苦行外道、多聞外道、世智外道、樂遠離外道、路伽邪陀外道、路伽邪治迦儞外道。」〔註488〕提波菩薩在《提婆菩薩釋楞伽經中外道小乘涅槃論》則說：「外道所說涅槃有二十種，是諸外道等虛妄分別，如是等因能生六道，如來爲遮是等邪見故，說涅槃因果正義。何等二十？一者小乘外道論師、二者方論師、三者風論師、四者違陀論師、五者伊賖那論師、六者裸形外道論師、七者毘世師論師、八者苦行論師、九者女人眷屬論師、十者行苦行論師、十一者淨眼論師、十二者摩陀羅論師、十三者尼犍子論師、十四者僧佉論師、十五者摩醯首羅論師、十六者無因論師、十七者時論師、十八者服水論師、十九者口力論師、二十者本

〔註485〕《蘇軾文集》，第二冊，頁 383。
〔註486〕《大正藏》，第四十七冊，頁 641^a。
〔註487〕《大正藏》，第一冊，頁 203^c～204^a。
〔註488〕《大正藏》，第三冊，頁 293^a。

生安荼論師。」〔註 489〕甚至多達九十六種外道，如失譯的《雜譬喻經》卷上七說：「諸九十六種外道，生嫉妒意，謀欲敗佛法。」〔註 490〕

凡外道所見，有一些理論，在表面上看起來，雖有類於佛所說法者，但在實際理地上，卻與佛教法義根本相違，因此，如不對之進行詳細深密的義項簡別，便很容易在似是而非的含糊心態下，以盲引盲的方式，被轉入邪法中去而不自知，並誤以為所見是正見，而在佛教中，不知不覺的變成師子身上蟲，如龍樹在《大智度論》卷第七〈初品中佛土願釋論第十三〉說：

> 見有二種：一者常，二者斷。常見者，見五眾常，心忍樂；斷見者，見五眾滅，心忍樂。一切眾生，多墮此二見中；菩薩自斷此二，亦能除一切眾生二見，令處中道。復有二種見：有見、無見。復有三種見：一切法忍、一切法不忍、一切法亦忍亦不忍。復有四種見：世間常、世間無常、世間亦常亦無常、世間亦非常亦非無常。〔註 491〕

凡持世間一切恆常論、世間一切無常論、世間一切亦恆常亦無常論、世間一切非恆常亦非無常論等四句論者，皆非「離四句，絕百非」的正論，更何況所行不如法的苦行外道，早就經世尊指出，並詳細的宣說之所以不得解脫之義，如曇無讖譯《大般涅槃經》卷第十六〈梵行品第八之二〉世尊對迦葉說：「知自餓法、投淵、赴火、自墜高巖、常翹一腳、五熱炙身；常臥灰土、棘刺、編椽、樹葉、惡草、牛糞之上；衣麤麻衣、塚間所棄糞掃氀褐、欽婆羅衣，髦、鹿皮革、芻草衣裳：茹菜、噉草、藕根、油滓、牛糞、根果；若行乞食，限從一家，主若言無，即便捨去，設復還喚，終不迴顧；不食鹽、肉，五種牛味，常所飲服，糠汁、沸湯；受持牛戒，狗、雞、雉戒，以灰塗身，長髮為相；以羊祠時，先呪後殺；四月事火，七日服風；百千億花，供養諸天；諸所欲願，因此成就，如是等法，能為無上解脫因者，無有是處。」〔註 492〕是以深於涅槃經教的蘇軾，在〈中和勝相院記〉破題便直指說：

> 佛之道難成，言之使人悲、酸、愁、苦。其始學之，皆入山林，踐荊棘、蛇、虺，袒裸霜、雪。或剚、割、屠、膾，燔、燒、烹、煮，以肉飼虎、豹、鳥、烏、蚊、蚋，無所不至。茹苦含辛，更百

〔註 489〕　《大正藏》，第三十二冊，頁 156^c。
〔註 490〕　《大正藏》，第四冊，頁 503^b。
〔註 491〕　《大正藏》，第二十五冊，頁 110^a。
〔註 492〕　《大正藏》，第十二冊，頁 462^a。

千萬億年而後成。其不能此者，猶棄絕骨肉，衣麻布，食草木之實，晝日力作，以給薪、水、糞除，暮夜持膏火、薰香，事其師如生。務苦瘠其身，自身、口、意莫不有禁，其畧十，其詳無數。終身念之，寢食見之，如是，僅可以稱沙門比丘。〔註493〕

蘇軾的文本與《大般涅槃經》所擯除的苦行外道，不僅如出一轍，更從一個側面，反應出當時代存在於僧團中的歷史、社會與義學荒疏不文的嚴重問題，導致蘇軾意在糾舉教界亂象的說法，反而成為蘇軾曾經詆斥佛教的罪案，如冷成金在〈蘇軾莊禪思想中的哲學觀〉中即認為：「蘇軾有時對佛家是持激烈的詆斥態度的。」〔註494〕要之，歷經唐武宗於會昌五（845）年、後周世宗於顯德二（955）年，連續以國家行政的總體力量消滅佛教以來，使原先以「三千威儀，八萬細行」，持守日用清規，且深受帝王與萬民歸誠敬重的僧侶，在教團離析並被取消合法的社會身分之後，不但道場成為廢墟，且經典大規模亡佚，致使僧侶變成失去在社上正常存身與弘教的邊緣人，而出現幾乎與遊民，乃至於無賴相同的墮落形象，而擴大一直都存在於政界及學界闢佛者撻伐的口實。

另一方面，則因經典亡佚，導致宗派佛教義學諸宗統緒斷絕，致令學脈漸滅、法義淪喪。而尤有甚者，出身法系不明之徒，與逃避傜役而混跡僧團的流民與罪犯，紛紛野逸山林且放浪無端，其中更有假藉禪修之名而行非法行，並最終有以離經叛教為能事，而惑亂正典精義以博取口食之徒，以參訪之名，遊食山林與城市之間，而以不佳的社會觀感，欺世盜名、惹人側目。雖然入宋後，在皇家陸續頒訂的諸種佛教政策之下，逐步恢復既有的僧俗秩序，如《宋會要輯稿》第十六冊〈道釋一之十三〉說：

凡僧道童行，每三年造一帳，上祠部，以五月三十日至京師。童行念經百紙，或讀五百紙。……每聖誕節，州府差本州判官、錄事參軍，於長史廳試驗之。〔註495〕

然而，長達一百多年的積習，即使來到蘇軾處身的盛宋時代，卻仍從各種方面洩露出來，而有心於勘究正法者，在看到這種現象後，焉能不憂心如焚的加以破斥，否則便會跟著變成顢頇佛性與癡妄佞佛的幫凶，所以蘇軾不

〔註493〕《蘇軾文集》，第二冊，頁384。
〔註494〕《蘇軾的哲學觀與文藝觀》，頁280。
〔註495〕《宋會要輯稿》，第十六冊，頁7875[a]。

得不將所見舉出，並以寶月大師的行誼做爲正行的典範，以期身陷火宅的妻肉僧、鳥鼠僧、破落僧、瘂羊僧、無恥僧、世俗僧、野盤僧、無羞僧、虛無僧等知所以儆醒。因此，蘇軾以宰官身、維摩詰長者身、居士身等多重身分，對「僅可以稱沙門比丘」的「僅可以」稱名，而在法行上，是不可以如實稱「沙門比丘」者，語重心長的接著說：

> 寒耕暑耘，官又召而役作之，凡民之所患苦，我皆免焉。吾師之所謂戒者，爲愚夫未達者設也，若我何用是爲？劂其患，專取其利，不如是而已，又愛其名。治其荒唐之說，攝衣升坐，問答自若，謂之長老。吾嘗究其語矣，大抵務爲不可知，設械以應敵，匿形以備敗，窘則推墮混漾中，不可捕捉，如是而已矣。吾遊四方，見輒反覆折困之，度其所從遁，而逆閉其途。往往面頸發赤，然業以爲是道，勢不得以惡聲相反，則笑曰：「是外道魔人也。」吾之於僧，慢侮不信如此。〔註496〕

前及方會和尚所說的「落二、落三」的行者，雖現出家相，但在蘇軾看來也祇不過是「外道魔人」罷了，因爲從這類行者惛沈（styāna）的眼中，所看到的與正法相折的蘇軾，恰恰就是「外道魔人」之故。因爲蘇軾面折荒唐經教的出家眾，並非生性好辯所致，而是在不斷外放與左遷的歲月中，長年參訪諸山大德，眞參實究，終至於開悟，並以荷擔如來家業爲己任的結果，這從其所撰寫的大量涉佛文本，便可清楚的看出，蘇軾要非自少年時代即信入佛教，並以人生的實際遭遇，檢校其法義與儒學及莊學有可互補之處，乃至在超越之思與終極問題上迴絕於儒、道之說的話，將以甚麼爲根據，去破折世俗僧等，如何以悖逆經教的「荒唐之說」以「推墮混漾」的遁辭，信口雌黃的稗販佛法，進而以「不可捕捉」的詭辭去騙喫佛飯？值得注意的是，這種現象就像流行病那樣，仍在二十一世紀的全球四處發作，如稱名「妙天」而以禪師自封者、稱名「清海無」而以上師自命者、稱名「黑教大師」而以實無黑教的藏傳佛教大師自居者。

用尋常的話來說，就是佛門在蘇軾的時代，仍存在著一批無修無證亦無德的大外行，繼續冒充經師、人師，以似是而非的法施，去謀求信眾的財施，甚至走闖公卿士大夫的宅第，以至引起闢佛者以蠹民論，企欲再將之從整體的政治生活、社會生活、經濟生活、文化生活中，給徹底的清理出去而

〔註496〕《蘇軾文集》，第二冊，頁384。

後快，庶免變成動搖國政健全發展的國本，危害民族正常生存的根本。甚至引起學者再據此對宗門下手開刀，如明人楊慎在《升庵集》卷七十三〈東坡詆佛〉說：

> 東坡……又作〈勝相院記〉，謂治其學者，「大抵務爲不可知，……如是而已矣」。此數句盡古今禪學自欺欺人之病。〔註497〕

這顯然不審蘇軾與宗門啞羊對抉之命意，係以其身亦爲宗門信士，而以及身之痛的關懷之心，鍼砭既生之病竈，庶期從根本勦絕附骨之蛆爲前提，何況這些附骨之蛆，與前述的師子身上蟲一樣，都是從宗門教下內部穢亂正法的家賊，儻若一日不除，勢必禍及後學的法身慧命，而這也正是蘇軾以既入得其中，又出得其外的任運自在的大無畏精神，坦然公開對佛門親自療救之醫案的大悲心的體現，這與執持特定的意識形態，意在選擇性的揭人之短，以爲消滅佛教的手段，有著完全不同的用心。設使不以蘇軾的總體思想做爲釐辨的根據，必將爲斷論者以斷章取義的手段塑造出來的選擇性的片面之見所蔽，而孳生與蘇軾本意嚴重相違的諸多異說以惑人亂法，咸信這是有識者所不敢以私意向壁妄指的論學通則。

蘇文「治其荒唐之說」所指的「長老」，以其行思與佛門規制及經教每每相違之故，一般在僧家史傳中，幾乎全數以失載的方式給默擯掉了，但根據凡走過必留下痕跡的通則，其荒唐行徑，往往被好事者，以筆記小說的形態，給保存了下來，除了成爲一般人茶餘飯後妄言調謔的談資之外，也從反面成爲闢佛者擴大抹黑敵體的罪案，如宋人陶穀在《清異錄》卷上「釋族門」的〈無無老〉說：

> 沙門愛英住池陽村，示人之語曰：「萬論千經，不如無念無營。」時，郡娼滿塋娘多姿而富情，眞妓女中麟鳳。進士張振祖以「無念無營」製一聯云：「門前草滿無無老，牀底錢多有有娘。」〔註498〕

又如宋人趙彥衛在《雲麓漫鈔》卷第十第一則說：

> 今佛之書見在，觀其入山修道，蘆芽穿肘，降魔驅鬼，屬意空寂，有所謂「不治而不亂，不言而自信，不行而自化，蕩蕩乎與堯舜，民無能名」者乎？借使其法果與天地並原，則人類滅已久矣。〔註499〕

〔註497〕 文淵閣《四庫全書》鈔本，葉18[a~b]。
〔註498〕 《宋元筆記小說大觀》，第一冊，頁27。
〔註499〕 宋·趙彥衛撰，《雲麓漫鈔》，傅根清點校，《歷代史料筆記叢刊，唐宋史料筆

再如宋人朱彧在《萍洲可談》卷一〈元豐後佛僧盛衰〉說：

> 其後賜僧楷四字禪師號，楷固不受以釣名，推避之際頗不恭，朝廷正其罪，投之遠方，無他異，術窮情露，教遂不振。又狂逆不道，伐塚罜誘，多出浮屠中，宣和初乃譯正其教，改僧為德士，復姓氏，完髮膚，正冠裳，盡革其故俗云。〔註500〕

凡此都可以看出，蘇軾所「反覆折困」的對象，絕非意在片面的詆斥而已，衹是這些充斥在佛門中的濫竽，在本質上並不是佛教本身的問題，而是個人修為的問題，就像國家明訂有法律，但知法、弄法、玩法、違法、破法之徒，仍無時不絕那樣，教人徒呼負負，因為經、律、論三藏教典，全都明文指出這種行為是非法的破僧之舉。

以經而論，如《佛本行集經》卷第五十二〈優陀夷因緣品第五十四上〉說：

> 時，婆伽婆所行至處，觀看諸國，一切眾類，皆悉恭敬，尊重供養。如來到處，得諸衣服，最勝最妙。飲食、湯藥、床褥、臥具，如是資物，不可稱計。利養殊妙，無所乏少，名聞流布，遍滿世間，而佛於此名聞利養，不生染著，猶如蓮華，處於濁水。〔註501〕

以律而論，鳩摩羅什譯的《梵網經盧舍那佛說菩薩心地戒品第十》卷下說：

> 若佛子以好心出家，而為名聞利養，於國王百官前說七佛戒，橫與比丘、比丘尼、菩薩弟子作繫縛事，如師子身中蟲，自食師子肉，非外道天魔能破。〔註502〕

以論而論，龍樹在《大智度論》卷第十一〈釋初品中檀波羅蜜法施義第二十〉中亦說：

> 復次，罜說法有二種：一者不惱眾生，善心慈愍，是為佛道因緣；二者觀知諸法真空，是為涅槃道因緣。在大眾中，興愍哀心，說此二法，不為名聞利養恭敬，是為清淨佛道法施。〔註503〕

有違「佛於此名聞利養，不生染著」之法義者，有違「清淨佛道法施」

記》，北京，中華書局，1998，頁164。
〔註500〕《宋元筆記小說大觀》，第二冊，頁2306。
〔註501〕《大正藏》，第三冊，頁892^c。
〔註502〕《大正藏》，第二十四冊，頁1009^b。
〔註503〕《大正藏》，第二十五冊，頁144^a。

義者，而寄生在僧團中，並以其「設械以應敵，匿形以備敗」的機詐心態行宣講之法施，從而自佛教內部腐蝕佛、法、僧三寶的清淨形象者，蘇軾早就看明白了，所以在面對這些根本不會贏得社會人士敬重的「師子身中蟲」時，除了預爲採取「度其所從遁，而逆閉其途」的世智辯聰的措施，來予以辯破及防堵之外，還要以「邪無不摧」的師子吼，從反面來逆增這等惡比丘或邪師轉惡向善的增上緣。因此，蘇軾清楚的說出了對這等僧人所說的邪法的態度，是「慢侮不信如此」，亦即蘇軾以慢侮的方式正向的逆增其慚愧心的對象，根據其「嘗究其語」的文脈，是限定在此一特定對象上的，是以如以此爲文據，謾說蘇軾謗佛謗僧，必屬淺人的知見。更何況蘇軾所發出的師子吼具有決定義，誠如三論宗的集大成者隋僧嘉祥吉藏在《勝鬘寶窟》卷上之本說：

> 師子吼名決定說者，此借師子性情爲喻，如師子度河，望直而過，若使邪曲，即是迴還，菩薩演教，義亦如是，依究竟理，說究竟教，若不究竟，即便不說，故下文云：「師子吼者，一向記說。」一向記說，猶是決定說也。又菩薩說法，能上弘大道，下利羣生，邪無不摧，正無不顯，故下文云：「決定宣唱，一乘了義。」又能摧伏，非法惡人，是故名爲師子吼也。〔註 504〕

值得注意的是老於《維摩詰所說經》的蘇軾，是不會不了達該經的通人，如元豐元（1078）年，在徐州賦〈坐上賦戴花得天字〉詩，有句云：

> 結習漸消留不住，卻須還與散花天。〔註 505〕

該詩與佛典文本共存關係的互文性，係以「無住爲本」爲喻體，用晷喻的修辭法所開展出來的喻依，是極其成熟，且甚爲成功的，以佛學思想做爲文藝學創作實踐根源的會通之作，而其根源即《維摩詰所說經》卷中〈觀眾生品第七〉所言：

> 問：「無住孰爲本？」
> 答曰：「無住則無本。文殊師利！從無住本，立一切法。」
> 時，維摩詰室有一天女，見諸大人聞所說法，便現其身，即以天華，散諸菩薩、大弟子上。華至諸菩薩，即皆墮落，至大弟子，便著不墮。一切弟子，神力去華，不能令去。

〔註 504〕《大正藏》，第三十七冊，頁 3^b。
〔註 505〕《蘇軾詩集合注》，上冊，頁 776。

爾時，天女問舍利弗：「何故去華？」

答曰：「此華不如法，是以去之。」

天曰：「勿謂此華，爲不如法。所以者何？是華無所分別，仁者
自生分別想耳！若於佛法出家，有所分別，爲不如法；若無所分別，
是則如法。觀諸菩薩，華不著者，已斷一切分別想故。譬如人畏時，
非人得其便；如是弟子，畏生死故，色、聲、香、味、觸得其便也。
已離畏者，一切五欲，無能爲也；結習未盡，華著身耳！結習盡者，
華不著也。」〔註506〕

元豐二（1079）年作於湖州的〈李公擇過高郵見孫大夫與孫莘老賞花詩
憶與僕去歲會於彭門折花餽筍故事作詩二十四韵見戲依韵奉答亦以戲公擇
云〉詩云：「散花從滿椷，不答天女問。」〔註507〕又以同一段經文做爲詩學藝
境的表現內涵，即使到了元祐六（1091）年作於杭州的〈再和楊公濟梅花十
絕〉詩，其一仍云：「結習已空從著袂，不須天女問云何？」〔註508〕至於熙寧
六（1073）年在杭州通判任內創作〈遊諸佛舍一日飲釅茶七盞戲書勤師壁〉
詩云：「示病維摩元不病。」〔註509〕到了元祐六（1091）年作於潁州的〈臂痛
謁告作三絕示四君子〉詩，其三又云：

小閣低窗臥宴溫，了然非默亦非言；

維摩示病吾眞病，誰識東坡不二門？〔註510〕

首先是《維摩詰所說經》卷上〈方便品第二〉說：

長者維摩詰，以如是等無量方便，饒益眾生。其以方便，現身
有疾。以其疾故，國王、大臣、長者、居士、婆羅門等，及諸王子，
并餘官屬，無數千人，皆往問疾。其往者，維摩詰因以身疾，廣爲
說法。〔註511〕

其次是《維摩詰所說經》卷中〈文殊師利問疾品第五〉說：

文殊師利言：「如是！居士！若來已，更不來；若去已，更不去。
所以者何？來者無所從來，去者無所至，所可見者，更不可見。且

〔註506〕《大正藏》，第十四冊，頁547ᶜ～548ᵃ。

〔註507〕《蘇軾詩集合注》，中冊，頁927～928。

〔註508〕《蘇軾詩集合注》，中冊，頁1657。

〔註509〕《蘇軾詩集合注》，上冊，頁483。

〔註510〕《蘇軾詩集合注》，中冊，頁1708。

〔註511〕《大正藏》，第十四冊，頁539ᵇ。

置是事，居士！是疾寧可忍不？療治有損，不至增乎！世尊慇懃致
問無量，居士是疾，何所因起？其生久如？當云何滅？」

維摩詰言：「從癡有愛，則我病生；以一切眾生病，是故我病；
若一切眾生病滅，則我病滅。所以者何？菩薩為眾生故入生死，有
生死則有病；若眾生得離病者，則菩薩無復病。譬如長者，唯有一
子，其子得病，父母亦病。若子病愈，父母亦愈。菩薩如是，於諸
眾生，愛之若子；眾生病則菩薩病，眾生病愈，菩薩亦愈。」

又言：「是疾，所因起？」

「菩薩病者，以大悲起。」〔註512〕

再次是《維摩詰所說經》卷中〈入不二法門品第九〉說：

文殊師利曰：「如我意者，於一切法，無言、無說、無示、無識，
離諸問答，是為入不二法門。」

於是文殊師利問維摩詰：「我等各自說已，仁者當說何等是菩薩
入不二法門？」

時，維摩詰默然無言。文殊師利歎曰：「善哉！善哉！乃至無有
文字、語言，是真入不二法門。」說是〈入不二法門品〉時，於此
眾中，五千菩薩皆入不二法門，得無生法忍。〔註513〕

從蘇軾浩瀚的文藝學文本中，唾手抽樣所得的簡例，已足以充分證明蘇
軾在〈中和勝相院記〉中所發出的師子吼，正是來自於《維摩詰所說經》的
命意，即卷上〈佛國品第一〉的開題：

如是我聞：「一時，佛在毘耶離菴羅樹園，……諸佛威神之所建
立，為護法城，受持正法；能師子吼，名聞十方；眾人不請，友而
安之；紹隆三寶，能使不絕；降伏魔怨，制諸外道，悉已清淨，永
離蓋纏；心常安住，無礙解脫；念、定、總持，辯才不斷；布施、
持戒、忍辱、精進、禪定、智慧及方便力，無不具足；逮無所得，
不起法忍；已能隨順，轉不退輪；善解法相，知眾生根；……演法
無畏，猶師子吼，其所講說，乃如雷震，無有量，已過量；集眾法
寶，如海導師，了達諸法深妙之義；善知眾生，往來所趣，及心所
行；近無等等佛自在慧、十力、無畏、十八不共；關閉一切諸惡趣

〔註512〕《大正藏》，第十四冊，頁 544ᵇ。
〔註513〕《大正藏》，第十四冊，頁 551ᶜ。

門，而生五道，以現其身；爲大醫王，善療眾病，應病與藥，令得
服行。」〔註514〕

　　蘇軾這種特具自覺性質的生命意識，不僅是盛宋文化所深度融浹的佛學
思想，在文藝學上的審美體現，也是通過其筆墨，從自性中，自然而然流露
出來的智慧光華，而與般若智慧度，同爲六波羅蜜多之一的忍辱波羅蜜多，
並不是要人遇事卑遜避讓，乃至於熟視無睹，亦且麻木不仁，因爲忍辱的目
的，是要行者以明覺世出世法的智慧，及悲愍的菩提心，對治貪、瞋、癡三
毒，使心得以坦然安住在清淨無染的解脫境中，所以在原則上，是與精進波
羅蜜多等四波羅蜜多，共同爲戒、定、慧三學所攝，所以當蘇軾以「吾遊四
方」的親身經歷，見諸於破落僧等的非法行時，在與其不再等流的生命意識
中，自然要以正法行對之採取是可忍孰不可忍而不用忍於非忍的抉擇行動，
並希望自己有足夠的能力，把這股退行的逆流，給如實的導正過來，如其不
能應病予藥，所言超越之思，乃至於終極關懷，便會成爲無根的浮談，用經
典的思想來審視，便是從《大乘本生心地觀經》卷第七〈波羅蜜多品第八〉
所說的「能滅瞋恚，得慈心三昧，亦無毀辱一切眾生，即得名爲忍辱波羅蜜」
的觀心思想的基礎上，〔註515〕朝無念、無相、無住的般若思想發用佛道，一
如《金剛般若波羅蜜經》所說：

　　　　須菩提！如來說第一波羅蜜，非第一波羅蜜，是名第一波羅
蜜。

　　　　須菩提！忍辱波羅蜜，如來說非忍辱波羅蜜。何以故？

　　　　須菩提！如我昔爲歌利王割截身體，我於爾時，無我相、無人
相、無眾生相、無壽者相。何以故？我於往昔節節支解時，若有我
相、人相、眾生相、壽者相，應生瞋恨。〔註516〕

　　當蘇軾說：「佛之道難成，言之使人悲、酸、愁、苦。其始學之，皆入山
林，踐荊棘、蛇、虺，袒裸霜、雪。或剆、割、屠、膾，燔、燒、烹、煮，
以肉飼虎、豹、鳥、烏、蚊、蚋，無所不至。」是以針鋒直向「剗其患，專
取其利，不如是而已，又愛其名」等等溺於名聞利養偏遮自蔽的有我之徒所
發的師子吼，殆無疑義者。要之，這種無我思想，也恰恰是六波羅蜜度，之

〔註514〕《大正藏》，第十四冊，頁537ᵃ⁻ᵇ。
〔註515〕《大正藏》，第三冊，頁322ᶜ。
〔註516〕《大正藏》，第八冊，頁750ᵇ。

所以能夠被如法確立起來的總體根基，即第一度的布施波羅蜜多。而更重要的是蘇軾不是口說無憑的釣譽之徒，而是以實際的行動去完成「如來說第一波羅蜜，非第一波羅蜜，是名第一波羅蜜」的行證者，是以在熙寧元（1068）年十月二十六日，甫三十三歲的青年蘇軾，便在〈四菩薩閣記〉中，以高度的智慧，表現出龍樹在《大智度論》卷第十一〈釋初品中檀相義第十九〉所揭舉的「難捨能捨」的「大布施」思想，〔註517〕蘇軾說：

> 始吾先君於物無所好，燕居如齋，言笑有時。顧嘗嗜畫，弟子門人無以悅之，則爭致其所嗜，庶幾一解其顏。故雖爲布衣，而致畫與公卿等。
>
> 長安有故藏經龕，唐明皇帝所建，其門四達，八板皆吳道子畫，陽爲菩薩，陰爲天王，凡十有六軀。廣明之亂，爲賊所焚。有僧忘其名，於兵火中，拔其四板以逃，既重不可負，又迫於賊，恐不能皆全，遂竅其兩板以受荷，西奔於岐，而寄死於烏牙之僧舍，板留於是百八十年矣。客有以錢十萬得之以示軾者，軾歸其直，而取之以獻諸先君。心君之所嗜，百有餘品，一旦以四板爲甲。
>
> 治平四（1067）年，先君沒於京師。軾自汴入淮，泝于江，載四板以歸。既免喪，所嘗與往來浮屠人惟簡，誦其師之言，教軾爲先君捨施，必所甚愛與所不忍捨者。軾用其說，思先君之所甚愛軾之所不忍捨者，莫若是板，故遂以與之。且告之曰：「此明皇帝之所不能守，而焚於賊者也，而況於余乎！……」
>
> 簡曰：「吾以身守之。……」
>
> 簡曰：「吾又盟以佛，而以鬼守之。……」
>
> 軾曰：「未也，世有無佛而蔑鬼者。」……
>
> 曰：「軾之以是予子者，凡爲先君捨也。」〔註518〕

在論析〈四菩薩閣記〉的內學思想根源及其互文性之前，論者認爲有必要先檢視累代評家之所見爲何，首先爲持反論者，如宋人洪邁在《容齋隨筆・續筆》卷三〈東坡明正〉說：

> 然〈四菩薩閣記〉云，此畫乃先君之所嗜，「既免喪」，以施浮
> 圖惟簡曰：「此唐明皇帝之所不能守者，而況於余乎？……余惟自度

〔註517〕 《大正藏》，第二十五冊，頁142ᶜ。
〔註518〕 《蘇軾文集》，第二冊，頁385～386。

不能長守此也，是以與子。」而其末云：「軾之以是與子者，凡以爲
先君捨也。」與初辭意蓋不同，晚學所不曉也。〔註519〕

又如元人劉將孫亦在《養吾齋集》卷二十一〈夢庵記〉說：

東坡捨畫於佛寺，畫何足有無，佛寺誰適爲主？而坡皇皇然，
僧守、鬼守之不足，至以爲奪此者比於廣明之巢賊，而亦不能保其
無廣明之動。然其心亦可悲也哉！〔註520〕

其次爲持正論者，如元人陳櫟在《定宇集》卷三〈跋張普心哭墓詩文〉
說：

姑髣髴蘇長公〈四菩薩閣記〉意，以天理感曉之焉耳，外此何
知焉？〔註521〕

又如明人茅坤在《唐宋八大家文鈔評文・宋大家蘇文忠公文鈔》說：

〈四菩薩閣記〉，長公愛道子畫爲障，而對惟簡語甚達。〔註522〕

次如清人蒲起龍在《古文眉詮》卷六十五說：

此必服闋赴京時作。長謝先人之日，結成至性之文字。一「畫」
字，一「守」字，相爲經緯。披來拂去，盡是天機。〔註523〕

再如清人宋犖在《西陂類稿》卷二十八〈書牛塘寺血書《華嚴經》後〉
說：

昔蘇子瞻氏〈四菩薩閣記〉，舍人所難舍，用以作功德。〔註524〕

這是自蘇軾於徽宗建中靖國元（1101）年謝世九百年以來，絕無僅有的
對〈四菩薩閣記〉投以青睞眼光的評論。然而，不論正說反說，都沒有涉入
其思想根源來說話，致予人以浮泛之感。

蘇老泉家藏書畫，既然可以與公卿相抗，可見所積之富厚，不言而喻，
這是否即是蘇軾成爲書畫鑑賞家、書畫家以及書畫理論家的家學淵源，可供
專門研究此一論題的方家思索，不過蘇軾很早就對吳道子這位創造「吳帶當
風」畫法與「疏體」風格的盛唐人物畫家，〔註525〕有特別的認識。因此，於

〔註519〕文淵閣《四庫全書》鈔本，葉9^b～10^a。
〔註520〕文淵閣《四庫全書》鈔本，葉13^b～14^a。
〔註521〕文淵閣《四庫全書》鈔本，葉11^b。
〔註522〕《歷代文話》，第二冊，頁1997。
〔註523〕《蘇軾資料彙編》，上編三，頁1235。
〔註524〕文淵閣《四庫全書》鈔本，葉14^b。
〔註525〕參見俞崑編著，《中國繪畫史》，臺北，華正書局，民64，頁103～107。

嘉祐八（1063）年，二十八歲時，在鳳翔簽判任內作〈記所見開元寺吳道子畫佛滅度以答子由〉詩，即以香嚴批《紀評蘇詩》所指出的「東坡此時已深入佛海」的慧眼，〔註526〕成就不凡的題畫名篇，蘇詩云：

> 西方眞人誰所見？衣被七寶從雙狻；
>
> 當時修道頗辛苦，柏生兩肘鳥巢肩。
>
> 初如濛濛隱山玉，漸如濯濯出水蓮；
>
> 道成一旦就空滅，奔會四海悲人天。
>
> ……
>
> 龐眉深目彼誰子？繞牀彈指自性圓。〔註527〕

蘇軾寫了這首詩之後不久，認爲單單自己欣賞名蹟，實有負前賢所傳下來的偉大藝業所體現的解脫境，於是再度稟筆廣爲昭告天下而賦〈鳳翔八觀〉，並敘曰：

> 鳳翔當秦、蜀之交，士大夫之所朝夕往來。此八觀者，又皆跬步
>
> 可至，而好事者有不能遍觀焉，故作詩以告欲觀而不知者。〔註528〕

其三即雙寫〈王維吳道子畫〉，與吳道子有關的詩句爲：

> 何處訪吳畫？普門與開元；
>
> ……
>
> 吾觀畫品中，莫如二子尊；
>
> 道子實雄放，浩如海波翻。
>
> 當其下手風雨快，筆所未到氣已吞。
>
> 亭亭雙林間，彩暈扶桑暾。
>
> 中有至人談寂滅，悟者悲涕迷者手自捫。
>
> 蠻君鬼伯千萬萬，相排競進頭如黿。〔註529〕

蘇軾這兩首詩，寫的同是吳道子的《佛滅度》圖，但其高妙處，在於內容的迥異。前者以形象思維爲表，以入滅證空爲裏。儘管惠洪在《冷齋夜話》卷之四「詩言其用不言其名」條，下了一道歷來詩評家不敢輕易逾越的鐵門限說：

> 用事琢句，妙在言其用，不言其名耳！此法唯荊公、東坡、山

〔註526〕 《蘇詩彙評》，上冊，頁102。

〔註527〕 《蘇軾詩集合注》，上冊，頁136。

〔註528〕 《蘇軾詩集合注》，上冊，頁144。

〔註529〕 《蘇軾詩集合注》，上冊，頁153～154。

谷三老知之。〔註530〕

論者以爲，蘇軾這首詩之妙，妙在既能言其用，亦能言其名，如以名是體而體的相是用而論，設使文藝創作者全以意、意象、興象的筆法，即惠洪在《冷齋夜話》卷之六所說的「比物以意，而不指言某物，謂之象外句」的「琢句法」，〔註531〕來偏向書寫與客體相應的心象，雖在意境上可以呈顯出靈動活脫的韵致，這在純粹抒情的古體、絕句體，或二十世紀初美國詩人艾茲拉・龐德在〈回顧〉一文所倡言的意象主義詩派那裏，〔註532〕容或可獲得極佳的審美效用，但在往往帶有敘述性的古體，或不能免於使用敘述語的排律與現當代白話語體新詩體中，惠洪的定義在論述的操作上就不必然適用。

因爲敘述的議論性，每每需要實之以名，特別是涉佛文藝學類的詩學創作，一旦把名相全部隱到象外，而爲看起來若即若離的意象所取代，就如同取消主旋律的交響樂，僅管各個音部的樂句無比豐富，但卻不免要以其繁複而顯得渙散，是以在這種情況之下，言其名就有類於主旋律，不論它的表現形式是高亢或細弱到幾乎不存在，都是管束眾音部的綱領，所以蘇軾之高妙，全在於將寓目所擊的二次元畫面，以形象思維的方法，轉化爲想像的審美形象，並抽象出「空滅」與「自性圓」的理體，把吳道子的視覺藝術，昇華到從生命本自具足佛性所完成的空境的終極高度，可見就佛學與文藝學的的互文性而論，在二次元具象藝術的創作實踐中，知釋迦牟尼佛者吳道子，在詩文文本以符碼爲媒介物的抽象藝術的創作實踐中，知吳道子者其唯蘇軾。

後者則以創作手法論，與蘇軾同時代的科學家沈括在《夢溪筆談》卷十七〈書畫・吳道子畫佛光〉說：

> 《名畫錄》:「吳道子嘗畫佛，留其圓光，當大會中，對萬眾舉手一揮，圓中運規。觀者莫不驚呼。」畫家爲之自有法，但以肩倚壁，盡臂揮之，自然中規。……此無足奇，道子妙處不在於此，徒驚俗眼耳！〔註533〕

這是說吳道子畫佛，並非以畫技取勝，因爲以技描摹形象，頂多祇是尋

〔註530〕《稀見本宋人詩話四種》，頁43。
〔註531〕《稀見本宋人詩話四種》，頁58。
〔註532〕《二十世紀西方文論選》，上卷，頁132～141。
〔註533〕宋・沈括著，李文澤、吳洪澤譯，《夢溪筆談全譯》，成都，巴蜀書社，1986，頁224。

常工匠的作畧。因此，沈括在說工匠何以祇務「徒驚俗眼」之前，便在〈畫佛光〉中說：

> 畫工畫佛身光，匾圓如扇者，身側光亦側，此大謬也。渠但見雕木佛耳，不知此光常圓也。又有畫行佛，光尾向後，謂之順風光，此亦謬也。佛光乃定果之光，雖劫風不可動，豈常風能搖哉！〔註534〕

沈括之所以能說出這一真知灼見，要非深於佛學究竟義理者莫辦，而其前提卻完全是現代意義的科學意義所推極的結果，因為沈括精確的天文學研究，是與光學緊密聯繫在一齊的偉大成果，〔註535〕而以這種科學眼光與佛學修為審視藝術，自然會從析法的比量知中，如同蘇軾那樣，以超越之思做為向上一路的穩固基石，所以在為佛光給出「定果之光」義之前，沈括已在〈書畫神韻〉中說：

> 書畫之妙，當以神會，難可以形器求也。世之觀畫者，多能指摘其間形象、位置、彩色瑕疵而已，至於奧理冥造者，罕見其人。〔註536〕

如以俗眼來看現象界的自然形器與人文製器，祇能看到沒有生命與精神匱乏的東西，所以孔子在《論語·陽貨第十七》要說：

> 禮云禮云，玉帛云乎哉！樂云樂云，鐘鼓云乎哉！〔註537〕

如以慧眼來看、以天耳來聽，形器則有類於《大方廣佛華嚴經》中佛說、菩薩說、聲聞說、眾生說、器界說五類說法之一的器界說法，如清凉澄觀在《大方廣佛華嚴經疏》卷第一說：

> 菩提樹等即器界說。〔註538〕

或如極樂世界的樹林能宣說妙法，如宋人王日休校輯的《佛說大阿彌陀經》卷第二〈寶網音香分第二十八〉說：

> 阿彌陀佛刹中，……又有自然德風徐動，不寒不暑，溫和柔軟，不遲不疾，吹諸寶網，及諸寶樹，演發無量，微妙法音。〔註539〕

至若用以表徵恭敬與供養的法器與造像，自當有一層自濟的蘄嚮，深深

〔註534〕《夢溪筆談全譯》，頁221。
〔註535〕參見李文澤、吳洪澤著，〈中國科學史上的座標〉，《夢溪筆談全譯》，頁3。
〔註536〕《夢溪筆談全譯》，頁217。
〔註537〕《十三經》，下冊，頁2086。
〔註538〕《大正藏》，第三十五冊，頁506^b。
〔註539〕《大正藏》，第十二冊，頁334^a。

蘊藉在其中。可以說，沒有生命的無情的形器，看在體道者的眼中，都是有性的活體，都是緣起論下與有情眾生同一四相的展演，而這也正是盛宋畫家米芾的慧見，在〈論人物畫〉中，米芾說：

> 蘇軾子瞻家收吳道子畫佛及侍者誌公十餘人，破碎甚，而當面
> 一手，精彩動人，點不加墨，口淺深暈成，故最如活。〔註540〕

然而，吳道子「浩海如波翻」的「雄放」，與「當其下手風雨快，筆所未到氣已吞」的任運創作，何嘗不是蘇軾在〈自評文〉中，以「吾文如萬斛泉源，不擇地皆可出」自報家門同一機杼？是以與「照覺常總禪師論無情話」而開悟的蘇軾，在諦觀吳道子的畫作時，必能「至於奧理冥造」的極詣之境。因此，在創作〈四菩薩閣記〉之後十八年的元豐八年十一月七日，再創作〈書吳道子畫後〉，即站在博綜該練的高度，假藉吳畫指出盛宋文化自覺的集大成意識，並把沈括所言的「當以神會」之「奧理」，做出千古不磨的定調，蘇軾說：

> 智者創物，能者述焉，非一人而成也。君子之於學，百工之於
> 技，自三代歷漢至唐而備矣。故詩至於杜子美、文至於韓退之、書
> 至於顏魯公、畫至於吳道子，而古今之變，天下之能事畢矣。道子
> 畫人物，如以燈取影，逆來順往，旁見側出，橫斜平直，各相乘除，
> 得自然之數，不差毫末。出新意於法度之中，寄妙理於豪放之外，
> 所謂遊刃餘地，運斤成風，蓋古今一人而已。〔註541〕

從「蘇老泉家藏書畫」以迄於此，已足以從兩方面申明，蘇軾的文藝學與佛學從互文性進路會通的創作實際，是何等的深湛！

首先是以意象語融通詩與畫兩個絕然不同的藝術創作領域，並同時將之在詩學上並置到由用而相而昇華到體的超越藝境中，以爲體達空境的審美機轉，從而把佛學的般若思想賦予明確的藝術形象。

其次是把創作實踐從單向的技巧領域與層面，從文化史的宏觀視域中，建構起盛宋的文化特質，在於對根柢積厚的歷史光輝，做出集大成的體現，並從既成的法度中，朝更加宏富的意涵，進行具有新意的創造，因而在相、用諸環節的表現上，一旦上升到體的境界上，不致失於工匠般的餖飣，從而以任運的方式，把妙理以藝術的手法，從創作主體的生命悟境中，以形象的

〔註540〕《中國畫論類編》，上冊，頁458。
〔註541〕《蘇軾文集》，第五冊，頁2210～2211。

藝象釋放出來。

　　從〈四菩薩閣記〉來諦觀蘇軾的大布施思想，如不深明蘇軾創造的手法與命意，必然會說出如同洪邁與劉將孫那番莫名的話來，或僅止於隱約知道蘇軾在文本的表象所給出的微弱訊息而不知其所以然者，也不過如同陳櫟、茅坤、蒲起龍、宋犖諸人所見一般的語焉不詳。

　　要之，在〈四菩薩閣記〉中，蘇軾並非以一般古文以申、述、論、評為常態的議論，或單向敘述的書寫，而是以長達一半的篇幅，與惟簡進行對參式的對話。如說蘇軾所採取的書寫方式，是中國傳統既有的語錄體，則論者以為不如說是分燈禪以來的公案體語錄。因此，在一問一答之間，所不斷顯明的，便是彼此對彼此究竟正知見的勘驗，祇是重義學甚於禪學的蘇軾，並不採用宗門特重內證式的語言模式，或以臨濟宗初祖唐僧義玄在《鎮州臨濟慧照禪師語錄》所舉來路不明的古人的話「說似一物則不中」，〔註542〕並以其不可言詮的機語來表述，而是以最尋常的敘述語，從有跡可尋的路數，進行對現象有本質空的對破，如同鳩摩羅什譯《佛說千佛因緣經》說：

　　　　施為妙善藥，服者常不死，不見身與心，觀財物空寂。受者如
　　虛空，如是行布施，無財及受者，乃應菩薩行。〔註543〕

　　這種義理顯豁的三輪體空思想，正是慳恪的究竟否除，其在無著菩薩造頌、世親菩薩釋、唐僧義淨譯的《能斷金剛般若波羅蜜多經論釋》卷上，有極其詳審且一點也不玄虛的論述：

　　　　「經云：『菩薩不住於事，應行布施。』〔註544〕如是廣說，此
　　中何意，以一施聲而總收盡六到彼岸耶？」
　　　　答曰：「六度皆名施，由財無畏法，此中一二三，名修行不住。」
　　　　為明此六，咸有施相，此之施性，由財無畏法，財施由一，謂
　　是初施無畏。由二，謂是戒忍，於無怨讎（戒也），及怨讎處（忍也），
　　不為怖懼故。法施由三，謂是勤等，由其亡倦（勤也），了彼情已（定
　　也），宣如實法（慧也）。此是大菩薩修行之處，即是以一施聲，收
　　盡六度。
　　　　「經云：『菩薩不住於事，應行布施。』如是等者，此中何謂不

〔註542〕《大正藏》，第四十七冊，頁503ᵃ。
〔註543〕《大正藏》，第十四冊，頁67ᵇ。
〔註544〕元魏西來僧菩提流支譯《金剛般若波羅蜜經》具云：「菩薩不住於事，行於布施。」《大正藏》，第八冊，頁236ᵃ。

住性耶？」

「頌曰：『爲自身報恩，果報皆不著。』言不住於事者，此顯不著自身，不住隨處。『應行布施』者，此顯不著報恩於利養恭敬等，求恩望益之處，事有多途，故云：『不應隨處生著，而行布施。』不住於色等者，謂不著果報。」

問：「何須如是行不住施耶？」

「頌曰：『爲離於不起，及離爲餘行。』由顧自身，不行其施，爲欲離其不起心故，莫著自身，速應行施，由望恩心，及怖果故，遂捨正覺菩提果性，爲於餘事而行惠施，是故當捨求餘行施。次下當說攝伏心。」

「其事云何？」

「攝伏在三輪，於相心除遣，後後諸疑惑，隨生皆悉除。經云：『菩薩如是，應行布施。』乃至相想，亦不應著，此顯所捨之物，及所施眾生，并能施者，於此三處，除著想心。」〔註545〕

準此以觀，此正是洪邁祇看到蘇軾施畫之於得失的勘驗之論，而有所謂「晚學所不曉也」之疑，亦是劉將孫「而坡皇皇然，……然其心亦可悲也哉」的浩歎之所從生處。

前及「蘇軾重義學甚於禪學」，這從其一系列的文記類作品中，都可以分明看出，蘇軾文學對佛教義學銷釋的深廣度，率皆高於對公案禪文字的文學轉移與審美再造得到證明，如蘇軾在〈與浴室用公一首〉說：

知長講《起信》，白講入禪，把纜放船，甚善！甚善！〔註546〕

在〈蘇州請通長老疏〉又說：

認禪、律以爲佛，皆佛之粗。……一切解脫，寧復有禪？〔註547〕

在〈懺經疏〉再說：

如來大藏，起於《四十二章》；過去妙心，流出五千卷。……念我夙昔，見此本原。悟萬善之同歸，豈一法之敢捨？遍參重譯，盡發祕函。全見摩尼，悉證貝多葉。〔註548〕

元豐八（1085）年重九，已經五十歲的蘇軾，在〈書《楞伽經》後〉，則

〔註545〕《大正藏》，第二十五冊，頁875$^{b\sim c}$。
〔註546〕《蘇軾文集》，第五冊，頁1896。
〔註547〕《蘇軾文集》，第五冊，頁1907。
〔註548〕《蘇軾文集》，第五冊，頁1908。

更加明確的指出，學佛不重經教而衹知參公案，勢將造成佛法的衰微，是以蘇軾語重心長的說：

> 《楞伽阿跋多羅寶經》，先佛所說，微妙第一，眞實了義，故謂之〈佛語心品〉，祖師達磨，以付二祖曰：「吾觀震旦，所有經教，惟《楞伽》四卷，可以印心。」祖祖相授，以爲心法。如醫之有《難經》，句句皆理、字字皆法。後世達者，神而明之，如盤走珠，如珠走盤，無不可者。若出新意，而棄舊學，以爲無用，非愚無知，則狂而已。近歲學者，各宗其師，務從簡便，得一句一偈，自謂了證，至使婦人、孺子，抵掌嬉笑，爭談禪悅，高者爲名，下者爲利，餘波末流，無所不至，而佛法微矣。譬如俚俗醫師，不由經論，直授方藥，以之療病，非不或中，至於遇病輒應，懸斷死生，則與知經學古者，不可同日語矣。世人徒見其有一至之功，或捷於古人，因謂《難經》不學而可，豈不誤哉！《楞伽》義輒幽眇，文字簡古，讀者或不能句，而況遺文以得義，忘義以了心者乎？〔註549〕

湯次了榮說：《大乘起信論》

> 以《楞伽經》爲根本典據，而廣泛地涉獵參酌諸大乘經，於是形成了綜合系統。……但若欲擧諸大乘經中思想最類似、内容最一致者，則《楞伽經》可以首肯。……因此《義記》中引證《楞伽經》文句，約有二十處之多。〔註550〕

蘇軾是既深於《起信》而又精於《楞伽》等經論的佛教義學的宿學，否則看不到湯次了榮所看到的兩書在思想系統上所開展出來的相關性。衹是值得注意的是，在禪教之間，蘇軾是沒有分別心的，而這正是蘇軾與朱熹完全不同的地方，如朱熹在《朱子語類》卷第一百二十四〈陸氏〉中，即以儒家的心性論，兩路夾殺禪與教說：

> 禪學熾則佛氏之說大壞，緣他本來是大段著工夫收拾這心性，今禪說只恁地容易做去。佛法固是本不見大底道理，只就他本法中是大段細密，今禪說只一向粗暴。〔註551〕

〔註549〕《蘇軾文集》，第五冊，頁 2085。參見《大正藏》，第十六冊，頁 479ᶜ。互有異文，逕依文意正之，不另出校記。

〔註550〕〔日〕湯次了榮著，豐子愷譯，《大乘起信論新釋》，臺北，天華出版社，民85，頁 20～21。

〔註551〕《朱子語類》，第八冊，頁 2977。

又在卷第一百二十六〈釋氏〉中以邊見之見說：

> 禪只是一箇呆守法，如「麻三斤」、「乾屎橛」。他道理初不在這
> 上，只是教他麻了心，只思量這一路，專一積久，忽有見處，便是
> 悟。……悟後所見雖同，然亦有深淺。某舊來愛問參禪底，其說只
> 是如此。其間有會說者，却吹噓得大。如杲佛日之徒，自是氣魄大，
> 所以能鼓動一世。〔註552〕

又以儒家的格物學說做爲衡準，處分禪家參話頭說：

> 他說得分明處，却不是。只内中一句黑如漆者，便是他要緊處。
> 於此曉得時，便盡曉得。他又愛說一般最險絕底話，如引取人到千
> 仞之崖邊，猛推一推下去。人於此猛省得，便了。〔註553〕

從朱熹反佛的立論基點，來看其對佛學義理與宗門作畧選擇性的批判，
其與內典之義相違處，彰彰明甚，姑不在此具論。但不能忽視的是朱熹因反
佛，致使其在看待蘇軾、蘇門學士、蘇門君子，乃至於涉佛文學家時，必然
會導出無一能幸免於其撻伐的噩運，如在卷第一百三十〈自熙寧至靖康用人〉
中，仍一準以格物之學，左抑蘇軾昆仲說：

> 問：「二蘇之學得於佛老，於這邊道理，元無見處，所以其說多
> 走作。」
> 曰：「看來只是不會子細讀書。他見佛家之說直截簡易，驚動人
> 耳目，所以都被引去。……今人原不曾格物，所以見識極卑，都被
> 他引將去。二蘇所以主張箇『一』與『中』者，只是要恁含糊不分
> 別，所以橫說豎說，善作惡作，都不會道理也。然當，時人又未有
> 能如它之說者，所以都被他說動了。」〔註554〕

朱熹這段議論，是因洛蜀黨爭而引起的，且不論蘇、程、朱的學術見地
爲何，如說二蘇「看來只是不會子細讀書」，那麼，蘇軾在〈鹽官大悲閣記〉
中，就無從以子夏的「日知其所亡，月無忘其所能」的專精致志的讀書方法，
與孔子的「吾嘗終日不食，終夜不寢，以思，無益，不如學也」的以學爲思
的根據，做爲一個人之於世學的學思機要而說：

> 今吾學者之病亦然。天文、地理、音樂、律曆、宮廟、服器、

〔註552〕《朱子語類》，第八冊，頁3029。
〔註553〕《朱子語類》，第八冊，頁3029。
〔註554〕《朱子語類》，第八冊，頁3111。

冠昏、喪祭之法，《春秋》之所去取，《禮》之所可，刑之所禁，歷
代之所以興廢，與其人之賢不肖，此學者之所宜盡力也。〔註555〕

如其不然，豈不成爲連孔子和子夏都變成了與蘇軾一樣的「含糊」之徒，
莫怪舊諺有云：「眼珠子，鼻孔子。朱子何以在孔子之上？」而點出了朱熹宋
學之於漢學不無奪席之嫌。因此，看來含糊的何止二蘇，還有一個以攻佛兼
伐孔的假糊塗之徒，一直在歷史的現場賣乖，更何況孔子問學的切磋態度，
明白的記載在《論語》第一章上，即〈學而第一〉所說：「有朋自遠方來，不
亦樂乎？人不知而不慍，不亦君子乎？」〔註556〕而孔子的學術方法也同樣明
白的寫在《論語》中，即〈子路第十三〉所說的「君子和而不同」。〔註557〕
因此，做爲儒家祖師，而足以以其廣博襟懷，垂範萬世的孔子，如在其所處
身的先秦時代，有機會與來自遠方的胡僧進行中印思想交流，想必會對佛說
採取「每事問」的態度去從事「述而不作」的會通，而不會像朱熹那樣用「同
而不和」的手段，把佛教及涉佛思想的中國文藝學一竿子打趴，這在蘇軾那
不斷朝向上一路解脫而去的心性裏，顯然要比後來變成吃人禮教的朱學表現
得更加高明與寬厚，所以蘇軾接著儒書需細讀的議論後說：

豈惟吾學者，至於爲佛者亦然。齋戒持律，講誦其書，而崇飾
塔廟，此佛之所以日夜教人者也。而其徒或者以爲齋戒持律不如無
心，講誦其書不如無言，崇飾塔廟不如無爲。其中無心，其口無言，
其身無爲，則飽食而嬉而已，是爲大以欺佛者也。〔註558〕

蘇軾做爲儒生出身的士大夫居士，從來就沒有悖離自己身爲朝廷以儒術
治國而晉用人才的身分，這從其所撰寫的超過文藝學創作甚多的大量表狀、
奏議、制勅、內制詔勅、內制勅書、內制口宣、內制批答、內制表本、內制
國書、內制青詞、內制朱表、內制疏文、內制齋文、內制祝文、內制祭文、
啓等等官文書，不僅可以看出蘇軾讀書功力之深且細，用書引例方法之搏洽
與貼切，而且關懷教育之見，每每針對場屋之弊而發，如熙寧二（1069）年，
〔註559〕朝廷想改變科考命題的方法，進士科罷詩賦而專用經義，蘇軾即於五
月上神宗〈議學校貢舉狀〉說：

〔註555〕《蘇軾文集》，第二冊，頁387。
〔註556〕《十三經》，下冊，頁1995。
〔註557〕《十三經》，下冊，頁2061。
〔註558〕《蘇軾文集》，第二冊，頁387。
〔註559〕依孔凡禮校記〔一〕繫於此年。參見《蘇軾文集》，第二冊，頁726。

　　　　自唐至今，以詩賦為名臣者，不可勝數，何負於天下，而必欲
　　　　廢之！近世士人，纂類經史，綴緝時務，謂之策括，待問條目，搜
　　　　抉畧盡，臨時剽竊，竄易首尾，以眩有司，有司莫能辨也。且其為
　　　　文，無規矩準繩，故學之易成，無聲病對偶，故考之難精。以易學
　　　　之士，付難攷之吏，其弊有甚於詩賦者矣！〔註560〕

　　蘇軾的清明與不「含糊」，不衹在儒學取士的議題上用心，更是義界明確
且嚴格的釐分治世之學與出世之法，在本質與功能上不容混淆，所以在狀文
中批判被後來的理學家尊奉為宋初三先生的孫復等，以「通經學古者，莫如
孫復、石介，使孫復、石介尚在，則迂闊矯誕之士也，又可施之於政事之間
乎」？〔註561〕

　　蘇軾說孫復之所以「迂闊矯誕」，是因為孫復無視於經術是有宋用以治國
的儒典教說對新時代的適應性，就像後人讚譽孔子是「聖之時者也」那樣，
如孫復在《孫明復小集・董仲舒論》中說：「推明孔氏，抑黜百家，凡諸不在
六藝之科、孔子之術者，皆絕其道，勿使並進，息滅邪說，斯可謂盡心於聖
人之道者也。噫！暴秦之後，聖人之道晦矣，晦而復明者，仲舒之力也。」
〔註562〕又無視於中國文化儒、釋、道在有唐一代已成為三足鼎立的客觀學術
事實而作〈儒辱〉說：「夫仁、義、禮、樂，治世之本也，王道之所由興、人
倫之所由正，捨其本則何所為哉？噫！儒者之辱，始於戰國楊朱，墨翟亂之
於前，申不害、韓非雜之於後，漢、魏而下，則又甚焉！佛、老之徒，橫乎
中國，彼以死生、禍福、虛無報應為事，千萬其端，紿我生民，絕滅仁、義，
以塞天下之耳，屏棄禮、樂，以塗天下之目，天下之人，愚眾賢寡，懼其死
生、禍福、報應，人之若彼也，莫不爭舉而競趨之，觀其相與為羣，紛紛擾
擾，周乎天下，於是其教與儒齊驅並駕，峙而為三。吁！可怪也。且夫君臣、
父子、夫婦，人倫之大端也。彼則去君臣之禮，絕父子之戚，滅夫婦之義，
以之為國則亂矣。」〔註563〕

　　至於石介的「迂闊矯誕」之於孫復，亦不遑多讓，同為「獨尊儒術罷黜
百家」與左抑佛、老的儒家道統論的主催者，如在《徂徠集》卷五〈怪說下〉
石介說：「孔子大聖人也，手取唐、虞、禹、湯、文王、武王、周公之道，定

〔註560〕《蘇軾文集》，第二冊，頁724～725。
〔註561〕《蘇軾文集》，第二冊，頁724。
〔註562〕文淵閣《四庫》鈔本，葉9^{b}。
〔註563〕文淵閣《四庫》鈔本，葉37$^{a\sim b}$。

以爲經，垂於萬世矣。堯、舜、禹、湯、文王、武王、周公之道，萬世常行，不可易之道也。佛、老以妖妄怪誕之教壞亂之。」〔註564〕又在卷七〈宗儒名

〔註564〕 文淵閣《四庫》鈔本，葉4^b。又，元至元間，如意長老奉元世祖詔，撰〈如意答石介怪記〉，係佛教界辯破儒學者石介〈怪說〉的重要文獻，而論者認爲自印度佛教西來中國後，雖累代都有闢佛聲浪，但佛教界不是採取援儒入佛的方式爲自家申辯，便是以默擯的態度置身事外，以致給外界的觀感勞勞事不關己，除了宋僧孤山智圓在《閑居編》第二十八提出〈駁嗣禹說〉，強烈辯斥韓愈的排佛論之外，鮮有像如意長老這樣，以犀利的筆觸反撥者，特將全文錄下，用供有心於論究此議題者過眼。《辯僞錄》卷第五，元如意長老奉詔撰，《虛鍾受扣集·如意答石介怪記》說：

宋石介字守道，作〈怪說〉誣謗佛、老，眯他耳目，通人不惑，但誑愚夫爾。乃曰：「中國聖人之所治也，四民之常居也，衣冠之所聚也，而釋氏髡髮左衽，不士不農，爲夷者半中國，可怪也。夫中國道德之所治，禮樂之所施，五常之所被，而汙漫不經之教行，妖誕幻惑之所滿，眞可怪也。」又云：「人君見一日蝕、一星殞，風雨不時，草木不植，則爲天地之怪也。彼其滅君臣之道，絕父子之親，棄道德悖禮樂，裂五常移四民，毀中國之衣冠，去祖宗之祀祭，反不知爲怪而更奉焉！時人見一狐媚、一梟鳴野，鵲噪草雉，入人以爲怪，而離父子，習夷鬼千有餘年，反不爲怪乎？」

余答之曰：「夫好同惡異，人之常情，不達道之淵源，而辯像服之異，是知石而不知玉爾！夫聖人出世，利濟尤深，根器不同，設教亦異，或明域中之訓，則說五乘，或闡象外之風，獨標一極。破自然而談因果，緣會而生，爲滯有而演眞空，諸法無性，應病設藥，故有多方究竟歸宗，不存一法，而頑夫愚俗，浪鼓口舌，不達是非，妄興辯論，而不思所同者道，所異者服。且孔子所談仁義者，佛家所謂慈愛也。老子所稱玄妙者，佛家所謂空寂也。至理不殊，於文小變。且夫裸入裸國，脫去衣冠，順其俗也。太伯奔吳，文身斷髮，合其儀也。豈爲怪乎？變俗以爲會其道，故捨君臣華服，非悖禮也。捐親以爲棄其累，故亡妻子之情，非慢俗也。子陵抗禮於光武，愈見尊嚴。逸民不事於王侯，高尚其志。不明其本，謬斥以夷，亦猶楚靈詬天，天何怒哉？子貢譽天，天何喜哉？喜怒不涉，而詬譽自辱。夫聖人在天不求於世，但留典教，匝布神州，不言之化自行，無爲之風自靡。星羅梵刹，碁布伽藍，設像安人，獻華酌水，王侯禮重，士庶欽崇，苟無大功，孰肯崇奉？且夫自漢至今，歷年如此其多也，君臣士民如此其眾也，天地神明如此其靈也。其可欺乎？決不誣矣！大凡爲人之道，力量自知，石介但以書生，智同芥子，將己不達，妄毀聖人，同斥鷃之笑鯤鵬，似朝菌之輕松柏，類乎？魏文火浣，入火愈鮮。昆吾之劍，切玉轉利。豈可不覩，便責爲謬乎？石介之智，比孫綽而小焉！石介之才，比昭明而淺矣！石介之論，比王通而難隣！石介之文，比柳子而罕及！石介之位，望魏徵而地天！石介之學，校蘇軾而涔海！石介之議，連陸贄而狗麟！石介之詩，攀杜甫而金鐵！上之君子，悉皆信佛，汝之材量，孰不勝之，而妄意貶駁，訕斥大聖！佛如日月也，疇可愈焉？昔田巴強辯，勝人之口，不伏人之心，口毀三皇，坐非五帝，至今聞之，人猶切齒。況佛六通，縣鑑萬古無敵？而妬聖嫉賢，奴脣婢舌，恣出其

孟子〉中說：「嗚呼！君臣、父子，皆出於儒也。禮、樂、刑、政，皆出於儒也。仁、義、忠、信，皆出於儒也。」〔註565〕更在卷十〈中國論〉說：「九州分野之外，入乎九州分野之內，是易地理也。非君臣、父子、夫婦、兄弟、賓客、朋友之位，是悖人道也。苟天常亂於上，地理易於下，人道悖於中，國不爲中國矣。聞乃有巨人，名曰佛，自西來，入我中國。有龐眉，曰耼，自胡來，入我中國。各以其人，易中國之人，以其道，易中國之道，以其俗，易中國之俗，以其書，易中國之書，以其教，易中國之教，以其居廬，易中國之居廬，以其禮、樂，易中國之禮、樂，以其文章，易中國之文章，以其衣服，易中國之衣服，以其飲食，易中國之飲食，以其祭祀，易中國之祭祀。雖然，中國人猶未肯樂焉，而從之也。其佛者，乃說曰，天有堂，地有獄，從我游，則升天堂矣，否則擠地獄。其老亦說曰，我長生之道，不死之樂，從我游，則長生矣，否則夭死。」〔註566〕

　　孫復與石介的極端復古與佞儒之論，及夷夏禁防之封閉偏見，不但無視於處在中國歷史中古與近古轉折之路上的宋王朝，其迥異於先秦時代的國

口，多見其不知量也。《六帖》中載虞世南〈飯千僧手疏〉，則曰：『弟子虞世南，稽首和南，十方三寶。弟子早年，嘗遇重病，即時運心，願託佛力，差愈之日，奉設千僧齋，今謹於道場，飯供百僧疏，會以斯願力，希世世生生，常無病惱，并及七世父母，六道怨親，並同今願。』又，閱〈帝紀〉得世南〈史論辯〉，周武帝宇文邕建德三（574）年，晉滅佛、道二教之事，問者曰：『邕廢二教，是耶？非耶？』先生曰：『非也。』請與論之：『釋氏之法，空有不滯，人我兼忘，絕生死之根，去大患之累，榮利無嬰，歸於寂滅，此象外之談也。老子之義，則谷神不死，玄牝長存，微妙同玄，騰龍駕鵠，此域中之教也。至於勝殘去殺，止競尚仁，並有益於王化，無乖越於典謨。縱人有虧，於法何黜？今以僧徒犯律，道士違經，便謂其教可捐，其道可絕，何異責《橋杌》而廢堯？怨有苗而黜禹？見甀子之泛濫，遠塞河源。觀崑嶽之方炎，即投金鑠。曾不思潤下之德，利濟尤深，變腥之用，其功甚博。井蛙觀海，多自不知，蜩鳩翔榆，恥逢鵬翼，局於小量，暗於大方，輪迴長夜之迷，自貽沈溺之苦，疑誤後人，良可痛哉！』余讀此文，乃知世南眞奇人也。唐太宗嘗稱世南有四絕：一曰德行，二曰忠信，三曰文章，四曰筆札。夫有異行者必有異能，有異能者必有異才，觀世南之爲人也，事君忠厚，與友直、諒，德高物表，學盡天、人，窮釋、老之幽宗，達聖人之玄趣，字高一代，行貫四科，登翰苑之瀛洲，擅文場之綺席，信佛篤敬，尊奉釋僧，師襄陽林公，爲金蘭之契，豈與韓愈、石介倔強求名，坐井觀天，瞽言非聖，不入通人之論，濫廁豎儒人流，下愚不移，斯言效矣！」《大正藏》，第五十二冊，頁778^b～779^b。

〔註565〕文淵閣《四庫》鈔本，葉10^a。
〔註566〕文淵閣《四庫》鈔本，葉8^{a~b}。

際觀與中印文化長達千年的交流成果，已成為中國傳統文化的主要血脈之一，並早已帶有中國文化基因的特質，而仍亟亟然的欲以尊儒之術，而全面以邪說之論去之，顯係不符當時代的學術客觀實際之偏論。然而，蘇軾並不如此，蘇軾不但尊儒且分明曉了佛、老同為中國文化的主流，自然有其存在的思想根源不容輕忽，並在世法與出世間法的不同功能上，以予明確的進行區辨，就為國舉材的科考方式而論，蘇軾清楚的指出其目不同的關鍵，俱在於：

> 必欲登俊良，黜庸回，總覽眾才，經畧世務，……然臣竊有私憂過計者，敢不以告。昔王衍好老莊，天下皆師之，風俗凌夷，以至南渡。王縉好佛，捨人事而修異教，大曆之政，至今為笑。……今士大夫至以佛、老為聖人，粥（鬻）書於市者，非莊老之書不售也，讀其文，浩然無當而不可窮，觀其貌，超然無著而不可把，豈真能然哉？〔註567〕

蘇軾這段治世不能與出世法混一的功能論，是以比較的方法，指明不同目的的論題，必須針對性明確的採用與之相適應的思想方法去實踐，纔能達致所欲完成的主張，因此，把當時代宏通的三大思潮，並置起來檢校，並申明思想誤用所可能導致窒礙難行的不良後果，小者自誤誤人，大者貽禍國政，如宋薛居正等在《舊五代史》卷一百三十六〈僭偽列傳第三·衍〉傳說：「衍，建之幼子也。建卒，衍襲偽位，改元乾德。六（924）年十二月，改明年為咸康。秋九月，衍奉其母徐妃同遊於青城山，駐於上清宮。時宮人皆衣道服，頂今蓮花冠，衣畫雲霞，望之若神仙，及侍宴，酒酣，皆免冠而退，則其髻鬖然。又構怡神亭，以佞臣韓昭等為狹客，雜以婦人，以恣荒宴，或自旦至暮，繼之以燭。偽嘉王宗壽侍宴，因以國政社稷為言，言發涕流，至於再三。同宴侍臣潘在迎等並奏衍云：『嘉王好酒悲。』因翻恣諧謔，取笑而罷，自是忠正之士結舌矣。」〔註568〕

蘇軾說「王衍好老莊」以至於亡國，不但是說王衍用錯了治國方畧，還寓意著對老莊之學在宗教化上的誤用，致因荒誕恣肆而喪命，而這種以王者身，動見觀瞻的敗德失行，與堵塞言路之舉，本來就不足取，以其顯然與老莊之學，在本義上完全違異之故，用俚俗的話來說，就是利用自然無為的道

〔註567〕《蘇軾文集》，第二冊，頁725。
〔註568〕《舊五代史》，第三冊，頁1819。

家之學行神棍欺世之實，因此，風俗不凌夷者幾希？

　　至於王維的弟弟王縉，亦是誤用佛法干政誤國的著例，爲了釐清政教分際，蘇軾必然要舉反例，證明自己的立論，具有客觀的參照系，同時揭明，不同思想在世法與出世法上，本有不同歸趨的理路，如果因理路含糊，而導致義界的諸譌，勢必會在制度模式不合，與操作方法不當的齟齬情況之下，形成反噬的逆流，而在遭到既成治術阻礙的時候，回過頭來吞沒自身，如後晉劉昫等在《舊唐書》卷一百一十八〈列傳第六十八・王縉〉傳說：

　　　　初，代宗喜祠祀，未甚重佛，而元載、杜鴻漸與縉喜飯僧徒。
　　代宗嘗問以福業報應事，載等因而奏啓，代宗由是奉之過當，嘗令
　　僧百餘人於宮中陳設佛像，經行念誦，謂之內道場。……每西蕃入
　　寇，必令羣僧講誦《仁王經》，以攘虜寇。……僧之徒侶，雖有贓姦
　　畜亂，敗戮相繼，而代宗信心不易，乃詔天下官吏不得箠曳僧尼。
　　又見縉等施財立寺，窮極瓌麗，每對揚啓沃，必以業果爲證。以爲
　　國家慶祚靈長，皆福報所資，業力已定，雖有小患難，不足道也。……
　　公卿大臣既挂以業報，則人事棄而不修，故大曆刑政，日以陵遲，
　　由有然也。……而識者嗤其不典，其傷教之源始於縉也。〔註569〕

蘇軾說：「大曆之政，至今爲笑。」此笑正是與「嗤其不典」的識者同感無奈之笑，因爲「業力已定」之說的不可改義，是宿命論者所持有的外道思想，與內典所反覆強調的修行論完全相反之故，如吳・西來僧支謙譯《太子瑞應本起經》卷下說：

　　　　昔定光佛時，呪我爲佛，名釋迦文，今果得之。從無數劫，勤
　　苦所求，適今得耳。自念宿命，諸所施爲，慈、孝、仁、義，禮敬
　　誠信，中正守善，虛心學聖，柔弱淨意，行六度無極，布施、持
　　戒、忍辱、精進、一心、智慧。習四等心，慈、悲、喜、護；養育
　　眾生，如視赤子；承事諸佛，積德無量；累劫勤苦，不望其功，今
　　悉自得。〔註570〕

從佛學面來看，佛教特重般若智慧的啓發，目的在體達自性的明覺，是世出世法俱解脫，在理論上之所以可能的根本觀解，而不是用超越的出世法，去片面的阻障世法的常態運作，這不僅與世尊的教說於義有違，甚至與

〔註569〕　《舊唐書》，第四冊，頁3417～3418。
〔註570〕　《大正藏》，第三冊，頁478ᶜ。

世法治世的有爲有作的方畧有違，是以必須深切辨析的是宋太宗說：「浮屠氏之教有裨政治。」〔註571〕並不是說要用浮屠氏之教治世，而是說浮屠氏之教對於治世具有柔性規範的功能，至於剛性規範的操作，還是非儒術莫辦，因此，《長篇》卷二十四「太平興國八（983）年冬十月甲申」第二條，趙普回答太宗說：

> 陛下以堯、舜之道治世，以如來之行修心，聖智高遠，動悟眞理。〔註572〕

從世出世法以出世法超越世法，來論究出世法包蘊世法，並不等於世法在仍然具足其緣起因的條件之下，做爲自身具足的諸法，是可以被片面取消的，所以當有學者抓住蘇軾在〈議學校貢舉狀〉所用以參照的反例，做爲申明誤用出世法勢必造成世法的障礙的文記以爲罪案時，便見獵心喜的指控蘇軾亦曾是闢佛團隊的中堅份子，就不無「不會子細讀書」之嫌，更何況智顗在《摩訶止觀》卷第一下「約六即顯是者」，即以內凡十信位的相似即，顯明了在世法中的治生產業的運行原理及其與眞理不相違越的關係，智顗說：

> 相似即是菩提者：以其逾觀逾明、逾止逾寂，如勤射隣的，名相似觀慧，一切世間，治生產業，不相違背，所有思想籌量，皆是先佛經中所說，如六根清淨中說，圓伏無明名止，似中道慧名觀。〔註573〕

釋迦牟尼佛設教的終極目的，雖是以眾生得以證悟自性而達致究竟解脫，但這樣的解脫，並不是以斷滅與十法界共在的緣起論爲理論根據，恰恰相反的是，以確證緣起無性爲自性爲理論根據，如《大般若波羅蜜多經》卷第五百九十六〈第十六般若波羅蜜多分之四〉，佛陀回答舍利子的提問時即說：

> 甚深般若波羅蜜多以蘊、處、界緣起無性爲自性故，以諸顛倒、諸蓋、見趣、愛行無性爲自性故，以我、有情、命者、生者、養者、士夫、補特伽羅、意生、儒童、作者、使作者、起者、等起者、受者、使受者、知者、使知者、見者、使見者無性爲自性故，以地、水、火、風、空、識界無性爲自性故，以有情界、法界無性爲自性

〔註571〕《長編》，第一冊，頁554。
〔註572〕《長編》，第一冊，頁554～555。
〔註573〕《大正藏》，第四十六冊，頁10c。

故，以欲、色、無色界無性爲自性故，以布施、慳悋、持戒、犯戒、
安忍、忿恚、精進、懈怠、靜慮、散亂、妙慧、惡慧無性爲自性故，
以菩提分法、聖諦、止觀、無量、神通、靜慮、解脫、等持、等至、
明脫無性爲自性故，以盡離、染滅無性爲自性故，以無生智、滅智、
涅槃無性爲自性故，以聲聞地、獨覺地、佛地、世俗智見、勝義智
見及無著智、一切智智等法無性爲自性故。〔註574〕

　　有這等慧見和行誼的人，必屬通達佛道的長者，因此，維摩詰長者爲中
國累代以來具有宰官身的士大夫，立下了如何行爲的典範，以盛宋爲例，蘇
軾在熙寧八（1075）年密州任所，爲時任戶部尚書的張安道賦〈張安道樂全
堂〉詩，有句云：

樂全居士全於天，維摩丈四空翛然。
……
我公天與英雄表，龍章鳳姿照魚鳥。
但令端坐委廟堂，北戎西狄談笑了。〔註575〕

　　這是在廟堂上，談笑運籌，用兵邊鄙而無礙的英雄維摩。又，哲宗元符
二（1099）年在儋州貶所賦〈縱筆三首〉，其二云：

父老爭看烏角巾，應緣曾現宰官身。〔註576〕

　　這是在素有「天涯海角」之稱的海南孤島，仍與民同樂而樂民之樂的親
民維摩。再如王安石在《臨川文集》卷二十八〈詠菊二首〉其一云：

補落迦山傳得種，閻浮檀水染成花；
光明一室眞金色，復似毘耶長者家。〔註577〕

　　這是以毘耶離長者家居自況的宰相維摩。然而，值得注意的是，沒有那
一個頭腦清楚的宰官居士，在精通世出世法的無礙法流，及世法義界所應持
有的分際時，會愚癡到義理諍亂的田地，且看維摩詰是怎麼做的，便不會糊
塗將事，《維摩詰所說經》卷第二〈佛道品第八〉，維摩詰說：

若菩薩行五無間，而無惱恚；至于地獄，無諸罪垢；至于畜生，
無有無明、憍慢等過；至于餓鬼，而具足功德；行色、無色界道，
不以爲勝。示行貪欲，離諸染著；示行瞋恚，於諸眾生，無有恚礙；

〔註574〕《大正藏》，第七冊，頁1085ᶜ～1086ᵃ。
〔註575〕《蘇軾詩集合注》，上冊，頁616。
〔註576〕《蘇軾詩集合注》，下冊，頁2183。
〔註577〕文淵閣《四庫全書》鈔本，葉11ᵃ。

示行愚癡，而以智慧，調伏其心；示行慳貪，而捨内外所有，不惜身命；示行毀禁，而安住淨戒，乃至小罪，猶懷大懼；示行瞋恚，而常慈忍；示行懈怠，而勲修功德；示行亂意，而常念定；示行愚癡，而通達世間、出世間慧；示行諂偽，而善方便，隨諸經義；示行憍慢，而於眾生，猶如橋樑；示行諸煩惱，而心常清淨；示入於魔，而順佛智慧，不隨他教；示入聲聞，而為眾生，說未聞法；示入辟支佛，而成就大悲，教化眾生；示入貧窮，而有寶手，功德無盡；示入形殘，而具諸相好，以自莊嚴；示入下賤，而生佛種姓中，具諸功德；示入羸劣醜陋，而得那羅延身，一切眾生之所樂見；示入老病，而永斷病根，超越死畏；示有資生，而恒觀無常，實無所貪；示有妻、妾、婇女，而常遠離五欲淤泥；現於訥鈍，而成就辯才，總持無失；示入邪濟，而以正濟，度諸眾生；現遍入諸道，而斷其因緣；現於涅槃，而不斷生死。文殊師利！菩薩能如是行於非道，是為通達佛道。〔註578〕

欲究明這種「通達世間、出世間慧」，並於「行於非道」時得能「總持無失」，便得對義學在學理上具備融會貫通的知解能力，纔能進一步去說明行與證何以可能的思想根據，誠如在第三章〈蘇軾的文學與佛學思想〉中，論者所指出的，蘇軾「從一個側面反應了對同時代祇參祖語不檢點經教者的不滿，也從另一個側面體現了蘇軾佛學思想的高度」，所以在〈四菩薩閣記〉中，蘇軾在檢校當時學界對儒學的「今吾學者之病亦然」的問題，全失之於「廢學而徒思」之故，〔註579〕並隨即把觀照的視域轉向「至於為佛者亦然」的通病上，而具體點出自分燈禪以下所出現的宗門亂象，都是由於錯誤的知見所致，如說「齋戒持律不如無心，講誦其書不如無言，崇飾塔廟不如無為」。

本來無心、無言、無為都是佛教持修的行法之一，以無心而論，在宋初的淨土宗六祖、法眼宗三祖永明延壽禪師所編輯的《宗鏡錄》卷第八十三，討論《楞伽阿跋多羅寶經》所說的「佛語心為宗」時，即指出「無心是道」，是在真心的覺照之下不執妄心、息妄心、不起妄心的無心於妄心而言，而非連「猶如虛空體，非一切而能現一切」的真實心也無的「不如無心」，是以延壽明白的說：

〔註578〕《大正藏》，第十四冊，頁549ᵃ。
〔註579〕《蘇軾文集》，第二冊，頁387。

　　　心爲宗者，是眞實心，此心不是有無，無住無依，不生不滅，
　　有佛無佛，性相常住，爲一切萬物之性，猶如虛空體，非一切而能
　　現一切，只爲眾生不了此常住眞心，以眞心無性，不覺而起妄識之
　　心，遂遺此眞心妙性，逐妄輪迴，於畢竟同中成究竟異，一向執此
　　妄心，能緣塵徇物，背道違眞，則是令息其緣慮妄心，若不起妄心，
　　則能順覺，所以云：「無心是道。」〔註580〕

　　迷失眞實心的無心，是障礙解脫的亂心，如《摩訶般若波羅蜜經》卷第
二十一〈方便品第六十九〉說：

　　　鈍根菩薩亦可入是門，中根菩薩、散心菩薩亦可入是門，是門
　　無礙，若菩薩摩訶薩一心學者皆入是門。懈怠、少精進、妄憶念、
　　亂心者，所不能入；精進、不懈怠、正憶念、攝心者能入；欲住阿
　　惟越致地，欲逮一切種智者能入；是菩薩摩訶薩如般若波羅蜜所說
　　當學，如禪波羅蜜所說當學，乃至如檀波羅蜜所說當學，是菩薩摩
　　訶薩當得一切智。〔註581〕

　　總之，以無眞實心爲無心，於六度互根互用之法義既不明，於「齋戒持
律」自然無所守，這種與六度義相違的無心，是不學所致，而非無學位之無
學，而這正是比蘇軾早一代人的宋僧汾陽善昭所不贊同的，《汾陽無德禪師語
錄》卷中說：

　　　雲門問僧：「什麼處來？」
　　　云：「禮塔來。」
　　　門云：「□我。」
　　　云：「某甲禮拜去來。」
　　　云：「五戒也不持。」
　　　代云：「彼此鈍置。」
　　　又，問僧：「看什麼經？」
　　　云：「須知有不看經者。」
　　　師云：「一頭兩面漢。」
　　　代云：「檢不在他。」〔註582〕

〔註580〕《大正藏》，第四十八冊，頁875$^{b~c}$。
〔註581〕《大正藏》，第八冊，頁372^{a}。
〔註582〕《大正藏》，第四十七冊，頁618^{c}。

　　可以說，連宗門中人自家都看不下去了，而要一個關懷佛教的士大夫熟視無睹，寧非顢頇之論？

　　以無言而論，無言做為正法行，與六度萬行具有共構的對應性，而持行六度萬行的原理原則，如不通過對相關經論的受持、讀誦、講說來申論持行的要旨，除非已證得正等正覺的覺悟者，可以以無言的方式示現究竟義於十法界，否則因於法義無知無識而偏執無言之法，與啞羊外道有甚麼不同？這在與蘇軾同時代的律僧釋元照所撰述的《四分律行事鈔資持記》卷第三〈釋僧像篇〉中，有明確的說明：

　　　　如啞羊者，彼有啞羊外道，受不語法，世有持不語者，謂為上
　　行，此外道法，宜速捨之。〔註583〕

　　南山律宗之祖唐僧道宣在《四分律刪繁補闕行事鈔》卷第三〈僧像致敬篇第二十〉亦說：

　　　　僧祇受人禮拜，不得如啞羊不語，當相問訊，少病、少惱，安
　　樂不、道路不疲苦等。〔註584〕

　　如此一來，怎能以免開尊口而以非時行禁語為理由裝糊塗，除非真的是啞羊僧，如《大智度論》卷第三〈大智度共摩訶比丘僧釋論第六〉所說：

　　　　云何名啞羊僧？雖不破戒，鈍根無慧，不別好醜，不知輕重，
　　不知有罪無罪；若有僧事，二人共諍，不能斷決，默然無言。譬如
　　白羊，乃至人殺，不能作聲，是名啞羊僧。〔註585〕

　　可見如此之無言，不僅於教是鈍於法之徒，於儒、釋、道三學之於學術論辯上，也祇能默然無言的承受闢佛者斷章取義的棒槌，既無力於護教，又無能於會通外學上，證立自宗理論之所以高明之處，就像悉達多太子在證得無上正等正覺之前，就精通懷疑論者珊闍耶毘羅胝子、快樂論者阿耆多翅舍欽婆羅、宿命論之自然論者末伽梨拘舍梨、無道德論者富蘭那迦葉、無因論之感覺論者迦羅鳩馱迦旃延，與主張罪福苦樂皆是前世之定因，非行道所能息斷的邪命論者尼乾陀若提子等六派哲學，並一一予以徹底辯破。至於真正正法行的無言，則是甚深般若波羅蜜多的體現，如《大般若波羅蜜多經》卷第一百二十七〈初分校量功德品第三十之二十五〉說：

〔註583〕　《大正藏》，第四十冊，頁397[b]。
〔註584〕　《大正藏》，第四十冊，頁133[b]。
〔註585〕　《大正藏》，第二十五冊，頁80[a]。

> 世尊！我若於此甚深般若波羅蜜多，受持、讀誦，正憶念時，
> 心契法故，都不見有諸怖畏相。所以者何？世尊！甚深般若波羅蜜
> 多無相、無狀、無言、無說。
>
> 世尊！由此般若波羅蜜多無相、無狀、無言、無說，是故靜
> 慮、精進、安忍、淨戒、布施波羅蜜多，亦無相、無狀、無言、無
> 說。……
>
> 世尊！若此般若波羅蜜多有相、有狀、有言、有說，非無相、
> 無狀、無言、無說者，不應如來、應、正等覺，知一切法無相、無
> 狀、無言、無說，證得無上正等菩提，爲諸有情說一切法無相、無
> 狀、無言、無說。
>
> 世尊！由此般若波羅蜜多無相、無狀、無言、無說，非有相、
> 有狀、有言、有說，是故如來、應、正等覺，知一切法無相、無狀、
> 無言、無說，證得無上正等菩提，爲諸有情說一切法無相、無狀、
> 無言、無說。〔註586〕

蘇軾所抉擇於僧家「講誦其書不如無言」的命意，可以說完全是立足於
三藏上來評議之說，祇是不及於「默然記」罷了，如《大般涅槃經》卷第三
十九〈憍陳如品第十三之一〉，佛陀告訴富那說：

> 我不說：世間常、虛實、無常亦常、無常非常非無常、有邊、
> 無邊、亦有邊無邊、非有邊非無邊、是身是命、身異命異，如來滅
> 後如去、不如去、亦如去不如去、非如去非不如去。〔註587〕

對這種顛倒妄見，沒有必要對其錯誤的命題做出回答，以致不得不捨置
無言，實非淺人所見的詆佛之詞。然而，關於正見之見的無言，則可以維摩
默然做爲具體的典範，如蘇軾在〈石恪畫維摩頌〉說：

> 我觀三十二菩薩，各以意談不二門。
> 而維摩頡默無語，三十二義一時墮。
> 我觀此義亦不墮，維摩初不離是說。
> 譬如油蠟作燈燭，不以火點終不明。
> 忽見默然無語處，三十二說皆光焰。
> 佛子若讀維摩經，當作是念爲正念。

〔註586〕　《大正藏》，第五冊，頁698^{a~c}。
〔註587〕　《大正藏》，第十二冊，頁596^c。

> 我觀維摩方丈室，能受九百萬菩薩。
>
> 三萬三千師子坐，皆悉容受不迫迮。
>
> 又能分布一鉢飯，饜飽十方無量眾。
>
> 斷取妙喜佛世界，如持鍼鋒一棗葉。
>
> 云是菩薩不思議，住大解脫神通力。〔註588〕

就文藝學論域的詩畫會通而論，蘇軾是以超越於二次元藝術形象之上的創作思維，假途石恪的畫幅，用翻案手法，輕輕揭開通途所知的經典中的維摩本事，並在文學與佛學的會通上，從深層的義理中，再開掘出需以悟入為門徑的不言即言、言即不言的甚深微妙義，其語法與佛教經論常用者同一路數，以近譬而言，與蘇軾〈書金光明經後〉所說的相同：

> 寓言即是實語，若無所見，實寓皆非。〔註589〕

這可以說是超文性派生關係仿作義項下的體裁仿作，而這在明末四大高僧之一憨山德清的慧眼觀照之下，蘇軾的深意早就被顯明出來了，因此，憨山德清復以互文性的戲擬手法，再翻蘇軾的案一次，而把維摩寂默而實不默的要義，發揮得淋漓盡致，如在《紫栢老人集》卷之二十〈讀東坡贊石恪畫維摩頌〉中，憨山德清說：

> 三十二士不二談，口門滾滾川江注。
>
> 病夫無語答文殊，耳熱面黃口寂默。
>
> 聖凡乘隙亂雌黃，到頭誰解知明暗？
>
> 現成香飯圖一飽，飽觀妙喜延復捉。
>
> 師子座高二萬餘，菩薩更多容不隘。
>
> 方丈無增眾不減，如燈互照無相礙。
>
> 我觀蘇公更巧奪，劫掠夢中石處士。
>
> 復將維摩置腦後，逞己自在神通句。
>
> 卷舒語默臂屈伸，壯士寧費纖毫力。
>
> 善使觀者駭且驚，豈殊胡蝶遭風雨？
>
> 紛紛紙上尋入路，競覓高堂避漂溺。
>
> 自笑老漢旁弗禁，一拳打倒眉山子。
>
> 奪得驪珠光更奇，覆盆頓教成曉國。

〔註588〕《蘇軾文集》，第二冊，頁584。
〔註589〕《蘇軾文集》，第五冊，頁2086。

胡蝶夢回春初霽，毘耶城裏人方語。〔註590〕

以無為而論，依蘇軾「飽食而嬉而已」的文意，雖然單指放任而無所作為而言，並不及於與有為相的無為義，但僅僅衹是這樣也已足以顯現與六波羅蜜多義全部相違，更遑論於八萬細行了，如《大佛頂首楞嚴經》卷第五說：

> 優波離即從座起，頂禮佛足而白佛言：「我親隨佛踰城出家，親觀如來六年勤苦，親見如來降伏諸魔、制諸外道，解脫世間貪欲、諸漏、承佛教戒，如是乃至三千威儀，八萬微細，性業、遮業，悉皆清淨，身心寂滅，成阿羅漢。」〔註591〕

釋迦牟尼尚且需如此精勤持修，方能證得阿耨多羅三藐三菩提，何況根器頑鈍者，乃至於《大乘大集地藏十輪經》卷第六〈有依行品第四之二〉所說的「智慧狹劣根器未成」者，〔註592〕焉能以無為為遁辭，而不思於二六時中長養道意？這恐怕是對禪師用語大誤解所生的顛倒見所使然，如潙仰宗初祖唐僧潙山靈祐在《潭州潙山靈祐禪師語錄》中，上堂說：

> 夫道人之心，質直無偽，無背、無面、無詐妄心，一切時中，視聽尋常，更無委曲，亦不閉眼塞耳，但情不附物即得。從上諸聖，衹說濁邊過患，若無如許多惡覺、情見、想習之事，譬如秋水澄渟，清淨無為，澹泞無礙，喚他作道人，亦名無事人。〔註593〕

能成就無為而為無事人的人，首先必須是走在了達究竟解脫之道上的道人，如雲門宗之祖五代僧雲門文偃在《雲門匡真禪師廣錄》卷中〈室中語要〉說：

> 直得觸目無滯，達得名身、句身，一切法空，山河大地是名，名亦不可得，喚作三昧性海俱備，猶是無風匝匝之波，直得忘知於覺，覺即佛性矣，喚作無事人，更須知有向上一竅在。〔註594〕

要之，問題全集中在這「向上一竅」之有無與通不通上，有之於通則以「達得名身、句身」為上達無為的前提，即需以經教為入道的聞、思——知識背景，並在徹底通達名相與名相之間如法的關係之後，以完整的思想詮表

〔註590〕《卍續藏》，第七十三冊，頁315^c。
〔註591〕《大正藏》，第十九冊，頁127^a。
〔註592〕《大正藏》，第十三冊，頁755^a。
〔註593〕《大正藏》，第四十七冊，頁577^{b-c}。
〔註594〕《大正藏》，第四十七冊，頁559^{a~b}。

相應的義理，纔有證成眞實心是無心，受持、讀誦、正憶念是無言，三昧性海俱備是無爲的可能，如其尚未證得無學果而以「其中無心，其口無言，其身無爲」自榜者，不但以其鈍根而少了學人必備的「向上一竅」，更是「大以欺佛」的野狐，不論其廁身於宗門或教下，都是不如十六羅漢中的第十六羅漢周利槃特伽的濫竽之徒，誠如《續傳燈錄》卷第三十三〈大鑑下第十七世・烏巨行禪師法嗣・饒州薦福退菴休禪師〉所載，沈陷於「誑惑世間人，看看滅胡種，山僧不奈何，趁後也打鬨，瓠子曲彎彎，冬瓜直儱侗」的無明膠固難破的「一隊黑漆桶」。〔註595〕

從上所論可知，當蘇軾以〈鹽官大悲閣記〉檢校世學與出世學多所廢學與欺佛的時代病時，雖無一言及於「大悲」之義，然其以唐僧義淨譯的《金光明最勝王經》卷第七〈如意寶珠品第十四〉所說「拔苦與樂，利益人天」的深心，〔註596〕做爲關懷世出世法與宗門教下種種現象與思想根要的南鍼，絕非僅止於文學美文的修飾結果，所能窺見其眞章於萬一的，如蘇軾在〈書《金光明經》後〉說：

> 吾嘗聞之張文定公安道曰：「佛乘無大小，言亦非虛實，顧我所見如何耳。」萬法一致也，我若有見，寓言即是實語，若無所見，實寓皆非。故《楞嚴經》云：「若（如）一眾生未成佛，終不於此取涅槃（泥洹）。」若諸菩薩，急於度人，不急於成佛，盡三界眾生，皆成佛已（道），我乃涅槃。若諸菩薩，覺知此身，無始以來，皆眾生相。冤親拒受，內外障護，即卵生相。壞彼成此，損人益己，即胎生相。愛染流連，附記（託）有無，即濕生相。一切勿（物）變，爲己主宰，即化生相。此四眾生相者，與我流轉，不覺不知，勤苦修行，幻力成就。則此四相，伏我諸根，爲涅槃相。以此成佛，無有是處。此二菩薩，皆是正見。乃知佛語。非寓非實。〔註597〕

「若（如）一眾生未成佛，終不於此取涅槃（泥洹）。」在《大佛頂首楞嚴經》卷第三具云：

〔註595〕《大正藏》，第五十一冊，頁696^c。

〔註596〕《大正藏》，第十六冊，頁434^a。

〔註597〕《蘇軾文集》，第五冊，頁2086～2087。《楞嚴經》文今本《大正藏》作：「如一眾生未成佛，終不於此取泥洹。」《大正藏》，第十九冊，頁119^b。其他圓括弧中的異文，出自清人錢謙益鈔，《大佛頂首楞嚴經疏解蒙鈔卷》第十〈悟解第六下〉，參見《卍續藏》，第十三冊，頁862^a。

妙湛總持不動尊，首楞嚴王世希有。

銷我億劫顛倒想，不歷僧祇獲法身。

願今得果成寶王，還度如是恒沙眾。

將此深心奉塵剎，是則名為報佛恩。

伏請世尊為證明，五濁惡世誓先入。

如一眾生未成佛，終不於此取泥洹。

大雄大力大慈悲，希更審除微細惑。

令我早登無上覺，於十方界坐道場。

舜若多性可銷亡，爍迦囉心無動轉。〔註598〕

　　從蘇軾以這一首由阿難所誦出的〈贊佛偈〉，做為跋其幼子蘇過手書《金光明最勝王經》的共存互文性，可見蘇軾所體現的大悲思想是等佛的，而其行持要件，係以銷滅顛倒想、度盡恒沙眾、審除微細惑、金剛心無動轉為如理實修的根據，以早登無上覺、即身成佛為終極要義，而其銷滅顛倒想的方法，便是對因應眾生不同的根機而變化顯現法身的不動尊的總持。易言之，即以佛行所證立的佛說為思想綱領，證明在五濁惡世中的大悲行化，之於「若諸菩薩，急於度人，不急於成佛」，纔是佛說的真實義，是以明確的宣明，如僅以卵、胎、濕、化「四相，伏我諸根，為涅槃相。以此成佛，無有是處」，而顯明其是處祇能與大乘普度的四弘誓願完全一致之故，其在般若思想中，即後漢・西來僧支婁迦讖譯《道行般若經》卷第八〈守行品第二十三〉所說：

　　　　諸未度者悉當度之，諸未脫者悉當脫之，諸恐怖者悉當安之，

　　諸未般泥洹者悉皆當令般泥洹。〔註599〕

　　其在法華思想中，即《妙法蓮華經》卷第三〈藥草喻品第五〉所說：

　　　　未度者令度，未解者令解，未安者令安，未涅槃者令得涅槃。

〔註600〕

　　其在華嚴思想中，即題姚秦・竺佛念譯的《菩薩瓔珞本業經》卷第一〈賢聖學觀品第三〉所說：

　　　　未度苦諦令度苦諦，未解集諦令解集諦，未安道諦令安道諦，

〔註598〕《大正藏》，第十九冊，頁119^b。
〔註599〕《大正藏》，第八冊，頁465^c。
〔註600〕《大正藏》，第九冊，頁19^b。

未得涅槃令得涅槃。〔註601〕

其在天臺學中，即《摩訶止觀》卷第十下「第四約見修止觀者」所說：

> 眾生無邊誓願度、……煩惱無量誓願斷、……法門無盡誓願
> 知、……無上佛道誓願成。〔註602〕

更重要的是在完成佛教中國化的中國禪宗立宗者慧能的禪學思想中，與中國第一個佛教宗派天臺宗立宗者智顗的論典，在用字上幾乎完全一樣，即《六祖壇經》所說：

> 眾生無邊誓願度，煩惱無邊誓願斷。
> 法門無邊誓願學，無上佛道誓願成。〔註603〕

值得注意的是，儘管慧能在詮釋四弘誓願時，用語比智顗精簡甚多，但在義理上與《道行般若經》、《妙法蓮華經》等並無二致，可見大乘度生的慈悲思想，自後漢佛教傳入中國之際，便已牢牢架起與中國固有的仁學思想會通的堅實橋樑，而廣為歸誠佛僧的士大夫所接受，並內化為自覺的生命意識，且時時在其文藝學文本的書寫中，以明確的命意，從行證有得的自性中，法爾自然般的顯豁出來，如蘇軾在〈成都大悲閣記〉一文，破題便說：

> 夫大悲者，觀世音之變也。觀世音由聞而覺，始於聞而能無所聞，始於無所聞而能無所不聞。能無所聞，雖無身可也，能無所不聞，雖千萬億身可也，而況於手與目乎？雖然，非無身無以舉千萬億身之眾，非千萬億身無以示無身之至。故散而為千萬億身，聚而為〔八萬四千爍迦羅首〕、〔註604〕八萬四千母陀羅臂、八萬四千清淨寶目，其道一爾。昔吾嘗觀於此，吾頭髮不可勝數，而身毛孔亦不可勝數。牽一髮而頭為之動，拔一毛而身為之變，然則髮皆吾頭，而毛孔皆吾身也。彼皆吾頭而不能為頭之用，彼皆吾身而不能具身之智，則物有以亂之矣。吾將使世人左手運斤，而右手執削，目數飛鴻而耳節鳴鼓，首肯傍人而足識梯級，雖有智者，有所不暇矣，而況千手異執而千目各視乎？及吾燕坐寂然，心念凝然，湛然如大

〔註601〕 《大正藏》，第二十四冊，頁1013[a]。
〔註602〕 《大正藏》，第四十六冊，頁139[b]。
〔註603〕 《壇經校釋》，頁44。
〔註604〕 清·錢謙益鈔，《大佛頂首楞嚴經疏解蒙鈔卷》第十〈悟解第六下〉，有此八字，根據《大佛頂首楞嚴經》卷第六，同此，故依經說補入。參見《卍續藏》，第十三冊，頁862[b]；《大正藏》，第十九冊，頁129[c]。

明鏡，人、鬼、鳥、獸，雜陳乎吾前，色、聲、香、味，交通乎合體。心雖不起，而物無不接，接必有道。即千手之出，千目之運，雖未可得見，而理則具矣。彼佛、菩薩亦然。雖一身不成二佛，而一佛能變河沙諸佛，非有他也，觸而不亂，至而能應，理有必至，而何獨疑於大悲乎？〔註605〕

在蘇軾寫成這篇文記之後，首先引起學術界注意的是朱熹。然而，在朱熹的眼皮底下，祇要是涉佛文藝學文本，不論作者是阿誰，用其在《語類》中對宗門公案方俗用語亦步亦趨的仿擬話語來說，照例以主觀的執見，一竿子打煞予狗子喫，特別是對蘇軾昆仲的手筆，絕不輕饒，因此在《御纂朱子全書》卷五十九〈答汪尚書〉書說：

如〈大悲閣〉……之屬，直掠彼之虀以角其精，據彼之外以攻其內，是乃率子弟以攻父母，信枝葉而疑根本，亦安得不爲之詘哉？〔註606〕

從朱熹未及析論而直接給出斷論的批評，〈成都大悲閣記〉在內學思想上，一變而爲蘇軾以子之矛攻子之盾的投槍，在用心詭鬼上，一變而爲末學向前賢奪席的殺手鐧，在信仰狐疑上，一變而爲祇知枝末而不究大義的投機買辦。俚俗的說，在朱熹的眼裏，蘇軾是遊走於佛門中披著羊皮的狼，是伺機不軌與沽名釣譽的學術稗販，所以不免倒果爲因的「直掠彼之虀以角其精」。

問題是朱熹所持的論據是沒有論據，如此一來，就很難躲過自己向虛空中拋出去的迴力棒，終必要一棒打在自家的罩門上，因爲一旦論析全文，不論是以蘇證蘇，或以內典證蘇，或以蘇開顯內典法義，以及法義與法義之間，在出世法與世法中的有機聯繫，學人所將看到的，勢必是與朱熹所見，完全相反的結論。易言之，朱熹所見縱有別裁之思，然於學術之客觀實際，則不無過當之詞，是值得後學者反覆致思的。

與朱熹同時而稍晚於朱熹的羅大經，則持與朱熹完全不同論點，而試圖從莊學與儒學會通佛學的比較思想研究的進路，把佛學思想牽合到莊學與儒學的學術平臺上，從而證明佛學是莊學與儒學在中國的派生物，羅大經之論乍然看起來，似乎合情合理，祇是其漢文化本位的論述方法，如用二十一世

〔註605〕《蘇軾文集》，第二冊，頁394～395。
〔註606〕文淵閣《四庫全書》鈔本，葉10ᵃ。

紀的學術話語來表述，即中國的印度主義或中國的印度學，在近古中國仍然如同朱熹那樣，失之於倒果爲因，而走得比格義佛學的末流更遠，如其在《鶴林玉露丙編》卷一〈大悲閣記〉中說：「東坡之論明暢。大概千手千眼，以理言，非以形言也。」〔註607〕這是比朱熹要來得客觀一些些的看法。至於羅大經以莊學的「意」，等同於佛學所揭顯的成佛根據的自性的「性」而說：「佛本於《老》、《莊》，於此尤信。」〔註608〕就不免與朱熹同一見識，如《朱子語類》卷第一百二十六〈釋氏〉中說：

> 佛多是華人之譎誕者，攘莊周、列禦寇之說佐其高。……佛家先偷《列子》，《列子》說耳、目、口、鼻、心、體處有六件，佛家便有六根，又三之爲十八戒（界）。初間只有《四十二章經》，無恁地多。到東晉便有談議，如今之講師做一篇議總說之。到後來談議厭了，達磨便入來只靜坐，於中又稍有用處，人又都向此。今則文字極多，大概都是後來中國人以《莊》、《列》說自文，夾插其間，都沒理會了。〔註609〕

問題是繼柳宗元〈辨列子〉之後，〔註610〕朱熹並不是不知道《列子》是一部疑偽書，如辛冠潔在〈列子〉一文中引《朱文公文集》卷六十七說：

> 宋時朱熹在〈觀列子偶書〉一文中，指出《列子》書中有兩處顯然是後來的材料，一、「生之所生者死矣，而生生者未嘗終；形之所形者實矣，而形之者未嘗有爾。」這段話取自《中庸》之旨。二、「精神入其門，骨骸反其根，我尚何存者」幾句，出自佛書：「四大各離，今者妄身，當在何處？」朱熹還說：「他若此類甚眾，聊記其一二於此，可見剽掠之端云。」〔註611〕

朱熹既然明明知道《列子》有所剽掠於佛書者，而與「佛家先偷《列子》」之說針鋒相對，卻仍不願依學術史的客觀事實，予以必要的「理會」並導正，剋實而論，其不良的示範態度是極其不當的，而朱熹所舉的經證《圓覺經》，

〔註607〕《宋元筆記小說大觀》，第五冊，頁5315。
〔註608〕《宋元筆記小說大觀》，第五冊，頁5315。
〔註609〕《朱子語類》，第八冊，頁3008。
〔註610〕參見唐・柳宗元撰，《柳河東集》，臺北，河洛圖書出版社，民63，頁66～67。
〔註611〕辛冠潔、丁健生主編，《中國古代佚名哲學名著評述》，第三卷，濟南，齊魯書社，1985，頁336～337。

世尊對普眼菩薩說的話，具云：

> 我今此身，四大和合，所謂髮、毛、爪、齒、皮、肉、筋、骨、
> 髓、腦、垢色，皆歸於地，唾、涕、膿、血、津、液、涎、沫、痰、
> 淚、精、氣、大小便利，皆歸於水，暖氣歸火，動轉歸風，四大各
> 離，今者妄身，當在何處？即知此身，畢竟無體，和合為相，實同
> 幻化，四緣假合，妄有六根，六根、四大，中外合成，妄有緣氣，
> 於中積聚，似有緣相，假名為心。〔註612〕

　　從佛典反證朱熹之見，可見朱熹也是讀過佛經的人，「只是不會子細讀書」，所以放任沒巴鼻之論，處處氾濫，而不予澄汰，以致一旦下手，便與其弟子隱隱轟轟的往狹路，競相矇頭竄去。至於明人茅坤在《唐宋八大家文鈔評文・宋大家蘇文忠公文鈔》則說：

> 〈大悲閣記〉：禪旨。彼所謂「信手拈來，頭頭是道」矣。……
> 蘇長公於禪宗，本屬妙悟，而其為記、銘、頌、偈，種種出世人。
> 予故錄而存之。〔註613〕

　　南宋以來，以迄於民國初葉，儒生出身的古文選學家，在纂輯選文時，幾乎都會以國家既定的政教方署為鐵則，以行政施教的根據儒學道統做為不可逾越的唯一衡準，而立場鮮明的把涉佛作品從治世思維的義界邊限，予以徹底排除在外，如清人蒲起龍在《古文眉詮》卷六十九說：「選本禁錄佛門文字。」〔註614〕因為這些編選家們纂錄選文的旨趣，每意在為舉子臆造場屋撰文範本，以呼應為國舉才之故，並非為文藝學文本遂行審美張本，或為異質思想進行文化學意義上的會通，本可毋庸置論。但茅坤能在確立唐宋八大家為古文書寫典範時，同時從「禪旨」的觀照進路，與蘇軾「種種出世人」的思想深切互文的「記、銘、頌、偈」納入「評文」的論域來嚴肅對待，這與同時代的唐荊川順之先生在《臨川集》卷九〈蘇文忠公文鈔〉所說：「此翁素精於佛家之言。」〔註615〕可說是洞明盛宋文學特質，在與佛學互文性上的獨到之見所使然，是以茅坤在不得不照顧到世學觀感的前提下，以委宛曲折的行文，率先在《唐宋八大家文鈔・論例》，自報編政家門說：

〔註612〕《大正藏》，第十七冊，頁914ᵇ。

〔註613〕《歷代文話》，第二冊，頁1997。

〔註614〕轉引自《蘇軾資料彙編》，上編三，頁1235～1236。

〔註615〕轉引自明・茅坤《唐宋八大家文鈔》卷一百四十一〈東坡文鈔二十五〉，文淵閣《四庫全書》鈔本，葉17ᵇ。

子瞻〈〔成都〕大悲閣〉等記，及〈贊羅漢〉等文，似狃於佛氏之言，然亦以其見解超朗，其間又有文旨不遠，稍近舉子業，故並錄之。〔註616〕

茅坤就是用這幾句話，預先堵住持異論者的筆路，而把涉佛蘇文大量偷渡到蘇軾之所以與滅佛先鋒旗手韓愈，共同領有自唐以來，古文八大家成爲中國中古與近古文學在歷史轉折與紹承關鍵上，做爲特殊文化現象鮮明的主要識別標誌，不能不說是較爲成熟與客觀的見地所使然，所以茅坤在頒給自己這張可以爲涉佛文本在古文選本中合法發言的權利書之後，即肆筆申言讜論說：

〈安國寺〔鹽官〕大悲閣記〉：無論學禪、學聖賢，均從篤行上立腳。……〈廣州資福寺羅漢閣碑〉：長公作禪林景語，千年以來絕調。……〈十八大阿羅漢頌〉：此等文字，韓、歐所不欲爲；此等見解，韓、歐所不能及。由蘇長公少悟禪宗，及過南海後，遍歷劫幻，以此心性超朗，可謂絕世之文矣。〔註617〕

茅坤之論，雖僅淺涉宗門而不及於義學，但其對蘇軾佛教文學以「禪林景語」、「千年絕調」、「韓、歐所不能及」、「絕世之文」取得歷史性的合法性發言權，且以更寬廣的文化視野，爲文學話語中的佛學思想，以「景語」的審美特性，在文學的論域定調，誠如清人蒲起龍在《古文眉詮》卷六十九說：

然大作家固無所不有也。此一門，惟坡老超前絕後。柳州亦有之，而不免爲佛奴；南豐亦有之，而不涉於佛地；俱未善也。

眉批：此老最會觀物理，的有妙悟。〔註618〕

凡持此論者，要非具有高度的慧見莫辦，毋怪乎與茅坤同時代而稍後於茅坤的紫栢尊者憨山德清，會繼茅坤的世學之見，從內學的觀照進路，以自身的行證爲根據，予以印可，首先是永明延壽在《宗鏡錄》卷第九十七，錄有七佛之第三佛〈毘舍浮佛偈〉云：

假借四大以爲身，心本無生因境有；

前境若無心亦無，罪福如幻起亦滅。〔註619〕

〔註616〕《歷代文話》，第二冊，頁1786。
〔註617〕《歷代文話》，第二冊，頁1997～2001。
〔註618〕轉引自《蘇軾資料彙編》，上編三，頁1236。
〔註619〕《大正藏》，第四十八冊，頁937c。

憨山德清在《紫柏老人集》卷第十二〈釋毘舍浮佛偈〉的結論說：

> 東坡〈大悲閣記〉，乃此偈註疏也，其畧曰：「大悲者，觀世音之變也。」至何獨疑於大悲乎？如以東坡之意推之，則心念不靜，應物必亂，非東坡不知即動而靜，即色而空。蓋東坡量自己分上，祇體得理具光景，未到無身而現多身，無心而智鑑羣品地位。如此地位，非大菩薩，豈易爲哉？然觀東坡理具之旨，則所見無惑矣。體此無惑之見，於憎愛境上，死生關頭，眞實挨將去，到佛、菩薩地位，終有時在也。〔註620〕

憨山德清於此爲蘇軾記頭的根據，是蘇軾在〈大悲閣記〉中所體達的「理具之旨」，已在法上具足「無惑」之見，這是用天臺家的理具思想，勘驗蘇軾大悲思想發用的結果，祇是蘇軾畢竟還未當生成佛，所以說還沒有達到「無身而現多身，無心而智鑑羣品」的地位。

憨山德清所說的「無身而現多身」，係天臺化法四教藏、通、別、圓中的圓教位，即智顗在《妙法蓮華經玄義》卷第五上「明最實位者，即圓教位」中說〈見寶塔品第十一〉的諸佛、菩薩，以慈悲用種種方便法門，化身至各處教化眾生的分身攝化的要義，即：

> 依於教門，橫則百佛世界，分身散影，作十法界像，利祐眾生，如是住住豎入，倍倍轉深，無明漸漸盡，三昧轉轉增，我性分分顯，橫用稍稍廣，千佛界、萬佛界、恒沙佛界、不可說不可說佛界，遍如是界，八相成道，教化眾生。〔註621〕

全若「智鑑羣品」，則爲以佛智鑑照眾生入道機宜的停當與否，從而以相應的方便法門來觀機逗教，所以智顗在卷第五下「第五，三法妙者」中，以有種種差別的四悉檀教法，即施於藏教生滅四諦的世界悉檀，施於通教無生四諦的爲人悉檀，施於別教無量四諦的對治悉檀，施於圓教無作四諦的第一義悉檀，而接著說：

> 眾生機宜不同，應隨機設逗，悉檀方便引接耳。隨俗故異，稱便宜故異，逐對治故異，令人入道故異。朝三暮四，撫眾狙而皆悅；……善巧赴機，故方圓任物，譬千車而同轍，豈守一而疑諸？今通用四悉檀，歷十法論妙不妙，具說三軌共成大乘，大乘之中，

〔註620〕《卍續藏》，第七十三冊，頁248^a。
〔註621〕《大正藏》，第三十三冊，頁732^b～736^c。

備有三法及一切法，不相混亂。〔註622〕

這裏的理指實相的理性，具就是本來具足之意，這在宋初天臺學僧山家派的核心代表四明知禮的《十不二門指要鈔》卷第二釋「高廣無減明不二」中，有很精詳的論析：

> 大乘因果，皆是實相，三千皆實，相相宛然，實相在理，爲染作因，縱具佛法，以未顯故，同名無明。三千離障、八倒不生，一一法門，皆成四德，故咸常樂。三千實相，皆不變性，迷悟理一，如演若多，失頭得頭，頭未嘗異，故云：「無明即明。」三千世間，一一常住。理具三千，俱名爲體；變造三千，俱名爲用，故云：「俱體俱用。」此四句中，初、二明因果各具三千，三明因果三千祇一三千，以無改故，四明因果三千之體，俱能起用，則因中三千，起於染用，果上三千，起於淨用，此第四句，明圓最顯。何者？夫體、用之名，本相即之義，故凡言諸法即理者，全用即體，方可言即。〔註623〕

這是說，蘇軾的〈大悲閣記〉以文藝學的形式，體現了理具三千的相即思想，所以在蘇軾「即動而靜」的諦觀中，以不執之心，照見森羅萬法，則萬法皆是心地「湛然如大明鏡」的相即影現，而做爲體的明鏡，雖爲「相相宛然」的「染作因」，卻能無惑於染，而在理上保持本自具足的清淨。然而，染、淨在鏡與相之上，並非非此即彼的對立物，而是即此即彼、即彼即此、佛來佛現、魔來魔現的相即關係。因此，必然要得出三千在果上，係起於淨用的圓義。祇是憨山德清也如實看出了，還不到等覺果位的蘇軾，還得老老實實的從「憎愛境上，死生關頭，眞實挨將去」，纔有證「到佛菩薩地位」的時日。憨山德清復在《紫柏老人集》卷第十五〈跋蘇長公大悲閣記〉說：

> 魚活而筌死，欲魚馴筌，苟無活者守之，魚豈終肯馴筌哉？如書不盡言，言不盡意，蓋意活而言死故也，故曰：「承言者喪，滯句者迷。」予讀東坡〈大悲閣記〉，乃知東坡得活而用死，則死者皆活矣。〈前大悲閣記〉，則公示手眼於文字之中，使人即文字而得照用也。〈後大悲閣記〉，則公示手眼於文字之外，使人忘文字而得照用也。若然，則東坡之文字，非文字也，乃象也，如意得而象忘，則

〔註622〕《大正藏》，第三十三冊，頁746^a。
〔註623〕《大正藏》，第四十六冊，頁715^{a-b}。

活者在我矣。如所謂大悲菩薩，具八萬四千清淨寶目，八萬四千母陀羅臂，豈菩薩獨有耶？實我未嘗不具也，但有照而無用，謂之似具，唯照用齊到者，謂之真具，故顏氏之子，有不善未嘗不知，此非照乎？知之而未嘗復行，此非用乎？然而必欲八萬四千寶目，八萬四千妙臂，以象照用，其故何哉？蓋眾生具八萬四千煩惱，堅等大地，非照何以破之？非用何以轉之？又曰：「窮源達本謂之照，鑄染成淨謂之用。」予聞東坡嘗稱文章之妙，宛曲精盡，勝妙獨出，無如《楞嚴》，茲以二記觀之，非但公得《楞嚴》死者之妙，苟不得《楞嚴》活者，烏能即文字而離文字，離文字而示手目者哉？〔註624〕

憨山德清言意荃蹄之辨，與蘇軾文藝學文本的書寫深受《楞嚴經》，乃至於《大方廣佛華嚴經》深刻的啓發，已是學界通說，以其係蘇文對佛學思想與書寫方法，之於接受美學如何實踐之論題，故於此不予具論。但其將〈鹽官〉與〈成都〉兩〈大悲閣記〉會通起來，從權、實與凡、聖在體、相與照、用的對應關係上，一如的等觀思想，做為印證圜悟克勤在《圜悟佛果禪師語錄》卷第六〈上堂六〉所說的的頌意：

即心即佛開心印，非佛非心蹈大方；

當處分身千百億，普光明殿放毫光。〔註625〕

顯然是以證立〈釋毘舍浮佛偈〉中，蘇軾在宗門的達人地位爲前提，因爲圜悟克勤「承言者喪」之論，便是以「趙州勘破處爲方便，玄沙蹉過處驗作家，雪峯輥毬、雲門顧鑑、睦州見成、俱胝一指，如生鐵鑄就，通上徹下」爲「本分人」所應證成的本分事。〔註626〕

然而，要成就這些本分事，豈是不用心了得，又豈僅止於是用心了得？本分事在宗門即經過元僧宗寶糅編後的《六祖大師法寶壇經‧行由第一》所述，慧能根據《金剛經》「應無所住而生其心」的法義而證悟的空性，慧能說：

何期自性，本自清淨；

何期自性，本不生滅；

何期自性，本自具足；

〔註624〕《卍續藏》，第七十三冊，頁276ᶜ～277ᵃ。
〔註625〕《大正藏》，第四十七冊，頁741ᵃ。
〔註626〕《大正藏》，第四十七冊，頁741ᵃ。

何期自性，本無動搖；

何期自性，能生萬法。〔註627〕

本分事即成就本分人的根據，如圓悟克勤在《圓悟佛果禪師語錄》卷第九〈小參二〉說：

古德道：「富貴即易，貧窮即難。」本分人打得徹、信得及、見得透，物物頭頭，俱爲妙用，塵塵刹刹，悉是眞乘。〔註628〕

也就是說，學佛法學得許多佛學知識而有五車之富，也做得佛教學的大學問，也能以無礙的辯才滔滔說食數寶，這在世智辯聰上，不僅是容易的事，但卻也往往以其識性剛強難摧，而住心成牢不可破的法執，誠如《潭州潙山靈祐禪師語錄》所載，偶於山中芟草，以瓦礫擊竹作聲，而廓然悟入潙山祕旨的唐僧香嚴智閑的悟道頌說：

去年貧未是貧，今年貧始是貧；

去年貧猶有卓錐之地，今年貧錐也無。〔註629〕

唯有能登岸捨筏而兩袖清風的貧道人，纔能以無漏無礙透脫的眞如三昧證悟眞乘，所以心印一開，便能成就「生鐵鑄就」的阿鞞跋致義，如圓悟克勤在《圓悟佛果禪師語錄》卷第十〈小參三〉說：

目觀瞿曇如黃葉相似，方始是生鐵鑄就。〔註630〕

「方始是生鐵鑄就」，即方始是假瞿曇證得等覺之途以自覺覺他爲大悲義，一如南朝劉宋僧慧嚴等合譯的南本《大般涅槃經》卷第十八〈嬰兒行品第二十一〉所說：

又，嬰兒行者，如彼嬰兒啼哭之時，父母即以楊樹黃葉而語之言：「莫啼！莫啼！我與汝金。」嬰兒見已，生眞金想，便止不啼，然此楊葉實非金也。〔註631〕

諸禪師的示法宗風，在現象界應化接引的機宜，縱任有千差萬狀之殊，但其揭顯自性本自清淨、不生滅、具足、無動搖、能生萬法，也能滅萬法的見性作畧，都是「通上徹下」的坦途。

以圓悟克勤所例，其要見諸於唐代禪僧趙州從諗、唐末五代禪僧玄沙師

〔註627〕《大正藏》，第四十八冊，頁349[a]。

〔註628〕《大正藏》，第四十七冊，頁755[a]。

〔註629〕《大正藏》，第四十七冊，頁580[b]。

〔註630〕《大正藏》，第四十七冊，頁758[b]。

〔註631〕《大正藏》，第十二冊，頁729[a]。

備、唐代禪僧雪峯義存及其法嗣唐末五代禪僧雲門宗立宗者雲門文偃、唐代禪僧黃檗希運法嗣睦州道明、唐代禪僧南嶽懷讓法裔俱胝和尚諸家。如《汾陽無德禪師頌古代別》卷中說：

> 臺山路上有一婆子，凡有僧問：「臺山路向甚麼處去？」
> 婆云：「驀直去。」
> 僧繞行，婆云：「好箇阿師！又恁麼去也。」
> 趙州聞云：「我與爾勘破這婆子。」
> 遂往問婆，亦如是，州迴，舉似大眾云：「勘破婆子了也。」
> 臺山路上老婆禪，南北東西萬萬千；
> 趙州勘破人難會，南北草鞋徹底穿。〔註632〕

這是把定目標，當面直指，毋庸擬議的話，聽聞當際即究竟理地的體現，如在真理現前時，已經沒有必要再追問甚麼是真理，祇管「恁麼」領會就是，如其不「恁麼」而一再以為還有甚麼纔是不可思議的「恁麼」，必屬鈍漢無疑，因為婆子的「又恁麼去」的「恁麼」是肯定句，趙州也是如其句意而勘破，如果把它聽成疑問句，那麼，必是「滯句」在迷之徒，因為文殊菩薩的道場，不祇在山西五臺縣東北的五臺山上，而是遍法界無方所的，這在梁·西來僧曼陀羅仙譯的《文殊師利所說摩訶般若波羅蜜經》卷下，世尊早已清楚的告訴文殊師利說：

> 一切法皆菩提相故，若欲知一切眾生行非行相，非行即菩提，
> 菩提即法界，法界即實際，心不退沒，應學如是般若波羅蜜。若欲
> 知一切如來神通變化，無相無礙亦無方所，應學如是般若波羅蜜。
> 〔註633〕

婆子即釋迦牟尼佛的脅侍，即表示佛智與威猛的文殊師利菩薩，就學人近處而言，佛智的開顯與悟入，祇在問路的阿師心上，而此一心，便是本自具足的自性，何須把定臺山而外求？是以祇要一念返聞自性，俱在無住生心，就是即生心即無住，即諸法即緣起緣滅而不應再生起執心的真實理地，在這樣的空境中，哪裏還有勘不破、透不過的牢關？然而，當面不識的愚迷與不會者的不會，恰恰是以生心生起疑情根苗的溫牀，更是已證者勘驗未證者的機栝，如《玄沙師備禪師語錄》卷之中說：

〔註632〕 《大正藏》，第四十七冊，頁610ᵇ。
〔註633〕 《大正藏》，第八冊，頁732ᵇ。

師一日遣僧送書上雪峯，峯開緘，見白紙三幅，問僧：「會麼？」

曰：「不會。」

峯云：「不見道，君子千里同風。」

僧回，舉似師，師曰：「山頭老漢，蹉過也不知。」

曰：「和尚如何？」

師曰：「孟春猶寒，也不解道！」〔註634〕

且看蘇軾的師祖，臨濟宗黃龍派初祖宋僧黃龍慧南會也不會？《黃龍慧南禪師語錄續補》說：

因僧馳書至，上堂：舉玄沙令僧馳書上雪峯，……

師云：「叢林異解，莫知其數。有云：『雪峯纔接得書，無語識破他，開見是白紙，呈似大眾，更說道理，是兩重蹉過了也。』有云：『雪峯見處，未必不及玄沙，玄沙見處，未必過於雪峯，此二父子相見，遞相唱和，貴要話行。』有云：『玄沙若無此語，佛法爭到今日？殊不本其宗源，但恣識情計度。』如斯見解，自誤猶可誤他；別人同安，今日不惜眉毛，布施大眾：雪峯不道無長處，既被玄沙識破，直至如今雪不出。」〔註635〕

「雪不出」，是說黃龍慧南會了雪峯不會的玄沙勘驗，因為「君子千里同風」是擬議的廢話，就像「孟春猶寒」是六根門頭即諸法即實相的終極之道，而身在「千里同風」中的行者，俱已同登法界，何須再多此一句？所以玄沙勘驗親近若師徒的法兄雪峯義存導致「雪不出」，剋實而論，本來是連白紙也無，何必強為情解同風而成蹉過處？以其意在無言可解之故。又如「雪峯輥毬」，《妙法蓮華經》卷第一〈方便品第二〉佛告訴舍利弗說：

諸佛、如來，但教化菩薩，諸有所作，常為一事，唯以佛之知見，示悟眾生。舍利弗！如來但以一佛乘故，為眾生說法，無有餘乘，若二、若三。舍利弗！一切十方諸佛，法亦如是。舍利弗！過去諸佛，以無量無數方便、種種因緣、譬喻言辭，而為眾生演說諸法，是法皆為一佛乘故。是諸眾生，從諸佛聞法，究竟皆得一切種智。……舍利弗！十方世界中，尚無二乘，何況有三？舍利弗！諸佛出於五濁惡世，所謂劫濁、煩惱濁、眾生濁、見濁、命濁。如是，

〔註634〕《卍續藏》，第七十三冊，頁38^b。

〔註635〕《大正藏》，第四十七冊，頁638^c。

　　舍利弗！劫濁亂時，眾生垢重，慳貪嫉妬，成就諸不善根故，諸佛以方便力，於一佛乘分別說三。……舍利弗！汝等當一心信解、受持佛語，諸佛、如來，言無虛妄，無有餘乘，唯一佛乘。〔註636〕

這是以方便為三、究竟為一的行法之體在相、用發用上的根本經據，也是天臺智顗在《妙法蓮華經玄義》中，以四悉檀義，分論華果同時的妙義，而開為本迹二門的思想根源，因此，在卷第七下說：

　　迹門：會三歸一，開權顯實。……二、華開蓮現，譬開迹顯本，意在於迹能令菩薩識佛方便，既識迹已，還識於本，增道損生。……本門：始從初開，終至本地。……華合未開，譬隱一乘，分別說三；華葉正開，譬會三歸一，但說一乘。〔註637〕

當圓悟克勤說「雪峯輥毬」，即從權、實兩層，與迹、本兩路，依法華經教確證開悟後的雪峯義存請玄沙師備的驗證，所以《雪峯真覺禪師語錄》卷之下說：

　　上堂，眾集定，師輥出木毬，玄沙遂捉來安舊處。
　　又一日，師因玄沙來，三箇一時輥出，沙便作偃倒勢。
　　師曰：「尋常用幾個？」
　　曰：「三即一，一即三。」〔註638〕

「安舊處」，謂動處即在離四句絕百非的不動處，至於「尋常」相、用，也祇在空、假雙非的中道處，而這也正是智顗在《摩訶止觀》卷第三上「第三釋止觀體相者」所顯明的一心三觀的要義：「三一一三。」〔註639〕

再如「雲門顧鑑」三字禪法，根據蘇軾同時而稍晚於蘇軾的釋惠洪撰的《智證傳》說：

　　雲門經行，逢僧必特顧之曰：「鑑！」僧欲訓之，則曰：「咦！」率以為常，故門弟子錄曰：「顧！鑑！咦！」圓明密禪師刪去「顧」字，但以「鑑、咦」二字為頌，謂之〈抽顧頌〉。今其兒孫失其旨，接人以怒目直視，名為提撕、名為不認聲色、名為舉處便薦，相傳以為道眼，北塔祚禪師獨笑之，作偈曰：
　　雲門抽顧笑嬉嬉，擬議遭渠顧鑑咦！

〔註636〕《大正藏》，第九冊，頁7^{a-c}。
〔註637〕《大正藏》，第三十三冊，頁770^c～774^b。
〔註638〕《卍續藏》，第六十九冊，頁84^{a-b}。
〔註639〕《大正藏》，第四十六冊，頁25^b。

任是張良多智巧，到頭於此也難施。〔註640〕

關於「雲門顧鑒」禪法，不見於雲門文偃的門人明識守堅纂集三卷本的《雲門匡眞禪師廣錄》，亦不見於宋僧賾藏主纂集的《古尊宿語錄》卷之十五至十八所錄的別行本，而首見於與釋惠洪同時人圜悟克勤的《佛果圜悟禪師碧巖錄》卷第一〈師住澧州夾山靈泉禪院評唱雪竇顯和尚頌古語要〉中，即載於第六則的「評唱」：

　　一日，劉王詔師，入內過夏，共數人，尊宿皆受內人問訊說法，唯師一人不言，亦無人親近，有一直殿使書一偈，貼在碧玉殿上，云：「大智修行始是禪，禪門宜默不宜喧；萬般巧說爭如實？輸却雲門總不言。」雲門尋常愛說三字禪：「顧！鑒！咦！」〔註641〕

可以推知，這兩個僅晚於雲門文偃百年的禪師之所說，當不爲無據，特別是釋惠洪本身就是以僧傳史學家與倡言文字禪鳴世的首席，容或不免糅寫，但不至於點竄譌奪太甚，纔能以其公信力，具足入藏傳世的條件。釋惠洪說圓明密禪師作〈抽顧頌〉，係有鑑於「兒孫失其旨」之故，如同班固在《漢書》卷三十〈藝文志第十・六藝畧末〉所言：

　　古之學者耕且養，三年而通一藝，存其大體，……後世經傳既已乖離，……而務碎義逃難，便辭巧說，破壞形體；……後進彌以馳逐，……毀所不見，終以自蔽。此學者之大患也。〔註642〕

在儒家經學那裏，既有「若必各務創獲，苟異先儒；騁怪奇以釣名，恣穿鑿以標異；是乃決科之法，發策之文；侮慢聖言，乖違經義。後人說經，多中此蔽」，〔註643〕而由溯其源的師法向衍其流的家法過渡的問題，這與佛教由學派佛教向宗派佛教，再由宗派佛教的禪宗分燈爲五家七宗，終至於以「碎義逃難」的作畧與滉漾「巧說」的「便辭」悖離經教義學的情況，何其相似乃邇！毋怪乎蘇軾要在〈中和勝相院記〉中，以剴切之心痛陳「大抵務爲不可知，設械以應敵，匿形以備敗，窘則推墮滉漾中，不可捕捉」之蔽，已非朝夕之間的事，且在〈議學校貢舉狀〉中直指王縉因佞佛而誤用佛法的過失，所以在〈鹽官大悲閣記〉中痛下「其中無心，其口無言，其身無爲，則飽食而嬉而已，是爲大以欺佛者也」的鍼砭，並非無的放矢之論，亦非否證

〔註640〕《卍續藏》，第六十三冊，頁188ᵇ。
〔註641〕《大正藏》，第四十八冊，頁146ᵃ。
〔註642〕《漢書》，第二冊，頁1723。
〔註643〕皮錫瑞著，《經學通論》，臺北，河洛圖書出版社，民63，頁131。

宗乘的詆辭，而是以教界兒孫失旨的現實為根據，並以無畏的精神，試圖以愛教的大悲心，把宗門巧偽之徒與羣集嬉遊歧途的啞羊導引到正道上來，是以禪法之別不應有別於經教佛說，經教佛說應機總不離唯一佛乘，因而雲門文偃所說的「鑒」，莫非要學人老實照顧腳根，不要在點地之後走差了，祇是鈍漢總不會，所以不得不以歎婉之辭「咦」之，如稍晚於蘇軾的臨濟宗楊岐派圜悟克勤法嗣大慧宗杲，即在《大慧普覺禪師語錄〔普說〕》卷第十四說：

> 大眾且道，說箇甚麼「咦」？疑殺天下人，具眼者辨取。今時參禪者，不問了得生死了不得生死，祇求速効，且要會禪，無有一箇不說道理。〔註644〕

這裏所說的「道理」，便是悖離經教的無意義語，是碎義馳逐以至於「了不得生死」的俗漢，更是宋僧無門慧開在《禪宗無門關‧竿頭進步》所說「瞎却頂門眼，錯認定盤星，拚身能捨命，一盲引眾盲」的瞎漢，〔註645〕而其之於宋禪的宗門實際，正是宋僧釋智聰在《圓覺經心鏡》卷第五〈淨諸業障菩薩章〉所為之悲愍不已的指陳：「何況今時，唯以口業，誑惑眾生，世無青白眼，隨順入邪鄉，以盲引盲，同入火坑。」〔註646〕而「青白眼」正是蘇軾等所獨具的照見如何亡羊補牢的隻眼，具云慧眼。

至於「睦州見成」，也是顛之倒之的懶漢所為，宋僧賾藏主在《古尊宿語錄》卷第六〈睦州和尚語錄‧南岳下五世嗣黃檗‧上堂對機第一〉說：

> 有時纔見新到，云現成公案，放你三十棒。〔註647〕

唐僧睦州道明嚚以門風嚴峻騰播叢林，對不明佛意，又不達祖意，而祇會在現成公案的葛藤中討便宜的末學，認為若不在一照面時，便打頂門上「放你三十棒」，無以以其警策，豁開學人覿面不識的茅塞，如清僧呆翁行悅編的《列祖提綱錄》卷第十四〈夏前告香普說〉云：

> 纔見他開口，便知得他心肝五臟。何也？為他自己本分事上，不曾嗄地一聲，不能向古人未局已前，著得隻眼，所以隨語生解，縱使和盤托出，擬向面前，有甚交涉？〔註648〕

〔註644〕《大正藏》，第四十七冊，頁868^c。
〔註645〕《大正藏》，第四十八冊，頁298^c。
〔註646〕《卍續藏》，第十冊，頁419^a。
〔註647〕《卍續藏》，第六十八冊，頁39^a。
〔註648〕《卍續藏》，第六十四冊，頁109^c。

　　所謂行家開口，便知有無，而猶有有無在，以其與默然入不二法門眞
實義，仍有霄壤之差，是以《維摩詰所說經》卷第二〈入不二法門品第九〉
說：

　　　　如是，諸菩薩各各說已，問文殊師利：「何等是菩薩入不二法
　　門？」

　　　　文殊師利曰：「如我意者，於一切法無言、無說、無示、無識，
　　離諸問答，是爲入不二法門。」

　　　　於是文殊師利問維摩詰：「我等各自說已，仁者當說何等是菩薩
　　入不二法門？」

　　　　時，維摩詰默然無言，文殊師利歎曰：「善哉！善哉！乃至無有
　　文字、語言，是眞入不二法門。」〔註649〕

　　因而睦州道明認爲該打三十棒的人，多到讓人目不暇給，如掠虛頭漢、
有頭無尾漢、扶籬摸壁漢、脫空謾語漢、喫飯粘漢、脫空妄語漢、打野榓
漢、驢前馬後漢、擔枷過狀漢、粘鑊湯漢、喫夜飯漢、念言語漢、俗漢、
有頭無尾漢等等，名目之多，實在讓人不得不對這等師子身上蟲，咋舌不
已，而其中則以念言語漢最該打，這在《景德傳燈錄》卷第十二〈懷讓禪師
第四世‧洪州黃檗山希運禪師法嗣‧睦州龍興寺陳尊宿〉中，有極爲生動的
演例：

　　　　僧到參，師問：「甚麼處來？」

　　　　僧云：「瀏陽。」

　　　　師云：「彼中老宿，祇對佛法，大意道甚麼？」

　　　　云：「遍地行無路。」

　　　　師云：「老宿實有此語否？」

　　　　云：「實有。」

　　　　師拈拄杖打云：「遮念言語漢。」〔註650〕

　　凡是以識性情執語言定解者，都是無端死於句下的念言語漢，而猶有甚
者，即這等「治其荒唐之說，攝衣升坐，問答自若，謂之長老」的荒唐長老，
蘇軾認爲不僅要放三十棒，還要用激將法以「吾之於僧，慢侮不信如此」，從
反面徹頭徹尾的將之打醒，否則就會從選佛場掉進火坑。

〔註649〕《大正藏》，第十四冊，頁551^c。
〔註650〕《大正藏》，第五十一冊，頁291^b。

圓悟克勤在《圓悟佛果禪師語錄》卷第六〈上堂六〉所說的「不落語言」，〔註651〕最後一例是「俱胝一指」，《祖堂集》卷第十九〈俱胝和尚〉說：

> 未逾旬日，天龍和尚到來，師接足前迎，侍立之次，具陳上事：「未審如何對他？」天龍豎起一指，師當下大悟，後來爲眾云：「某甲得天龍一指頭禪，一生用不盡。」〔註652〕

這是俱胝一指頭禪禪法的來源，而圓悟克勤在《佛果圓悟禪師碧巖錄》卷第二第十九則的「評唱」說：

> 古人道：「俱胝祇念三行咒，便得名超一切人。」〔註653〕

也就是說，俱胝和尚是持誦〈俱胝觀音咒〉開悟，並以俱胝稱名的禪德，至於「俱胝一指」則典出唐僧曹山本寂《撫州曹山元證禪師語錄》，本寂說：

> 俱胝和尚，凡有詰問，唯舉一指。後有童子，因外人問：「和尚說何法要？」童子亦豎起一指，胝聞，遂以刃斷其指，童子負痛，號哭而去，胝復召之，童子回首，胝却豎起指，童子忽然領悟。
>
> 〔註654〕

關於「一指」，累代以來參究而留有文記者不下七百家，然而大抵都溺在公案的泥坑裏團團轉，這是參公案禪不參祖語，乃至不解不悟佛語所產生的黑漆現象，但這看在既是人師、經師，又是禪師的永明延壽的慧眼裏，自會以義學做爲確證的理據，而與宗門學人大有曲處，是以在《註心賦》卷第一，永明延壽說：

> 言中而盡提綱要，指下而全見根源。
>
> 〔註云〕：萬法雖殊，一言而無不該盡；千月不等，一指而各見根源。如《錦冠》云：「一一事中，皆具如是無盡之德。」〔註655〕如海一滴，即具百川。又：「一一事，不壞本相，不離本位，而圓融即入。」謂欲言相、用，即同體寂，欲謂之寂，相、用紛然，故《華

〔註651〕《大正藏》，第四十七冊，頁741ᵃ。

〔註652〕張華點校，《祖堂集》，頁645。

〔註653〕《大正藏》，第四十八冊，頁159ᶜ。

〔註654〕《大正藏》，第四十七冊，頁531ᵇ。

〔註655〕唐末五代僧傳奧述，《華嚴經錦冠鈔》，已佚。著錄見高麗沙門義天錄，《新編諸宗教藏總錄》卷第一〈海東有本見行錄上〉：「《錦冠鈔》四卷（或二卷），傳奧述。」參見《大正藏》，第五十五冊，頁1167ᵇ。

嚴疏・序》云：「超言思而迥出。」匪但超言思，抑亦出於超言思，超與不超俱出。《華嚴經》云：「雖復不依言語道，亦復不著無言說。」但即言亡言，即思忘思，以契超出之旨。〔註656〕

就諸法森羅而論，萬象的體性都是真如，所以具足平等性，而真如的相與用的理，亦是真如理，彼此的關係，正是當體互入不壞與不住的體即，這是華嚴學帝網境該攝諸法體、相、用喻所顯明的境界，如清涼澄觀在《大方廣佛華嚴經疏》卷第四十五〈十定品第二十七〉說：

五、體性下，明體離二邊故，能互現而無雜亂，謂取不可得故非有，影現分明故非無。不住成上非有，不離成上非無，若有定住，則不能相入，若其離者，則無可相入，故不離不住，方能相入。後法合中，直明不壞不住故，得互入無亂。初二句，明不壞性相，謂若壞性相則無可相入。次二句，〔註657〕明若住內外，則不能相入，謂若住世間內，則不能身包世界，若住世界外，則不能遍入世界，由俱無住故能互入。〔註658〕

這在天臺圓教的法華思想中亦與華嚴一致，如與清涼澄觀同時住世的天臺宗第九祖荊溪湛然在《法華玄義釋籤》卷第十六說：「六塵皆具一切諸法，更互相攝猶如帝網。」〔註659〕所以「俱胝一指」之指，在萬法體性平等一如的前提之下，在現象上所具備的功能，便是舉一全收，因此，收在《景德傳燈錄》卷第三十的〈五臺山鎮國大師澄觀答皇太子問心要〉說：

真妄物我，舉一全收，心、佛、眾生，渾然齊致，是知迷則人隨於法，法法萬差而人不同，悟則法隨於人，人人一智而融萬境。〔註660〕

如此一來，在諸法與真如實相中「通上徹下」的俱胝之指，正是龍樹在《般若燈論釋》卷第十一〈觀法品第十八〉所說的「不一亦不異，不斷亦不常」而「現證涅槃」的「最上甘露法」。〔註661〕因而做為「本分人」所應證成

〔註656〕《卍續藏》，第六十三冊，頁 101^c。

〔註657〕初二句、次二句，指唐・實叉難陀譯《大方廣佛華嚴經》卷第四十〈十定品第二十七之一〉所說的「不壞世間安立之相，不滅世間諸法自性；不住世界內，不住世界外」。《大正藏》，第十冊，頁 214^a。

〔註658〕《大正藏》，第三十五冊，頁 843^a。

〔註659〕《大正藏》，第三十三冊，頁 931^a。

〔註660〕《大正藏》，第五十一冊，頁 459^c。

〔註661〕《大正藏》，第三十冊，頁 108^c。

的「本分事」，即蘇軾在〈成都大悲閣記〉中，接著大悲觀世音千手、千眼、千萬億身之用而「其道一爾」的破題總頌說：

> 吾觀世間人，兩目兩手臂。
> 物至不能應，狂惑失所措。
> 其有欲應者，顛倒作思慮。
> 思慮非眞實，無異無手目。
> 菩薩千手目，與一手目同。
> 物至心亦至，曾不作思慮。
> 隨其所當應，無不得其當。
> 引弓挾白羽，劍盾諸械器，
> 經卷及香花，盂水青楊枝，
> 珊瑚大寶炬，白拂朱藤杖，
> 所遇無不執，所執無有疑。
> 緣何得無疑？以我無心故。
> 若猶有心者，千手當千心。
> 一人而千心，內自相攫攘，
> 何暇能應物？千手無一心，
> 手手得其處。稽首大悲尊，
> 願度一切眾，皆證無心法，
> 皆具千手目。〔註662〕

「世間人」本義指一般的人，在佛教中則指與出世間人對舉的凡夫，具有豐富的義涵，如《長阿含經》卷第十二〈第二分清淨經第十三〉說：「凡夫所行，非是賢聖之所修習。」〔註663〕在原始佛教的根本經典中，凡夫與賢聖是相對的概念，其特質在《中阿含經》卷第六〈舍梨子相應品教化病經第八〉中，有詳細的說明：

> 愚癡凡夫，成就不信，……因惡戒故，……因不多聞，……因慳貪故，……因惡慧故，……因邪見故，……因邪志故，……因邪解故，……因邪脫故，……因邪智故，身壞命終，趣至惡處，生地獄中。〔註664〕

〔註662〕 《蘇軾文集》，第二冊，頁395～396。
〔註663〕 《大正藏》，第一冊，頁78^{c}。
〔註664〕 《大正藏》，第一冊，頁459$^{a\sim c}$。

　　這是說，凡夫與愚癡是一體兩面的共在者，而形構愚癡的條件則是「成就」諸種有漏繫縛的退行。也就是說，凡夫亦知持戒，祇是所持守的不是善戒而是與其顛倒的惡戒，乃至於凡夫亦求智慧，祇是所求的智慧不是斷煩惱的正智而是有漏的邪智。因此，在邪智的牽繫之下，往往走到退法之路上去，即《長阿含經》卷第九〈第二分十上經第六〉所說的「十不善行迹：身殺、盜、婬、口兩舌、惡罵、妄言、綺語、意貪取、嫉妬、邪見」，〔註665〕而其不善，無非妄執所致，如《道行般若經》卷第五〈分別品第十三〉：「世間人所欲皆著。」〔註666〕有著則有心，有心則情計度量，並誤以度量所執持的識性，是不可思議的知見，以致每每在不知不覺之間，產生無量數的對立與自設障礙而成邪法執，因而悖離了三法印、四聖諦、六波羅蜜多、八正道、十二支乃至於三十七菩提分等根本法要，特別是對般若波羅蜜多的悖離，所以世間人雖僅有「兩目兩手臂」，但在以心應物的關係上，因其有思、有作皆邪，所以在面對諸法緣生之際，無法如實照察實相及諸法之法爾，而不能無所恐懼、無所顛倒的陷入「狂惑失所措」之中，終至於「趣至惡處」，並離彼岸愈來愈遠。而其對應之道，在大乘佛學來說，具如《般若波羅蜜多心經》所說：

　　　　觀自在菩薩，行深般若波羅蜜多時，照見五蘊皆空，度一切苦厄。……以無所得故，菩提薩埵依般若波羅蜜多故，心無罣礙；無罣礙故，無有恐怖，遠離顛倒夢想，究竟涅槃。〔註667〕

蘇軾對此義，有甚深體會，因而在〈廣心齋銘〉說：

　　　　細德險微，憎愛彼我。
　　　　君子廣心，物無不可。
　　　　心不運寸，中積瑣瑣。
　　　　得得戚戚，忿欲生火。
　　　　然爐傾側，焚我中和。
　　　　沃以遠水，井泉無波。
　　　　天下為量，萬物一家。
　　　　前聖後聖，惠我光華。〔註668〕

〔註665〕　《大正藏》，第一冊，頁57^a。
〔註666〕　《大正藏》，第八冊，頁453^a。
〔註667〕　《大正藏》，第八冊，頁848^c。
〔註668〕　《蘇軾文集》，第二冊，頁576。

　　「萬物一家」，在蘇軾的開悟偈中，即是「溪聲便是廣長舌，山色豈非清淨身」的體現，其體現方式，便是以心照物而無心於物的「心無罣礙」故，而這也正是前聖教後聖的甚深義法，彌勒菩薩在《瑜伽師地論》卷第九十三〈攝事分中契經事緣起食諦界擇攝第三之一〉說：

　　　　前聖說甚深，謂能開示甚深緣起，究竟涅槃。〔註669〕

在卷第十六〈本地分中思所成地第十一之一〉亦說：

　　　　後聖見惡見，相應不相應。先淨樂靜慮，及於諦善巧。即於諸
　　　　諦中，應生遠增長。於諸學處中，有四趣三所。遠離於二趣，於二
　　　　趣證得。二安住二種，一能趣涅槃。〔註670〕

　　在以正知見如法正覺「甚深緣起」的趣向從而達致「究竟涅槃」而論，正是心對憎愛、中積、得失、忿欲等凡情的遠離與否除，而得證入無所得的涅槃境的，所以當凡夫不能以正觀諦察心物相應的關係，無非在諸法的相與用上祇是根、境、識互為緣起的結果，而非體上的實相，必會有彼是物我是我的心物衝突，以至以瑣瑣屑屑的得失與瞋恚，陷身無盡的煩惱之中，這都是「心不運寸」，終至於像打翻炭火熊熊的燃爐般「焚我中和」所導致的惡果。而「心不運寸」即「顛倒作思慮」的因，顛倒的思慮必有違前聖後聖所示顯的般若智慧光華，如此一來，「兩目兩手臂」之於凡夫，猶不知如何措置，更何況千手千眼如觀世音菩薩？所以蘇軾以諸法即實相、實相即用、用即相、相即體、體即諸法的真如理，為之分明簡別說，此等世間人，「無異無手目」。至若千手千眼如觀世音菩薩，「緣何得無疑」？而「手手得其處」又如何可能？蘇軾在〈夢齋銘并敘〉說：

　　　　東坡居士曰：「世人之心，依塵而有，未嘗獨立也。塵之生滅，
　　　　無一念住。」〔註671〕

　　心依塵而有是有有礙，心依塵而生滅是有有疑，有礙即成障，有疑即成迷，有迷即成癡，癡則貪、瞋齊現，而恆在念念有百千萬億生滅的煩惱之途流轉，這顯然與於理事無礙之境，觀達自在的觀世音之名有著根本的違礙，因觀世音之所以得名觀世音，係以其早已遠離顛倒夢想，證得究竟涅槃的大悲心，而得到寶藏佛授記印證之故，如北涼‧曇無讖譯的《悲華經》卷第三

〔註669〕《大正藏》，第三十冊，頁831[a]。
〔註670〕《大正藏》，第三十冊，頁365[c]～366[a]。
〔註671〕《蘇軾文集》，第二冊，頁575。

〈諸菩薩本授記品第四之一〉說：

　　　爾時，寶藏佛尋為授記：「善男子！汝觀天、人，及三惡道，一
　　切眾生，生大悲心，欲斷眾生諸苦惱故，欲斷眾生諸煩惱故，欲令
　　眾生住安樂故。善男子！今當字汝為觀世音。」……

　　　爾時，寶藏如來為觀世音而說偈言：

　　　大悲功德，今應還起，

　　　地六種動，及諸佛界。

　　　十方諸佛，已授汝記，

　　　當成為佛，故應歡喜。〔註672〕

　　以理事自在之故，觀世音又得觀自在菩薩之名，是以蘇軾在〈夢齋銘〉
中諦言：

　　　法身充滿，處處皆一。

　　　……

　　　南北東西，法身本然。〔註673〕

　　這正是〈成都大悲閣記〉說觀世音之變是「散而為千萬億身」，觀世音之
不變是「而一佛能遍河沙諸國」的結論，而其變與不變的思想根源，全繫於
《般若波羅蜜多心經》觀自在菩薩告訴舍利子的：

　　　是諸法空相，不生不滅，不垢不淨，不增不減。是故，空中無
　　色，無受、想、行、識；無眼、耳、鼻、舌、身、意；無色、聲、
　　香、味、觸、法；無眼界，乃至無意識界；無無明亦無無明盡，乃
　　至無老死亦無老死盡；無苦、集、滅、道；無智，亦無得。〔註674〕

　　然而，觀世音何以要以千手千眼應物，此即《悲華經》觀世音以大悲心
行化法界而名其為觀世音之故，亦通途稱名「南無大慈大悲救苦救難觀世音
菩薩」之故。因此，在蘇軾之前，於〈秋日登洪府滕王閣餞別序〉中，以「落
霞與孤鶩齊飛，秋水共長天一色」一聯，〔註675〕蜚聲藝林的唐詩人王勃，即
曾在《補陀洛迦山傳·觀音大士讚第六》的序中，以文藝學文本與佛學思想
深度互文性的行文說：

〔註672〕　《大正藏》，第三冊，頁18$^{a~b}$。
〔註673〕　《蘇軾文集》，第二冊，頁575～577。
〔註674〕　《大正藏》，第八冊，頁848^{c}。
〔註675〕　轉引自宋·李昉編，《文苑英華》，卷七百十八，文淵閣《四庫全書》鈔本，
　　　　葉3^{a}。

蓋聞圓通大士，乃號觀音，接物利生，隨機應現。……凝然居
自在之身，蕩蕩慈容，皎若現白衣之相，……向孤絕迥處作津梁，
於浩渺波中拔急難。尋聲救苦，赴感隨緣，如萬水之印孤蟾，似洪
鐘之應千谷，是以經云：「王法賊盜。水火漂焚，惡龍惡鬼，毒藥毒
蛇，或被人推落金剛山，或惡風吹入羅剎國，或臨軍陣，或值雷霆，
若能仰告觀音，應時即得解脫。」菩薩有不思議之弘願，無盡意之
神通，悲心誓救於娑婆，遺教遍臨於穢土，誠以周塵周剎，普應普
觀，無遐無邇盡歸依，有願有求皆赴感，河沙功德億劫難量，遙望
洛伽之山，稽首聊伸歌讚。〔註676〕

在蘇軾之後的明成祖，亦在永樂九（1411）年五月一日，撰〈御製《觀
世音普門品經》‧序〉說：

觀世音菩薩，以爍迦羅心，應變無窮，自在神通，遍遊法界，
入微塵國土，說法濟度，具足妙相，弘誓如海，凡有因緣，發清淨
心，纔舉聲稱，即隨聲而應，所有欲願即獲如意。〔註677〕

從王勃、蘇軾到明成祖，觀世音「願度一切眾，皆證無心法」的思想，
具如《妙法蓮華經》卷第七〈觀世音菩薩普門品第二十五〉，佛告無盡意菩
薩說：

善男子！若有無量百千萬億眾生受諸苦惱，聞是觀世音菩薩，
一心稱名，觀世音菩薩即時觀其音聲，皆得解脫。若有持是觀世音
菩薩名者，設入大火，火不能燒，由是菩薩威神力故。若爲大水所
漂，稱其名號，即得淺處。若有百千萬億眾生爲求金、銀、琉璃、
硨磲、碼碯、珊瑚、虎珀、眞珠等寶，入於大海，假使黑風吹其船
舫，飄墮羅剎鬼國，其中若有，乃至一人稱觀世音菩薩名者，是諸
人等皆得解脫羅剎之難。以是因緣，名觀世音。若復有人臨當被
害，稱觀世音菩薩名者，彼所執刀杖尋段段壞而得解脫。若三千大
千國土，滿中夜叉、羅剎欲來惱人，聞其稱觀世音菩薩名者，是諸
惡鬼，尚不能以惡眼視之，況復加害？設復有人，若有罪、若無
罪，杻械、枷鎖檢繫其身，稱觀世音菩薩名者，皆悉斷壞，即得解
脫。若三千大千國土，滿中怨賊，有一商主，將諸商人，齎持重

〔註676〕《大正藏》，第五十一冊，頁1139^{a-b}。
〔註677〕《大正藏》，第九冊，頁198^a。

寶，經過嶮路，其中一人作是唱言：「諸善男子！勿得恐怖，汝等應當一心稱觀世音菩薩名號，是菩薩能以無畏施於眾生，汝等若稱名者，於此怨賊當得解脫。」眾商人聞，俱發聲言：「南無觀世音菩薩。」稱其名故，即得解脫。〔註678〕

蘇軾在〈成都大悲閣記〉中，一本其於蜀學學術領袖地位的理性態度，從心物相應與無我無執之理事面，諦觀觀世音菩薩之所以事事無礙的圓通救苦之道說：「物無不接，接必有道。即千手之出，千目之運，雖未可得見，而理則具矣。彼佛、菩薩亦然。雖一身不成二佛，而一佛能變河沙諸佛，非有他也，觸而不亂，至而能應，理有必至。」這就從迷信面與神祕面，打破了朝向他力信仰傾斜的救贖論，而從自悟自證的自力解脫上，義界分明的望佛說的根本法義復歸，如《長阿含經》卷第二〈第一分遊行經第二初〉說：

> 自力精進，忍此苦痛，不念一切想，入無想定。〔註679〕

又如唐譯《大方廣佛華嚴經》卷第三十七〈十地品第二十六之四·第七地〉說：

> 乃以自力，超過一切，菩薩摩訶薩，亦復如是，初發心時，以志求大法故，超過一切聲聞、獨覺；今住此地，以自所行智慧力故，出過一切二乘之上。〔註680〕

再如於開寶六（973）年入宋的中印度那爛陀寺僧法賢譯的《佛說最上根本大樂金剛不空三昧大教王經》卷第五〈除諸業障一切智金剛儀軌分第十八〉說：

> 即時觀自在，……隨時以自力，而作成就法，……見世皆圓滿，……遠離老、病、苦。〔註681〕

對於有宋一朝，由皇家主導的國家譯經機構傳法院大量新譯經，不能無所聞見的蘇軾而言，就其對漢譯一切經的深熟來看，這種根本的佛學思想，必然要引起其為之深心覃思的，更何況這也是宗門有本有源的通說，如蘇軾的師祖在《黃龍慧南禪師語錄續補》說：「舉阿難偈云：『本來付有法，付了言無法。各各須自悟，悟了無無法。』師云：『後來子孫不肖，祖父田園，不耕不種，一時荒廢，向外馳求，縱有些少知解，盡是浮財不實，所以作客不

〔註678〕《大正藏》，第九冊，頁56^c。
〔註679〕《大正藏》，第一冊，頁15^b。
〔註680〕《大正藏》，第十冊，頁197^b。
〔註681〕《大正藏》，第八冊，頁808^c。

如歸家，多虛不如少實。』」〔註682〕因此，勤耕「祖父田園」的蘇軾，在〈觀音贊〉中說：「當自救痛者，不煩觀音力。」這纔是清楚義學思想根柢的正覺、正見、正知、正行的正法依，蘇贊具云：

眾生墮八難，身心俱喪失。

惟有一念在，能呼觀世音。

火坑與刀山，猛獸諸毒藥。

眾苦萃一身，呼者常不痛。

呼者若自痛，則必不能呼。

若其了不痛，何用呼菩薩？

當自救痛者，不煩觀音力。

眾生以二故，一身受諸苦。

若能真不二，則是觀世音。

八萬四千人，同時俱赴救。〔註683〕

關於〈觀音贊〉的文藝學問題，累代以來無人述及，更遑論其中試圖平準俗見的觀世音菩薩救苦救難的方法與思想根源的問題，佛教雖以自力自證自悟為持修的入道根要，但在方便權法上，亦不否定他力救度有存在的必要性，就自證而論，如《方廣大莊嚴經》卷第八〈詣菩提場品第十九〉說：

於三千大千世界，唯我獨尊而行，自證聖道，不由他悟而行，

將證一切智而行，念慧相應而行，欲除生、老、病、死而行，方趣

寂滅離垢，生死無畏，向涅槃城而行。〔註684〕

經云：「唯我獨尊。」是指眾生本自具足的佛性，在本質上具有「自證聖道」的潛在悟性，祇要學人證得了知內外一切法相的一切智，便能從解脫道逕赴涅槃城而去，這是根本佛教的法義。而在大乘般若學那裏，則在在處處都與大慈大悲的願力結合在一齊，做為學人應當奉行的法要，也就是學人行修所當證立的本分事，如《大般若波羅蜜多經》卷第五百六十四〈第五分根栽品第二十二之一〉，天帝釋回答世尊說：

若菩薩乘善男子等，已發無上正等覺心，我終不生一念異意，

令其退轉大菩提心；我終不生一念異意，令諸菩薩厭大菩提，退住

〔註682〕《大正藏》，第四十七冊，頁638[a]。

〔註683〕《蘇軾文集》，第二冊，頁621。

〔註684〕《大正藏》，第三冊，頁584[b]。

聲聞、獨覺等地；我終不起一念異心，令諸菩薩退失大悲相應作意。
若諸菩薩已發大心，我願彼心倍復增進，願彼菩薩見生死中種種苦
已，爲欲利樂世間天、人、阿素洛等，發起種種堅固大願：「我既自
度，亦當精勤，度未度者；我既自脫，亦當精勤，脫未脫者；我既
自安，亦當精勤，安未安者；我既自證，究竟涅槃，亦當精勤，令
未證者，皆同證得，究竟涅槃。」〔註685〕

在這裏的發心與不退轉，是大小共法，而度未度者、脫未脫者、安未安
者這些被度、被脫、被安的對象，就其自身之未證與不悟而言，便是他力之
所以有所大法施之處。而在大乘華嚴學那裏，則以晉譯《大方廣佛華嚴經》
卷第十〈夜摩天宮菩薩說偈品第十六〉所說的「心、佛及眾生，是三無差別」，
〔註686〕爲等觀的前提，以般若譯的《大方廣佛華嚴經》卷第三十一〈入不思
議解脫境界普賢行願品〉所說的「彼諸聖者自證境界，無色相、無垢淨、無
取捨、無濁亂，清淨最勝，性常不壞。諸佛出世，若不出世，於法界性，體
常一故」爲指撝，〔註687〕而這與《妙法蓮華經》卷第一〈方便品第二〉世尊
所說的「終不以小乘，濟度於眾生。佛自住大乘，如其所得法，定慧力莊嚴，
以此度眾生。自證無上道，大乘平等法，若以小乘化，乃至於一人，我則墮
慳貪，此事爲不可」，〔註688〕在佛性是無分齊的解脫根據上，都是究竟平等義
諦的顯明。

就自悟而論，釋迦牟尼於證得等覺成佛初轉法輪時，即對憍陳如等五比
丘宣說以正智自悟五蘊非我是解脫的根據，如唐僧義淨譯《佛說五蘊皆空
經》說：

一時，薄伽梵在婆羅疶斯仙人墮處施鹿林中，爾時，世尊告五
苾芻曰：「汝等當知，色不是我，……受、想、行、識亦復如是。」……
「汝等當知，應以正智，而善觀察，如是所有受、想、行、識，過
去、未來、現在，悉應如前，正智觀察。若我聲聞、聖弟子眾，觀
此五取蘊，知無有我，及以我所，如是觀已，即知世間，無能取、
所取。，亦非轉變，但由自悟，而證涅槃：我生已盡，梵行已立，
所作已辦，不受後有。」說此法時，五苾芻等，於諸煩惱，心得解

〔註685〕 《大正藏》，第七冊，頁914^{b~c}。
〔註686〕 《大正藏》，第九冊，頁465^c。
〔註687〕 《大正藏》，第十冊，頁805^b。
〔註688〕 《大正藏》，第九冊，頁8^a。

脫，信受奉行。〔註689〕

　　自悟之教，在佛世時，雖然是共不稟佛教無師獨悟的辟支外道法，但自世尊立教以來，便成爲佛學中強化能證者的主體性是證所證的根據，就大乘般若學而言，即證得無能所的根據，正是以能所的假有爲前提的，如龍樹在《大智度論》卷第六〈初品中十喻釋論第十一〉說：

　　　　思惟自悟，渴願心息。無智人亦如是，空陰、界、入中，見吾
　　我及諸法，婬、瞋心著，四方狂走，求樂自滿，顛倒欺誑，窮極懊
　　惱；若以智慧知無我、無實法者，是時顛倒願息。〔註690〕

　　如果沒有能證者，以其明覺自悟的菩提心，去證得未證之前，生滅不已的渴願心是不實的虛法，那麼，將以甚麼做爲能息滅如此顛倒以致不能解脫的願心的根據？因爲證得無我的前提，正是仍在諸法中一時持存，而在眞如實相中，終必不常存的非我之我，所以在華嚴思想那裏，所宣明的便是初發心的重要性，而此能息諸十八界顛倒想，與八萬四千煩惱，乃至於恒沙微細惑的心，便是以無我爲前提，以慈悲爲根據的菩提心、無上心、最勝心、廣大心，如唐譯《大方廣佛華嚴經》卷三十四〈十地品第二十六之一〉，金剛藏菩薩說：

　　　　悲先慧爲主，方便共相應，信解清淨心，如來無量力，無礙智
　　現前，自悟不由他，具足同如來，發此最勝心。佛子始發生，如是
　　妙寶心，則超凡夫位，入佛所行處，生在如來家，種族無瑕玷，與
　　佛共平等，決成無上覺。〔註691〕

　　「入佛所行處」及於「與佛共平等」，正是證入等覺的初地，但有一點必須特別予以檢證的，那就是在佛世時務須以佛爲師，在無佛世時則依身、受、心、法四念處住，以戒爲師，不然便有墮入緣覺、獨覺二乘之虞，而這也正是以法華經教立宗的天臺家所再再反覆致思的，如智顗在《觀心論》即以此一思想爲根源，而以偈開宗明義說：

　　　　大師將涅槃，慈父有遺屬，
　　　　四念處修道，常依木叉住。〔註692〕

　　然而，蘇軾在〈觀音贊〉說：「不煩觀音力。」在自力自證自悟上的重要，

〔註689〕《大正藏》，第二冊，頁499^c。
〔註690〕《大正藏》，第二十五冊，頁103^b。
〔註691〕《大正藏》，第十冊，頁184^a。
〔註692〕《大正藏》，第四十六冊，頁584^b。

是回到眾生是解脫的主體來看終極問題，因爲欲從元魏菩提留支譯《大薩遮尼乾子所說經》卷第七〈如來無過功德品第八之二〉，沙門瞿曇所思惟的「有受皆苦」中解脫，〔註693〕是以自覺自悟，做爲證立自解脫的根據，再以自解脫的根據大悲心，做爲令他解脫的根據，是以在宋時，由北印度烏塡曩國來華的施護所譯的《尼拘陀梵志經》卷下說：

> 彼諸佛世尊，能隨宜說法，自覺悟已，復爲他說覺悟之法；自解脫已，復爲他說解脫之法；自安隱已，復爲他說安隱之法；自得涅槃已，復爲他說涅槃之法。〔註694〕

如其不然，通途所說的轉法輪，豈不成爲空轉的虛妄語？而與《大般若波羅蜜多經》卷第五百七十七〈第九能斷金剛分〉所說的「如來是實語者、諦語者、如語者、不異語者」的法義相違？〔註695〕如果蘇軾的見地，僅止於此，其所說則有過失。然而，如法正知正見內典法義，亦且在行相上宗通教通的蘇軾，是不會自沈於虛妄語的泥淖中的，以其慧見是大悲觀世音「菩薩千手目，與一手目同。物至心亦至，曾不作思慮。隨其所當應，無不得其當」故，而這正是蘇軾亦不否定觀世音以大悲心救度眾生在實際上的需要，祇是說眾生因無修無證，纔會在面臨諸苦時無以自處，以至在苦海中手忙腳亂，愈是掙扎就陷得愈深，乃至無以自拔，所以在方便權法上，無人能否定他力救度有客觀存在的必要性。所以以人道眾生來看，人在面臨根本的四苦時，都必須假手他人濟助，如出生時需人接生，年老時需人奉養，罹病時需人調治，死亡時需人埋葬，萬般由不得自己，以病苦爲例，《過去現在因果經》卷第二說：

> 四大不調，轉變成病；百節苦痛，氣力虛微；飲食寡少，眠臥不安；雖有身手，不能自運；要假他力，然後坐起。〔註696〕

前及累代以來，無人以文藝學視域述及蘇軾的〈觀音贊〉，除了選本有禁錄佛文字的不成文習慣所致之外，至於評蘇文者，之所以亦無有一言及之者，不外宋代佛教所表現的學術、文藝學與信仰狀態是綜合形態的緣故。

就與世學的對應關係而論，是儒、釋、道兼融並論的時代，所以有援儒入佛、援佛入道、援佛入儒、援莊入佛等在思想上極其複雜的會通或比

〔註693〕《大正藏》，第九冊，頁 349ᵃ。
〔註694〕《大正藏》，第十一冊，頁 101ᶜ。
〔註695〕《大正藏》，第七冊，頁 982ᶜ。
〔註696〕《大正藏》，第三冊，頁 630ᵃ。

附現象，如非精通三教在根本思想上的同異者，每每失於治絲益棼的雜糅亂象，或以「同而不和」之論，〔註697〕相互牴牾不休，而造成學界自身的莫大困擾。

就出世學的對應關係而論，是諸宗在共法與判教上復歸會通的時代，以教下為例，如華嚴兼及天臺、淨土與禪，以宗門為例，除禪法有別之外，行禪的思想背景則無二致，如有不同，即瘂羊遊墮所造成的不佳社會觀感，每每成為自家放棒與外學詆訶的破道處。

在這種特殊的歷史時期，身處其中的學人，因時間距離太近而往往看不清當時代涉佛文藝學的交集與邊限究竟何在，直到明末四大高僧之一，主張釋、道、儒三教一致的達觀真可出，纔在《紫柏尊者全集》卷第十六為蘇軾的〈觀音贊〉作解，其署曰：

> 東坡此贊，妙密超詣，豈魯直、少游輩，所能彷彿哉？予觀天童頌洞山〈病中機緣頌〉雖妙，然不若此贊，四稜蹋地也。頌曰：「放下臭皮袋，拈轉赤肉團。當頭鼻孔正，直下髑髏乾。」予曰：「髑髏不乾，則鼻孔不正，鼻孔不正，則箭鋒相值之機，自然鈍置不少矣。」又解云：「自難字至種種觀察，皆比量也。」東坡此贊，但於盎生註中，頭一難字，若不忽畧，著力觀察，則東坡贊自然有入，直下髑髏乾，即智訖情枯之謂也。活人髑髏，與死人髑髏，初無有異。但活人髑髏，情識未枯，智趣未忘，謂之臭髑髏。死人髑髏，以其情智俱枯，古人謂之金剛髑髏，即法身之謂也。蓋情智既枯則我忘，我忘則無物非道，故曰：「道遠乎哉？觸事而真。聖遠乎哉？體之即神者。」體字即比量也，神字即現量也，痛咀嚼之。〔註698〕

「東坡此贊，妙密超詣，豈魯直、少游輩，所能彷彿哉？」這是達觀真可以贊體文藝學文本與佛學的互文性，為蘇門學士佛教文藝學的書寫第其甲乙之論，是否確如其說，姑不具論。際此，可見與蘇軾的生命意識融浹無二的大悲思想，就其佛教文藝學的書寫來審視，不難顯明其所諦觀者，正是以博綜佛說法義為正依內容，以文藝學審美表現為旁依形式，所開展出來的獨屬盛宋佛教文藝學文本書寫形態特有的風致。如同前述，當達觀真可在《楞嚴經疏解蒙鈔》，亟稱蘇文說：「予讀〈大悲閣記〉，乃知東坡得活而用死，則

〔註697〕參見《十三經》，下冊，頁2061。
〔註698〕《卍續藏》，第七十三冊，頁286^{a~b}。

死者皆活矣。坡嘗稱文章之妙，宛曲精盡，勝妙獨出，無如《楞嚴》。以二記觀之，公非但得《楞嚴》死者之妙，苟不得《楞嚴》活者，烏能即文字而離文字，離文字而示手目者哉？」就看得比文論家更精深，是以當憨山德清在撰寫〈大悲菩薩多臂多目解并銘〉時，蘇軾便不能從「曄若春花」的佛教文藝學的師子遊戲三昧中擅自離席，其銘曰：

> 本一精明，暫應六根，
> 應而不返，望流迷源。
> 大悲菩薩，教我觀音，
> 不以耳聽，目視禪深。
> 禪深莫測，一六陳跡，
> 錦繡芻狗，既陳勿惜。
> 一為無量，無量為一，
> 事理無成，慈及萬物。
> 循業發現，我本平常，
> 三十二應，塵剎放光。
> 若出有心，菩薩病狂，
> 鼻祖東來，眉山奇才。
> 大悲閣記，捏聚放開，
> 卷舒自在，理徹無礙。
> 桃柳林中，長公放賴，
> 熊羆虎豹，視以儔輩。
> 出怒入娛，了不驚怖，
> 吾生公後，知公三昧。
> 得自禪老，語言黼黻，
> 曄若春花，春容銜態。
> 不善觀者，離花覓春，
> 春不可得，泣岐沾巾。
> 文字語言，道之光華，
> 何必排擯，始謂不差。〔註699〕

〔註699〕《卍續藏》，第七十三冊，頁 339^{b-c}。

第五章　蘇軾文學生命的終極歸趨

第一節　從超越之思應世遠引的圓融行持

　　南宋人汪應辰在《文定集》卷十五〈與朱元晦書〉第九簡說：「東坡初年，力闢禪學，其後讀釋氏書，見其汗漫而無極，⋯⋯始悔其少作。於是凡於釋氏之說，盡欲以智慮臆度，以文字解說。」〔註1〕朱熹在《晦庵集》卷三十〈答汪尚書〉第二書說：「熹於釋氏書之說，蓋嘗師其人，尊其道，求之亦至切矣，然未能有所得。」〔註2〕汪應辰與朱熹不但經常在書信中論學，〔註3〕更曾在仕途上提拔過朱熹，《宋史》卷三百八十七〈汪應辰〉傳說，高宗紹興「三十二年，⋯⋯應辰連乞外補，遂知福州。未幾，升敷文閣待制，舉朱熹自代。」〔註4〕就汪、朱兩人對佛學以其不悟而「未能有所得」的見地而論，如果冒然以汪應辰所執持的觀點來論證蘇軾對佛學的理悟，祇是「智慮臆度」與「文字解說」的話，那麼，汪、朱的對話就不免像兩個以有限的經驗做為預設立場的盲人，在稱述大象那樣有著自是其所是的過失，這種學術現象可以《長阿含經》卷第十九〈第四分・世記經・龍鳥品第五〉來說明，世尊說：

> 時，鏡面王即却彼象，問盲子言：「象何等類？」其諸盲子，得
> 象鼻者，言象如曲轅；得象牙者，言象如杵；得象耳者，言象如箕；

〔註1〕　文淵閣《四庫全書》鈔本，葉 6^b。
〔註2〕　文淵閣《四庫全書》鈔本，葉 5^a。
〔註3〕　參見陳來著，《朱子書信編年考證・增訂版》，北京，三聯書店，2007，頁 566。
〔註4〕　《宋史》，第十五冊，頁 11879。

得象頭者，言象如鼎；得象背者，言象如丘阜；得象腹者，言象如
壁；⋯⋯得象髆者，言象如柱；得象跡者，言象如臼；得象尾者，
言象如絙。各各共諍，互相是非，此言如是，彼言不爾，云云不已，
遂至鬪諍。〔註5〕

就這種連現象都無法正確釐辨的現象來看，諸盲子又如何能證明所「見」
的殊相為真象的共相，如無從檢證現象的殊相並非真象的共相，在本質上，
自然無從證成彼等僅止於十八界的知見，是真如理體在象上所展現的用，因
為連現象自身都不能如實了知，又如何正確了知其在緣起的運動狀態中的
用，並非孤立現象的殊相，如此一來，便無法達致對體的共相的真實理悟，
以致在根、塵的覺受上，產生理的遮蔽現象。循著這樣含糊其辭的思維往下
走，不使自他都沈陷在競諍鬪訟不已的情識泥潭中而無以自覺覺他，恐怕是
不應道理的強辭所再度遮蔽的結果。曇無讖譯《大般涅槃經》卷第三十二〈師
子吼菩薩品第十一之六〉說：

如彼眾盲，不說象體，亦非不說；若是眾相，悉非象者，離是
之外，更無別象。善男子！王喻如來正遍知也，臣喻方等《大涅槃
經》，象喻佛性，盲喻一切無明眾生。〔註6〕

就汪、朱兩人對蘇軾佛教文藝學文本，連篇累牘的知見來審視，在「亦
非不說」之說的情況之下，所說又何其多，祇是因其無力在蘇軾多元並置的
思想體系中，將象鼻、象牙、象耳、象頭、象背、象腹、⋯⋯象髆、象跡、
象尾等會通起來說「象體」的體性就是真如，是以如果有學者用特定的意識
形態，以汪、朱被自我的知見所遮蔽的片面議論，做為否證蘇軾對佛學思想
的接受是不合實際的根據，那麼，從蘇軾內化為生命意識中所流出的涉佛文
藝學文本的思想底蘊，在人生態度上、創作實踐上、藝術理論上，便會得出
蘇軾對佛學思想在其以全生命接受的接受史上是虛偽臆造的結論。然而，根
據論者前述的論析，蘇軾對佛學思想的接受，及其在文藝學互文性上的發用，
顯非「智慮臆度」與「文字解說」者所能正確「臆度」的，因為臆度與般若
波羅蜜多一即一切、一切即一的體即的現量觀照，顯係錯誤的覺知與推論的
非量的產物。

唯其於蘇軾則不然，茲例於以行而證而論，元祐六（1091）年，從杭州

〔註5〕 《大正藏》，第一冊，頁128ᶜ～129ᵃ。
〔註6〕 《大正藏》，第十二冊，頁556ᵃ。

內調中樞的蘇軾，仍不可避免的在政治上深陷新舊黨爭，在學術上深陷洛蜀黨爭的餘緒之中，而於七月六日向哲宗上〈再乞郡箚子〉說：

> 臣聞朝廷以安靜爲福，人臣以和睦爲忠。若喜、怒、愛、憎，互相攻擊，則其初爲朋黨之患，而其末乃治亂之機，甚可懼也。〔註7〕

蘇軾此次請求外放事宜，並沒有如願獲准，於是在七月二十八日，再上〈乞外補迴避賈易箚子〉說：

> 臣聞賈易購求臣罪，未有所獲。……必欲收拾砌累，以成臣罪。……以此見易之心，未嘗一日不在傾臣。……宰相以下，心知其非，然畏易之狠，不敢不行。……顯是威勢已成，上下慴服，寧違二聖指揮，莫違賈易意旨。臣是何人，敢不迴避？若不早去，不過數日，必爲易等所傾。〔註8〕

此時，蘇軾已洞明自身的處境，是何等的艱難無狀，且無心戀棧翰林學士的高位，但求「朝廷以安靜爲福」，而不計個人利害得失，祇希望早日離開權利鬥爭仍然甚爲熾烈的中樞，以換取天下的安寧。然而，程頤的死黨賈易，並不打算放過蘇軾昆仲，而繼續羅織文網，必欲除之而後快，如《長篇》卷四百六十三「元祐六（1091）年八月己丑」第九條載：

> 侍御史賈易言：「謹案尚書右丞蘇轍，厚貌深情，險於山川，詖言殄行，甚於蛇豕。……既先帝厭代，軾則作詩自慶曰：『山寺歸來聞好語，野花啼鳥亦欣然；此生已覺都無事，今歲仍逢大有年。』書於揚州上方僧寺，自後播於四方。軾內不自安，則又增以別二詩，換詩板於彼，復倒其先後之句，題以元豐八（1085）年五月一日。……軾之爲人，趨向狹促，以沮議爲出眾，以自異爲不羣。趨近利，昧遠圖，效小信，傷大道。」……

> 又稱：「軾、轍不仁，善謀姦利，交結左右，百巧多門。」〔註9〕

誠如蘇軾所料，就在這一段短短的期間裏，賈易果然小動作頻頻，必欲左抑蘇軾而後已。因此，把蘇軾五月一日寫於揚州的〈歸宜興留題竹西寺三首〉其三，拿出來當罷黜蘇軾慶幸先帝神宗晏駕的罪案，逼得蘇軾不得不親自向新任的皇帝哲宗，上書申詳賦詩的緣起及創作動機，而於八月八日上〈辨

〔註7〕　《蘇軾文集》，第三冊，頁930。
〔註8〕　《蘇軾文集》，第三冊，頁934～935。
〔註9〕　《長編》，第十八冊，頁11053～11057。

題詩箚子〉說：

> 趙君錫、賈易言臣於元豐八年五月一日題詩揚州僧寺，有欣幸先帝上仙之意。臣今省憶此詩，自有因依，合具陳述。臣於是歲三月六日，在南京聞先帝遺詔，舉哀掛服了當，迤邐往常州。是時新經大變，臣子之心，孰不憂懼？至五月初間，因往揚州竹西寺，見百姓父老十數人，相與道旁笑語。其間一人以兩手加額云：「見說好箇少年官家。」其言雖鄙俗不典，然臣實喜聞百姓謳歌吾君之子，出於至誠。又，是時臣初得請歸耕常州，蓋將老焉，而淮、浙間所在熟稔，因作詩云：「此生已覺都無事，今歲仍逢大有年；山寺歸來聞好語，野花啼鳥亦欣然。」蓋喜聞此語，故竊記之於詩，書之當塗僧舍壁上。臣若稍有不善之意，豈敢復書壁上以示人乎？〔註10〕

就在賈易彈劾之後的第四天，據《長篇》「壬辰」第一條載：「翰林學士承旨兼侍讀蘇軾為龍圖閣學士、知潁州。……一日內降批付三省：『軾累乞外任，可依所奏。易言事失當，可與外任也。』」〔註11〕至此蘇軾屢屢請求外放的心願總算達成了，而於八月底閏八月初離開短暫停留三個月的京師，並在二十二日到潁州任所，而以歡快的心情〈與王定國〉第二十一書說：

> 謗焰已息，委命端居，甚善。……某未嘗求事，但事入手，即不以大小為之。〔註12〕

蘇軾表達了自己向來都不是惹是生非的人，但事情一但找上身來，因明白對方的意圖，所以沒有必要與之斤斤計較，而以卷舒自如的從容態度，顯現臨事不慌的豁達行誼，並以再度遠離權利鬥爭的政治暴風圈外放，而感到進退有據的欣幸，是以在潁〈與辯才禪師〉第五書說：

> 某幸於鬧中抽頭，得此閑郡，雖未能超然遠引，亦退老之漸也。〔註13〕

〈與參寥子〉第七書也說：

> 某在潁，一味適其自得也。〔註14〕

蘇軾這種以超越之思超然遠引的大作署，與自適自得的自在解脫，並不

〔註10〕　《蘇軾文集》，第三冊，頁 937。

〔註11〕　《長編》，第十八冊，頁 11060。

〔註12〕　《蘇軾文集》，第四冊，頁 1524。

〔註13〕　《蘇軾文集》，第五冊，頁 1858。

〔註14〕　《蘇軾文集》，第五冊，頁 1861。

是以怕事的心態，對現實的紛擾，採取理性規避的策畧，並得逞所使然，因為蘇軾有一枝獨出於盛宋的健筆，袛要筆鋒打邪路橫出，恐非賈易及其黨人所能招架，但常懷菩提心的蘇軾，從來就沒有想到這樣讓自他兩不安的路數上去，雖不免有所申辯，無非爲了盡人臣之義，而讓人主能認清事實，且爲之撥亂反正，庶幾安邦定國有道。

　　就儒學而言，這何嘗不是儒臣臨危之際，所應明快發用的仁心，更何況佛典教說，早已成爲蘇軾生命的等觀意識，並在行證上，在在處處體現出來，而爲饒益行，這可用唐譯《大方廣佛華嚴經》卷第十九〈十行品第二十一之一〉，功德林菩薩所思惟的內涵，來做最佳的印證：

　　　　自得度，令他得度；自解脫，令他解脫；自調伏，令他調伏；
　　自寂靜，令他寂靜；自安隱，令他安隱；自離垢，令他離垢；自清
　　淨，令他清淨；自涅槃，令他涅槃；自快樂，令他快樂。〔註15〕

　　就是這種自覺覺他的願力與慈悲心，在指引著蘇軾生命的終極歸趨。因此，蘇軾到潁州任所不久，便創作了諸多深度涉佛的詩作，其中〈泛潁〉詩云：

　　　　我性喜臨水，得潁意甚奇；
　　　　到官十日來，九日河之濱。
　　　　吏民相笑語，使君老而癡；
　　　　使君實不癡，流水有令姿。
　　　　遠郡十餘里，不駛亦不遲；
　　　　上流直而清，下流曲而漪。
　　　　畫船俯明鏡，笑問汝爲誰？
　　　　忽然生鱗甲，亂我鬚與眉。
　　　　散爲百東坡，頃刻復在茲；
　　　　此豈水薄相，與我相娛嬉？
　　　　聲色與臭味，顛倒眩小兒；
　　　　等是兒戲物，水中少磷緇。
　　　　趙陳兩歐陽，同參天人師；
　　　　觀妙各有得，共賦泛潁詩。〔註16〕

〔註15〕　《大正藏》，第十冊，頁103ᶜ。
〔註16〕　《蘇軾詩集合注》，中冊，頁1701。

　　清人王文誥在《蘇文忠公詩編註集成》卷三十四說：

　　　　「散爲百東坡」二句，紀昀曰：「眼前語寫成奇釆，此爲自在神
　　通。」若王註、查註並引《傳燈錄》「過水觀影」，而查評又謂「深
　　於禪理」，泥甚！凡有無、空觀、水月等句字，詩家皆能以己意發之，
　　特其鑪錘不同，故口角有別耳。若必概以爲禪，而分其學之淺深，
　　無是事也。〔註17〕

　　王文誥注文自「凡有無、……」以下之說，就中國詩學從風人之詩以來，
即善六義而至模山範水，並自情景交融轉出意境論，再過渡到以議論爲詩而
言，不可不謂既客觀而又持平之論，但用於否證〈泛潁〉，則與蘇軾即景命意
的佛學互文性之義，相違至甚，倒是紀昀在《蘇文忠公詩集》卷三十四的「點
論」：「『畫船俯明鏡』一段：眼前語寫成奇釆，此爲自在神通。」〔註18〕與宋
人王十朋《王狀元集百家注分類東坡先生詩》注「散爲百東坡，頃刻復在茲」
曰：「《傳燈錄》：洞山良价師過水觀影，大悟，有偈曰：『我今獨自往，處處
得逢渠；渠今正是我，我今不是渠。』」〔註19〕與清人查愼行注曰：「劉須溪
云，先生詩『散爲百東坡，頃刻復在茲』，意本《傳燈錄》。愼按：《傳燈錄》：
良价師因過水覩影而悟，有偈曰：『切忌從他覓，迢迢與我疎。』」〔註20〕凡
此三說，以及查愼行在《初白菴詩評》卷中所說：「『畫船俯明鏡』十二句：
遊戲成篇，理趣具足，深於禪悟，手敏心靈。」〔註21〕以禪解〈泛潁〉較爲
切合蘇詩的命意。

　　祇是值得注意的是，〈泛潁〉一詩的佛學互文性，遠比以上三家所見，要
來得既深湛且宏博，也比清人汪師韓在《蘇詩選評箋釋》卷五所說的「《楞
嚴》、《圓覺》之理」，〔註22〕要來的深致，唯宋人劉須溪在《批點王狀元集諸
家注分類東坡先生詩》說：「〈泛潁〉：知之者得其哀怨，不知者以爲豁達。」
〔註23〕顯係沒有喫透蘇軾佛教文藝學文本所致，如以〈秀州僧本瑩靜照室〉

〔註17〕　清・王文誥編註，《蘇文忠公詩編註集成》，卷三十四，浙江，武林韵山堂藏
　　　　板，嘉慶24（1819），葉5ᵃ。
〔註18〕　《蘇軾資料彙編》，下編，頁1951。
〔註19〕　《蘇軾詩集合注》，中冊，頁1701。
〔註20〕　《蘇軾詩集合注》，中冊，頁1701。
〔註21〕　《蘇軾資料彙編》，下編，頁1795。
〔註22〕　《蘇軾資料彙編》，下編，頁1842。
〔註23〕　《宋詩話全編》，第十冊，頁9930。

是「譏其未必能靜」之作、〔註24〕〈金山妙高臺〉是「駭與難禪」之作等等，
〔註25〕都是眼力不及，且以其不及劃地自限的結果。

　　從「臨水」以下十二句的敘述語，單純看來，最容易讓讀者聯想到的意
義，不外儒者所樂道的「仁者樂水」，且不用意象語的賦筆，與佛偈以文為詩
的直陳，如出一轍，是臨流泛水活動與光景相遇的目擊白描，使讀者在乍看
之下，殊無興象之致。然而，一旦與「明鏡」聯繫取來審視，就不難把握到
蘇軾創作這一首或被劃為「遊覽類」、或被劃為「紀行類」的詩，在創作發想
的藝術審美觀照上，自有言淺意深的獨到意蘊，如蘇軾〈與參寥子〉第七書
說：「某在潁，一味適其自得也。」可見其心境，與在京師政爭的暴風圈中，
仍平持與之應對的明覺與寬空一致，而沒有被過眼成烟的世態所遮蔽，祇是
在政治鬥爭的權利場域中，必須以圓通的般若波羅蜜多做為覺照的思想前
提，以善巧調和做為任運無礙的方便法，以《大乘本生心地觀經》卷第七〈波
羅蜜多品第八〉佛陀告訴彌勒菩薩摩訶薩的「應病與藥，悉令除差」的慈心，
〔註26〕給出與之相適應的對治良方，使自他都能從妄執無端的瞋恚迷障中，
以穎然之姿開脫出來。是以蘇軾的「臨水」，在指涉上，就不能僅以通途的儒
學經驗，做為詮釋的唯一判準，從而將之限定在儒者習知的仁者觀範疇，而
應把它上升到圓融週遍的無礙之境，來如實諦觀，纔能得出能觀者於俯觀時，
見到當體之所見的「散為百東坡，頃刻復在茲」的所觀境是現量境，而其前
提，誠如後漢西來僧迦葉摩騰共法蘭譯《四十二章經》佛說：

> 人懷愛欲不見道，譬如濁水，以五彩投其中，致力攪之，眾人
> 共臨水上，無能觀其影者；愛欲交錯，心中為濁，故不見道；水澄
> 穢除，清淨無垢，即自見形。猛火著釜下，中水踊躍，以布覆上，
> 眾生照臨，亦無觀其影者；心中本有三毒，涌沸在內，五蓋覆外，
> 終不見道。〔註27〕

　　一個行者一旦從以愛欲為根源的三毒，與以五蓋為迷障的濁流中，以自
覺的主體性，無所隨波逐流的穎越而出，而在自然機境中任運諸法的「一味
適其自得」，便能從無限與無端計執的對立中，展現出開脫的智慧光芒，是以

〔註24〕　《宋詩話全編》，第十冊，頁9930。
〔註25〕　《宋詩話全編》，第十冊，頁9930。
〔註26〕　《大正藏》，第三冊，頁323[b]。
〔註27〕　《大正藏》，第十七冊，頁723[a]。

後秦釋道朗在《大般涅槃經・序》說：

> 或我生於謬想，非我起於因假，因假存於名數故，至我越名數
> 而非無。越名數而非無故，能居自在之聖位，而非我不能變，非淨
> 生於盧淨故，眞淨水鏡於萬法，水鏡於萬法故，非淨不能渝。〔註28〕

釋道朗的鏡喻，在佛學表法中，以涅槃學而論，係以明鏡表詮，聽法眾
在六波羅蜜多的堅實基礎上，聞法寂滅的解脫境，如曇無讖譯《大般涅槃經》
卷第二十五〈光明遍照高貴德王菩薩品第十之五〉說：

> 云何菩薩聽法因緣而得近於大般涅槃？一切眾生以聽法故，則
> 具信根，得信根故，樂行布施、持戒、忍辱、精進、禪定、智慧，
> 得須陀洹果，乃至佛果。……弊惡之人，亦莫交遊，……身心安
> 樂，……是諸眾生，以聞法故，遠離諸惡，具足善法，以是義故，
> 聽法因緣則得近於大般涅槃。善男子！譬如明鏡照人，面像無不明
> 了，聽法明鏡，亦復如是。〔註29〕

唯以「弊惡之人，亦莫交遊」之故說「近於大般涅槃」，因爲在這個次第，
以四弘誓第一誓「眾生無邊誓願度」的菩提心，在果德上尙未圓滿，致令在
世法上，仍不得不義界明確的對之做出應有的簡別，如蘇軾對賈易等權臣的
公然迴避，便清楚的表顯了以梵怛默擯的方法進行對治，而沒有在機宜不相
契應時，採取任何可能導致更嚴重危害的針鋒相杜的論諍，來爲自己的所作
所爲做自由心證式的開釋，而這在儒學的修行論上，也正是《論語・衛靈公
第十五》所說的「君子求諸己，小人求諸人」，〔註30〕以及「道不同，不相爲
謀」的體現。〔註31〕

以般若學而論，正是《放光般若經》卷第一〈放光品第一〉所說的般若
「如幻、如夢、如響、如光、如影、如化、如水中泡、如鏡中像、如熱時炎、
如水中月」十喻的第八喻鏡像喻，〔註32〕是以龍樹在《大智度論》卷第六〈初
品中十喻釋論第十一〉說：

> 諸法如鏡中像，實空、不生、不滅，誑惑凡人眼；一切諸法，
> 亦復如是，空、無實、不生、不滅，誑惑凡夫人眼。……因緣中果，

〔註28〕《大正藏》，第十二冊，頁 365^{a}。
〔註29〕《大正藏》，第十二冊，頁 512^{a}。
〔註30〕《十三經》，下冊，頁 2076。
〔註31〕《十三經》，下冊，頁 2079。
〔註32〕《大正藏》，第八冊，頁 1^{a}。

> 不得言有，不得言無，不得言有無，不得言非有非無，諸法從因緣
> 生，無自性，如鏡中像。〔註33〕

　　龍樹如理的超越之思，是以離四句絕百非的論式，泯除現象對立的執見，徹底廓清所有發生衝突的要素，如同蘇軾以「超然遠引」的向上昇華之道，諦實照見心物對應的如實本質，恰是元魏西來僧菩提流支譯《佛說佛名經》卷第三所說，以「無爲寂照」，〔註34〕做爲消解罪愆的前方便。如果蘇軾不是以「無爲寂照」來對應賈易「收拾砌累，以成臣罪」的深文羅織，而是以隨之起舞的有爲造作，去遂行以其人之道還治其人之身的挾私報復，並與之在四相遷流不已的無常狀態中愈陷愈深的話，蘇軾在〈再乞郡箚子〉中所說的「朝廷以安靜爲福，人臣以和睦爲忠」，以及元祐六（1091）年八月四日，上哲宗〈辨賈易彈奏待罪箚子〉所說「然受性於天，……臣與趙君錫，以道義交游，每相見論天下事，初無疑間。……當此言責，切望朋友教誨。……凡與所言，皆憂國愛民之事。……臣既見君錫，從來傾心，以忠義相許，故敢以士君子朋友之義，盡言無隱」的初發心之言〔註35〕，乃至於〈辨題詩箚子〉所說的「然臣實喜聞百姓謳歌吾君之子，出於至誠」的話，豈不都成爲沽名釣譽的自欺欺人的技倆？設使蘇軾的對應之道僅止於此，那麼，明僧廣伸在《金剛般若波羅蜜經鎞》卷下所揭顯的寂照之法，在蘇軾的心鏡上便沒有著落，如廣伸說：

> 故云一切有爲法等也。意以佛有妙觀察智，觀諸法空，如夢幻
> 等，雖現說法，似有爲相，而常安住於至寂無爲之理，涉有不住於
> 有，觀空不著於空，寂而常用，用而常寂。〔註36〕

　　如果蘇軾的心性障蔽一至於此，不但蘇軾無從以超然自適的態度，從風暴中抽身，即使是不得已而不得不迴避成功，而得以苦中作樂的泛舟潁水，其物我的交感就祇能是一派「使君老而癡」的癡話。祇是蘇軾在水鏡之上，以其寂照照了大千的前提，全都從與之相對應的反面，即「使君實不癡」的慧海，如實流出的自然法爾。

　　以華嚴學而論，唐譯《大方廣佛華嚴經》卷第十三〈菩薩問明品第十〉寶首菩薩說：

〔註33〕　《大正藏》，第二十五冊，頁104^c～105^a。
〔註34〕　《大正藏》，第十四冊，頁198^b。
〔註35〕　《蘇軾文集》，第三冊，頁935～936。
〔註36〕　《卍續藏》，第二十五冊，頁99^a。

隨其所行業，如是果報生，作者無所有，諸佛之所説。譬如淨
明鏡，隨其所對質，現像各不同，業性亦如是。〔註37〕

當蘇軾以隨緣自適的清淨「業性」，臨穎泛舟清流之際，以大悲菩提心所
看到的「吏民相笑語」，正是王安石熙寧新法，於元祐元（1086）年，在司馬
光等主持更化的結果，祇是蘇軾不同意以激烈內耗的激進方策盡廢新法，而
連連上書哲宗，申詳熙寧新法的利弊所在，與因革損益之道，要皆以安定民
生為最大考量，如元祐元年五月二十五日，時任朝奉郎試中書舍人的蘇軾，
上哲宗〈乞罷詳訂役法箚子〉說：

乞罷詳訂役法，……又況衙前招之與差，所繫利害至重，非止
是役法中一事。臣既不同，決難隨眾簽書。〔註38〕

隨後又在〈申省乞罷詳訂役法狀〉中，重申「即乞早賜罷免詳訂役法差
遣」，〔註39〕又以其言責所在，並在所見未被察納時，仍以不懼執政司馬光的
威權，而以全君臣之義為要的於元祐元年七月二日，上〈再乞罷詳訂役法狀〉，
〔註40〕又上〈申省乞不定奪役法議狀〉，〔註41〕表明自家的政見既不見用，又
不願為罷除免役法背書的處境，而以自知之明，請求哲宗將之從更化的議事
團隊中，以「賜指揮罷免」的方式，將自己除名。

也就是說，持與時任侍御史的劉摯，在元祐元年正月〈上哲宗乞罷免
役〉，〔註42〕時任門下侍郎的司馬光，在祐元年二月〈上哲宗乞罷免役〉中所
提出的不同政見，〔註43〕蘇軾認為，前熙寧政敵王安石所立的免役法，不應
當斷然裁廢，祇是在政治上，蘇軾沒有能力擋住更化之爭，以至在哲宗紹聖
元（1094）年爆發的紹述黨爭，成為蘇軾在終老時，仍讓政敵不斷追逼到天
涯海角儋州的遠因。

然而，在佛學思想早已成為蘇軾應世的自覺生命意識，而以其覺照圓融
運化應世的行持，自非通途所見，蘇軾係仕途不得意，纔以不得已的心態歸
誠佛僧的。因為蘇軾在官場中的進退，每非以巧偽機心，鋪排以退為進的狹

〔註37〕 《大正藏》，第十冊，頁 66^c～67^a。
〔註38〕 《蘇軾文集》，第二冊，頁 778。
〔註39〕 《蘇軾文集》，第二冊，頁 778。
〔註40〕 參見《蘇軾文集》，第二冊，頁 781。
〔註41〕 參見《蘇軾文集》，第二冊，頁 782。
〔註42〕 參見《宋朝諸臣奏議》，下冊，頁 1291～1293。
〔註43〕 參見《宋朝諸臣奏議》，下冊，頁 1294～1295。

邪曲徑，且以謀奪爵位利祿爲最終目的，而是以儒術輔國，做爲念之在茲的心理根據，是以每在身陷政爭的泥淖中，除了其爭必也君子之外，如連君子都當不成，衹好以出淤泥而不染的方式，一而再再而三的乞求外放下鄉去，去與天眞的野老，及逸居山林修眞的道士，與自淨其意庶期當生解脫的僧侶，結爲沒有利害對價關係的方外之交，而從不以固守人人稱羨的京官高位自期。

　　蘇軾這等開通與豁達的器度，雖有儒者居仁由義的意思在，也有莊學逍遙放曠的意緒在，但不可否認的，是佛學思想對其圓照世出世法的功用，從其文藝學文本的創作體現上，對生命所生發的終極安頓，顯係高於儒、道兩家的思想。深一層來分析，較合理的解釋，正是蘇軾以佛學思想爲根據，而對與生俱來的「業性」的覺醒與理悟所致。所以當蘇軾在穎水上，從水鏡看到的心鏡，所看到的便是自家「使君實不癡」的本來面目，不癡則不瞋，不瞋則不恚，而三毒俱泯的心鏡，要非菩提心莫屬。就華嚴學而論，誠如般若譯《大方廣佛華嚴經》卷第十二〈入不思議解脫境界普賢行願品〉所說：

> 心如淨明鏡，鑑物未嘗私。
> 明鏡唯照形，不鑑於心想，
> 我王心鏡淨，洞見於心源。
> 左右無佞邪，耳目唯良善，
> 諂媚及殘暴，本所不能親。〔註44〕

　　就是這種在行止於惡趣之道上，卻始終保任著「鑑物未嘗私」的心境，纔能不被「諂媚及殘暴」所染污，並成爲在水鏡中所顯明的，不被重重沈浮無方，與乎生滅不定的「鱗甲」所摧陷的心，這心即是賢首法藏在《華嚴一乘教義分齊章》卷第二所說的眞如心：

> 即一切法，唯一眞如心。〔註45〕

　　以法華思想而論，當蘇軾以自適當相之所適的穎水風光時，竟無一語及於模山範水，而是將其藝術審美觀照，從心物二元對應的關係上，直接化入物我在法界共在的四相結構中，如《妙法蓮華經》卷第六〈法師功德品第十九〉所說：

> 其身淨故，三千大千世界眾生，生時、死時，上下、好醜，生

〔註44〕　《大正藏》，第十冊，頁717ª。
〔註45〕　《大正藏》，第四十五冊，頁485ᵇ。

善處、惡處，悉於中現。……其身甚清淨，如彼淨琉璃，……又如淨明鏡，悉見諸色像，菩薩於淨身，皆見世所有，唯獨自明了，餘人所不見。三千世界中，一切諸羣萌，……雖未得無漏，法性之妙身，以清淨常體，一切於中現。〔註46〕

這樣的結構，儘管是「餘人所不見」，一如蘇軾在臨潁時，與時任簽書潁州節度判官公事的趙德鄰、〔註47〕時任潁州州學教授的陳師道，以及歐陽修的兩個兒子，在遠離充滿「聲色與臭味」這些「兒戲物」的京師，而在「上流直而清，下流曲而漪」的潁水之上，「同參天人師」，以其心鏡所鑑不同，其結果也衹能是依其悟境之不同，而「觀妙各有得」。

蘇詩云：「等是兒戲物。」注蘇者蓋夥矣，唯從諸家宋注，直至二十世紀末，繆越等撰寫的《名家鑑賞宋詩大觀》以還，千年來都不見鄭箋，〔註48〕以論者推詳蘇詩思想根源所自出，咸信蘇軾謔指京師，乃至於整個官場，都是火宅，而「兒戲物」，便是「顛倒眩小兒」們，始終在火宅中所操弄把玩不放的權、錢、利、祿與虛名，典出《妙法蓮華經》卷第二〈譬喻品第三〉，世尊告訴舍利弗說：

> 若國邑聚落，有大長者，其年衰邁，財富無量，多有田宅及諸僮僕。其家廣大，唯有一門，多諸人眾，一百、二百，乃至五百人，止住其中。堂閣朽故，牆壁隤落，柱根腐敗，梁棟傾危，周匝俱時欻然火起，焚燒舍宅。長者諸子，若十、二十，或至三十，在此宅中。長者見是大火，從四面起，即大驚怖，而作是念：「我雖能於此所燒之門，安隱得出，而諸子等，於火宅內，樂著嬉戲，不覺不知、不驚不怖，火來逼身，苦痛切己，心不厭患，無求出意。」〔註49〕

蘇軾雖然從名為京師的火宅脫身了，但仍身在官場火宅，唯其與「顛倒眩小兒」不同，已分明曉了，此時的盛宋風華，已因黨爭鬩訟不已，而現出摧枯拉朽的敗象，更何況北方邊界上的烽火，也始終都未曾熄滅過！如果全國上下，都懵然不知身在險境中，勢將以其愚癡，致不知大難即將臨頭，甚

〔註46〕 《大正藏》，第九冊，頁 49^c～50^a。
〔註47〕 趙令畤，字景貺，宋宗室燕懿王的玄孫，蘇軾為之改字曰德鄰，參見〈趙德鄰字說〉，《蘇軾文集》，第一冊，頁 336～337。
〔註48〕 參見吳孟復撰，〈泛潁賞析〉，《名家鑑賞宋詩大觀》，香港，商務印書館香港分館、上海辭書出版社聯合出版，1988，頁 442～443。
〔註49〕 《大正藏》，第九冊，頁 12^b。

且還在大難不停的侵逼之下，關起門來爲一己之私，進行你爭我奪，永無休止的內鬨，其情其景，豈非「於火宅內，樂著嬉戲」的諸子的翻版，是以蘇軾的大悲菩提心，便在泛舟穎水中流之際，以其無染著的清淨體現出來，正如〈譬喻品第三〉接著說：

〔長者〕復更思惟：「是舍唯有一門，而復狹小。諸子幼稚，未有所識，戀著戲處，或當墮落，爲火所燒。我當爲說，怖畏之事，此舍已燒，宜時疾出，無令爲火之所燒害。」〔註50〕

問題是蘇軾所說的話，不但沒人願意聽，且往往成爲政敵緊抓不放的罪案，並使與其嚶鳴相求者，全都陷身元祐黨人中，而跟著流逐四方。

至於「觀妙」一詞，王十朋注曰：「《老子》：『常無欲以觀其妙。』」這是望文生解，或斷章取義之陋見，因前一句的「天人師」正是佛十號之一，具如《妙法蓮華經》卷第一〈序品第一〉所說：

如過去無量無邊不可思議阿僧祇劫，爾時，有佛號日月燈明如來、應供、正遍知、明行足、善逝世間解、無上士、調御丈夫、天人師、佛、世尊。〔註51〕

蘇軾等「同參天人師」之所參，必屬空王立教之第一義諦，而非老學斷見之無，亦非吳孟復在〈泛穎賞析〉中所誣指的「『天人』，即物我之間、客觀與主觀之間」的二元對立，〔註52〕詩義既如此顯達無蔽，是以就天臺法華學，從開迹顯本的方便法，到廢迹顯本的究竟法來看，即智顗在《妙法蓮華經玄義》卷第七下「三譬譬本門」所說：

譬開迹顯本，意在於迹。……既識迹已，還識於本，……譬廢迹顯本，既識本已，不復迷迹，但於法身修道圓滿上地也。〔註53〕

雖說蘇軾亦深於莊老之學，且自早年以來，便常在同一文藝學文本中雙寫，如在〈子由生日以檀香觀音像及新合印香銀篆盤爲壽一首〉，自報家門爲「旁資老聃釋迦文」的夫子自道，〔註54〕是以此中「觀妙」，義在藏、通、別、圓化法四教之圓教絕觀，不得混入老學之道，或誤以爲能所相對而不相融通的結果，如智顗在《妙法蓮華經玄義》卷第二上「二、明妙者」說：

〔註50〕 《大正藏》，第九冊，頁 12^b。
〔註51〕 《大正藏》，第九冊，頁 3^c。
〔註52〕 《名家鑑賞宋詩大觀》，頁 443。
〔註53〕 《大正藏》，第三十三冊，頁 773^a。
〔註54〕 《蘇軾詩集合注》，下冊，頁 1910。

今本地教興，迹中大，教即絕；絕於迹大，功由本大；將絕迹
之大，名於本大，故言絕也。又，本大，教若興，觀心之妙，不得
起；今，入觀緣寂，言語道斷，本教即絕。絕由於觀，將此絕名，
名於觀妙，爲顯此義故，以絕爲妙。今，將迹之絕妙，妙上眾生法；
將本地之絕妙，妙上佛法；將觀心之絕妙，妙上心法。……今三絕，
豎約圓教。〔註55〕

準此以觀，與蘇軾聯袂泛潁者，「各有得」的所觀境，或顯爲方便示現之
迹，或顯爲「本地之絕妙」，自當以其各自「參天人師」所悟淺深爲候，不
可以斷見指涉非聖、非凡、非有、非無、離人、離法以至於絕緣、絕觀之
圓義。

以中國禪學思想而論，前及蘇軾重義學甚於禪學，但務須注意的是，蘇
軾之於完全中國化的禪學，及分燈諸家的行持作畧，要非老宿實參，莫見眞
章，這在其文藝學文本的書寫實踐上，亦在在處處，以或顯或隱的手法，
出諸於互文性的表現。因此，自從六祖慧能以明鏡喻，呈顯頓悟後的心地
風光以來，以各種複合方式綴文成詞，或以教下義學成詞，做爲禪悟悟入機
宜的鏡喻，便以排山倒海之勢，在宗門中應機興現，如曹洞宗之祖洞山良
价，付法於曹山本寂時，便以青原行思下一世石頭希遷所撰《參同契》，詮明
萬法交參的無窮之理，作《寶鏡三昧歌》，申說正偏回互之道。因此，寶鏡喻
之於蘇詩的「頃刻復在茲」，便從蘇軾在元豐七（1084）年，離開黃州量移汝
州團練副使，路過金陵拜訪前政敵，時退居蔣山的前宰相王安石，並與之相
談歡甚之後共遊定林寺，同時相與賦詩酬和而次王安石韵作〈次韵答寶覺〉
詩云：

從來無腳不解滑，誰信石頭行路難？〔註56〕

蘇軾把石頭希遷即心即佛的禪法，聯繫到「散爲百東坡」的「渠無彼往」，
皆在不一不異的一心上，誠如《筠州洞山悟本禪師語錄》所載：

曹山親入師室，密印所解，盤桓數載乃辭師。
師問：「什麼處去？」
云：「不變異處去。」
師曰：「不變異處，豈有去耶？」

〔註55〕 《大正藏》，第三十三冊，頁 697[b]。
〔註56〕 《蘇軾詩集合注》，中冊，頁 1203。

云：「去亦不變異。」

師又曰：「子歸鄉莫打飛鳶嶺過麼？」

云：「是。」

師曰：「來時莫打飛鳶嶺來麼？」

云：「是。」

師曰：「有一人不打飛鳶嶺過，便到此間，子還知麼？」

云：「渠無彼往。」

師曰：「子見甚道理，便道渠無彼往？」

云：「若不到這田地，爭解恁麼道？」

師遂囑曰：「吾在雲巖先師處，親印寶鏡三昧，事窮的要，今付于汝。」

師又曰：「末法時代，人多乾慧，若要辨驗真偽，有三種滲漏：一曰見滲漏，機不離位，墮在毒海。二曰情滲漏，滯在向背，見處偏枯。三曰語滲漏，究妙失宗，機昧終始。學者濁智，流轉不出此三種，子宜知之！」〔註57〕

因此，蘇軾在熙寧變法時，既遭到王安石的排擠，又在元祐更化時，遭到司馬光、賈易等人的排擠，如以人之常情來看，受到排擠的人，理當滿懷怨懟之情，但從蘇軾與王安石的友情來看，常懷菩提心的蘇軾，對王安石並無一絲恨意，而一樣雍容大度的王安石，亦且邀請蘇軾一同卜居鍾山，如蘇軾次王安石〈池上看金沙花數枝過酴醾架盛開〉七絕韵，〔註58〕虞作〈次荊公韵四絕〉，其三云：

騎驢渺渺入荒陂，想見先生未病時；

勸我試求三畝宅，從公已覺十年遲。〔註59〕

宋人潘淳在《潘子真詩話》第十八則「東坡和荊公詩」說：

東坡得請宜興，道過鍾山，見荊公。時公病方愈，令坡誦近作，因為手寫一通以為贈。復自誦詩俾坡書以贈己，乃約坡卜居秦淮。〔註60〕

南宋愛國詩人陸游在《渭南文集》卷二十九〈跋東坡諫疏草〉亦說：

〔註57〕《大正藏》，第四十七冊，頁513c。
〔註58〕參見《王安石詩集》，卷二十八，《王安石全集》，下冊，頁183。
〔註59〕《蘇軾詩集合注》，中冊，頁1191。
〔註60〕郭紹虞輯，《宋詩話輯佚》，卷上，臺北，華正書局，民70，頁305。

天下自有公論，非愛憎異同能奪也。如東坡之論時事，豈獨天下服其忠、高其辯？使荊公見之，其有不撫几太息者乎？東坡自黃州歸，見荊公於半山，劇談累日不厭，至約卜鄰以老焉。公論之不可揜如此，而紹聖諸人，乃遂其忮心，投之嶺海必死之地，何哉？〔註61〕

至於司馬光在元祐元年九月病故時，蘇軾仍以「軾從公遊二十年，知公生平為詳」的知交身份，〔註62〕如其情義所然的撰寫篇幅甚長的〈司馬溫公行狀〉盛稱：「公忠信孝友，恭儉正直，出於天性。自少及老，語未嘗妄，其好學如饑渴之嗜飲食，於財利紛華，如惡惡臭，誠心自然，天下信之。」〔註63〕俟後又撰〈司馬溫公神道碑〉說：「匹夫而能動天，亦必有道矣。非至誠一德，其孰能使之？」〔註64〕又於文末賦詩云：「孰不見公，莫如我先。二聖忘己，惟公是式。功亦無我，惟民是度。」〔註65〕

在蘇軾的文字中，並無一語因兩人在政見上時或相左，而在人格上予以妄言醜詆，更何況蘇軾這種知人論世之論，就司馬光的功業與人格而言，九百年來，治史方家是沒有不首肯的，可見蘇軾身為宰官長者，在行政作為上，向來敢說敢做敢當，凡事皆針對事理據實以爭，這種對事不對人的任事態度，豈是人情之私在愛憎異同上所能輕易予奪？因而在自請外放穎州時，亦將與司馬光等人在京師火宅烈焰的齟齬，用清涼的穎水於舉棹臨流鑑影之際，給予當體蕩滌淘洗得精光，而不留下任何微細的煩惱惑，困頓本來無一物的清淨心，而以這樣清淨無染的心性所成就的心鏡，正好在泛穎中流時，與水鏡同一鑑照穎中山水的莊嚴風華，而這樣的風華與華嚴法界相異者幾希，允宜識者深心擊節稱歎！

又有不見於各部類梵漢譯經論元典的古鏡喻，也是脫胎於六祖慧能的明鏡喻，而古鏡一詞在中國禪宗立宗之後，雖每為義學弘講者所舉以為喻，但值得注意的是，此舉幾乎全都集中在疑似中國古德託名撰述的《圓覺經》與《大佛頂首楞嚴經》兩部經典的禪解上，如宋僧釋行霆在《圓覺經類解》卷第四末說：〔註66〕

〔註61〕 宋‧陸游撰，《陸放翁全集》，上冊，臺北，河洛圖書出版社，民64，頁178。

〔註62〕 《蘇軾文集》，第二冊，頁492。

〔註63〕 《蘇軾文集》，第二冊，頁491。

〔註64〕 《蘇軾文集》，第二冊，頁513。

〔註65〕 《蘇軾文集》，第二冊，頁515。

〔註66〕 每卷又分本、末兩篇。

大圓覺者，此大圓鏡智也。豈不見乎普融示眾云：「德山入門便棒！」此豈不是成所作智？玄沙與天龍游山見虎，此豈不是平等性智？臨濟示眾云：「有一無位真人，在汝等面門入出，未證據者看看！」此豈不是妙觀察智？雪峯示眾云：「我這裏似一面古鏡相似，胡來胡現，漢來漢現。」此豈不是大圓鏡智？〔註67〕

再如明人禮部郎中曾鳳儀在《楞嚴經宗通》卷第八論迴向心說：

迴佛慈光，迴果而向因也。向佛安住，迴因而向果也。果因一契，光相交入。……雪峯上堂：「要會此事，猶如古鏡當臺，胡來胡現，漢來漢現。」玄沙出眾曰：「忽遇明鏡來時如何？」峯曰：「胡漢俱隱。」沙曰：「老和尚腳根尚未點地在。」〔註68〕

至於在宗門中，禪師或示法、或勘驗學人所證境，是否當機悟入，所舉以為喻者，自是本分家務，如洞山良价在《筠州洞山悟本禪師語錄‧玄中銘》說：

夜明簾外，古鏡徒耀。

空王殿中，千光那照。

澂源湛水，尚棹孤舟。〔註69〕

當蘇軾以老而不癡的圓融、圓滿的般若波羅蜜多，從火宅中穎然抽身，騰騰任運於潁中山水時，這山水清境，豈非空王勝殿？而當孤舟如滄海一滴，以「不駛亦不遲」，任運騰騰於自適自在的清流中，那將塵垢從六根門頭滌洗殆盡的清流，又豈非「千光那照」前所新磨的古鏡？而古之一字，正說明了無始以來的佛性，不論磨洗與否，都是如如俱在的，祇因凡夫每為煩惱障所蔽覆而懵然不覺，如其能像蘇軾那般，如實領解天人師所再再示說的終極法義，即在臨水鑑影的同時所顯明的佛來佛現，那麼，哪裏還有「胡來胡現，漢來漢現」，乃至於「胡漢俱隱」等等葛藤糾纏的餘地？因為縱使在諸法上，猶有「忽然生鱗甲，亂我鬚與眉」的現象，如其緣起之所緣起般的分明俱在，又豈能與「頃刻復在茲」的實相在本質上於義有違？所以胡來即漢來，胡現即漢現，一來一現，便再也無所遮蔽，是以「澂源」之源乃為心源，「湛水」之水不外法水，如中國禪宗初祖菩提達磨在《少室六門》第一門〈心

〔註67〕《卍續藏》，第十冊，頁232^b。
〔註68〕《卍續藏》，第十六冊，頁893^{b~c}。
〔註69〕《大正藏》，第四十七冊，頁515^{b~c}。

經頌〉說：

〔經云〕受、想、行、識，亦復如是。

〔頌曰〕受、想納諸緣，行、識量能寬；遍計心須滅，我病不相干。解脫心無礙，破執悟心源；故云亦如是，性相一般般。〔註70〕

永明延壽亦在《註心賦》卷第四說：

〔賦云〕既達心宗，應當瑩飾，鍊善行以扶持，澄法水而潤澤。

〔註曰〕……是故，善男子！應以善法，扶助自心，應以法水，潤澤自心，應以境界，淨治自心，應以精進，堅固自心，應以忍辱，坦蕩自心，應以智證，潔白自心，應以智慧，明利自心，應以佛自在，開發自心，應以佛平等，廣大自心，應以佛十力，照察自心。……明鏡匿垢，曷以照人？猶眾生心，久積塵勞，似障真性，今雖明達，要假真修，故云：「設有餘習，還以佛知見治之。」則成出纏真如，離垢解脫，究竟清淨矣。〔註71〕

所以蘇軾說：「上流直而清。」乃心源之所本，又說：「下流曲而漪。」乃法水之所潤，因而蘇軾以遊戲之筆，用自我反質的句法：「此豈水薄相，與我相娛嬉？」肯認「笑問汝為誰」，恰恰是自家「觀妙」所證得的遊戲三昧。

要之，蘇軾早年即以般若波羅蜜多，明覺到從自家心源，源源不絕湧流而出的法水，就是自我洗滌被諸法與習氣所垢蔽的唯一良方，如熙寧五（1072）年，三十七歲倅杭時所作的〈贈上天竺辯才師〉詩，有句云：

見之自清涼，洗盡煩惱毒。〔註72〕

作於熙寧六（1073）年的〈宿海會寺〉詩，有句云：

杉槽漆斛江河傾，本來無垢洗更輕。〔註73〕

又，〈再遊徑山〉詩，有句云：

靈水先除眼界花，清詩為洗心源濁。〔註74〕

又，〈九日尋臻闍黎遂泛小舟至勤師院二首〉其二，有句云：

〔註70〕《大正藏》，第四十八冊，頁365b。
〔註71〕《卍續藏》，第六十三冊，頁151b-c。
〔註72〕《蘇軾詩集合注》，上冊，頁315。
〔註73〕《蘇軾詩集合注》，上冊，頁469。
〔註74〕《蘇軾詩集合注》，上冊，頁476。

笙歌叢裏抽身出，雲水光中洗眼來。〔註75〕

熙寧八（1075）年，在密州知州任所作〈和子由四首〉其二〈送春〉詩，有句云：

憑君借取法界觀，一洗人間萬事非。〔註76〕

熙寧九（1076）年，作〈和潞公超然臺次韵〉詩，有句云：

吟成超然詩，洗我蓬之心。〔註77〕

元豐元（1078）年，在徐州知州任所作〈聞辯才法師復歸上天竺以詩戲問〉詩，有句云：

神光出寶髻，法雨洗浮埃。〔註78〕

元豐二（1079）年，作〈送劉寺丞赴餘姚〉詩，有句云：

我老人間萬事休，君亦洗心從佛祖。〔註79〕

元豐三（1080）年，在黃州作〈書麌公詩後并引〉詩，有句云：

爲吟五字偈，一洗凡肉眼。〔註80〕

又作〈遊淨居寺并敘〉詩，有句云：

願從二聖往，一洗千劫非。〔註81〕

元豐六（1083）年，在黃州作〈孔毅父以詩戒飲酒問買田且乞墨竹次其韵〉詩，有句云：

十年揩洗見眞妄，……借我一庵聊洗心。〔註82〕

又作〈和蔡景繁海州石室〉詩，有句云：

前年開閤放柳枝，今年洗心歸佛祖。〔註83〕

元豐八（1085）年，在南都作〈南都妙峯亭〉詩，有句云：

時要聲利客，來洗塵埃顏。〔註84〕

元祐五（1090）年，在杭州作〈次韵送張山人歸彭城〉詩，有句云：

〔註75〕　《蘇軾詩集合注》，上冊，頁481。
〔註76〕　《蘇軾詩集合注》，上冊，頁602。
〔註77〕　《蘇軾詩集合注》，上冊，頁651。
〔註78〕　《蘇軾詩集合注》，上冊，頁802。
〔註79〕　《蘇軾詩集合注》，上冊，頁923。
〔註80〕　《蘇軾詩集合注》，中冊，頁987。
〔註81〕　《蘇軾詩集合注》，中冊，頁989。
〔註82〕　《蘇軾詩集合注》，中冊，頁1124。
〔註83〕　《蘇軾詩集合注》，中冊，頁1133。
〔註84〕　《蘇軾詩集合注》，中冊，頁1256。

　　　　水洗禪心都眼淨。〔註85〕

　　乃至於哲宗在紹聖元（1094）年，改元祐更化爲繼神宗熙寧新法的紹述之政，而年近花甲已五十九歲的蘇軾，從定州南遷嶺外的惠州而作〈南華寺〉詩，有句云：

　　　　云何見佛祖，要識本來面。
　　　　……
　　　　借師錫端泉，洗我綺語硯。〔註86〕

　　又，〈與南華辯老〉第一簡云：

　　　　達觀一視，延館加厚，洗心歸依，得見祖師，幸甚！幸甚！
〔註87〕

　　紹聖二（1095）年，又作〈正月二十四日與兒子過賴仙芝王原秀才僧曇穎行全道士何宗一同遊羅浮道院及棲禪精舍過作詩和其韻寄邁迨一首〉詩，有句云：

　　　　猶當洗業障，更作臨水禊。〔註88〕

　　又作〈次韻正輔同遊白山水〉詩，有句云：

　　　　但令凡心一洗滌，……山中歸來萬想滅。〔註89〕

　　凡此等等，可謂不勝枚舉，而蘇軾這種從青年到老年，持續不斷與佛學思想的深度會通，並以六度萬行自覺持修的生命意識，以及與文藝學在創作實踐上與藝術審美體現的深度互文性，由唾手可得的詩例，可見迥非孤立現象，至若其他文類所及，則更是所在都有，如前述〈黃州安國寺記〉說：

　　　　道不足以御氣，性不足以勝習。不鋤其本，而耘其末，今雖改
　　之，後必復作。盍歸誠佛僧，求一洗之？〔註90〕

　　又如〈思無邪齋銘〉亦說：

　　　　廓然自圓明，鏡鏡非我鏡。
　　　　如以水洗水，二水同一淨。〔註91〕

〔註85〕《蘇軾詩集合注》，中冊，頁1593。
〔註86〕《蘇軾詩集合注》，下冊，頁1950。
〔註87〕《蘇軾文集》，第五冊，頁1871。
〔註88〕《蘇軾詩集合注》，下冊，頁1984。
〔註89〕《蘇軾詩集合注》，下冊，頁2017。
〔註90〕《蘇軾文集》，第二冊，頁391～392。
〔註91〕《蘇軾文集》，第二冊，頁575。

再如〈思子臺賦〉亦說：

曾無興衰於既往，一洗其無辜。……吾將以嗜殺爲戒也。〔註92〕

如〈與南華明老〉第二簡說：

某浪流臭濁久矣，道眼多可，傾蓋如舊，清遊累日，一洗無

餘。〔註93〕

如佚文〈詩戲張天驥〉說：

水洗禪心眼都淨。〔註94〕

因此，論者認爲曾棗莊在〈論「蘇學」〉一文中說，蘇軾「『的後半生』『眞正接受了禪宗的思想』，是不符合實際的」。〔註95〕的確是「不符合實際的」，因爲蘇軾所接受的是宗門佛學與教下佛學無二無別的佛學。也就是說，蘇軾所接受的不僅僅是中國化的禪學，而是包括印度佛學在內的全盤的佛學，是以一旦把蘇軾在盛宋時代鍼砭佛學靡蔽的文字，如同朱熹於佛學既「未能有所得」就肆言闢佛那樣，片面的把蘇軾劃入詆佛的隊伍，這種一隅之見，與指控蘇軾大量不如皇帝旨意的奏疏，顯係目無君父的叛國之辭，俱爲識者所不敢輕取與輕議，亦即當曾棗莊說：「實則蘇軾一生在政治上都在『闢佛、老』。」〔註96〕顯然沒有針對蘇軾的命意，從世法有別於出世法，而出世法無別於世法的思維進路，對蘇軾思想中的超越之思，進行必要且清晰釐辨所致。

因爲政治所要解決的是政權與治權在行政體制中如何有效控馭的問題，而佛學做爲宗教學意義上的佛教的思想根據，所要解決的除了人在特定的政治體系下所開展出來的特定社會生活模式中，如何以明覺的理性智慧與此一特定世象相適應的態度問題之外，還要解決任何高明的政治思想所永遠無法亦無能解決的生命問題。就儒學做爲儒教而論，即性命之道的性理問題。就老莊之學做爲道學而論，即生命之道的無待問題，而從其變衍發展而出的道教，即生命長生久視的升仙問題。祇是佛學做爲佛教則有所不同，佛教所要解決的是眾生的生命在輪迴中解脫如何可能的終極問題。設使學者沒有把這些根本問題的差異性，各如其所指攝的義界，徹底的釐辨清楚，便會因義界

〔註92〕《蘇軾文集》，第一冊，頁 32。
〔註93〕《蘇軾文集》，第五冊，頁 1890。
〔註94〕《蘇軾文集》，第六冊，頁 2667。
〔註95〕《蘇軾研究史》，頁 781。
〔註96〕《蘇軾研究史》，頁 781。

混淆，而在錯誤的命題中，跟著錯誤的論式，推導出錯誤的結論。

至於銅鏡喻，不僅是經典與論典語言，且爲宗門南北兩宗所共同採用，如東晉西來僧帛尸梨蜜多羅譯《佛說灌頂伏魔封印大神呪經》卷第七說：

> 以青銅鏡照曜五方，使魔不得隱蔽其身。〔註97〕

付法藏第十二祖馬鳴在《大莊嚴論經》卷第七〈四十三〉亦載，除糞穢人尼提所見的如來法相「如眞金聚，無諸垢穢」，而以偈言說：「清淨如銅鏡。」〔註98〕祇是在印度經論元典中的銅鏡喻，不在體用範疇之中。至於唐僧淨覺在北宗的傳承史《楞伽師資記》則說：

> 四者理心，謂非理外理，非心外心。理即是心，心能平等，名之爲理。理照能明，名之爲心，心理平等，名之爲佛心。會實性者，不見生死涅槃有別、凡聖爲異，境智無二，理事俱融，眞俗齊觀，染淨一如，佛與眾生，本來平等一際。……何用更多廣學知見，涉歷文字語言，覆歸生死道？用口說文傳爲道，此者，人貪求名利，自壞壞他，亦如磨銅鏡，鏡面上塵落盡，鏡自明淨。〔註99〕

《楞伽師資記》後以湮沒在敦煌石窟達千年之久，而使北宗法脈及禪法在宋代亦隨之隱而不彰。但值得注意的是，銅鏡喻不論南北宗，在譬比上都是爲了說明依用持修以顯體的體用關係的相即義，雖說「體用」是中國古代哲學的基本範疇，如《周易・繫辭上》說：「故神無方易无體。」又說：「顯諸仁，藏諸用。」〔註100〕但在魏晉時代，玄學的體用之辨，已開始影響到當時學者對印度佛教眞俗二諦的理解，如僧肇在《肇論・般若無知論第三》說：

> 用即寂，寂即用，用寂體一，同出而異名，更無無用之寂，而主於用也。是以智彌昧，照逾明，神彌靜，應逾動，豈曰明、昧、動、靜之異哉？〔註101〕

僧肇這種中印思想的會通，通過賢首法藏的闡述，被盛唐以來的中國佛教界所普遍接受。也就是說，印度佛學以中國的體用思想，做爲朝向中國化過渡的橋樑，一如賢首法藏在《華嚴經義海百門・體用開合門第九》所說：

〔註97〕《大正藏》，第二十一冊，頁 517^a。
〔註98〕《大正藏》，第四冊，頁 293^c。
〔註99〕《大正藏》，第八十五冊，頁 1284^b。
〔註100〕《十三經》，下冊，頁 76。
〔註101〕《大正藏》，第四十五冊，頁 154^c。

　　　觀體用者：謂了達塵無生無性，一味是體，智照理時，不礙事
相，宛然是用。事雖宛然，恒無所有，是故用即體也，如會百川，
以歸於海。理雖一味，恒自隨緣，是故體即用也，如舉大海，以明
百川。由理事互融故，體用自在。若相入則用開差別，若相即乃體
恒一味。恒一恒二，是為體用也。〔註102〕

　　體用思想的持續融通與發展，一旦波及禪學，不論南北宗，都會以其特
具中國式的思維方法所開展出來的中國式話語，及其不同於印度語境的親切
感，而對之做出與之相適應的吸收與變革，如淨覺在《楞伽師資記》第七〈唐
朝荊州玉泉寺大師〉載北宗神秀說：

　　　身滅影不滅，橋流水不流，我之道法，總會歸體用兩字。〔註103〕

南宗立宗祖師慧能在《六祖壇經》則說：

　　　善知識！我此法門，以定惠為本。第一勿迷，言惠定別。定惠
體一不二，即定是惠體，即惠是定用，即惠之時定在惠，即定之時
惠在定。〔註104〕

　　晚於慧能六十七年出生，主張禪教一致說的華嚴五祖、禪宗荷澤宗初祖
神會的四傳弟子圭峯宗密，答覆在唐宣宗大中六（852）年任禮部尚書同中
書門下平章事裴休相國所提問的信《中華傳心地禪門師資承襲圖》，亦進一
步說：

　　　問：「洪州以能語言動作等，顯於心性，即當顯教，即是其用，
何所闕耶？」

　　　答：「真心本體，有二種用：一者自性本用，二者隨緣應用。猶
如銅鏡，銅之質是自性體，銅之明是自性用。明所現影是隨緣用，
影即對緣方現，現有千差。明即自性常明，明唯一味，以喻心常寂
是自性體，心常知是自性用。此能語言，能分別動作等，是隨緣應
用。」〔註105〕

　　這是一代禪學思潮，對教下義學承祧的必然結果，顯非將宗門思想，片
面的定位在離經叛教之論的學者之目力，所能如實體及於萬一者。然而，圭
峯宗密簡別洪州的體用說，意在指出，洪州禪雖在「語言動作」所對應的用

〔註102〕　《大正藏》，第四十五冊，頁635^a。
〔註103〕　《大正藏》，第八十五冊，頁1290^c。
〔註104〕　《壇經校釋》，頁26。
〔註105〕　《卍續藏》，第六十三冊，頁35$^{a\sim b}$。

上，具備了隨緣義，但卻闕乏自性用。亦即圭峯宗密的師父清涼澄觀在《大方廣佛華嚴經隨疏演義鈔》卷第四十七〈十迴向品第二十五〉所說的「自性即眞如，具不變隨緣故」。〔註106〕是以相對於荷澤宗的禪法而言，就顯得不夠圓通。因此，當蘇軾說盡「畫船俯明鏡，笑問汝爲誰？忽然生鱗甲，亂我鬚與眉」，在依用顯相的同時，所顯明的正是「散爲百東坡，頃刻復在茲」，係不變隨緣，且當相即是的體，亦即「銅之明」在隨染淨因緣所顯現的森羅萬象時，所同時顯現的「銅之質」正是不變的眞如實相，如其九九歸元，正是賢首法藏所說的「由理事互融故，體用自在」。因而這種獨具頂門眼的觀照，用蘇軾自己的思想來檢證，恰恰是在〈書《楞伽經》後〉所論證的「眞實了義，故謂之〈佛語心品〉」，〔註107〕以及〈論《六祖壇經》〉所論證的：

眼之見性，非有非無，無眼之人，不免見黑，眼枯睛盲，見性
不滅，則是見性，不緣眼有無，無來無去，無起無滅，故云：「見是
法身。」〔註108〕

如是之見所證成的，便是從三界火宅中，當體昇華的解脫，是以詩賦臨潁放舟的現量境，不過是藝術審美以詩技上達向上一路之道的權宜產物罷了，眞正的意義，俱在隨流臨景以參天人師觀妙所證見的自在法樂，因此，具足了諸法無自性，不生不滅，破有因論與無因論的法流義。如《楞伽阿跋多羅寶經》卷第四〈一切佛語心品之四〉說：

折伏有因論，申暢無生義。
申暢無生者，法流永不斷。〔註109〕

在中國禪學中，明鏡喻之所以顯得特具禪味，實乃中國禪宗的立宗者慧能，對其大師兄神秀上座所作的〈無相偈〉徹底否證的結果，根據慧能《六祖壇經》神秀偈云：「身是菩提樹，心如明鏡臺，時時勤佛拭，莫使有塵埃。」〔註110〕五祖弘忍認爲神秀所呈心偈的證境，雖可使迷人在持誦後獲得「不墮三惡道」的法益，〔註111〕但在悟境上，卻仍然不到地。也就是說，神秀之所悟，祇是與迷人相對的解悟，還停逗在以知識推度的認識範疇，而非體達究

〔註106〕《大正藏》，第三十六冊，頁369ᵃ。
〔註107〕《蘇軾文集》，第五冊，頁2085。
〔註108〕《蘇軾文集》，第五冊，頁2082。
〔註109〕《大正藏》，第十六冊，頁507ᶜ。
〔註110〕《壇經校釋》，頁12。
〔註111〕《壇經校釋》，頁14。

竟理地的證悟，所以五祖弘忍祇肯認神秀之悟，依鳩摩羅什譯的《梵網經盧舍那佛說菩薩心地戒品第十》來印證，仍在三賢位，相去十聖位卻仍然未入門，〔註112〕因此說：

> 汝作此偈，見即未到，祇到門前，尚未得入。凡夫依此偈修行，即不墮落；作此見解，若覓無上菩提，即未可得。須入得門，見自本性。汝且去，一兩日來思惟，更作一偈來呈吾，若入得門，見自本性，當付汝衣法。〔註113〕

易言之，究竟理地的證悟，即是證得阿耨多羅三藐三菩提的等覺之悟。可見神秀以明鏡喻心的明喻之喻，還在隨緣染淨中沈浮，根據圭峯宗密的檢證論式來審究，祇是「隨緣應用」的結果，仍然闕乏「自性本用」之用，正

〔註112〕論者所以直接以什譯《梵網經盧舍那佛說菩薩心地戒品》論證慧能經旨，乃因慧能明白說：「《菩薩戒經》云：『本元自性清淨。』善知識！見自性自淨，自修自作自性法身，自行佛行，自作自成佛道。」《壇經校釋》，頁38。
又，《梵網經盧舍那佛說菩薩心地戒品》卷下說：「金剛寶戒，是一切佛本源，一切菩薩本源，佛性種子，一切眾生皆有佛性，一切意、識、色、心是情、是心，皆入佛性戒中，當當常有因故，有當當常住法身，如是十波羅提木义，出於世界，是法戒是三世一切眾生，頂戴受持，吾今當為此大眾重說十無盡藏戒品，是一切眾生戒，本源自性清淨。」《大正藏》，第二十四冊，頁1003c。
關於《梵網經盧舍那佛說菩薩心地戒品》所立的菩薩階位共有四十位，即卷上所說的「十發趣心向果：一、捨心，二、戒心，三、忍心，四、進心，五、定心，六、慧心，七、願心，八、護心，九、喜心，十、頂心。諸佛當知，從是十發趣心，入堅法忍中。十長養心向果：一、慈心，二、悲心，三、喜心，四、捨心，五、施心，六、好語心，七益心，八、同心，九、定心，十、慧心。諸佛當知，從是十長養心，入堅修忍中。十金剛心向果：一、信心，二、念心，三、迴向心，四、達心，五、直心，六、不退心，七、大乘心，八、無相心，九、慧心，十、不壞心。諸佛當知，從是十金剛心，入堅聖忍中。十地向果：一、體性平等地，二、體性善慧地，三、體性光明地，四、體性爾焰地，五、體性慧照地，六、體性華光地，七、體性滿足地，八、體性佛吼地，九、體性華嚴地，十、體性入佛界地。是四十法門品。」《大正藏》，第二十四冊，頁997c～998a。
經中所舉四十位，前三十位為三賢位，後十位為十聖位，三賢位中第三個賢位「十金剛心向果」的第八位即「無相心」位，還不到十聖位的「十地向果」，所以慧能說：「見即未到，祇到門前。」「未到」即未到十地，「祇到門前」即祇到第三十八位的「無相心」位，還差「慧心」與「不壞心」兩位纔能登地，因此，論者以為慧能所印可於神秀所悟之悟，乃解悟之悟，而非證悟之悟。
〔註113〕《壇經校釋》，頁14。

是隨緣的當相即悟入當相的體,即不變的真如的明覺,所以圭峯宗密在《中華傳心地禪門師資承襲圖》評議說:

> 故彼宗主,神秀大師,呈五祖偈云:「身是菩提樹,心如明鏡臺,時時須拂拭,莫遣有塵埃。」評曰:此但是染淨緣起之相,反流背習之門,而不覺妄念本空,心性本淨,悟既未徹,修豈稱真?〔註114〕

五祖弘忍說神秀的〈無相偈〉:「却同凡心奪其聖位。」即以三賢位奪十聖位。然而,當慧能在聽完了童子讀誦〈無相偈〉之後,當即明白,神秀尚未證見自家本來具足的真如心性,亦即五祖弘忍所示於神秀的,尚未登達無上菩提的究竟解脫境,而如實證見此境之境,正是圭峯宗密所指出的「妄念本空,心性本淨」的諸法實相,於是隨即接著說:「不識本心,學法無益,識心見性,即悟大意。」〔註115〕並誦出兩首垂範人天的〈得法偈〉,其一云:

> 菩提本無樹,明鏡亦非臺,
> 佛性常清淨,何處有塵埃?〔註116〕

其二云:

> 心是菩提樹,身為明鏡臺,
> 明鏡本清淨,何處染塵埃?〔註117〕

關於慧能思想之於「佛性常清淨」與「本來無一物」的空有之辨,係當代研究諸種《壇經》版本的學者,所必須解決的佛性論與本無論於義相違的大論題,且置不論。但就敦煌本《六祖壇經》來看,論者在行文中,將依經文所記,兩兼佛性思想與般若思想,且不以性覺和尚還俗復名郭朋的唯物主義佛學家所倡言的階級鬥爭論為然,如郭朋說:

> 古印度般若(三論)系思想的產生,乃是沒落的奴隸主階級的完全絕望、徹底幻滅的時代反應。對於一個行將滅亡的剝削階級來說,世界已經不屬於他們,等待他們的,祇有徹底的滅亡,這種沒落的階級本能,使得他們對於現實世界祇能抱著否定一切的虛無態度。般若(三論)系的「一切皆空」思想,正是這種階級情緒的反應。〔註118〕

〔註114〕 《卍續藏》,第六十三冊,頁33^a。
〔註115〕 《壇經校釋》,頁15。
〔註116〕 《壇經校釋》,頁16。
〔註117〕 《壇經校釋》,頁16。
〔註118〕 《壇經校釋·序言》,頁3～4。

郭朋這種推斷，與印度迄今仍沒有被佛教的平等思想消滅的種姓制度的宿命觀相違，〔註119〕也與三論的作者，婆羅門種姓出身的龍樹，及其弟子迦那提婆的身分相違，這樣龐疏的問題，祇要清查相關論師的出身背景與社經地位，便可不攻自破。唯郭朋析論慧能〈得法偈〉其一的第三句「佛性常清淨」，與後來被篡奪爲「本來無一物」對與般若性空觀相違的義解，則無疑是正確的。〔註120〕

第二節　寂滅絕非是某一政治階級沒落的幻滅論

般若思想與蘇軾佛教文藝學的互文性，在藝術審美觀照，與創作實踐的體現上，就現有的詩文本來考查，可以說發生得相當早，並且持續終生未變，如嘉祐八（1063）年，第一次授官，出任鳳翔府簽判的青年官僚，時當二十八歲的蘇軾，即在〈記所見開元寺吳道子畫佛滅度以答子由〉詩云：

> 道成一旦就空滅。〔註121〕

龍樹在《大智度論》卷第十八〈釋初品中般若波羅蜜第二十九〉，引《頻婆娑羅王迎經》佛陀告訴摩竭陀國西蘇納加王朝第五世頻婆娑羅王說：

> 色生時但空生，色滅時但空滅。諸行生時但空生，滅時但空滅。
>
> 是中無吾我，無人、無神，無人從今世至後世，除因緣和合名字等眾生，凡夫愚人逐名求實。〔註122〕

這是「空滅」與般若思想的互文性根據，也是般若思想與原始佛教薩婆

〔註119〕　種姓制度：「更由於種族、宗教、職業之差異，至目前種姓數目已達兩千至三千之多。不同種姓之間嚴禁通婚、共食，且具有極其繁雜之戒律與風俗。」《佛光大辭典》，頁 5867。

〔註120〕　參見《壇經校釋》，第八則注八，頁 17～18。

〔註121〕　《蘇軾詩集合注》，上冊，頁 136。

〔註122〕　《大正藏》，第二十五冊，頁 192ᶜ。又，《頻婆娑羅王迎經》東晉西來僧瞿曇僧伽提婆譯作《頻鞞娑邏王迎佛經》，龍樹所引用的經文係經過糅寫者，在《中阿含經》卷第十一〈王相應品・頻鞞娑邏王迎佛經第五〉畧如：「『大王！色生滅，汝當知色生滅。大王！覺、想、行、識生滅，汝當知識生滅。大王！猶如大雨時，水上之泡或生或滅。大王！色生滅亦如是，汝當知色生滅。大王！覺！想、行、識生滅，汝當知識生滅。』……於是，諸摩竭陀人而作是念：『若使色無常，覺、想、行、識無常者，誰活？誰受苦樂？』世尊即知摩竭陀人心之所念，便告比丘：『』愚癡凡夫不有所聞，見我是我而著於我，但無我、無我所，空我、空我所，法生則生，法滅則滅，皆由因緣合會生苦，若無因緣，諸苦便滅。」《大正藏》，第一冊，頁 498ᵃ⁻ᵇ。

多部聖典《中阿含經》互文而上紹佛說的根據，顯非郭朋所說的「沒落的奴隸主階級」的絕望論與虛無論。至於在〈王維吳道子畫〉詩云：

中有至人談寂滅。〔註123〕

這句詩是整首詩的眼目，而「寂滅」則是蘇軾藉吳道子的藝境所翻出的命意機杼，至其命意的根據，正是假形象審美思維，以爲開張般若思想的進路，歷來評家對這首詩，雖然都給予極高的評價，且打破詩與畫的藝術界限，津津樂道其所謂精彩處，如清人趙翼在《甌北詩話》卷五〈蘇東坡詩〉第二則說：

坡詩不尚雄傑一派，其絕人處，在乎議論英爽，筆鋒精銳，舉重若輕，讀之似不甚用力，而力已透十分，此天才也。……「當其下手風雨快，筆所未到氣已吞。」（〈題王維吳道子畫〉）……此皆坡詩中最上乘，讀者可見其才分之高，不在功力之苦也。」〔註124〕

清人方東樹在《昭昧詹言》卷十二〈蘇東坡〉第一九九則說：

〈王維吳道子畫〉，古人得意語，皆是自道所得處，所以衝口即妙，千古不磨。……神品、妙品，筆勢奇縱。神變、氣變，渾脫溜亮。一氣奔赴中，又頓挫沈鬱。所謂「海波翻」、「氣已吞」、「一一可尋源」、「仙翮謝籠樊」等語，皆可狀此詩。眞無閒言。〔註125〕

但諸家就蘇軾何以如此命意的思想根源，卻一概茫然無所及。論者以爲，一旦把蘇軾的般若思想，從這首被宋人許顗在《彥周詩話》第二十六則將之與詩聖「老杜作〈曹將軍丹青引〉云：『一洗萬古凡馬空』」頡頏比論的名作中，〔註126〕給以其無識而致存而不論，或以其極詣之境屬內學菁華，而以不涉筆墨的迂迴方式，給有意的清理出去，那麼，蘇軾這首題畫詩的獨立性，必因被無端降到看圖作文的單純模狀地位而喪失殆盡。

就般若學而論，蘇軾以詩學的技藝，雙雙顯明畫意與詩意的思想底蘊，正是在藝術形態學上既會通詩、畫共有的形象藝境，又在詩、畫中融貫創意的手法，把抽象思想置入形象思維中而不顯唐突所致。因爲「寂滅」一

〔註123〕《蘇軾詩集合注》，上冊，頁 154。
〔註124〕《清詩話續編》，上冊，頁 1195～1196。
〔註125〕清・方東樹撰，《昭昧詹言》，臺北，漢京文化事業有限公司，民 74，頁 293。
〔註126〕何文煥輯，《歷代詩話》，第一冊，臺北，漢京文化事業有限公司，民 72，頁 383。

詞，本來就不是成就上乘之詩作的好詩料，如從詩語言特重意象語的最低限度來檢校，也是不宜入詩的辭彙。然而，蘇軾之所以爲蘇軾，恰如趙翼所已見：「其絕人處，在乎議論英爽。」而蘇軾在此詩中之所議，則捨般若思想莫辦，且其根源來自原始佛教，並做爲大乘一體遵行持修的終極原則，其思想基礎一如《增壹阿含經》卷第二十三〈增上品第三十一·九〉所說的寂滅：

> 一切行無常，生者必有死，
>
> 不生必不死，此滅最爲樂。〔註127〕

其在大乘般若學的開展如《大般若波羅蜜多經》卷三百六十三〈多問不二品第六十一之十三〉所說的寂滅：

> 知一切法，皆同一相，謂寂滅相，是故名爲一切相智。……諸
>
> 行、狀、相能表諸法，如來如實能遍覺知，是故說名一切相智。
>
> 〔註128〕

又如《妙法蓮華經》卷第三〈藥草喻品第五〉所說的寂滅：

> 如來知是一相一味之法，所謂解脫相、離相、滅相、究竟涅槃
>
> 常寂滅相，終歸於空，佛知是已，觀眾生心欲而將護之，是故不即
>
> 爲說一切種智。〔註129〕

次如晉譯《大方廣佛華嚴經》卷第一〈世間淨眼品第一之一〉所說的寂滅：

> 爲開諸法門，無量難思議，
>
> 悉歸入寂滅，平等真實觀。〔註130〕

再如《維摩詰所說經》卷中〈入不二法門品第九〉，妙意菩薩所說的寂滅：

> 眼、色爲二，若知眼性，於色不貪、不恚、不癡，是名寂滅。
>
> 如是耳聲、鼻香、舌味、身觸、意法爲二，若知意性，於法不貪、
>
> 不恚、不癡，是名寂滅，安住其中，是爲入不二法門。〔註131〕

北涼曇無讖譯的《金光明經》卷第二〈四天王品第六〉，則如是說寂滅：

〔註127〕《大正藏》，第二冊，頁672[b]。
〔註128〕《大正藏》，第六冊，頁872[a]。
〔註129〕《大正藏》，第九冊，頁19[c]。
〔註130〕《大正藏》，第九冊，頁398[a~b]。
〔註131〕《大正藏》，第十四冊，頁551[a~b]。

覺了諸法，第一寂滅，清淨無垢，甚深無上，菩提之道。〔註132〕

至於後魏勒那摩提譯《究竟一乘寶性論》卷第一〈自然不休息佛業品第十〉，更是以佛性論爲前提說寂滅：

> 次說天中妙鼓譬喻，偈言：
>
> 天妙法鼓聲，依自業而有，
>
> 諸佛說法音，眾生自業聞。
>
> ……
>
> 佛聲亦如是，離功用身心，
>
> 令一切眾生，得證寂滅道。〔註133〕

以是觀之，老於般若、法華、華嚴、維摩諸部大乘經典與佛性論思想的蘇軾，是不會不知道，般若思想與佛性論在權法上的分論，是基於與實法的互根互用而宛然俱在的，所以蘇詩云「至人談寂滅」，絕不會是某一政治階級沒落的幻滅論，更何況此時的蘇軾，還是一個意氣風發的新科官員！但卻已能以其般若波羅蜜多，覺了以無常爲有爲法，與以涅槃爲無爲法的悟入之道，正是無我，而無我之所以成爲通達無常與涅槃的解脫機轉，便是通過佛性對〈無常偈〉的悟入而證得三法印的果德，據東晉·釋法顯譯《大般涅槃經》卷下記載，佛陀於般涅槃之際，告誡諸弟子說：

> 諸行無常，是生滅法，
>
> 生滅滅已，寂滅爲樂。〔註134〕

這正是通往龍樹在《大智度論》卷第三十二〈釋初品中四緣義第四十九〉所說的，印證各種學說是否正確的三法印，而三法印正是正確識別諸法實相的慧鏡，是以龍樹說：

> 問曰：「如、法性、實際，是三事爲一、爲異？……」
>
> 答曰：「是三皆是諸法實相異名，所以者何？凡夫無智，於一切法作邪觀，所謂常、樂、淨、實、我等。佛弟子如法本相觀，是時不見常，是名無常；不見樂，是名苦；不見淨，是名不淨；不見實，是名空；不見我，是名無我。若不見常而見無常者，是則妄見，見苦、空、無我、不淨亦如是，是名爲如。如者，如本，無能敗壞。

〔註132〕 《大正藏》，第十六冊，頁343[a]。

〔註133〕 《大正藏》，第三十一冊，頁818[b~c]。

〔註134〕 《大正藏》，第一冊，頁204[c]。

以是故，佛說三法爲法印，所謂一切有爲法無常印、一切法無我印、
涅槃寂滅印。」〔註135〕

　　上述簡例，是青年蘇軾以般若思想爲詩學文本，假途形象審美爲創造實
踐所開顯出來的諦觀境，而這種以文字般若，做爲文藝學上能詮的方便法門，
雖然並不即是般若，但與實相般若都具備了生起般若波羅蜜多的功能，而通
過慧心鑑達的作用，上升爲觀照般若，以呈顯所觀境爲眞境的理體，如隋僧
淨影慧遠依據《大智度論》在《大乘義章》卷第十立〈三種般若義〉，而在卷
第十九立〈三智義兩門分別〉說：

　　　初門，約對三種般若，共相攝者。三種般若，如龍樹說：一、
　　觀照般若，證空實慧，通則了達二諦之智，斯皆是也。二、文字般
　　若，謂《般若經》，此非般若，能詮般若，能生般若，故名般若。三、
　　實相般若，謂眞諦空，通則二諦法相皆是，簡情取法，故云實相，
　　此非般若，是般若境能生般若，故名般若。〔註136〕

　　慧遠認爲：「文字般若，謂《般若經》，此非般若，能詮般若。」而圓悟
克勤在《佛果圓悟禪師碧巖錄》卷第十第九十七則，「評唱」說：

　　　文字般若者即能詮文字，即如今說者、聽者。且道是般若不是
　　般若？古人道：「人人有一卷經。」〔註137〕

　　既然「人人有一卷經」，問題祇在於了不了義，而不再在被能詮與所詮的
這種初級的言意之辨所限定。當然，以文藝學書寫而在文學表現上，做爲中
國大雅文學，或號稱雅正文學典範的古典詩，絕對不會是經。但不可否認的
是，在中國文化人對印度佛學思想的接受美學史上，自東晉以來，佛學義理
對詩做爲語言創造藝術的特種體類的浸潤，到了盛宋時代，即使是闢佛學者，
或理學家的詩作，都免不了有遊觀佛寺的篇什。因此，就其爲不了義而論，
自然是與能詮的方便般若無涉，但不能說與佛教文化普遍社會化的善因緣無
涉，這是另一大議題，且置不論。但論與佛學互文甚深者，雖在嚴格意義上，
仍然是不了義的，但卻不能否定其上乘之作之於了義，卻是能詮的極佳載具，
如同慧遠所指出的「文字般若，謂《般若經》」的經文那樣，經文與任何文字
一樣，都不是般若，但也與任何文字一樣都是「能詮般若，能生般若」的根

〔註135〕《大正藏》，第二十五冊，頁297ᶜ。
〔註136〕《大正藏》，第四十四冊，頁845ᵃ。
〔註137〕《大正藏》，第四十八冊，頁220ᵇ。

據，就如同一部《妙法蓮華經》，既是釋迦牟尼佛說的，也是妙光菩薩、十六菩薩沙彌、諸佛如來、威音王佛、常不輕菩薩、二千億日月燈明佛、日月淨明德如來、雲雷音宿王華智佛等諸佛、菩薩、沙彌所說的。〔註138〕

〔註138〕一、釋迦牟尼佛說的：卷第二〈譬喻品第三〉說：「爾時，佛告舍利弗，……我今還欲令汝憶念本願所行道故，爲諸聲聞說是大乘經，名《妙法蓮華》，教菩薩法佛所護念。」卷第四〈見寶塔品第十一〉說：「爾時，寶塔中出大音聲歎言：『善哉！善哉！釋迦牟尼世尊！能以平等大慧教菩薩法佛所護念《妙法華經》爲大眾說，如是、如是，釋迦牟尼世尊，如所說者，皆是眞實。』」卷第四〈見寶塔品第十一〉說：「善哉！善哉！釋迦牟尼佛！快說是《法華經》，我爲聽是經故，而來至此。」卷第六〈如來神力品第二十一〉說：「是中有佛，名釋迦牟尼，今爲諸菩薩摩訶薩，說大乘經，名《妙法蓮華》，教菩薩法佛所護念。」卷第七〈普賢菩薩勸發品第二十八〉說：「爾時，普賢菩薩以自在神通力，……到娑婆世界耆闍崛山中，頭面禮釋迦牟尼佛，右繞七匝，白佛言：『世尊！我於寶威德上王佛國，遙聞此娑婆世界說《法華經》。』」

二、妙光菩薩說的：卷第一〈序品第一〉說：「時，有菩薩，名曰妙光，有八百弟子，是時，日月燈明佛從三昧起，因妙光菩薩說大乘經，名《妙法蓮華》，教菩薩法佛所護念。」

三、十六菩薩沙彌分別廣說的：卷第三〈化城喻品第七〉說：「大通智勝如來，……爾時，轉輪聖王所將眾中八萬億人，見十六王子出家，亦求出家王，即聽許。爾時，彼佛受沙彌請，過二萬劫已，乃於四眾之中，說是大乘經，名《妙法蓮華》，教菩薩法佛所護念。……是時，十六菩薩沙彌，知佛入室寂然禪定，各昇法座，亦於八萬四千劫，爲四部眾廣說分別《妙法華經》。」

四、諸佛如來說的：卷第五〈安樂行品第十四〉說：「文殊師利！此《法華經》是諸如來第一之說，於諸說中最爲甚深，末後賜與，如彼強力之王，久護明珠今乃與之。文殊師利！此《法華經》，諸佛如來祕密之藏，於諸經中最在其上。長夜守護，不妄宣說，始於今日，乃與汝等而敷演之。」

五、威音王佛說的：卷第六〈常不輕菩薩品第二十〉說：「……常不輕，是比丘臨欲終時，於虛空中，具聞威音王佛先所說《法華經》。」

六、常不輕菩薩說的：卷第六〈常不輕菩薩品第二十〉說：「二十千萬億偈悉能受持。……更增壽命二百萬億那由他歲，廣爲人說是《法華經》。」

七、二千億日月燈明佛說的：卷第六〈常不輕菩薩品第二十〉說：「……是菩薩復化千萬億眾令住阿耨多羅三藐三菩提，命終之後得值二千億佛，皆號日月燈明，於其法中說是《法華經》。」

八、日月淨明德如來說的：卷第六〈藥王菩薩本事品第二十三〉說：「爾時，佛告宿王華菩薩，乃往過去無量恒河沙劫有佛，號日月淨明德如來、應供、正遍知、明行足、善逝、世間解、無上士、調御丈夫、天人師、佛世尊。……爾時，彼佛爲一切眾生喜見菩薩及眾菩薩諸聲聞眾，說《法華經》。」

　　在這種思想基礎上說：「人人有一卷經。」與「即如今說者、聽者。且道是般若不是般若」，廣解則爲無情與有情都有一卷經，祇要以其不違緣起義，而被證者假藉爲體達佛性是悟入正等正覺所示現的一大總相的了義者，即是上達解脫道的必由之途，如馬鳴在《大乘起信論》說：

> 心眞如者，即是一法界大總相法門體。所謂心性不生不滅，一切諸法，唯依妄念，而有差別，若離妄念，則無一切境界之相。是故一切法，從本已來，離言說相、離名字相、離心緣相，畢竟平等、無有變異、不可破壞。唯是一心，故名眞如，以一切言說，假名無實，但隨妄念，不可得故。

> 言眞如者，亦無有相。謂言說之極，因言遣言，此眞如體，無有可遣，以一切法，悉皆眞故；亦無可立，以一切法，皆同如故。

> 當知一切法不可說、不可念故，名爲眞如。〔註139〕

　　這也正是蘇軾「日與照覺常總禪師論無情話」開悟的根據，是以中年蘇軾，在經過熙寧變法時期嚴峻黨爭之後的元豐元（1078）年，四十三歲時，與參寥師聯袂放棹徐州而賦〈百步洪二首〉，其一有句云：

> 坐覺一念逾新羅。……
> 紛紛爭奪醉裏夢，……
> 覺來俛仰失千劫，……
> 但應此心無所住。〔註140〕

　　〈百步洪二首〉其一，自南宋以來，即廣爲詩評家所注意，直到當代，凡研究蘇學者，亦幾乎沒有不投以特別之青目者，如孫昌武在《禪思與詩情》第十四章〈蘇軾與禪〉說：

> 蘇軾所指「無心」，內含意蘊是很廣的。具體到對待日常際遇，都可以用「無心」相對付。他所謂「無心」，顯然不是要求頹唐寂滅，而是心無所待、無所求、無所住。〔註141〕

　　　九、雲雷音宿王華智佛說的：卷第七〈妙莊嚴王本事品第二十七〉說：「雲雷音宿王華智多陀阿伽度阿羅訶三藐三佛陀，……爾時，彼佛欲引導妙莊嚴王，及愍念眾生故，說是《法華經》。……大王！彼雲雷音宿王華智佛，今在七寶菩提樹下法座上坐，於一切世間、天、人眾中，廣說《法華經》。」

〔註139〕　《大正藏》，第三十二冊，頁576ᵃ。
〔註140〕　《蘇軾詩集合注》，上冊，頁861。
〔註141〕　《禪思與詩情》，頁425。

王樹海在〈禪與宋明文學〉說：

　　詩以洪波放舟的快惬而感慨人世滄桑，……然而，蘇軾對此表現出來的倒是禪的從容、鎮定：「此心無住」，造物又奈何！這裏頗是一番「空」、「如」的氣象。〔註142〕

周裕鍇在《中國禪宗與詩歌》第七章〈以禪入詩的意義〉說：

　　詩中雖有理語，甚至有禪語（如「一念逾新羅」、「千劫」等），但人生哲理由眼前景引發，又由眼前景得到印證（如「篙眼」印證「俛仰失千劫」）。〔註143〕

木齋在《蘇東坡研究》第八章〈蘇詩『尚理』論〉說：

　　此詩前部分描繪百步洪之險，後半部分集中談如何對待人生與社會的險惡，從而使百步洪之險具有了人生、社會險惡的象徵作用，使意象具有了哲理性。〔註144〕

冷成金在《蘇軾的哲學觀與文藝觀》第五章〈蘇軾的文學創作與他的哲學觀和文藝觀〉說：

　　借自然說禪，即從靜態和動態的自然山水中感悟禪理。〔註145〕

胡遂在《中國佛學與文學》第五章〈理事圓融　事事無礙〉說：

　　值得注意的是此詩所表現的「無住」、「無礙」氣勢以及所闡述的「但應此心無所住，造物雖駛吾何如」的佛理思想。……慧能認為，所謂以「無念為宗」，……即不為「作意」所束縛，而一任潛意識自然流動。〔註146〕

　　孫昌武把蘇詩「但應此心無所住」的出典，《金剛般若波羅蜜經》所說的「諸菩薩摩訶薩應如是生清淨心，不應住色生心，不應住聲、香、味、觸、法生心，應無所住而生其心」的無住生心，〔註147〕直接縮署為「無心」，以至做出與經文辯證式完全相反的詮釋。因為「無心」在佛學思想中，有正義與反義之故，以正義而言，如西晉竺法護譯《光讚經》卷第三〈了空品第

〔註142〕張錫坤等著，《禪與中國文學》，長春，吉林文史出版社，1992，頁 329。又見，《禪魄詩魂：佛禪與唐宋詩風的變遷》，頁 541。

〔註143〕《中國禪宗與詩歌》，頁 284。

〔註144〕《蘇東坡研究》，頁 277。又見，《宋詩流變》，頁 225。

〔註145〕《蘇軾的哲學觀與文藝觀》，頁 407。

〔註146〕《中國佛學與文學》，頁 285。

〔註147〕《大正藏》，第八冊，頁 749^c。

七〉說：

> 舍利弗！菩薩摩訶薩行般若波羅蜜，不當念菩薩摩訶薩。又當念等無等心、入微妙心。所以者何？其心無心，心者本淨；本淨心者，自然而樂、清明而淨。〔註148〕

《光讚經》說「無心」，是指離妄念的眞心，亦即以眞心之心，在覺照中，遠離凡聖、麤妙、善惡、美醜、大小等等二元對立的分別情識，而在究竟理地上，任運於不執著、不滯礙的自由境界，所以永明延壽在《宗鏡錄》卷第八十三說：

> 若不起妄心，則能順覺，所以云：「無心是道。」亦云：「冥心合道。」又，即心無心，常順本覺，未必滅心取證，却成背道。〔註149〕

以反義而言，係指迷失本性的亂心，如彌勒菩薩在《瑜伽師地論》卷第十三〈本地分中有心無心二地第八第九〉說：

> 心亂不亂建立者：謂四顛倒，顛倒其心，名爲亂心；若四顛倒，不顛倒心，名不亂心。此中亂心，亦名無心，性失壞故，如世間見心狂亂者，便言此人是無心人，由狂亂心，失本性故。於此門中，諸倒亂心，名無心地；若不亂心，名有心地。〔註150〕

這在圜悟克勤《圓悟佛果禪師語錄》卷第八〈小參一〉則說爲：

> 時有僧問：「勿謂無心便是道，無心猶隔一重關。如何是一重關？」
>
> 師云：「十重也有。」〔註151〕

如果凡事都在迷悟、有無、因果、凡聖相對的執見中打轉，重關之數何止十數，千重、萬重、千萬重，重重自我遮蔽覺性的生死牢關，在凡心上，更是所在都有。然而，經典的意思，甚爲彰明，指行者在面對色法之際，應從如實諦觀的質礙境之中，當體生起遠離煩惱垢穢的自性清淨心，此心則是顯明覺悟的智慧，對煩惱惑的如實觀照，而非對所照境，以自我遮蔽的一廂情願做片面否定，以致顢頇眞如本自如如的佛性，如《妙法蓮華經》卷第四〈提婆達多品第十二〉說：

〔註148〕《大正藏》，第八冊，頁166^b。
〔註149〕《大正藏》，第四十八冊，頁875$^{b \sim c}$。
〔註150〕《大正藏》，第三十冊，頁344^c～345^a。
〔註151〕《大正藏》，第四十七冊，頁749^b。

> 　　未來世中，若有善男子、善女人，聞《妙法華經・提婆達多
> 品》，淨心信敬，不生疑惑者，不墮地獄、餓鬼、畜生，生十方佛前，
> 所生之處，常聞此經。若生人天中，受勝妙樂，若在佛前，蓮華化
> 生。〔註152〕

再如唐譯《大方廣佛華嚴經》卷第三十五〈十地品第二十六之二・第二
地〉說：

> 　　佛子！菩薩摩訶薩已淨第二地，欲入第三地，當起十種深心。
> 何等爲十？所謂：清淨心、安住心、厭捨心、離貪心、不退心、堅
> 固心、明盛心、勇猛心、廣心、大心。菩薩以是十心，得入第三
> 地。〔註153〕

經中所說的「淨心信敬」、「清淨心」等，都不是用來「對付」色法的手
段，而是在諦觀色法的同時，以精進度把色法當做「意樂作意」的根據，進
而從有爲法證入無爲法的法門，且最終證得蘇軾〈與王庠〉第一簡所說的：「以
求寂滅之樂耳」的「寂滅」，〔註154〕亦即〈王維吳道子畫〉詩所說的「中有至
人談寂滅」的「涅槃寂滅」，〔註155〕並非「顯然不是要求『頹唐』寂滅」，而
一點也不「頹唐」的「涅槃寂滅」，正是檢證諸說，是否與佛法正義相違的根
本佛法三法印之一。就六度而論，根本就不可能混入「頹唐」的意思，而恰
恰是完全相反的明覺與奮迅，如唐西來僧尸羅達摩譯《佛說十地經》卷第三
〈菩薩發光地第三〉說：

> 　　以清淨心，意樂作意；以安住心，意樂作意；以厭離心，意樂
> 作意；以離欲心，意樂作意；以不退心，意樂作意；以堅固心，意
> 樂作意；以熾然心，意樂作意；以勇健心，意樂作意；以勝妙心，
> 意樂作意；以廣大心，意樂作意；菩薩以是十心，意樂作意，證入
> 第三地中。唯諸佛子、菩薩，住此第三地時，觀察一切諸有爲行，
> 皆見無常、有苦、不淨，不可依怙，終皆敗壞，不得久住，刹那生
> 滅，前際不來，後際不去，現在不住。〔註156〕

因此，心無所住，係不住於諦觀之際並不將之否定的色法，而是以所觀

〔註152〕《大正藏》，第九冊，頁35[a]。
〔註153〕《大正藏》，第十冊，頁187[b]。
〔註154〕《蘇軾文集》，第五冊，頁1820。
〔註155〕《蘇軾詩集合注》，上冊，頁154。
〔註156〕《大正藏》，第十冊，頁545[a-b]。

的色法生起能觀的清淨心，並以此心做為解脫的根據。就有為法而言，假藉色法生心，是有所執求。就無為法的本義而言，則是通過無所住的清淨心，而達致「涅槃寂滅」。因此，無住心不是用來「對付」所謂的「日常際遇」，而是用來覺照「日常際遇」的緣起狀態，並以相應法門的持修對治之，使其法流的流向，自下三道迴轉為上三道，且朝向聲聞、緣覺、菩薩、佛等上四界層層升進，因為十法界，乃至於三千大千世界，都是同時依緣共在的，絕非以消滅某一界做為證立另一界的手段，所能造作成就的。

至於胡遂用「氣勢」這種傳統文學批評的文論腔來批評議「無住」，並將之置入蘇軾在詩中普泛觀照的對象——「造物」所體現的萬象應緣而生起的緣起法流，而指出那是一種「無礙」的現象，雖不中亦不遠矣，祇是用「氣勢」來比論蘇軾對所觀境的客觀覺照，在無限深廣的時空中，各隨其因緣生滅與流轉的諸法，容或可用「炳然齊現」一詞，來做文藝學文本屬第二義的擬議，但不宜如此隨意的比附，不然〈百步洪二首〉其一，就會變成一首被限定在模山範水概念下的純粹寫景詩，而失去蘇軾用來體現官場歷練的隱義，與朝向解脫境上升的生命意識，毋怪乎胡遂一旦把它牽合到佛學思想上來生解，便會把真如的別稱「無念」，導向「一任潛意識自然流動」的錯誤詮釋。也就是說，胡遂的觀解留下了兩個問題。第一個問題，是歷來固有的，即自宋以來的文評家，都沒有讀出的隱義。第二個問題，是「無念為宗」的「無念」，與「一任潛意識自然流動」在佛法與現代心理學的研究對象上，根本就是兩回事。

第三節 隱顯在三界火宅中的當相真如

首先是蘇詩的隱義問題，熙寧二（1069）年，神宗想大大晉用時任翰林學士的王安石，並在二月將王安石，真除為右諫議大夫、參知政事，而先後四度向參知政事唐介、侍讀孫固垂詢是否能重用王安石，但都遭到異口同聲的反對，祇是神宗並沒有察納唐介兩人的諍言，而直接召見王安石，且在對議之後，隨即賦予重任，清人畢沅在《續資治通鑑》卷六十六〈宋紀六十六〉「神宗熙寧二年二月庚子」第二條載：神宗「謂之曰：『人皆以為卿但知經術，不曉事務。』安石對曰：『經術，正所以經世務也。但後世所謂儒者，大抵多庸人，故流俗以為經術不可施於世務耳。』帝曰：『然則卿所設施，以何為先？』

安石曰：『變風俗，立法度，今之所急也。』帝深納之。」〔註157〕數日之後，神宗接受王安石〈乞制置三司條例司〉的奏議，〔註158〕准奏後即命陳升之、王安石領銜「設制置三司條例司」，進行財政與政制的重大變革，從此開啓了北宋宰相干預財政的端緒，並以司農寺爲主要的執行機構，〔註159〕拉開了史稱「熙寧變法」的歷史大幕。

同年五月，時任判官告院的蘇軾，上〈議學校貢舉法〉，就在奏議晉呈給神宗的當天，據蘇轍在〈亡兄子瞻端明墓誌銘〉說：「公議上，上悟曰：『吾固疑此，得蘇軾議，意釋然矣。』即日召見。」〔註160〕由此素來在政見上相左的蘇軾與王安石的衝突，便隱隱然浮上了盛宋議壇的檯面，根據清人黃以周等輯注的《長編拾補》卷四「熙寧二年五月」載：

> 問：「何以助朕？」
>
> 軾對曰：「陛下求治太急，聽言太廣，進人太銳，願陛下安靜，以待物之來，然後應之。」……
>
> 他日，上問王安石以：「軾爲人何如？」安石知軾素與己異，疑上亟用之。……又曰：「陛下欲修中書條例，大臣所不欲，小臣又不欲。今軾非肯違眾以濟此事者也，恐欲故爲異端，沮壞此事。兼陛下用人，須是再三考察，實可用乃用之。今陛下但見軾之言，其言又未見可用，恐不宜輕用。」〔註161〕

這是王安石公開排擠蘇軾的開始，到了八月十四日，出任國子監舉人考試官的蘇軾，又因策問出題〈勤而或治或亂斷而或興或衰信而或安或危〉，這就把王安石給激怒了，《長編拾補》卷七「熙寧三（1070）年三月壬子條」追記說：

> 軾爲國子監考試官，時二年八月也。安石既得政，每贊上以獨斷，上專信任之。軾發策云：「晉武平吳，以獨斷而克；符堅伐晉，以獨斷而亡。齊桓專任管仲而霸；燕噲專任子之而滅。事同功異。何也？」〔註162〕安石見之不悦。上數欲用軾，安石必沮毀

〔註157〕《續資治通鑑》，第三冊，頁 1634～1635。
〔註158〕參見《王安石全集》，上冊，頁 66。
〔註159〕參見沈松勤著，《北宋文人與黨爭》，北京，人民出版社，2004，頁 26～27。
〔註160〕《蘇轍集》，《欒城後集》，卷第二十二，頁 218。
〔註161〕《長編拾補》，第一冊，頁 188～189。
〔註162〕黃以周的引文係經糅寫者，原文見〈國學秋試二首〉其一，《蘇軾文集》，第

之。〔註163〕

　　王安石自得政半年來，據現有足徵文獻的記載，雖連續兩次當著神宗的面在朝堂上譖愬蘇軾，但並沒有因此就打消了神宗自登極以來，都有意晉用蘇軾的意志，是以到了十一月六日，神宗欲起用蘇軾等人同修起居注，唯此事一旦撞上「拗相公」王安石，便不免再度演出當面廷折神宗聖意的戲碼，據《長編拾補》卷六「熙寧二年十一月己巳條」載：

　　　　司封員外郎、直史館蔡延慶，右正言、直集賢院孫覺並同修起居注。上欲用蘇軾及孫覺。

　　　　王安石曰：「軾豈是可獎之人？」

　　　　上曰：「軾有文學，朕見似爲人平靜，司馬光、韓維、王存俱稱之。」

　　　　安石曰：「邪憸之人，臣非苟言之，皆有事狀。作〈賈誼論〉，言『優游浸漬』，『深交絳、灌』，以取天下之權；欲附麗歐陽修，修作〈正統論〉，章望之非之，乃作論罷章望之。〔註164〕其論都無理。非但如此，遭父喪，韓琦等送金帛不受，卻販數船蘇木入川，此事人所共知。司馬光言呂惠卿受錢，反言蘇軾平靜，斯爲厚誣。陛下欲變風俗、息邪説，驟用此人，則士何由知陛下好惡所在？此人非無才智，以人望人誠不可廢，若省府推、判官有闕，亦宜用，但方是通判資序，豈可便令修注？」

　　　　上乃罷軾不用。〔註165〕

　　　　一冊，頁 208～209。

〔註163〕　《長編拾補》，第一冊，頁 342～343。

〔註164〕　蘇軾於仁宗至和二（1055）年二十歲，仍在故鄉眉山尚未出川應舉時，即呼應歐陽修作〈正統論三首〉，參見《蘇軾文集》，第一冊，頁 120～125。歐陽修於仁宗康定元（1040）年三十四歲時，作〈正統論〉凡十三篇，根據朝佐的注説：「考〈正統論〉，初有〈原正統〉、〈明正統〉、〈秦〉、〈魏〉、〈東晉〉、〈後魏〉、〈梁論〉七篇，又有〈正統後論〉二篇，〈或問〉一篇，〈魏、梁解〉一篇，〈正統辨〉二篇。」今本《居士集・一》所編定者祇有〈正統論・序論〉、〈正統論上〉、〈正統論下〉、〈或問〉四篇，其餘九篇，收在今本《居士外集・二》，參見《歐陽修全集》，上冊，卷一，《居士集・一》，頁 119～125；卷三，《居士外集・二》，頁 10～17。孔凡禮説：「章望之（民表）著〈明統論〉，於正統之外，倡言霸統。蘇軾以修爲歸，出以己意，與望之辯。」《蘇軾年譜》，上冊，頁 36。又，章望之著有文集三十卷，已佚。參見曾棗莊主編，《中國文學家大辭典・宋代卷》，北京，中華書局，2004，頁 821。

〔註165〕　《長編拾補》第一冊，頁 255～256。

　　根據王安石的說法，認爲蘇軾是個人格、文格、才能和史觀都是有不小
缺陷之徒，在人格上有「邪憸」鄙陋的特質，所以拿蘇軾在〈賈誼論〉中批
評賈誼的言論，調轉筆鋒反指蘇軾就如同賈誼那樣有結黨奪權的私心，蘇軾
在〈賈誼論〉中說：

> 爲賈生者，上得其君，下得其大臣，如絳、灌之屬，優游浸漬
> 而深交之，使天子不疑，大臣不忌，然後舉天下而爲吾之所欲爲，
> 不過十年，可以得志。〔註166〕

　　王安石認爲，蘇軾在〈賈誼論〉的字裏行間，透露了自己不軌的心理動
機。再如王安石指控蘇軾說：「韓琦等送金帛不受，卻販數船蘇木入川。」就
進一步點出了蘇軾，不僅是個不通人情，並在表面上故做清高的僞君子，且
在私下假藉父喪護喪返蜀的丁憂之機，隨船販賣「蘇木入川」牟利的貪財嗇
夫。然而，王安石所說的「皆有事狀」，根據當時把蘇軾販賣鹽、木回川的指
控，做成罪案調查的結果，卻證明王安石的指控，祇是一椿莫須有的誣告案，
如《長篇》卷二百十三「熙寧三年七月丁酉」第九條注云：

> 林希《野史》云：「王安石恨怒蘇軾，欲害之，未有巳發。……
> 范鎮薦軾，景溫即劾軾，向丁父憂歸蜀，往還多乘舟載物貨、賣私
> 鹽等事。安石大喜，以三年八月五日奏上。六日，事下八路，案問
> 水行及陸行所歷州縣，令具所差借兵夫及柁工，詢問賣鹽，卒無其
> 實。……既無以坐軾，會軾請外，例當作州，巧抑其資，以爲杭倅，
> 卒不能害軾。」〔註167〕

　　然而，深明自身已陷入黨爭暴風圈中的蘇軾，以其修爲豈能在不斷深文
鍛鍊，傅會成案，乃至於人身攻擊的全面排蘇的濁流之中而無所覺照？因而
順著王安石「若省府推、判官有闕，亦宜用，但方是通判資序」的意，而向
神宗請求外任。關於蘇軾第一次因黨爭而自請外任「避禍」一事，蘇軾自己
的乞表沒有留存下來，史亦無明文記載，唯宋人彭百川在《太平治迹統類》
卷二十五〈蘇軾立朝大槩〉簡畧的提到：

> 謝景溫恐軾爲諫官攻介甫之短，故力排之。公未嘗一言自辯，
> 乞外任避之。〔註168〕

〔註166〕《蘇軾文集》，第一冊，頁106。
〔註167〕《長篇》，第九冊，頁5175。
〔註168〕文淵閣《四庫全書》鈔本，葉18^b～19^a。

　　蘇軾的請求，也因「謊言說一百遍就變成眞理」，以致在蒙蔽了神宗聖聰的險惡局勢之下，獲得開脫，如《長篇》卷二百十四「熙寧三年八月己丑」條載：

　　　　司馬光對垂拱殿，……上又曰：「蘇軾非佳士，卿誤知之。……韓琦贈銀三百兩而不受，乃販鹽及蘇木、甕器。」〔註169〕

　　際此，神宗對蘇軾的認知，已由「軾有文學，朕見似爲人平靜」的中和之人，逐漸朝向「非佳士」的刻板印象傾斜，以致很快就批准蘇軾的請求，據蘇轍〈亡兄子瞻端明墓誌銘〉說：

　　　　介甫之黨皆不悅，命攝開封推官，意以多事困之。〔註170〕

　　也就是說，蘇軾雖然沒有離開朋黨互噬的京城，衹是從中樞降調爲政務冗煩的首都推官，而不用再天天與政敵面對面的據理爭議不休，且就不同政見直接面向人主時，時時諍諫不已。然而，「未嘗一言自辯」，且自願「避禍」的蘇軾，既已以致君堯舜爲國盡忠的儒術思想爲行政良知，而做了宦海中的過河卒子，加上向來敢據理直言無諱的快意性格，並在佛學勇猛精進的自覺意識之下，隨時保持心性的明覺，是不可能變成「寧默而生」的德賊——鄉愿之徒，因此，一旦敍任推官事宜完畢，隨即撰述萬言奏議〈上神宗皇帝書〉，反對王安石創行新法的不便，以及行新法短短數月以來，造成人心恐慌的新蔽害，蘇軾說：

　　　　今者無故又創一司，號曰「制置三司條例」。使六、七少年日夜講求於內，使者四十餘輩，分行營幹於外，造端宏大，民實驚疑，吏皆惶恐。賢者則求其說而不可得，未免於憂，小人則以其意度於朝廷，遂以爲謗。〔註171〕

　　復於翌年——熙寧三年三月，撰〈再上皇帝書〉，申詳新法之害，而要求罷免王安石說：

　　　　陛下自去歲以來，所行新政，皆不與治同道。立條例司，遣淸苗使，斂助役錢，行均輸法，四海騷動，行路怨咨。……近者中外謹言，陛下已有悔悟意，道路相慶，如蒙大賚，實望陛下於旬日之間，渙發德音，洗蕩乖僻，追還使者，而罷條例司。〔註172〕

〔註169〕《長篇》，第九冊，頁5201～5202。
〔註170〕《蘇轍集》，《欒城後集》，卷第二十二，頁218。
〔註171〕《蘇軾文集》，第二冊，頁730。
〔註172〕《蘇軾文集》，第二冊，頁749。

從此，蘇軾的平生功業，又豈是〈自題金山畫像〉詩云：「黃州惠州儋州。」
〔註173〕所能狀其沈浮於萬一？剋實的說，〈百步洪二首〉其一的前半段，顯然
是由開封推官而通判杭州，再由杭州而知密州、徐州，而終於在徐州詠出半
生驚濤駭浪的人生遭遇：

> 長洪斗落生跳波，輕舟南下如投梭；
> 水師絕叫鳧雁起，亂石一線爭磋磨。
> 有如兔走鷹隼落，駿馬下注千丈坡；
> 斷絃離柱箭脫手，飛電過隙珠翻荷。
> 四山眩轉風掠耳，但見流沫生千渦；
> 嶮中得樂雖一快，何意水伯夸秋河？〔註174〕

原意在富國強兵的熙寧變法，雖在熙寧七（1074）年，以王安石第一次
罷相，而於中途出現新的轉折，並由呂惠卿繼續施行，但並沒有取得的更佳
的政績，致王安石在熙寧八（1075）年，從江寧知府復拜平章事、昭文館大
學士後，因在政治資源上，已經得不到相應的奧援，最終在熙寧九（1076）
年，以失敗告終。就在蘇軾知徐州的元豐元（1078）年，已五十八歲的老相
王安石，以集禧觀使的身分，退居金陵鍾山。

但值得注意的是，黨爭已成為大宋王朝政治的特殊景觀，不但終蘇軾一
生，無有寧日，且終有宋一朝，都陷在其中，而無以自拔。然而，祇要細讀
蘇軾的詩，就不難深刻的體達，蘇軾對這種勇於私鬪的現象，所抱持的態度，
一是犯顏敢諫，表現出不合皇帝與宰相之時宜的牢騷，迥非算盡個人厚祿與
高爵的機關者，所堪與聞問的磊落情操，一是在世出世法中，保有一貫的超
越之思，如熙寧四（1071）年六月，乞求外補，俾便遠離王安石推行新法如
火如荼開展的京師，而在乞表中，祇說明了自請外放的心願，並沒有提出外
放州郡與官秩的訴求，庶免造成神宗皇帝的困擾，與驚動政敵的耳目，但政
敵們並沒有因其低調的行事，而打算放過蘇軾，蘇軾的乞表雖然已經佚失，
但從其寫給堂兄的一件殘存的信中，仍可清楚的看出蘇軾處境的艱難，據《蘇
軾佚文彙編》卷四〈與堂兄〉第三簡的殘件說：

> 但奏狀中不敢指乞去處，一任陶鑄，故得此也。上批出，與知
> 州差遣。中書不可。初除潁倅，擬入，上又批出，故改杭倅。杭倅

〔註173〕《蘇軾詩集合注》，下冊，頁 2475。
〔註174〕《蘇軾詩集合注》，上冊，頁 860～861。

－472－

亦知州資歷，但不欲弟作郡，恐不奉行新法耳。此來若非聖主保全，

則虀粉久矣。〔註175〕

　　蘇軾在七月離開京師，首途陳州，即放懷高歌〈出都來陳所乘船上有題小詩八首不知何人有感于余心者聊為和之〉其二，有句云：

何必擇所安，滔滔天下是。〔註176〕

其四，有句云：

我行無疾徐，輕檝信溶漾。〔註177〕

其六，有句云：

喧豗瞬息間，還卦斗與箕。〔註178〕

其八，有句云：

我詩雖云拙，心平聲韻和；

年來煩惱盡，古井無由波。〔註179〕

　　從這些詩句中，讀者不難體會蘇軾的胸襟，是何等的不霑與無礙，所云：「何必擇所安，滔滔天下是。」說明了政務之爭，是古來常例，總會有各種不同的意見，以各種形式在檯面或檯下駁火交鋒，好的政見，一旦被當政者採行，雖未必就能開創盛世，但至少可以福國利民，安定家邦，如果不被察納，倒也可以不必終日恓惶不已的與之硬碰硬，甚至因政爭的紛擾，而徒然為國家與人民，帶來不可收拾的災難，就像發生於東漢桓、靈二帝時期的黨錮之禍，不僅禍延太學生達三萬餘人，並在桓帝延禧九（166）年，造成范滂等兩百餘人遭到收執，而在靈帝建寧二（169）年十月，又考殺百餘人，徙、廢六七百人，熹平元（172）年，又補禁太學生千餘人，最終以爆發黃軍巾之亂而埋下亡國的禍端。因此，深於范榜故事的蘇軾，如不知所以進退的卷舒之道，而硬要與王安石等已然成為朝中把持政務的最大黨等黨人正面交鋒，就未免太不識大體了，誠如蘇轍在〈亡兄子瞻端明墓誌銘〉說：

公生十年，而先君宦學四方，太夫人親授以書，聞古今成敗，

輒能語其要，太夫人嘗讀《東漢史》至〈范滂傳〉，慨然太息，公侍

側曰：「軾若為滂，夫人亦許之否？」太夫人曰：「汝能為滂，吾顧

〔註175〕　《蘇軾文集》，第六冊，頁2525～2526。

〔註176〕　《蘇軾詩集合注》，上冊，頁237～238。

〔註177〕　《蘇軾詩集合注》，上冊，頁238。

〔註178〕　《蘇軾詩集合注》，上冊，頁238。

〔註179〕　《蘇軾詩集合注》，上冊，頁239。

不能爲滂母耶？」公亦奮厲，有當世志，太夫人喜曰：「吾有子矣！」〔註180〕

據《後漢書》卷六十七〈黨錮列傳第五十七〉說：

時，冀州饑荒，盜賊羣起，乃以滂爲清詔使，案察之。滂登車攬轡，慨然有澄清天下之志。〔註181〕

這是蘇軾以儒士之身所抱有的「澄清天下之志」，而在天下滔滔之際，敢攖王安石之鋒銳，亦且不懼不餒的心理根據，〈傳〉又說：

建寧二年，遂大誅黨人，詔下急捕滂等。……滂曰：「滂死則禍塞。……」母曰：「汝今得與李（膺）、杜（密）齊名，死亦何恨？」〔註182〕

然而，蘇軾雖未至於以死「禍塞」，但卻以隻身遠引之姿，超越已經勢不可爲的網羅，高颺而去，是以詩云：「何必擇所安？」在道不行的時候，何必爲一己的安樂，而強求無安之安。這種在亂世中，當政見不被肯認時的處事態度，正是孔子所立下的典範，在蘇軾身上具體而微的發用，《論語·公冶長第五》孔子說：「道不行，乘桴浮於海。」〔註183〕這話在如今「乘桴浮於」陳州水道上的蘇軾心中，正是別有理會的聖人之教。如就出世法來審視，也是「法華七喻」第一喻「火宅喻」的義理，在蘇軾心性上的開顯，如《妙法蓮華經》卷第二〈譬喻品第三〉偈說：

三界無安，猶如火宅，
眾苦充滿，甚可怖畏。
常有生老、病死憂患，
如是等火，熾然不息。
如來已離，三界火宅，
寂然閑居，安處林野。
今此三界，皆是我有，
其中眾生，悉是吾子。
而今此處，多諸患難，

〔註180〕《蘇轍集》，《欒城後集》，卷第二十二，頁217。
〔註181〕楊家駱主編，《新校本後漢書并附編十三種》，第三冊，臺北，鼎文書局，頁2203。
〔註182〕同上，頁2207。
〔註183〕《十三經》，下冊，頁2012。

唯我一人，能為救護。〔註184〕

可見蘇軾向神宗乞求外補的心，並非為一己之私，纔選擇性的規避為國盡忠的本分，而是當本分事在行政無由之際，不得不在認清困局的實相之中，以超越之思，隨順世緣，而朝更高的菩提心轉移，從而以自己對不安的超越，來安定「其中眾生，悉是吾子」的心，以避免因一時政爭，而引發誅連無辜者，進而導致玉石俱焚的災禍。這種從佛學思想中，長養起來的慈悲心，終蘇軾一生，在不斷流謫的困頓中，仍不曾自暴自棄，進而以立己立人的云為來印證，可說是最重要的行誼。

蘇軾一離開京師，便能這般任運自適，與解脫無礙，而引吭輕吟著：「我行無疾徐，輕楫信溶漾。」唯有如此從容不迫的優游意緒，纔能具見京師中的「喧豗瞬息間」，是可以無諍的諸法，其本質恰是如是緣起、如是緣滅的實相，而其果德，則來自於難行能行、難忍能忍的六度萬行的精妙修為。因此，從其自性海中，自然而然流出的心聲，自非「心平聲韵和」的和雅之音莫屬！是以從此一路因黨爭而有的「年來煩惱盡」，而煩惱既然都盡，心則如古井澄潭，俱見生命本來就具足光風霽月的清明，原是不假外求的本真，祇因心鏡一時為塵垢所蔽，一旦臨流蕩滌罄盡，自會再現體性湛然的靈光，一如清人彭際清在《觀河集節鈔・題落木菴徐先生遺影》詩云：

不改青山色，無餘古井波；

歸根唯一路，獨往意如何！〔註185〕

心性之所以能歸元一路，不外乎從來就不曾在六根門頭迷失過，是以能照的心，一旦照徹所照的八萬四千煩惱塵，其所證境，正是蘇軾的師祖黃龍慧南在《黃龍慧南禪師語錄續補》中所提掇出來的道意，如說：

到處青山，無非道場。〔註186〕

當蘇軾在熙寧四（1071）年冬十二月，沿途經陳州、潁州來到壽州而賦〈出潁口初見淮山是日至壽州〉詩云：

青山久與船低昂。〔註187〕

這一句詩，如與〈百步洪二首〉其一的前半段，並置起來領會，說的豈不正是從政爭「喧豗瞬息間」的流沫中，穎然昇華起來的心性？而其昇華之

〔註184〕《大正藏》，第九冊，頁14ᶜ。
〔註185〕《卍續藏》，第六十二冊，頁834ᵇ。
〔註186〕《大正藏》，第四十七冊，頁639ᵇ。
〔註187〕《蘇軾詩集合注》，上冊，頁257。

道，則捨「坐覺一念逾新羅」之一念莫由，所以元人劉將孫在《養吾齋集》卷十六〈自有樂地記〉評〈百步洪二首〉其一說：

> 況夫山水之雄傑，本不預人事。雖如歐公於滁，東坡於百步洪，自以爲樂矣。然或内不得於意，而外託於自覺，談笑之中有景景者馬，燕酣之外有鬱鬱者焉，地與人不相屬也。〔註188〕

劉將孫不僅把歐陽修在〈醉翁亭記〉的結穴處所說：「人知從太守遊而樂，而不知太守之樂其樂也。」〔註189〕所體達出來的政清人和之樂的命意給泯除掉了，也把太守之所樂在於樂民之所樂的安民歡情給否證掉了，如清人林雲銘在《古文析義合編·初編》卷之五〈醉翁亭記〉評云：

> 通篇結穴處，在「醉翁之意不在酒」一段，末段復以「樂其樂」三字見意，則樂民之樂，至情藹然可見。舊解謂是一篇風月文章，……何嘗隔靴騷痒（癢）！〔註190〕

應當說，不論是歐陽修的〈醉翁亭記〉，抑或蘇軾的〈百步洪〉，乃至於〈泛潁〉等等文藝學文本，都是能所相即相彰的產物，如果「不預人事」以爲用爲因，如何體達山水湛如之體以爲果的象徵，否則能遊與所遊，便會斷裂成「地與人不相屬」二元對立的心物障礙，所以劉將孫的眼力，祗能看到景是景，而誤以爲兩個同遭外放的官員，總是心情抑鬱其中的失意政客，而其之所以來遊於青山碧水中，祗因心有不得意所致，如其有所感悟，也無非是由外境所生的失落感而已，如此一來，便取消了能證者的主體性，而把覺性倒果爲因的說成被動反應的派生物，這就導致〈百步洪二首〉其一的下半首，即自「我生乘化日夜逝，坐覺一念逾新羅」以下，勢將如同胡遂所留下的第二個問題一樣，失去著落。

第四節　何處不可作佛事的五蘊心理學

胡遂說：「慧能認爲，所謂以『無念爲宗』，……即不爲『作意』所束縛，而一任潛意識自然流動。」胡遂在這裏提出了 Carl Gustav Jung 所倡言的

〔註188〕文淵閣《四庫全書》鈔本，葉 4ª。

〔註189〕《歐陽修全集》，上冊，卷二，《居士集·二》，臺北，河洛圖書出版社，民64，臺景印初版，頁 111。

〔註190〕清·林雲銘評注，《古文析義合編》，臺北，廣文書局有限公司影印宣統己酉（1909）年版，民90，頁 287。

「集體無意識」，與鈴木大拙所倡言的「禪中的無意識」，所曾經觸擊到的宗教心理學的問題，關於「潛意識」（subconscious）這個詞，是由「意識」（consciousness）加上前綴 sub 而形成的，在心理學上，被較正式的使用，已是二十世紀初的事，有趣的是，在剛剛成為新興學科的心理學，以專業術語使用它時，還遭到德裔美籍完形心理學家庫爾特・考夫卡的反對，如考夫卡在一九三五年，出版於紐約的《格式塔心理學原理》第二章〈行為和行為場——心理學的任務〉說：

> 由於我們認為意識一詞應當祇用作直接經驗的等同物，其中包含了自我的行為環境和現象行為，因此，我們必須放棄使用「無意識」或「下（潛）意識」這些術語。〔註191〕

也就是說，考夫卡認為意識纔是心理學的研究對象，且與直接經驗正相關，亦即意識係由自我的行為環境和現象行為等直接經驗所導出的心理活動，而「無意識」與「下（潛）意識」則是生理學的研究對象。因此，考夫卡接著說：

> 為甚麼所有的心理學家未在意識和單純的生理過程之間作出簡單的區分？我認為，答案在於下述的事實，即生理過程未被作為場過程來處理，而所謂「無意識」或「下意識」的過程都具有十分明確的特徵，這些特徵在我們的術語中稱作場特徵。因此，我們在生理過程中保留場特徵的話，我們將不再被誘使去談論無意識（或「下意識」）過程。〔註192〕

根據考夫卡的研究結果，認為無意識或下（潛）意識是屬於生理活動機制中的場域問題，應從一切的物理環境中去探討其活動方式，而不應該與心理或心靈活動糾纏不清。

至於另一個與考夫卡同時代的德國心理學家雨果・閔斯特伯格，則從醫學生理學的研究進路，比考夫卡更願意正視潛意識在生理上的存在及其功能問題，閔斯特伯格首先在一九一四年出版於紐約的《基礎與應用心理學》第三章〈心理學的解釋〉中指出：

> 如果我們想將無意識的物質和無意識的心理狀態區分開來，就

〔註191〕〔美〕庫爾特・考夫卡（Kurt Koffka）著，黎煒譯，《格式塔心理學原理》（*Principle of Gestalt Psychology*），杭州，浙江教育出社，1998，頁 64。
〔註192〕《格式塔心理學原理》，頁 64。

必須將這些心理過程稱作潛意識。〔註193〕

必須注意的是，閔斯特伯格在這裏所做的區分，可視為其為應用心理學在醫學生理學的研究前提之下，所下的操作性定義，亦即潛意識係無意識，在活動時所表現出來的動態的心理狀態，祇是一旦把這種狀態置入聯想理論中來分析，便會暴露出致命的缺陷，如閔斯特伯格在第十五章〈人格〉中說：

> 他們認為，潛意識的意念和記憶、願望和習慣、情緒和意志總是在不停的發生作用，決定著意識中的想法和活動。我們從一開始就看到，這個潛意識理論祇是一個權宜之計，它有自相矛盾的地方，不適合幫助建立理論。〔註194〕

就在這種區分的基礎上，閔斯特伯格得出了與考夫卡相同的結論，如在第十六章〈個體差異〉中說：

> 對於這一類異常的心理物理過程，心理學家常常用潛意識的心理狀態來進行解釋。……我們很容易將過去經驗和情緒興奮的後效看作是一種潛意識記憶，並且帶有潛意識情感；我們不大可能用生理神經過程來解釋後效過程。醫生為了實用性目的總是不可避免地要將這些事件說成是潛意識的。但是站在理論心理學的立場上，我們不能放棄心理學的基本原則。我們必須將潛意識的解釋改為大腦生理學的解釋。〔註195〕

不論是前意識、意識、潛意識或無意識，都是二十世紀前半葉西方心理學研究的主要課題，並開始與宗教的相關論題，嘗試合流並論，也就是試圖以心理學的研究工具，來研究宗教心理。因此，在二十世紀下半葉，終於出現了與之相對應的新研究觀念，即深層心理學、深意識、宗教心理學等術語的出現，〔註196〕並把它們牽合到心理治療或心理諮商的路子上去。〔註197〕

〔註193〕〔德〕雨果・閔斯特伯格（Hugo Münsterberg）著，邵志芳譯，《基礎與應用心理學》（*Psychology General and Applied*），杭州，浙江教育出社，1998，頁25。

〔註194〕《基礎與應用心理學》，頁188。

〔註195〕《基礎與應用心理學》，頁212。

〔註196〕參見：
1. 鄭石岩著，《佛法與心理分析》，臺北，大乘精舍印經會，民74。
2. 〔英〕凱特・洛文塔爾（Loewenthal, K. M.）著，羅躍軍譯，《宗教心理學簡論》（*The Psychology of Religion: A Short Introduction*），北京大學出版

如果以精神分析學派的創始人西格蒙特‧弗洛伊德（Sigmund Freud）所著的《圖騰與禁忌》（*Totem and Taboo*）一書，做爲現代意義的宗教心理學研究嚆矢，幾近百年來，在東西方踵其研究步武而鳴世者，洵非其弟子 Carl Gustav Jung 以及遠在東方的鈴木大拙莫屬，問題是宗教心理學是心理學研究的一個分支呢？抑或是一個在科學意義下的獨立學門？恐怕截至目前爲止，還沒有人能論述出一個舉世公認的所以然來，如鈴木大拙在《禪學講座》中，一開始涉入「無意識」的同時，便提出「我的態度是『前科學的』——有時我怕甚至是『反科學的』」遁辭，〔註198〕來預先爲自己可能不倫不類的比附，乃至於不知所云開脫，所以把禪導向神祕主義與「前科學的」的岐路，也就不是甚麼驚世駭俗之論了，如鈴木大拙在「禪中的無意識」中說：

在禪意義中的無意識，無疑是神祕的、未知的，而因此是非科學的，或前科學的。〔註199〕

又在「禪中的自我概念」中說：

禪宗對於實體的趨近法，雖然可以界定爲前科學的，有時卻是反科學的，因爲禪與科學所追尋的方向正好相反。〔註200〕

鈴木大拙的斷論，顯係被西方心理學既有的操作工具給反操作了，如同對鈴木大拙贊譽有加的 Carl Gustav Jung 那樣，還分不清楚創造論的神學，與緣起論的佛學的根本差異何在，便以西方心理學的理論工具，做爲解析佛法的衡準，而以「靈魂」論對佛教比手畫腳，如其在〈西藏度亡經的心理學〉三「靈魂內部的神性」中說：

「中陰得度」的起點即是自此一偉大的心理學的真理。……「中陰得度」使死者明白了靈魂之重要價值，……如果用基督教的語言來說，可以說是從罪惡及俗世之糾葛中獲得「救贖」。〔註201〕

Carl Gustav Jung 這種語焉不詳的洋格義，就像佛教初初傳入中國時，學

社，2002。
〔註197〕參見徐光興著，《心理禪——東方人的心理療法》，上海，文匯出版社，2007。
〔註198〕鈴木大拙、艾利克‧佛洛姆（Erich Fromm）著，謝思煒譯，《禪與心理分析》（*Zen Buddhism and Psychoanalysis*）臺北，志文出版社，民60，頁31。
〔註199〕《禪與心理分析》，頁41。
〔註200〕《禪與心理分析》，頁50。
〔註201〕〔瑞士〕容格（C. G. Jung）著，楊儒賓譯，《東洋冥想的心理學——從易經到禪》（*Zur Psychologie Ostlicher Meditation*），臺北，商鼎文化出版社，1995，頁6～10。

者將空生解成無那樣離題。如要其不離題，且避開胡遂「一任潛意識自然流動」說的錯誤，論者認爲在二十一世紀的中國物理學界與佛教學者以其專業的合法性發言權，已經超越了鈴木大拙，非科學的或前科學的，而硬要與心理學瞎比附的看法，以及超越了 Carl Gustav Jung 等西方學者的生硬的洋格義，而開闢出了兩條新的研究道路，值得在研究佛教文學的論域中，提出大要來做爲本論的插敘，並做爲佛教文藝學科學望前開拓的思考起點。

首先是周昌樂在《禪悟的實證——禪宗思想的科學發凡》一書所提出的「從量子場論看歸空之『境』」的量子物理學禪學新視域，周昌樂說：

> 比如在物質存在性方面，物理學家格里賓就指出：「我們稱之爲眞實的任何東西都是由不能視爲眞實的東西所構成。」……格里賓進一步說明：「……最實際和最客觀的科學——物理學，在二十世紀的發現已經不可抗拒地導致這樣的結論，即在亞原子粒子諸如電子和質子的層次上，物體在未被觀測時的確並不『眞實』存在。」
>
> 〔註202〕

周昌樂從格里賓所著的《尋找薛定諤的貓》與《大爆炸探祕》兩本書所提出的量子場論出發，如同所有嫻熟佛教般若學與唯識學的人那樣，立刻發現了格里賓的前一個論點所導向的論域正是般若學、華嚴學、方等學、楞伽學、唯識學、法華學、涅槃學、中觀學、天臺學，以及以般若學與楞伽學爲根據的中國禪學等大乘佛學所共同持修的法門——實相論的精髓空觀。而後一個論點所導向的論域則是貫通上述諸學門的唯識思想，在般若學中如法相宗初祖唐僧窺基，在《大般若波羅蜜多經般若理趣分述讚》卷第一所說：

> 由熏習力唯識變力於說法者識心之上聚集現故。〔註203〕

在華嚴學中如賢首法藏在《華嚴經探玄記》卷第一所說：

> 明境空心有唯識道理。〔註204〕

在涅槃學中如唐時來華的新羅僧元曉，在《涅槃宗要》所說：

> 若依有情、無情異門，瓦、石等物不名佛性；若就唯識所變現門，內外無二，合爲佛性。〔註205〕

〔註202〕周昌樂著，《禪悟的實證——禪宗思想的科學發凡》，北京，東方出版社，2006，頁5。
〔註203〕《大正藏》，第三十三冊，頁26^b。
〔註204〕《大正藏》，第三十五冊，頁112^a。
〔註205〕《大正藏》，第三十八冊，頁253^b。

在天臺學中如荊溪湛然，在《止觀輔行傳弘決》卷第七之一所說：

> 識既空已，十界皆空；識若假者，十界皆假；識若中者，十界皆中。專於內心，觀一切法，觀外十界，即見內心，是故當知，若識、若色，皆是唯色，若識、若色，皆是唯識，雖說色、心，但有二名，論其法體，祇是法性，如是即是心地法門，不動寂場，現身八會，諸佛解脫，於心中求，心為佛種，心即菩提，當用此意，通一切心，通一切教。〔註206〕

在中觀學中如中觀學派大師聖天造、唯識派大師護法釋，在《大乘廣百論釋論》卷第十〈教誡弟子品第八〉所說：

> 由是應知，有心心法，但無心外所執諸塵。云何定知諸法唯識？處處經說。……又，契經說：「三界唯心。」如是等經，其數無量，是故諸法唯識理成。〔註207〕

在唯識學中如彌勒菩薩，在《瑜伽師地論》卷第七十七〈攝決擇分中菩薩地之六〉所說：

> 了知相真如義故，有補特伽羅無我相、法無我相；若唯識相，及勝義相，此由畢竟空、無性空、無性自性空，及勝義空，能正除遣。〔註208〕

凡此等等，都在一開頭，就說明了禪宗，乃至於大乘佛學的思維心理，都比當代心理學慣用的實驗法，與量表等工具所操作的結果，具備了更加複雜與科學性的「超元思維」。因而在〈禪宗的邏輯思想〉中，周昌樂給出了全新的說法：

> 禪宗的邏輯思維是一種對邏輯思維的反思，由此可以看作是元邏輯思維或邏輯元思維。〔註209〕

這就跨越了禪宗對邏輯思維悖離的傳統看法，而找到了解讀公案的思維脈絡，把向來被認為不知所云的公案，從「邏輯悖論形式」即「自指式悖論、回互式悖論、常識性悖論、三關式悖論、離四句悖論」等進路，對行人「參禪體悟到自心的真性」的不可言說性，進行可以被後人言說的思維義解，也就是說：

〔註206〕《大正藏》，第四十六冊，頁388[a~b]。
〔註207〕《大正藏》，第三十冊，頁249[a]。
〔註208〕《大正藏》，第三十冊，頁726[c]。
〔註209〕《禪悟的實證——禪宗思想的科學發凡》，頁17。

禪法是一種跨層次的邏輯思維，而三段論祇是同層次中的邏輯思維。跨層次必須迫使跳出思量層次，通過自纏結式的悖論，發人猛省，從而進入非思量……禪宗就是要通過「非思量」來破除一切妄執，包括要破除「要破除一切妄執」這一妄執，因此自指（包括互指）、矛盾（悖論）是免不了的，也是重要方法，這一點哥德爾的不完備性定理給出了邏輯上最有力的證明。〔註 210〕

周昌樂站在這個認識起點上，首先通過「哥德爾第一不完備性定理」、「哥德爾第二不完備性定理」，〔註 211〕其次是通過「普遍存在的數學悖論」，亦即邏輯上的語形悖論、語義悖論、語用悖論，〔註 212〕而提出禪悟是一種「超元思維」的思維理論。因此，周昌樂不同意杜繼文在《中國禪宗通史·導言》中，襲用法國哲學家列維──布留爾的「原邏輯的思維」方法，且認為禪宗的思維方法是「屬於不合邏輯的推理，而往往導向一種神祕主義的思維模式」的結論。〔註 213〕

值得注意的是，杜繼文的哲學結論，與鈴木大拙把禪導向神祕主義的心理學岐路，所操弄的學術工具，容或不同，但對禪宗的參悟之道，在其道之所以為悟入之道──方法的釐清與如何在心理或思維上操作的，顯然都陷入了相同的困境。然而，這種被指為神祕主義式的禪思維，看在周昌樂的物理科學之眼中，卻別有新路徑可供求索，是以周昌樂接著說：

禪宗的這種思維方式，是一種超越邏輯推理的元思維模式，禪宗建立了這種超邏輯的邏輯思想體系，或可稱為超元思維的邏輯思想體系：不但允許矛盾的表述，更重要的是通過層次跳躍（躍階）來化解語言矛盾。祇是每一次躍階，使用的「元」操作多一層，邏輯本體也跟著退一步，直至體驗最終的「真如」本體；那個無限「元」的極限，即真如佛性。〔註 214〕

周昌樂在建立起這一全新的禪思維科學理論模式之後，隨即把它應用到解讀現存最早的禪宗史書《祖堂集》上，以實踐檢證理論的合理性、可行性

〔註 210〕 《禪悟的實證──禪宗思想的科學發凡》，頁 38。
〔註 211〕 參見《禪悟的實證──禪宗思想的科學發凡》，頁 42。
〔註 212〕 參見《禪悟的實證──禪宗思想的科學發凡》，頁 56～60。
〔註 213〕 杜繼文、魏道儒著，《中國禪宗通史》，鳳凰出版傳媒集團江蘇人民出版社，2007，頁 12。
〔註 214〕 《禪悟的實證──禪宗思想的科學發凡》，頁 72。

與有效性，是值得研究禪公案的學者留神的，而這也正是論者長期面對的問題，即宗門語中的義學問題。易言之，宗門既然是教外別傳，而並不成為附佛的新興宗教，在共法上，自然有必要把它置放回教下來討論，否則勢必因其逸出佛說的人言鬼語充斥，而導致以盲引盲的理論困難，這在佛教文藝學批評上，祇看盛宋以來對蘇軾涉佛文本的批評，就可明白向來都處在不對路的現象，皆是由思維進路不相屬所導致的偏差結果，如清人翁方綱在《石洲詩話》卷三說：

> 蘇公〈百步洪〉詩……予謂此蓋出自《金剛經》偈子耳！〔註215〕

翁方綱顯然有意把高度成熟的文藝學中特重審美體現的詩文本，逼入經偈的範疇而寓褒於貶。再如陳衍在《宋詩精華錄》卷二評〈百步洪二首〉亦說：

> 坡公喜以禪語作達，數見無味。此詩就眼前「篙眼」指點出，
> 真非鈍根人所及矣。〔註216〕

這種對蘇詩與佛學思想具足深度互文性的事實，先貶之以「無味」，再以蘇軾每能即景賦詩的才具，而褒之以在作詩這種稟賦上具有利根之詞，無異於翻轉高明的文藝家，都必然要在作品中，充分體現「技進於道」的超越之思，而將之下修為「技止於技」的鉛槧傭，因為內容既已因其與佛學思想具足深度互文性而不勘與聞，那麼，在書寫技巧與形式上，縱使能精雕細琢到眩人眼目的極致，其結果也祇能造出形式完美，但了無生命意識的軀殼，如此一來，何異於否定第一流的文藝都具有第一流的思想底蘊的批評共識？

要避開胡遂「一任潛意識自然流動」說的錯誤，其次是惟海在其長達七十餘萬言的鉅著，《五蘊心理學——佛家自我覺醒自我超越的學說‧導言：研究五蘊心理學的門徑》，開宗明義的第一句話說：

> 五蘊心理學是一個有著庫恩範式規模的心理學體系，是佛教用
> 以修行的根本依據。〔註217〕

惟海雖然沒有說明甚麼是「庫恩範式」，然而，讀者一旦理解美國科學史家、科學哲學家庫（孔）恩在《科學革命的結構》第七章〈危機與新理論的

〔註215〕　《清詩話續編》，下冊，頁 1413。
〔註216〕　《陳衍詩論合集》，上冊，頁 764。
〔註217〕　惟海著，《五蘊心理學——佛家自我覺醒自我超越的學說》，上冊，北京，宗教文化出版社，2006，頁 1。

建構〉中所說的「一個理論可以有許多不同的詮釋，就是它面臨危機的症候」，〔註218〕所指向的「新理論皆在常態科學的解謎工作遭遇重大挫折之後方纔出現」的事實，〔註219〕再回過頭來看看二十世紀，以西方心理學百變不殆的諸多理論來研究佛教心理學，其所得到的結果，對相關的研究，如文藝學研究，所產生的引喻失義的負面影響是何等的嚴重，以及對二十世紀初，日本佛教學者木村泰賢在〈佛教心理論之發達觀〉所提出的「唯識佛教之起源，……不僅承繼部派佛教也。但專就心理論之方面而言，唯識之心理論，實部派佛教二大潮流之綜合」等論點的莫知所之，〔註220〕又是何等的率意！而惟海用以展開新佛教心理學理論建構所依據的「庫恩範式」（孔恩典範），經過舒煒光的整理後，可以做如下簡單的敘述：

> 庫恩所說的「範式」是指科學共同體的共有信念，一方面，這種信念決定著某種「形而上學模型」即自然圖像以及某種價值標準，並由此形成各種不同的形式系統或符號系統（它體現著科學中的哲學或世界觀因素，「範式」的更替意味著世界觀的變革）。另一方面，這種信念又建立在具體的科學成就，主要是重大理論成就的基礎上，例如 N.哥白尼的日心說……C.R.達爾文的進化論和 A.愛因斯坦的相對論等等。這些成就不僅提示了一種新的思路、新的思想框架，而且提供了一個可供模仿的具體範例，從而規定了一定時期中這門科學的發展道路和工作方式。庫恩後來建議把「範式」改稱為「專業母體」，就是為了突出它作為科學家開展專業活動的基礎的意義。〔註221〕

從舒煒光的敘述，可以理解惟海所意圖建構的範式，並不是以推翻西方現代心理學理論的傳統範式為能事，而是站在這些理論的末流，對佛教心理學的詮釋所暴露出來的危機上，通過對佛教源遠流長的「佛家心理學領域範本性文獻」，與「佛家心理學領域一般性文獻」的傳統典範的復歸，而這些「範

〔註218〕〔美〕孔（庫）恩（Thomas Samual Kuhn）著，程樹德等譯，《科學革命的結構》（*The Structure of Scientific Revolutions*），臺北，遠流出版事業股份有限公司，2006，頁 122。
〔註219〕《科學革命的結構》，頁 126。
〔註220〕張曼濤主編，《唯識思想論集·二》，《現代佛教學術叢刊》，第二十六冊，臺北，大乘文化出版社，民 67，頁 310。
〔註221〕中國大百科全書編輯委員會「哲學」編輯委員會編，《中國大百科全書·哲學》，第一卷，「庫恩」條，臺北，錦繡出版事業有限公司，1993，頁 434^[a–b]。

本性」與「一般性」的佛家心理學文獻，在心理學的研究上，可以說從來都沒有以其完全的面貌，正式進入過西方心理學家的視域。惟海的研究進路，如其所說：

> 五蘊心理學就是經過這樣長達兩千五百餘年的修行證道的實踐檢證，不斷發展起來的。這個歷程，使五蘊心理學具有客觀性、內省性、實證性、系統性、人生性和宗教性的特點，這些特點是研究五蘊心理學必須瞭解的。若不能經歷同樣的體驗和認同，則不能接觸到五蘊心理學中的核心事實，終不能得其門而入；若完成趨入相同的途徑，則走向宗教信仰，可能失去客觀理性。這是兩難的抉擇。對於心理學界和哲學界、心理醫學界來說，在擺脫消極棄置、積極挑剌兩個極端之後，也許應該抱持著這樣一種態度——冷靜的同情——去研究五蘊心理學這門古老學術。〔註222〕

由此可見，研究五蘊心理學——論者認為，這是佛教心理學，如其在未來，能在西方心理學界，取得做為一門獨立科學學科，在學術上的合法性發言權的基礎——是研究佛教心理學的總綱領，但必須具備兩個根本條件，與一個基本態度，即「經歷同樣的體驗和認同」五蘊心理學傳統的「範本性」與「一般性」的佛家心理學文獻，〔註223〕與精通現代西方心理學，而其態度

〔註222〕惟海著，《五蘊心理學——佛家自我覺醒自我超越的學說》，上冊，北京，宗教文化出版社，2006，頁1。

〔註223〕惟海將這些文獻依其成立史分為五個時期，並列出必讀的書目三十種，論者認為這不僅是研究五蘊心理學、佛教心理學，甚至是中國佛教哲學、中國佛教文化學、中國佛教美學，乃至於與中國文學具有深遠傳統互文性的中國佛教文學的研究者，都是需要深入細讀的典籍，故不厭其煩的趁行文之便，特別在此將之臚列出來，用供有意深入探求者參照：

第一期，根本經典：《雜阿含經》、《中阿含經》、《長阿含經》、《增壹阿含經》、《楞伽阿跋多羅寶經》、《長老偈·長老尼偈》。其中《長老偈·長老尼偈》兩書皆成書於西元前六至三世紀間，屬巴利聖典小部經之一，不在《大正藏》中，目前流通於臺海兩岸的新譯現行版，係由1993年留學斯里蘭卡的鄧殿臣於1996年譯出，即：一、巴利原典，鄧殿臣譯，《長老偈·長老尼偈》(Theragatha·Their-gatha)，北京，中國社會科學出版社，1997。二、巴利原典，鄧殿臣譯，《長老偈·長老尼偈》，臺北，圓明出版社，民88。

第二期，初期論典：《舍利弗阿毘曇論》。

第三期，早期部派論典期：《阿毘達磨發智論》、《阿毘達磨法蘊足論》、《阿毘達磨集異門足論》、《阿毘達磨施設足論》、《阿毘達磨品類足論》、《阿毘達磨界身足論》、《阿毘達磨識身足論》。

則爲冷靜、理性與客觀，纔不致走入眼前附會西學，而成爲洋格義與神祕主義的岐路，或走入新的以內證自況，並片面排他的護教學的老路，就像唯一神教神學家所慣走的套路那樣，動輒遭到學界以缺乏科學性的挑剌與否棄。而五蘊心理學所欲達成的目的，正是：

> 佛教的人生修養，由於是以宗教的形式出現的，既在聖潔中包含著崇高的價值觀，也在信仰中包含著人生的信念，而且在「證道」中還必然經受到對其教理教義的實證檢驗。這種修行，從客觀的立場看，就是修心。既然是修心，就必須對心理有充分的瞭解，具有一定心理學知識。如果其心理學是正確的，那麼，通過「得道」能得到驗證。如果其心理學是錯誤的，就會得到不斷的修正和完善。〔註224〕

從惟海的敘述中，可以清楚看出，如其不能正確深入經藏的義海，則無從以教理教義檢證實踐的正誤，而一個連學理的正誤都沒有辦法正確釐辨與持行的學人，是無從以正確的教說簡別與之相應的一切現象的，其現象之一便是佛學做爲中國文化學體系的一個環節，與中國文學及中國佛教文學一樣，就文藝學文本的書寫而論，其深度互涉的關係是互文性，而非互爲凌躐，亦即誰都不應該是誰的婢女，而失去各自具足本眞的主體性，誰也都不該衹是用以填充誰，或冒充誰的語料，而喪失在互根互用的對顯中，纔能開彰的智慧光輝。如不具備這樣的思維能力與心理覺知，那麼，一旦談論起文藝學的審美所觀境，透過任何文體形式所體現的思想與語境在藝術上的轉移，與彼此在人性昇華上所顯明的覺性與高貴特質，就會因思想與書寫能力的含糊儱侗，而造成不必要的主觀牽合與思維窒礙。

是以當胡遂信筆指稱蘇軾的〈百步洪二首〉其一，是中國禪宗六祖慧能以「無念爲宗，無相爲體，無住爲本」立宗的「無念爲宗」的「無念」爲不「作意」的根據，而在百步洪的浪濤起浮中，隨著舟次之所之，以致放「任潛意識自然流動」。然而，胡遂的放任說與孫昌武的對付說，以及王樹海的感

第四期，部派論典大成期：《修行道地經》、《阿毘達磨順正理論》。

第五期，普及和專題深入期：《俱舍論》、《成實論》、《大乘五蘊論》、《大乘廣五蘊論》、《百法明門論》、《辨中邊論》、《瑜伽師地論》、《顯揚聖教論》、《唯識二十頌》、《唯識三十頌》、《成唯識論》。

詳參《五蘊心理學——佛家自我覺醒自我超越的學說》，上冊，頁33～40。

〔註224〕《五蘊心理學——佛家自我覺醒自我超越的學說》，上冊，頁1。

概說、周裕鍇的禪語說、木齋的險惡說，乃至於冷成金的假借說，雖然都以中國禪學做爲導出批評的共同基礎，但都僅止於以禪說文學，而忽畧了中國禪學的義學根據，正是總體佛學，而中國佛學之所以名之爲佛學的根據，正是印度佛學，如果離棄了此一終極根據，那麼，祇從公案、禪法、語境及其在文藝學上的話語轉移，來論述中國佛教文學所產生的問題，勢將不是隔與不隔，或貼不貼切的簡單問題，而是於佛學義理在與文藝學互文性的表現上，會不會出現思想誤讀與誤用的嚴峻問題。

　　如例以放任說而論，「一任潛意識自然流動」，於義顯然有無記的過失，以有覆無記來檢證〈百步洪二首〉其一的前半段，蘇軾對於因與主持熙寧變法諸君子的政見，在世法上的不能完全首肯，便是以儒術驗證其有違儒術聖道義之故，而不再預身其中，於是在自我明覺的慧見之下，自乞外放，庶免因京官持續不斷的廷諍，而引發一連串讓執政團隊都不能以身幸免的衝突與內耗，致最終陷入惡意所主導的惡性循環的困境，造成國體從上而下的動搖，如此一來，無辜的受害者，必定是廣大的人民，是以蘇軾諫哲宗說：「朝廷以安靜爲福。」

　　如從出世法來看，蘇軾爲了讓自己的心性不要被非善、非不善，這種與佛性相違的無記所遮蔽，就不可能不採行必要的對治之道，把自家的生命主體性，從致生無量煩惱塵的無明漩渦中，給向上提升出來，而其超越之道，便是以眞如妙智，本來清淨，既不爲無明所覆，亦不爲煩惱所染，照了諸法，平等不二的如如智，通過覺照分明宛然的自然山水的文下之文的黨爭隱義，而以文藝學的互文性途徑，去體達常住一相，量等虛空，不遷不變，無滅無生，當體即是的如如境，所以〈百步洪二首〉其一的後半段，詩云：

> 我生乘化日夜逝，坐覺一念逾新羅；
> 紛紛爭奪醉裏夢，豈信荊棘埋銅駝？
> 覺來俛仰失千劫，回視此水殊委蛇；
> 君看岸邊蒼石上，古來篙眼如蜂窠。
> 但應此心無所住，造物雖駛如吾何？
> 回船上馬各歸去，多言譊譊師所呵！〔註225〕

「我生乘化日夜逝」，這句詩最敞亮心性的眼孔，俱在「乘化」一詞。但歷來失注，原因無他，祇因這不是宗門語，所以從宗門一路禪解蘇詩者，不

〔註225〕《蘇軾詩集合注》，上冊，頁861。

免要像元僧古林禪師在《古林清茂禪師語錄》卷第五〈思侍侍者請讚〉中所說的「覿面隔山河，東西沒分付」般的之無莫辨。〔註 226〕值得注意的是，做爲京官重臣，而於政制變革的紛紛爭奪之際，自乞外放的蘇軾，一旦與方外道友「參寥師放舟洪下」，〔註 227〕在表達從世法中竄生的諸多煩惱障的委蛇本質，不過是「但見流沫生千渦」上的幻生幻滅，但卻是眾人從來都不予理會的「生滅滅已」是法印的「流沫」，以致膠著在流沫上隱隱轟轟的諍競，即使能夠以強勢手腕稱勝一時，但在「嶮中得樂雖一快」之後，究竟能夠成就甚麼福國利民的千秋偉業呢？蘇軾如是起著達悟的疑情，不能沒有所本，如《金剛般若波羅蜜經》的〈六如偈〉直指：

> 一切有爲法，如夢幻泡影，
>
> 如露亦如電，應作如是觀。〔註 228〕

世法正是有爲法，是以執著在有爲法上，一切冠冕堂皇的快意恩仇之諍競與執著，其最終的結局，無非都是蝸角之爭，縱使得逞意氣者，也無法逾越蝸角的界限，而以其名利自潤其德，並普被眾生，所以有必要及時回神，以慧眼向內心自我審視，再以自力自我提撕，自己是否有因一時失覺，而走磋了路頭的惛沈現象，在不知不覺之中生起。

然而，這等迴身向上一路的疑情，不能祇是沒有究竟法義，做爲醒覺生命意識的堅實前提，以致放任潛意識去隨順無明的亂流，妄斷片面結構在情識上的是非，是以其破立的關棙，就不能不以正法，做爲自在任運的戶樞。誠如與蘇軾同一傳承法脈的元代臨濟宗僧永中，在《緇門警訓》卷第六所輯錄的〈天臺圓法師自誡〉文說：

> 昔時伎倆莫施呈，今日生涯須自勉；
>
> 是非窟裏莫回頭，聲利門前高著眼；
>
> 但於自己覓愆尤，肯與時流較長短？
>
> 一點靈光直照西，萬端塵事任舒卷；
>
> 不於蝸角竊虛名，獨向金臺預高選。〔註 229〕

昔日黨爭的伎倆，一旦任運在百步洪下，而以「但見流沫生千渦」的無情說法，做爲覺悟的靈光，無非是看清楚了自身曾經沈溺在是非窟裏，而今

〔註 226〕 《卍續藏》，第七十一冊，頁 257^b。
〔註 227〕 《蘇軾詩集合注》，上冊，頁 860。
〔註 228〕 《大正藏》，第八冊，頁 752^b。
〔註 229〕 《大正藏》，第四十八冊，頁 1074^b。

已不值得再再耽溺的愆尤。那麼，以「乘化」的思想，上達「獨向金臺預高選」的選佛場，自然是詩中應有的題中之義。

「乘化」是大乘佛學用來宣說慈航普渡的縮喦代詞，最遲在東晉時代，就已隨著華嚴思想的西來，而進入中國人的玄學視域中，先從唐譯經往回說，「乘化」在《大乘本生心地觀經》卷第一〈序品第一〉中具云：

　　勤求佛道，愛樂大乘，化利群生，不著諸相。〔註230〕

意即以大乘這條大法船，做爲眾生渡越生死苦海的舟航。可見蘇軾在百步洪下，搭乘的雖然是被現象所局現於一時一地的小船，但在其以「坐覺一念逾新羅」的一念心的廣闊心地上，所掌舵的卻是一條有願如此的大法船，而駕著這條船所要做的事，便是衷心期望當時的人民，能從除了免役法之外的「立條例司，遣青苗使，斂助役錢，行均輸法」的民生困境中解脫出來的佛事，這種通達的思想，在晉譯《大方廣佛華嚴經》卷第二十七〈十地品第二十二之五〉則說爲：

　　通達諸智慧，善以三乘化。〔註231〕

經云：「以三乘化。」廣解具如《妙法蓮華經》卷第七〈觀世音菩薩普門品第二十五〉，佛告無盡意菩薩說：

　　善男子！若有國土眾生，應以佛身得度者，觀世音菩薩即現佛身而爲說法；應以辟支佛身得度者，即現辟支佛身而爲說法；應以聲聞身得度者，即現聲聞身而爲說法；應以梵王身得度者，即現梵王身而爲說法；應以帝釋身得度者，即現帝釋身而爲說法；應以自在天身得度者，即現自在天身而爲說法；應以大自在天身得度者，即現大自在天身而爲說法；應以天大將軍身得度者，即現天大將軍身而爲說法；應以毘沙門身得度者，即現毘沙門身而爲說法；應以小王身得度者，即現小王身而爲說法；應以長者身得度者，即現長者身而爲說法；應以居士身得度者，即現居士身而爲說法；應以宰官身得度者，即現宰官身而爲說法；應以婆羅門身得度者，即現婆羅門身而爲說法；應以比丘、比丘尼、優婆塞、優婆夷身得度者，即現比丘、比丘尼、優婆塞、優婆夷身而爲說法；應以長者、居士、宰官、婆羅門婦女身得度者，即現婦女身而爲說法；應以童

〔註230〕《大正藏》，第三冊，頁292ᶜ。
〔註231〕《大正藏》，第九冊，頁577ᵇ。

男、童女身得度者，即現童男、童女身而爲說法；應以天、龍、夜
叉、乾闥婆、阿修羅、迦樓羅、緊那羅、摩睺羅伽、人、非人等身
得度者，即皆現之而爲說法；應以執金剛身得度者，即現執金剛身
而爲說法。〔註232〕

如果蘇軾不是素來就深達這種普化的觀音思想的話，怎麼看得出無盡意
菩薩猶有一概子不透處，而在中國人向來尊經到幾乎食古不化的頑固眼窠
中，再爲之鑿一孔，所以撰寫〈改《觀音經》〉說：

《觀音經》云：「呪詛諸毒藥，所欲害身者，念彼觀音力，還著
於本人。」〔註233〕

東坡居士曰：「觀音，慈悲者也。今人遭呪詛，念觀音之力，而
使還著於本人，則豈觀音之心哉？」

今改之曰：「呪詛諸毒藥，所欲害身者，念彼觀音力，兩家總沒
事。」〔註234〕

佛學思想自世尊以平等觀立論以來，就反對「以眼還眼，以牙還牙」，或
「以其人之道，還治其人之身」的報復手段，因爲這種潛匿的幽闇意識，是
一個人從內向外裂解心性的開始，所以蘇軾認爲，如果救度必須仰丈觀音
力，那麼，加害者與被害者，在拔苦與樂的慈悲心上，都不應該再產生任何
狀態的傷害，並與布施的三輪體空思想相會通，所以說：「兩家總沒事。」
〔註235〕而一如此前論及「人人有一卷經」時，曾申詳宣說《妙法蓮華經》者

〔註232〕《大正藏》，第九冊，頁 57^{a~b}。
〔註233〕《大正藏》，第九冊，頁 58^a。
〔註234〕《蘇軾文集》，第五冊，頁 2082。
〔註235〕關於蘇軾膽敢「改經」一事，除了與宋人習於以己意解儒經的學術風氣有所
聯繫之外，還意在表達對佛教慈悲思想的率眞看法，因此，論者認爲就權法
來判斷，並無違於實法法義，但不能不指出來自佛教界的反對看法跟「改經」
有關，而且是受到初宋法眼宗僧道原自我作古的影響所致，即道原首度在《景
德傳燈錄》卷第六〈南嶽懷讓禪師法嗣・第二世・洪州百丈山懷海禪師〉傳
說：「問：『依經解義，三世佛怨；離經一字，如同魔說。如何？』師云：『固
守動靜，三世佛怨，此外別求，即同魔說。』」《大正藏》，第五十一冊，頁
250^a。
一、明代四大高僧之一的雲棲袾宏在《楞嚴經摸象記》第十卷〈法華經〉說：
「東坡謂，呪咀毒藥，還著本人，則失佛慈悲，當云：『兩家總沒事。』
吾不意東坡之高明，而作此鄙俗語也！或記錄者訛也。此『還著』一言，
有事、有理事，則邪不勝正，慈能制凶，今以正念觀音大悲神力，自然
還著，譬如含血噴天，還污己身，將頭觸火，反焦己額，不期然而然，

眾，也就是說，在眾生皆有佛性，且都有證悟成佛的可能性的前提之下，每一個以悲願在法界成就一方佛國土的證悟者，祇要依順正法而談，就都有一部《妙法蓮華經》，從諸佛海會中宣流而出。然而，諸佛海會的會眾，並不在邈不可憑的百千萬劫之後的未來，也不在玄虛幻妄茫不可及的天外天，就心淨則國土淨而言，祇能在當前立足的眼下，誠如蘇軾在〈與靈隱知和尚〉書說：

　　　　何處不可作佛事。〔註236〕

　　所以在百步洪下，當然能以急急醒覺過來的一念大菩提心，大作佛事。其之所以如此宣說的典據，正是蘇軾對乘化思想徹底喫透的體現，而其根據則來自於《妙法蓮華經》卷第六〈法師功德品第十九〉世尊的教說：

　　　　以是清淨意根，乃至聞一偈一句，通達無量無邊之義，解是義
　　　　已，能演說一句一偈，至於一月、四月，乃至一歲，諸所說法，隨
　　　　其義趣，皆與實相，不相違背。若說俗間經書、治世語言、資生業
　　　　等，皆順正法。三千大千世界，六趣眾生，心之所行、心所動作、
　　　　心所戲論，皆悉知之。雖未得無漏智慧，而其意根、清淨如此。是
　　　　人有所思惟、籌量、言說，皆是佛法，無不真實，亦是先佛經中所
　　　　說。〔註237〕

　　因此，當蘇軾在〈改《觀音經》〉中，「以是清淨意根」，說了「兩家總沒事」這樣「與實相不相違背」的一句偈時，哪裏還有纏夾不休的黨爭呢？因為看在任何時時發用菩提心的「慈悲者」眼中，世間諸法儘管變幻無端，一如百步洪下卒然斗落的跳波。然而，應以何身得度者，即現何身而為說法的極詣之理，正是《妙法蓮華經》卷第一〈方便品第二〉，世尊所開顯的教說：

　　　　非觀音加罰於彼，而行人亦不宜起心願彼還著也。理則三毒、十惡，皆
　　　　出當人菩提妙心，今以正念觀音，智照神力，旋流返聞，復歸元真，彼
　　　　毒惡等，應念化成無上知覺，不還著本人而誰著耶？」《卍續藏》，第十
　　　　二冊，頁505ᵇ。
　　二、明代四大高僧之一的蕅益智旭在《妙法蓮華經臺宗會義》卷七之一說：
　　　　「呪使鬼神，往殺前人，若前人有種種福德所護，不可殺者，法須還著
　　　　本人。密部明之甚詳。須知還著本人，亦復具有四悉檀益。蘇軾改云『兩
　　　　家俱沒事』者，見識單淺，未知折攝之妙也。」《卍續藏》，第三十二冊，
　　　　頁214ᵇ。
〔註236〕　《蘇軾文集》，第五冊，頁1891。
〔註237〕　《大正藏》，第九冊，頁50ᵃ。

十方佛土中，唯有一乘法，無二亦無三。〔註238〕

以其由開迹終至於顯本而會三歸一之故，是以在唯一佛乘的大法流中，本來就是世出世法當體一如的實相，毋怪乎五祖弘忍，要以當時尚未圓頂的行者慧能所說的「佛性常清淨」、「明鏡本清淨」的偈語爲〈得法偈〉，因爲即使在宗門中，也並不認爲世法就是「塵埃」，就像世尊所說的「俗間經書、治世語言、資生業等」，祇要「皆順正法」，就是眞實的佛法那樣，肯認以聞客誦《金剛經》至「應無所住而生其心」，而毅然奔赴東山求法的慧能，悟境在神秀之上，並把衣缽南付，最終成就一滴至今仍孳乳不絕的曹源水，所以當蘇軾從俗眼看來驚險萬狀的熙寧變法的百步洪下，以了透「覺來俛仰失千劫」也不過是轉念之間的事，祇要及時蕩著「但應此心無所住」的輕舟，穿越元豐二（1079）年「烏臺詩案」的犯天巨浪，渡過元祐元（1086）年「元祐更化」，以及元祐二（1087）年「洛蜀黨爭」的惡水，並從紹聖元（1094）年的「紹述」漚沫上，以超越之思，穎然飛航而出，那麼，已年近花甲的蘇軾，縱使再再三折四轉的流宦嶺南，但仍以〈泛潁〉詩「散爲百東坡，頃刻復在茲」的一片平懷，沿途參究天人師而去。

〔註238〕《大正藏》，第九冊，頁 8ᵃ。